JN059546

Perversion of Justice

The Jeffrey Epstein Story

ジェフリー・エプスタイン
億万長者の顔をした怪物

Julie K. Brown

ジュリー・K・ブラウン：著　依田光江：訳

Harper
Collins
Japan

Perversion of Justice

This edition is published by arrangement
with HarperCollins Publishers LLC,
New York, U.S.A.

Published by K.K. HarperCollins Japan, 2022

本書を
ジェフリー・エプスタインの
すべてのサバイバーに捧げる

とくに
ミシェル・リカータ、
コートニー・ワイルド、
バージニア・ジュフリー、
イェナ・リサ・ジョーンズに

心からの感謝を
マイケル・ライターに

そして
故ジョー・リカレーに

［著者注記］
とくに断りのないかぎり、
この本に書かれた情報はすべて、
著者自身がおこなった調査およびインタビュー、
または裁判所や政府の公的記録文書に基づく。
プライバシー保護のため、
被害者の名前は一部変更した。

ジェフリー・エプスタイン
億万長者の顔をした怪物

目次

＊本文中の〔 〕内は訳注。また、［数字］は巻末に原注があることを示す。

まえがき

２００６年9月、ジョー・リカレー刑事は未成年者への性犯罪事件を南フロリダの州検察局に引き渡した。典型的な事案だったし、当然すぐに訴追されるものと思っていた。

資産運用家《フィナンシアー》で億万長者の53歳、ジェフリー・エドワード・エプスタインと彼の雇われ人たちが少なくとも6年前から、代金を払うからマッサージをしてはしいと言って中学生や高校生の少女たちをフロリダ州パームビーチの海沿いに建つ屋敷に誘い込んでいたのだ。屋敷にはおもに13歳から16歳の少女たちが頻繁に出入りし、身体《からだ》を触られたり、レイプされたりなどの性的虐待を受けた。事が終わったあとでエプスタインはひとりに2～３００ドルを渡し、同じぐらいの年の友だちを連れてきてくれたらもっとお金をあげるよともちかけ、回転扉のようにくるくると少女たちを補充するシステムをつくりあげていた。

エプスタインは大金持ちだったから、プロの女性を含め、ほしいものはなんでも買えた。だが経験豊富な大人の女性には興味がなかった。好みの獲物は、性的な経験がまったく、あるいはほとんどなく、家庭や学校になんらかの問題を抱えていて、居場所がないと感じ、小遣いをほしがっている思春期ごろの少女だった。

つまり、何かを言っても誰にも信じてもらえそうにない少女。さらにエプスタインと加担者たちは、彼女たちを黙らせておくためにさまざまな手を打っていた。

それでもパームビーチ警察は犯罪の臭いを嗅ぎ取り、動かしようのない刑事事件として捜査を開始し、30人以上の少女から話を聞いた。通話記録や留守電のメッセージ、メモ、自家用機の乗客名簿、目撃者の証言など、被害者の話を裏づける証拠が分厚いファイル何冊分もたまった。

エプスタインは、ハーバード大学法科大学院《ロースクール》で教鞭《きょうべん》をとる大物弁護士アラン・ダーショウィッツを雇う。弁護士はすぐさま、この事案の起訴を担当するパームビーチの州検事バリー・クリッシャーと面談した。まもなく州の刑事部門の検察官はエプスタインではなく未成年の被害者のほうを責め立てるようになった。

リカレー刑事が信じていた正義は1年のあいだに大きく揺さぶられた。クリッシャー検事は、ダーショウィッツの名声に魅入られたかのように、被害者にも、捜査にあたっていた警察にも背を向けた。エプスタインと、弁護士が雇った私立探偵は、少女たちを尾行して脅し、家庭のなかを掻《か》き回した。最終的に捜査は連邦捜査局《FBI》が引き継ぐことになった。連邦事案となったこの事件を監督することになるのは、最高裁判事になる野望をもつ共和党の新星、ルネ・アレクサンダー・〝アレックス〟・アコスタだった。37歳の彼がマイアミの連邦検事に就任したのは、エプスタインの事件は南フロリダだけに収まらないのではないかとFBIが考えはじめたのと同じころ、2006年10月だった。

エプスタインは民主党の候補者や政治活動に気前よく寄付をしていたが、当時のホワイトハウスを支配していた共和党を味方につけるには、ワシントンに影響力のある人物が必要だと考えた。こうしてエプスタインを弁護するドリームチームには、元独立検察官ケネス・スターも名を連ねることになった。世間の道徳的な怒りを掻き立て、検察の力で相手を政治的に抹殺する技量を駆使し、1998年にビル・クリントン大統領を弾劾裁判に追い込んだ人物だ。

「司法行政を公正かつ誠実に遂行するという厳粛な意図のもと」で、ケネス・スターは司法省に対し、マイアミの検察局がエプスタインに起こしている連邦訴訟を中止するように要請する。

ケネス・スターとエプスタインは共和党・民主党の政治陣営は異なるが、どちらも権力を握ることに長《た》け、目的のためなら人を裏切ることもいとわず、どんな手でも繰り出すところがよく似ていた。

エプスタインと高給取りの弁護士チームは、連邦検察から異例の司法取引をせしめることに成功した。この国の最も基本的な法原則さえ無視したものだった。

連邦検事だったアレックス・アコスタはのちに、エプスタインの性犯罪容疑を訴追免除することに同意したのは、検察側が裁判で勝てる見込みが薄かったからだと主張した。

2016年当時の私がこの事件について知っていたことは少なかったが、どう考えてもつじつまの合わない話だった。訴追免除という恩恵を容疑者に与えるのは、つまるところ、検察にとって価値のある何かを容疑者から引き出すからだ。エプスタインとその仲間たち——特定された者にしろ氏名不詳の者にしろ——に恩恵を与えて、連邦当局は見返りに何を得たのだろうか？

過去10年、無数のジャーナリストがこの事件をテーマに大量の記事を書いてきた。だが、これほど邪《よこしま》な人物がウォール街のオフィスから司法省の廊下まで、どのように人を操ってきたのかについて真の知見を与えてくれるものはほとんど見当たらなかった。

2016年には、ジェフリー・エプスタインの事件は時の流れに埋もれそうになっていた。私は、この事件にはもっと厳密な分析が必要だと感じた。だから、新たな視点からこの事件を見直すことにした。未成年者への性犯罪を繰り返した人物が、なぜ、どのように逃げおおせたのかを知りたかった。

パームビーチだけでなく、ニューヨークでもエプスタインの個人所有の島でも、彼が何をしているのかを知っていた人はおおぜいいる。年若い女の子たちを、戦利品を見せびらかすかのように彼がパーティーに連れ歩いていたからだ。そうした場には、社会的にも政治的にも強く結びついた大金持ちはもちろん、報道機関で働く者もいたし、数十億ドル規模の巨大企業のトップや、ノーベル賞受賞者もいた。

エプスタインが少女を性的に虐待し搾取していたことが明らかになったあとも、彼の友人や仕事上の知り合い、彼の小切手帳に魅入られた者はつき合いをやめなかった。

リベラル派は往々にして、このスキャンダルをエプスタインとドナルド・トランプとの関係に結びつけようとし、保守派はビル・クリントンと結びつけようとする。実際には、エプスタインとかかわり、ときには加担したことのある有力者はレールのどちら側にもいた。金融界や学術機関、科学界にも。

私が調査を進めるうち、所有する住居のすべてをエプスタインが隠しカメラで監視していたらしいという話が出てきた。重要な訪問者――多くは男性――の不名誉な動画と写真をわが身の保険として確保したのだろう。事実であろうとなかろうと、エプスタインの手元に脅迫材料があるという可能性だけで、多くの有力者がエプスタインの犯罪をなんとしても隠そうとする動機になったのだ。

ジェフリー・エプスタインの物語は、この国のいびつな司法制度の象徴であり、性的暴行の被害者が、とくに若くて貧しい被害者が、本来なら彼女たちを護《まも》るべき人たちからいかに責められ、辱められ、切り捨てられているかの縮図なのだ。

エプスタインがふさわしい罰を免れたのは、社会のほぼすべての要素からそれを許されたからだ。企業の利益や個人の資産、政治的な人脈やセレブの名声のほうを、信念や誓い、先人の教え、民主主義という気高い精神よりも優先する曲がった仕組みのなかで、職業倫理も法曹倫理も道徳倫理も脇に追いやられたからだ。

ジャーナリストとなった私は、この仕事で最もやりがいを感じるのは、自分では闘うことのできない人たちのために不正義を正すことだと知った。

エプスタインは司法制度の隙《すき》を突いただけでなく、その後も若い女性や少女を狩り、脅し、虐待していたのだが、いっそう隠し方が巧妙になっていった。

真実を追求する過程で私は多くの障害に直面した。厳粛な誓いに背いた法曹界、エプスタインに大金で雇われた弁護士、さらには私のしていることは古い話の焼き直しにすぎないと考える同業者からも攻撃を受けた。

人生のなかで、ジャーナリズムの必要性を、声なき人の声を届けることのたいせつさを、これほど切実に感じた時期はない。

世界の出来事が人の回復力《レジリエンス》を試そうとし、プロパガンダや陰謀論や嘘《うそ》が、この国がたいせつにしているすべてを蝕《むしば》もうとしているいま、腐敗した権力者の責任を追及するのはジャーナリストの務めだと私は信じる。ジャーナリストである私たちは、この重要な使命を忘れてはならない――たとえ、すでに誰かが決着をつけた話に見えたとしても。

この本の物語も終わってはいなかったのだから。

２０２１年３月１日

ジュリー・K・ブラウン

序章

２０１７年２月、新しく選ばれたドナルド・Ｊ・トランプ大統領が最初の一般教書演説をおこなう数週間前、私はフロリダ州ハリウッドのアパートメントにこもり、キャリアのなかで最も過酷となる就職活動に向けて策を練っていた。

与えられた課題は、前週の新聞記事から３つを選び、仮想の企画プロジェクトを構築することだった。トランプがホワイトハウス入りしたことで、全米のメディアは騒乱状態にあり、トピックはいくらでも湧いて出た。移民の強制送還、オバマケアを解体したがる大統領、民間人と海外特殊部隊員に犠牲が出たトランプ政権初の軍事作戦であるイエメン急襲の成否……。

マイアミ・ヘラルド紙で10年以上働いてきたし、子どもたちも大きくなったし、このときの私は人生を変えられる可能性にわくわくしていた。応募先は、「即応《ラピッドレスポンス》チーム」という名称で新設する調査チームに若干名の記者を募集していた名門のワシントン・ポスト紙だった。

まさに私にぴったりの場所だ。それまでの数年間、ヘラルドの調査チームに所属して、大きなニュースが飛び込んだときに関係者の背景と状況を調べ、内容の濃い記事をすばやく仕上げるというニッチな分野で経験を積んできた。

ヘラルドで参加した調査報道は、ジョージ・ポルク賞やロバート・F・ケネディ・ジャーナリズム賞など、報道界でとくに権威のある賞を受賞していた。

仕事が認められたことで自信をつけ、2014年からワシントン・ポストとの面接に臨みはじめた。かつてヘラルドにいた記者が多く在籍していることから、ワシントン・ポストは親しみを込めて「北のマイアミ・ヘラルド」と呼ばれている。だが、それから3年経《た》った2017年でもポストへの就職活動は続いていた。

ポストからのコメントはいつも希望を感じさせるものだった。この段階は「必ず通るプロセス」だと言われ、ひとつ通過するたびに、採用決定の通知に近づいている気がした。

ポストで働ける可能性にいっそう興奮したのは、アマゾンの創業者ジェフ・ベゾスに買収されたために資金が潤沢に回っていたからだ。毎年のようにレイオフや減給、無給休暇に見舞われたヘラルドでは得られなかった安定した生活が送れるのではないかと期待が膨らんだ。子どもふたりを育てるひとり親として、ジャーナリズムのキャリアのなかで、職を失うのではないか、収入の足しにアルバイトをしなければならないのではないか、といった心配が頭から消えたことはない。2016年になってようやく、私は10年前にヘラルドに採用されたときとほぼ同じ額を稼げるようになった。何度も減給やレイオフがあったために、給料は上がるどころか下がりつづけていたのだ。

ワシントン・ポストは、自分がそうありたいと願うしつこく食らいつくタイプのジャーナリズムも実践していた。私はフットワークの軽い、競争心の強い記者なので、忙しい読者がほとんど読み飛ばすような退屈な長編記事よりも、何かが起こったら現場の状況をすぐに調べて報告する記事にかかわっていたかった。調査報道記者がいちばん頭を悩ませるのは、濃密な情報やデータに説得力をもたせて読者の関心を最後まで惹《ひ》きつけられるかだ。私は新聞の見出しの裏にいる生身の人たちにフォーカスすることで、これを実現した（少なくともそう努めた）。

2017年2月に話を戻そう。合格への希望を託し、数週間かけてワシントン・ポストへの応募書類一式をととのえた。1月のイエメン急襲で海軍特殊部隊員の息子を亡くしたビル・オーエンズの企画も含めた。提出の10日後には、マイアミ・ヘラルドでもその題材での取材を始めることになる。息子を亡くした父親――フロリダ州フォートローダーデールの元警察官で、トランプ大統領が遺族に敬意を表するためにドーバー空軍基地に到着した際、大統領に会うことを拒絶した人物――との独占インタビューだった。

初めてミスター・オーエンズに会った時点では、彼は息子のライアンを失ったことについて話す準備ができていなかった。私は彼の気持ちを尊重した。最初に会ったときにわかったことをいくつかつなげて記事にすることもできたが、彼とその妻に会ったことを上司であるエディター以外には誰にも言わなかった。

私はオーエンズに名刺を渡し、話をする気になれたら記事に書かせてほしいと伝えた。その日が来るまで、海軍特殊部隊に属するのがどういうことなのかを、できるだけ深く学んでおこうとした。なぜかはわからないが、オーエンズからまた連絡が来るような気がしていた。

海軍特殊部隊の軍事作戦の企画と、トランプ大統領が新しい労働長官に指名したアンドルー・パズダーへの過去の家庭内暴力の申し立てについての企画ともう1本をワシントン・ポストに提出していた私は、もし採用されなければそれも運命、神は私に別の計画がおありなのだと自分に言い聞かせ、祈る気持ちで知らせを待っていた。

海軍特殊部隊の記事は2017年2月下旬にヘラルドの紙面に載り、国際的な注目を集めた。インタビューのなかでオーエンズが、息子の生命を奪った軍事作戦で何が起こったのかの調査を大統領が阻止しようとしていると発言したことで、この記事はいっそう世間に取り沙汰されることになった。

日が過ぎるにつれ、私はほかの仕事に没頭していった。3月2日、ワシントン・ポストの調査報道チームの編集長ジェフ・リーンから、私がまだ候補の一員であることを告げられた。近々、また連絡すると。

4月下旬になってようやく届いたのは不採用の知らせだった。「非常にむずかしい決断でした」とリーンは言った。

大ショックだったが、これも「プロセス」のひとつにすぎないと自分をなだめるしかなかった。30年のキャリアのなかで、断られたことは数えきれないほどある。だがこの不採用は私を打ちのめした。これほど落ち込んだのはいつ以来だろう。そこで私は、つらい気持ちを振り払うときにいつもすることをした——ジョギングで汗をかき、子どもたちを抱き締め、そして仕事に戻った。

ありがたいことに、そのころにはすでに別のプロジェクトが見えはじめていた。

遡ること2016年10月、4年間にわたって取材してきたフロリダの刑務所シリーズをいったん休止することにした。ダークな場所のことを長く書きつづけたせいで、精神の疲労がたまっていたのだ。それなのに、明るく元気の出るテーマを探していたはずの私が次に選んだのは「性的人身売買」だった。

フロリダ州の刑務所にいる無数の女性を取材するうち、性売買が世間に蔓延《まんえん》していて、フロリダ州は、とくにラテンアメリカから犠牲者を補充してくる性売買業者の中心地であることを知った。

ところが、インターネットで「性売買」「フロリダ」を検索すると、「ジェフリー・エプスタイン」という個人名が何度もヒットした。

事件のことは大まかには知っていた。政治的な強いコネをもつスーパーリッチな資産運用家《フィナンシアー》が何十人もの少女を虐待し、レイプし、性的に搾取したにもかかわらず、連邦政府から嘘のような訴追免除をもぎ取っている。

2017年のはじめ、すでに妻への虐待疑惑と不法移民の雇用で批判を受けていた、トランプ政権の労働長官候補アンドルー・パズダーがついに指名の辞退に追い込まれた。

そこでトランプ大統領は代わりにアレックス・アコスタを指名した。ロースクールの学部長を務める48歳のアコスタを、大統領は「とてつもない長官になる」と評した。報道でも「聡明《そうめい》で発想力豊かなリーダー」ともてはやされ、キューバ系アメリカ人で共和党員のアコスタはトランプ政権で最初の、そして唯一のヒスパニック系閣僚となった。

私はそのとき、アコスタの経歴には彼の指名を沈めかねない何かがあると感じた。

2008年にジェフリー・エプスタインとのあいだで疑問の残る司法取引をまとめたのがアレックス・アコスタだったのだ。アコスタが指名承認公聴会の場で厳しく追及されるのではないかと思い、成り行きを見守っていた。

だがエプスタインの名前はほぼ出てこず、上院議員による質問からも、アコスタが過去にしたことの重大さをわかっていないことがうかがえ、私は唖然《あぜん》とした。アコスタは無事に指名され、労働長官に就任した。

夜、眠りにつくまえに仕事のことをあれこれ考えはじめると、エプスタインの被害者たちが頭から離れなかった。あれから年数は経ったが、彼女たちは自分の捕食者にたいした罰を与えずに歩き回らせている検察官のことをどう思っているのだろう。いまは20代後半か30代前半ぐらいになっているはずだ。アコスタが人身売買や児童労働に関する法も監督する巨大な政府機関のトップになる事実に言いたいことがあるのではないか。

翌日、マイアミ・ヘラルドの私のボス、調査部門エディターのケイシー・フランクに、彼女たちを捜し出して話を聞いてみたらどうかと提案した。

ケイシーの承認をもらい、エプスタイン事件の公記録の調査に没頭していたとき、ワシントン・ポストのジェフ・リーンから、私が「即応《ラピッドレスポンス》チーム」の採用候補者に復帰したという意外な電話がかかってきた。びっくりしたがうれしかった。

私はワシントンに飛び、同社の多くのエディターに会い、過酷な採用面接をいくつもこなした。ついに編集局長のマーティ・バロンに会うことができた。畏敬の念を抱くと同時に、この人に会えたのだから合格できるかもしれないと期待した。

数週間やきもきとしながら吉報を待ったが、その職は結局、マイアミ・ヘラルドにかつて在籍していた記者で翌年にピューリッツァー賞を受賞することになる優秀なベス・ラインハードに渡った。

神は私には別の計画がおありなのね。

ときどき考えることがある。もし、あのとき私がワシントン・ポストの仕事に就いていたら、アレックス・アコスタはいまごろ最高裁判事になっていたかもしれない。ジェフリー・エプスタインはいまも世界じゅうを飛び回って子どもや若い女性を虐待していたかもしれない、と。

1 ジョー・リカレー

その古い捜査報告書は行間《シングルスペース》を空けずにタイプされていた。既決の性的暴行事件に分類された事件番号1－05－000368の報告書には、被害に遭ったと考えられる14歳から18歳の18人の少女が挙げてあり、名前はすべて黒く塗りつぶされていた。証人の名前も同じだ。訓練を受けた警察官でなければ、証拠の意味を理解するのはむずかしい。

私はジャーナリストとしての長い道のりのなかで、何千何万ページの捜査報告書を読んできた。事件を取材して記事を書く場合、捜査報告書が作業の根幹となることは多い。ただし、文章の書き方を知っていて、判読できる文字を書けて、読んだ者がその悲劇から人生の断面を感じ取って記事に命を吹きこめるような描写――大破した車の後部座席に転がっていたテディベア、死亡者の財布に入れてあった黄ばんだ写真、愛する人の死を知って父親が、母親が、息子が発したことば――を加えることのできる警察官に当たるには運が必要だ。ジャーナリストが記事を書くときには細かい部分が貴重であり、なかなか出合えないからこそ、もし出合えたら宝物なのだ。

ジェフリー・エプスタイン事件の捜査報告書はこうした宝物ではなかった。109ページの中身は、逮捕理由を示した宣誓供述書、逮捕令状、そして、出世の階段をのぼる途中にいた当時30代のジョー・リカレー刑事が作成した50件近い個別の報告書だった。

クイーンズ生まれの人なつこいリカレー刑事は13歳のときに家族でフロリダへ引っ越してきたが、ニューヨーク愛もヤンキース愛も失わないままだった。法執行機関でのキャリアは州検察局パームビーチ支局での郵便係から始まる。学校を卒業したばかりの痩せっぽちの19歳は、裁判所に関係する書類を配達するプロセスサーバー職に就き、召喚状を警官に手渡す見返りの乏しい仕事に走り回っていた。

リカレー刑事は言った。「仕事を始めたのもそこだったし、州検察局の捜査チームへの郵便も扱ったりしていたから、いつか自分も捜査に加わりたいという憧れが芽生えた」

5年後、リカレーはその仕事をやめ、警察学校に入学した。1991年、フロリダ州パームビーチ警察署のパトロール警官として採用される。わずか3年後には刑事に昇進した。

彼の知識は机上で得たものではない。警察署の先輩や後輩のように大学の学位をもっているわけでもない。プロスポーツチームのオーナーが全米一多く住み、ハワード・スターン、ジミー・バフェット、ロッド・スチュワート、ジョン・ボン・ジョヴィらが住居や別荘を構え、世界有数の富豪が集まるこの海辺の町には不似合いと言えなくもなかった。

だがリカレーには人を安心させる才能があり、警察の職務を見事にこなしていた。いつもきりっとした格好をし、タバコを1日1箱吸っていた。礼儀正しくふるまえる一方で、少年のような笑い顔といたずら好きなユーモアを併せもった、人から好かれる人物だった。

「ジョーは私の物真似《ものまね》がうまくてね」。署長のマイケル・ライターは言った。「彼と話すのは、台所のテーブルを挟んで従兄弟《いとこ》と話すような感じだった。堅実で善良な警官だった」

ジェフリー・エプスタインの事件を担当した当時、リカレーは離婚していて、警察署の管理部門で働くジェニファーと交際を始めていた。彼にはまえの結婚でもうけた8歳の娘と6歳の息子がいた。

エプスタインの事件がそれまで扱ってきたよくある犯罪よりも複雑なことは、彼にははじめからわかっていた。だが、一生つきまとわれることになるとまでは思いもしなかった。

リカレーの報告書を読むと、半分がちがう世界の言語で書かれているような、ピースの半分が欠けたパズルを解かされているような気持ちになる。警察の報告書では、性的暴行の被害者や未成年者の名前は身元を護るために塗りつぶされているのがふつうであり、この報告書もまさにそうなっていた。

それでも、事件の概要をつなぎ合わせることはできる。莫大《ばくだい》な資産をもつ資産運用家《フィナンシアー》、ジェフリー・エプスタイン容疑者は、パームビーチのティーンの女性数十人に対し、アルバイトでマッサージをしてくれないかと誘い込んで性的に虐待した。大学や美術学校に進むための費用を出してもいいし、〈ヴィクトリアズ・シークレット〉の次のスーパーモデルになるための手助けもできるなどと言って、彼女たちのことを本心からたいせつに思っている紳士を装い、自分を信用させたのだ。ねずみ講のように、被害者に次の被害者を勧誘させる手腕にも長けていた。

カルトの教祖さながら、自分の言うことを聞き、命令どおりに行動するならば、よい見返りがあるとターゲットに信じ込ませた。エプスタインのルールに従う者は、金だけでなく、服や車、プライベートジェットでのエキゾチックな場所への旅行、夢見ることすらなかった華やかな冒険など、たっぷりの報酬が与えられた。年齢があがると、金融やテックなどの産業界にいる未来の夫候補に引き合わされることもあった。

従順な者に彼が支援を続けるうち、とくにほかに拠《よ》り所のない女性はエプスタインに頼るようになった。彼がいないと、世間から置き去りにされたような孤独に苛《さいな》まれるのだ。

パームビーチで彼の餌食になった少女たちのほとんどは崩壊した家庭の出身だった。住む家のない者も少数だがいた。ある者はハイウェイの高架下で寝泊まりし、ある者は義理の兄弟が殺されるのを目のまえで見た。両親がアルコールや薬物の依存症であったりする者も少なくなく、屋根の下に身を置くだけでもたいへんな思いをしていた。問題を抱えたティーンエイジャーのための学校に通っていたり、養護施設で暮らしたりしている者もいた。

エプスタインは少女たちに救いを約束したが、それには代償が必要だった。エプスタインと性的な行為をするだけでなく、ときには、祖父ほどの年齢の男との行為を強制されることもあった。

エプスタインの企《たくら》みがいつ、どんなふうに始まったかを特定するのはむずかしい。わかっているのは、エプスタインの当時の恋人だったとされるイギリス社交界の名士ギレーヌ・マクスウェルが1998年には、エプスタインの家でマッサージをしたり「アシスタント」として働いたりできる若くてチャーミングな女性を探して、パームビーチ郡周辺の大学や美術学校、スパ、フィットネスセンター、行楽地などを訪れはじめていたことだ。

エプスタイン邸の元従業員フアン・アレッシィは、マクスウェルを乗せた車を何度も運転した。彼女が名刺を手にあちこちの行楽地を回り、エプスタインのための「マッサージセラピスト」を探すのを見ていた。アレッシィは本当の目的はちがうのではないかと怪しんだ。アレッシィの娘と同じくらい若い女の子たちが屋敷に来るようになってからはとくに。

２００５年にはそのシステムは本格稼働していた。ウェストパームビーチ周辺の少女が、エル・ブリロ・ウェイ３５８番地、パームビーチの砂州《アイランド》に建つピンクの砂糖菓子のようなエプスタイン邸に１日に２回、３回、４回、あるいはそれ以上もやってくるようになったのだ。屋敷は背の高い生け垣や石垣、鉄のゲートの奥に数百万ドルの家々が並ぶ通りの突き当たりにあり、パームビーチ・アイランドと郡の本土を分ける広い沿岸内水路《ICW》につながる、私有の入り江に面していた。

この屋敷は、周辺には１９２０年代からの邸宅もあるほど歴史の古い場所に、１９５０年代に地中海スタイルで建てられ、２階をぐるりと囲むバルコニーが特徴的で、スイミングプールや使用人用の別棟の宿舎も備えていた。

エプスタインは１９９０年に２５０万ドルでこの物件を購入して念入りに改装し、折衷主義の彼の嗜好《しこう》に合わせた高級家具や独特の美術品をそろえた。壁は戦利品の裸の少女や女性たちの写真で覆われ、被害者のひとりは、男性器の大きな白黒写真も飾ってあったことを憶《おぼ》えている。

ガレージにはＳＵＶや異国ふうの車やオートバイが何台も並び、少女たちが来るたびに軽食を出すシェフも雇っていた。周辺の住民の大半は週末滞在者《ウィークエンダー》や退職者、避寒客なので、よその家に口を出す者はおらず、近所づき合いはほとんどなかった。

だがもし、住民の誰かが興味をもって詮索しはじめると、エプスタインは少なくとも一度は少女をその家に送り込み、夫を喜ばせ、妻を黙らせたと言われている。

マクスウェルが女性の補充のために訪れた行楽地のなかに、リビエラビーチの〈キャノピー・ビーチリゾート〉がある。そこで働いていた若い女性が、ヘイリー・ロブソンという名のウェイトレスと友だちになり、ふたりでエプスタインの少女スカウト係を始めたのが２００４年のことだった。

2005年に最初の被害者として警察に届け出た少女を誘ったのは、このロブソンだった。捜査報告書に「名無しの女性《ジェーン・ドウ》1」と記された少女は14歳で、ウェーブのかかったブラウンの長い髪に金色のメッシュを入れていた。ロイヤルパームビーチの近くに双子の妹と住んでいて、離婚した両親のあいだを行き来していた。

ジェーン・ドウ1は警察に、あの家に連れていかれて、うんと年上の男の人にマッサージをしたと述べている。

報告書はあまりに編集箇所が多かったため、何が起こったのかを正確に読み取るのは不可能に近かった。

私はすぐに、名前が塗りつぶされたジェーン・ドウ1を、そしてほかのジェーン・ドウたちを見つけるのは簡単ではないと悟った。

2005年3月14日、パームビーチ警察のミシェル・ペイガン警官は、名乗りたがらない取り乱した女性から電話を受けた。

「14歳の義理の娘が、パームビーチのお金持ちの家でおかしなことをされたかもしれません」とその女性は言い、ほかの母親からこのことを聞いて知ったとつけ加えた。

「そのお母さんの娘さんと知り合いの男の子が、うちの義理の娘がどんなふうに45歳の男と会って性的な関係をもって、金をもらったかっていう話をしているのが耳に入ったそうで」

ジェーン・ドウ1はロイヤルパームビーチ高校の1年生だった。その高校は開発が広がる郊外にあり、過去4年間で生徒4人が暴力事件で命を落としていた。ひとりは麻薬がらみのいざこざで射殺され、コロンバイン高校を真似た銃乱射事件を計画していた生徒もいた。[1]

警察が介入するころには、ジェーンとほかの何人かがパームビーチ・アイランドに住む金持ちと、やってるという噂《うわさ》は学校じゅうに広まっていた。ジェーンの友だちのひとりは彼女のことを売春婦とか商売女と呼びはじめ、ジェーンはその友だちの顔を引っぱたいた。校長が仲裁に入り、ジェーンの財布を調べたところ、300ドルが入っていた。両親が呼び出されたが、翌月あたりからジェーンの暮らしは親の手に負えない状況になっていく。

警察と裁判所の資料によると、ジェーンと双子の妹はどちらも薬物を摂取し、酒を飲み、よくパーティーに出かけていた。家出も何度かしている。最終的に姉妹は、問題を抱えたティーンエイジャーのための学校へ送られた。ペイガン警官がエプスタインの調査を始めた時点では、ジェーンは毎日その施設にいた。

ジェーンは当初、すべてを否定した。ウェイトレスのヘイリー・ロブソンがエプスタインから集金しやすいように、彼の家までついていっただけだと。

だが少しずつ、事情が明らかになっていった。

ジェーンの17歳の恋人がヘイリー・ロブソンの従兄弟だったことがきっかけで、ジェーンとロブソンは知り合った。

ロブソンはパームビーチに近いウェリントンのイタリアンレストラン〈オリーブ・ガーデン〉で働いていた。ジェーンに、自分はパームビーチの金持ち相手にアルバイトもしていると話した。退職した刑事を父にもつロブソンは、マッサージ中にバイブレーターで愛撫《あいぶ》しようとしてきたエプスタインを拒絶したそうだ。

エプスタインは「こわいのかな。だったら、ほかの女の子を連れてきて。きみに200ドルあげる」と言い、「若いほどいい」とつけ加えた。

ロブソンは自信に満ちていて、ジェーンの憧れだった。しかも大金をもっている。ロブソンはジェーンに、あんたもボスにマッサージをすれば2〜300ドルすぐ稼げると言った。

ある日曜日、ロブソンはジェーンの自宅まで迎えにきた。ロイヤルパームビーチからウェストパームビーチへ車を走らせ、橋を渡ってパームビーチ・アイランドに入った。狭い通りに沿ってジェーンがこれまで見たこともないような大きな家が並ぶ。エプスタイン邸に着くまえ、ロブソンは、ボスの「ジェフ」に年を訊《き》かれたら、18だと答えるようにと言い含めた。

通りの突き当たりに車を駐《と》め、ジェーンを先導しながら私道を進み、中庭のすぐ脇にある通用口から入った。

「ジェフに言われて来ました」とロブソンは警備員に言い、キッチンへ通される。まもなく、面長で眉毛の濃い銀髪の男性が、ロブソンと同じくらいの年齢と思われる若い女性と一緒に入ってきた。彼はジェフリーと名乗った。自己紹介のあと、その若い女性はキッチンから螺旋《らせん》階段をのぼり、ジェーンを主寝室とバスルームに案内した。ジェーンは警察に、その女性が折りたたみ式のマッサージ台を置き、たくさんのオイルを並べるのを見て不安になったと話している。ジェーンに「ジェフはすぐ来るわ」と言って彼女は去った。

「バスルームは広かった。巨大と言っていいぐらい」とジェーンは警察に話した。「何十人だって一緒に入れそうだった。大きなカウチが置いてあって、ピンクと緑色だったかな。テーブルの上には電話があったの。マッサージ中にあの人が電話をかけた。なんて言ってたかは憶えてないけど、4つぐらいの単語を言ってすぐ切っちゃってた」

ジェーンはちゃちゃっとマッサージをやって、金をもらって帰るのだと想像していたが、電話を終えたエプスタインに衣服をすべて脱ぐようにと有無を言わさぬ調子で命じられた。

そのとき突然、自分がひとりであること、ロブソン以外は誰も自分の居場所を知らないことに気づいた。ロブソンの姿は見えない。ジェーンはこの気持ち悪い男が何をしようとしているのか恐ろしくなった。うろたえながら服を脱ぎ、ブラとショーツだけになった。

「ほかに誰もいないからどうしていいかわからなくて、シャツを脱いだところで止まっていたら、タオルをかぶったあの人が『だめだ、全部とって』って。そして『私の背中に乗りなさい』って」

ジェーンは警察に、腹ばいになっているエプスタインの背中にまたがり、時計回りに円を描いて両手で背中をこするように指図されたと述べている。

やがてエプスタインはジェーンに下りるように言い、仰向《あおむ》けになってタオルをとり、全身をあらわにした。片手でペニスをさすりはじめ、もう片方の手で、脱いでいなかった彼女のブラの下から胸を撫《な》で回した。それから、彼女の脚のあいだにバイブレーターを当てた。ジェーンは男の毛深い背中が薄気味悪く、ペニスは小さい卵形なのに身体ががっしりしているのは筋肉増強剤《ステロイド》を使っているからにちがいないと思った。

ジェーンはペイガン警官の聴き取りに答えながら、エプスタインが彼女の身体を褒め、そそられると言ったことを思い出し、自分の太ももに強く指を押し当てて泣いた。

「気持ち悪かった。見るのもいやだった」とジェーンは警官に言った。

エプスタインは、どこでロブソンと知り合ったのか、年はいくつか、どこの学校の何年生か、と訊いてきた。ジェーンはウェリントン高校の3年生だと嘘をついた。

ジェーンがエプスタインの屋敷にどのくらいの時間いたのかははっきりしないが、エプスタインは果てたあと、彼女に服を着るように言い、300ドルを手渡した。ジェーンの名前と電話番号をアシスタントに残しておくようにと言い残し、シャワーを浴びにいった。

ロブソンは紹介料として200ドルを受け取り、ふたりは屋敷を出た。

「毎週土曜日にこれをやれば、あたしたちリッチになれるね」とロブソンははしゃいで言った。

ふたりで買い物に出かけた。

ロブソンはバッグを買った。

だがジェーンはその金を使う気になれなかった。

ペイガン警官は、エプスタイン事件を担当するよりかなりまえに、刑事部からの異動を申請しており、それが認められて転出したため、ジョー・リカレー刑事が捜査を引き継いだ。女性警官のほうが望ましいのはたしかだが、刑事部にはほかに女性がいなかったので、ペイガン異動後はリカレーが捜査の責任者になったのだ。

リカレーが被害者におこなう質問には、父親が娘に性に関する事柄を口ごもりながら説明するときのようなぎごちなさがあった。そのときの映像は、私が州検察局から入手した事件ファイルのディスクに収録されている。映像は粗く、被害者の顔もぼやけている。それ以上に見るのがつらい。少女たちはおどおどしていて、多くは泣いていた。少なくともはじめのうちは、自分の身に何が起こったのかを言いたがらず、すべてを否定する者もいた。恥ずかしく思い、親に知られることを恐れていた。

とくに少女たちを怯《おび》えさせていたのは、エプスタインのもつ大きな力だった。エプスタインが逮捕されるなどありえないと思っていた。あとでひどい目に遭わされるのではないかと恐ろしくてたまらなかったのだ。

「ジェフリーはあたしを捕まえにくる。警察もわかってるんでしょ？」と、少女のひとりはリカレーに言った。「あたしがこうやって話していることもどうせばれる。逃げられない」

リカレーは少女たちを安心させようと父親みたいな穏やかな口調で、彼女たちの安全は護られるし、エプスタインは逮捕されると言った。「どんなに金をもっていても、どれほど偉い人と知り合いでも、悪いことをしたら罰を受けるんだよ。それがこの国の法律の仕組みだからね」

2 ジェーン・ドウはどこに

エプスタイン事件の多くの謎のひとつは、ＦＢＩが児童搾取を厳しく取り締まり、はるかに軽い性犯罪でも長い投獄の対象だった時代にあって、このような悪質な性犯罪者がなぜ逃げおおせたのかということだ。

２００６年、ジョージ・Ｗ・ブッシュ大統領政権の司法省は、子どもに対する性犯罪に重点的に取り組むタスクフォースを立ちあげた。当時、何百件もの逮捕や起訴が発生している。このタスクフォースの最大のターゲットは児童ポルノだったが、人身売買の撲滅も目的のひとつだった。あとになって知ったのだが、人身売買のほうは、少なくとも当時の法執行機関は、おもに外国から来たアフリカ系やアジア系、ヒスパニック系の人たちが犯罪の主体だと考えていた。

当時の司法省は、性的人身売買がアメリカの富裕層や権力者のあいだで広くおこなわれている犯罪だという認識も、ポルノ（とくに児童ポルノ）が数十億ドル規模の世界産業になりつつあるという認識もないようだった。

私は刑務所にいる女性たちを取材していたので、女性や子どもを売買する組織がアメリカじゅうにあることを知っていたが、少なくともフロリダの法執行機関が、陽光の州で何百万ドルも稼いでいる者たちを追跡しているようには見えなかった。いまにして思えば、その「人身売買者」が彼らの隣人か、上司、地域のリーダー、弁護士、政治家、友人、親戚だったからかもしれない。

２００４年、アレックス・アコスタは、人身売買犯罪と闘う司法省の要《かなめ》になった。当時、人権擁護局の司法次官補だったアコスタは、〈ホワイトハウスに訊いてみよう〉という名称の双方向ウェブフォーラムに性的人身売買をテーマにした記事を投稿している。

「人身売買について話すときには、いかに邪悪かが伝わりやすいように写真をよく使う」とアコスタは書いた。

投稿に添えられていた写真は司法省のある事件のもので、アコスタはそれをオフィスに置いていたそうだ。[1]

ツインベッドがどうにか入るぐらいの小さな部屋。14歳のメキシコ人少女が閉じ込められ、１日に30人もの男との性交を毎日強いられていた。ベッドのそばには小さなナイトテーブルがあり、テディベアが写っている。

「その少女があとで私たちに話してくれた。テディベアをそばに置いていたのは、子どものころのことを思い出すためだと。たった14歳で、自分の子ども時代がもう失われたことを知っていたのだ」とアコスタは記事に書いている。

「人身売買するやつらってどこにいるの？」双方向のフォーラムに誰かが書き込んだ。「人の心をなくした醜い怪物？」

アコスタは答えた。「ひとことで言えば、イエスですね。彼らは現代の奴隷制にかかわっています。年若く、無邪気で貧しい、最も弱い立場にある人たちを食い物にしている。金儲《もう》けのために、彼女たちを殴り、レイプし、虐待し、ときには殺してしまうのです」

アコスタはインドを訪れた際、ムンバイの路上で子どもたちが生きる手段として性行為をするのを目撃した。人身売買の急増は、東南アジア・太平洋地域、中南米、東欧で活動する組織的な犯罪集団のせいだと考えていた。被害者のほとんどは、よい暮らしができるという嘘にだまされ、性的人身売買業者の網に囚《とら》われる。

母国を逃れてアメリカを目指す難民へのアコスタの共感は本心からだった。

アコスタの両親は10代のころ、それぞれの家族でキューバのハバナからマイアミに移住してきた。父親はセールスマンとして働き、母親は弁護士補助員《パラリーガル》になった。ひとりっ子だったアコスタは、両親が働いているあいだ世話をしてくれる母方の祖母からスペイン語を覚えた。両親は稼いだ金をすべて注《つ》ぎ込んで、アコスタを私立の進学校ガリバー・プレパラトリー・スクールに通わせ、のちにハーバード大学に入学させた。

アコスタの子ども時代の友人によると、彼はラテン語の文章を引用でき、議論好きで、大量の昆虫コレクションをもっていたそうだ。

「うるさく言う必要のない子でした。いつももっとがんばろうとしていました」と、母のデリアは2004年にマイアミ・ヘラルドのインタビューに答えている。[2]

アコスタは、高校3年生を飛び級して1年早くハーバード大学に入学した。

キューバにいる祖父のように医師になると思われていたが、2年生のときに専攻を医科から経済学に変更した。卒業後、シェアソン・リーマン・ブラザーズ社で国際金融の仕事をしたあと、ハーバード大学に戻り、ロースクールで法務博士を取得した。[3]

時の試練に耐える先例をつくることができる、法曹人たちの能力の高さに感銘を受けたと彼は述べている。

のちに学部長を務めることになるフロリダ国際大学ロースクールのウェブサイトに掲載された略歴によると、司法省人権擁護局の長として、アコスタは125以上の公式意見書を執筆した。

司法省時代には、1955年のミシシッピ州で14歳だったアフリカ系の少年エメット・ティルが拉致され、リンチされ、殺害された事件の捜査再開に尽力した。

2004年5月のプレスリリースでアコスタは「エメット・ティル君の事件こそ、アメリカの公民権運動の核心にある」と述べている。

だが、アコスタの司法省での在任期間はスキャンダルで傷ついた。2008年におこなわれた司法省の内部調査で、アコスタをはじめとする司法省内の官僚が保守派の法律家を優先して生え抜きの公務員弁護士を排除し、人権擁護局を政治的思惑に沿って動かしていたことが判明したのだ。アコスタは、ホワイトハウスとの連絡役だった司法省の弁護士ジャン・ウィリアムズと結婚していた。政治的な後ろ盾に基づいて雇用を選別するという戦術を積極的に推し進めた人物として調査で名が挙がったのが、このジャン・ウィリアムズだった。[4]

アコスタはこの取り組みを知らなかったと主張したが、部下の違法行為の一部については知っていたはずだとの証言がある。[5]

報告書が提出されるまえに、アコスタとウィリアムズは異動した。

2005年、アコスタはフロリダ州南東部のフォートピアースからキーウェストまで10の郡を管轄する、フロリダ州南部地区の連邦検事に暫定的に任命された。この地区の本拠地は、コカイン密売人や武器商人、テロリストが群れる海辺のエリアとして悪名高いマイアミだ。彼はこの就任によって、全国的な知名度を得ることになる。キューバ系アメリカ人であり、共和党政治の新星であるアコスタはただちに指導力を発揮し、南フロリダを舞台に詐欺事件を起こしたワシントンのロビイスト、ジャック・エイブラモフや、コカインのカリ・カルテル〔カリは南米コロンビアの都市名〕の首領兄弟など、大物を起訴して注目された。

２００６年10月、彼の助言者《メンター》であり、その年に最高裁判事に就任したばかりのサミュエル・アリートによってアコスタは正式にフロリダ州南部地区の連邦検事に任命された。

２０１６年10月にエプスタイン事件の調査を始めたとき私は、上司のエディターに事件の見直しを説得するための「新しい」切り口を見つけようとしていた。

共和党の大統領候補にすでに指名されていたドナルド・J・トランプが、不適切な性的接触を受けたと複数の女性から告発されていた件を、エプスタインの事件と絡めてはどうだろうかと考えた。しかも女性のひとりは、13歳のときにトランプとエプスタインにレイプされたと訴えている。

私はさらに深く調べた。エプスタインの刑事事件が決着してから8年のあいだに、被害者たちから多数の民事訴訟が起こされていたことがわかった。ジェーン・ドウ1、ジェーン・ドウ2、ジェーン・ドウ3……と、およそ二十数名の訴人がいた。本名を明かさず、イニシャルだけの人もいる。あまりにも多くの訴訟があり、多くのジェーン・ドウがいたため、彼女らの弁護士でさえ事件を混同するのではないかと心配になったほどだ。

そのなかにひときわ目を引くものがあった。物議を醸した司法取引の一環として州裁判所でエプスタインが軽微な売春勧誘の罪を認めたのと同じ時期の、２００８年の7月に提起されていた。

以来、弁護士ふたりが活発に訴訟活動をおこなっていたが、フロリダ州南部地区の連邦裁判所では8年が過ぎてもまだ結審していなかった。

この訴訟は、エプスタインの被害者ふたりが、エプスタインに対してではなく、連邦政府を相手取って起こしたものだ。エプスタインの2008年の司法取引を無効にし、エプスタインが適切な罪状で起訴されるよう、連邦検察に再調査を求めていた。

エプスタインがパームビーチ郡の刑務所にいたのは13カ月だけで、とっくにプライベートジェットで飛び回る生活に戻っていた。2009年に放免されたあと、2016年ごろには世間のレーダーから外れていたようだ。

この訴訟は長丁場になりそうだった。司法省が過去の誤りを認めて、軽いとはいえすでに刑期を終えた人物を刑務所に戻すというのは、とても実現しそうになかった。訴訟が長引いているのは、それだけ落とし所がないということでもある。現に、原告側がエプスタインに対して民事上の請求をおこなうために連邦政府へのこの裁判を1年近く中断していたときには、判事によって訴訟無効が宣言される寸前までいった。

ジェフリー・エプスタインについて何か新しい記事が書けないか、時間を割く価値があるかどうかを考えるうちに、まずはFBIの事件ファイルを情報開示請求してみようと思いついた。

回答を待つあいだ、私は新しいプロジェクトに取りかかった。

当時は2017年のはじめで、調査報道の題材はほかにもいろいろあった。1月6日にフォートローダーデール・ハリウッド国際空港で半自動拳銃を抜いて5人を殺害し、6人を負傷させた元州兵エステバン・サンティアゴの事件もそのひとつだ。

その日、私は空港から3キロほどのところにある歯科医院の待合室に座り、21歳の娘が親知らずを抜いてもらうのを待っていた。私が空港の近くに住んでいることを知っているマイアミ・ヘラルドの市政担当エディター、ジェイ・デュカッシから電話が入り、現場に急行した。その後数日かけて、問題を抱えた元兵士のことをたんねんに調べることになった。仲間の予備役兵ふたりを道端の爆弾で失った彼は、イラクから帰還したあと、神経衰弱状態に陥っていた。

これとは別に、フロリダ州の刑務所で起こった汚職や不審死をテーマにした連載記事の続きも書かなければならなかった。

上司であるケイシー・フランクは、刑務所の連載記事の継続に熱心だったが、私は飽きていた。この3年半、仕事といえばほとんどそればかり。ケイシーとのあいだで何度も諍《いさか》いとなっていた。

エプスタインの件がますます頭から離れなくなっていった。

意を決してケイシーに言った。「エプスタインの件を調べてみた。あの司法取引にサインしたのはアレックス・アコスタだったのね」

政治専門ニュースメディア〈ポリティコ〉のジョシュ・ガースタイン記者が書いた、児童への性的虐待者と大甘《おおあま》の司法取引を交わしたアコスタは上院の指名承認公聴会で批判を浴びるだろうと予測した記事をケイシーに見せた[6]。

「たしかにアコスタがサインした。うちでも報道したよ」とケイシーは言って、ヘラルドの私の同僚の何人かが新しいシリーズに取り組んでいるとつけ加えた。

「性的人身売買について記事にできそうなネタをリサーチしてたから、たくさんの資料を集めたの。手元に全部あります。うちの記事ではアコスタには触れてなかったと思ったけど、私が見落としたのかもね」と私はケイシーにメールを送っている。私に言わせれば、この件は決着には遠かった。

アコスタは、このスキャンダルについてほとんど追及されることなく労働長官に承認された。エプスタインの被害者に連絡をとろうと私が提案したら、ケイシーは気乗りしない様子だったが、年数が経ったあとに彼女たちが話してくれるかどうか試してみる価値はあると同意してくれた。

この案件は私がこれまでに扱ったものとはちがうと本能的に感じた。強い影響力をもつ男たちと女たち、そして卑劣な犯罪からたいした罰も受けずに逃げおおせた大富豪。被害者とその家族をつけ回す私立探偵。記事にしたらすぐにでも私たちを訴えてくるであろう有名な弁護士たち。ヘラルドは以前にも物議を醸すような記事を扱ったことがあるからこわくはなかったが、編集局長のミンディ・マルケスに、私が何を追っているかを知らせておくのが賢明だろうと思った。

私は彼女のオフィスに入った。ふたりとも同じ年ごろの子どもがいて、靴が好きなので、彼女とは最新の重要ニュース以外にも、ふだんから子どもや靴の話をよくしていた。私は新しいプロジェクトに取り組んでいることを伝えた。彼女はエプスタインという名前を聞いたことがなく、事件の経緯もよく知らなかった。ヘラルドでは、長年にわたってこの件を単発の記事にはしてきたが、一面を飾ることはほとんどなかった。よその地方紙と同じく人手不足と予算不足に悩む身としては、わがマイアミ・デイド郡の裏庭のニュースを取材することですら苦労しているのに、パームビーチ郡のトピックまでなかなか手が回らないのだ。

まず、何を書こうとしているのかを説明し、エプスタインとその弁護士から反発がありそうだと話した。被害者を捜し出し、取材に応じてくれるように説得しなければならないので、根気のいるプロジェクトだということも知っておいてほしかった。暗い話だし、性的な表現も出てくるため、記事の執筆そのものにもむずかしい点が出てくるだろうと。

マルケス編集局長は、新聞業界に男社会の色合いが濃かったころに出世している。一部の例外を除き、女性エディターは記事編集セクションかライフスタイルを扱う部署で働くことが多く、たとえガラスの天井を破ることができたとしても、その地位に長く居つづけることはむずかしかった。彼女のキャリアの始まりは25年前、ヘラルドの夏季インターンとして地域のニュースを担当したときだ。その後、記者として採用され、マイアミ・デイド郡の第2の都市ハイアリアの汚職に関する記事を書いた。市政担当副編集長に昇進したのち、いったんヘラルドを去り、ピープル誌でラテンアメリカを担当するマイアミ支局長に就任した。5年後、ヘラルドに戻り、ついには編集局長、副社長へとのぼり、のちに新聞社トップの発行人《パブリッシャー》となる。

「タフな取材になりそうです。あらかじめお伝えしておこうと思って」とマルケス編集局長に話したことを思い出す。

彼女は静かに聞いていた。そして、いくつか疑問点を尋ねてきた。私は、なぜこの題材《ネタ》がだいじだと思うのか、少女たちがいかに正義の外へ追いやられたのかを話した。

ややあって編集局長は言った。「進みましょう」

2017年3月から夏まで、私は再開した刑務所の連載記事の執筆と、エプスタインの被害者を捜す活動の両方を交互におこなっていた。エディターのケイシーが私に刑務所の仕事を与えつづけるのを見るうち、エプスタイン事件への肩入れを彼は歓迎していないのではないかと感じるようになった。彼を怒らせない程度には言われた仕事をこなしつつ、それ以外はさまざまなことを脇へ押しのけていた。

邪魔が入らないよう、私は自宅で仕事をするようになった。

ケイシーはヘラルドでもとくに有能なエディターだったが（いまもそう）、つねに意見が一致したわけではない。多くのエディターと同じように、彼にも受動攻撃的〔怒りを直接ぶつけずに、黙る、無視するなど遠回しに相手を攻撃すること〕で頑固なところがあるので、「わかりました、やります」と言うのがいちばんの対応法だと学んだ。衝突することもあった。でもそれは、互いに仕事に情熱をもっていたからだ。

マルケス編集局長と同様、ケイシーもヘラルドで長く働いてきた。記者としてスタートし、ブロワード郡支局のエディターとなり、一面担当、日曜版、調査報道のエディターを担ってきた。ケイシーほど新聞業界の浮き沈みを乗り越えてきた人は少ない。ヘラルドの不屈な文化を誰よりもよく知っていて、ときに行きすぎに見えるくらいリーダーたちに忠実だった。

編集に携わる人間がみな善良とは限らない。私自身もエディターだった時期があるから言えるのだが、「いい人」でばかりはいられなかった。エディターとは、私のような強情な記者に、監督者の立場から物事を見て、エディター自身のやり方とスケジュールに沿って行動することを強制しなければならない。上品な物言いでわかってもらうのは簡単でない（不可能な場合もある）。エディターは、ときには記者の頭に銃を突きつけ、ときには彼らがゴールするまで辛抱強く誘導しなければならない。

エプスタイン事件の再調査がいかにむずかしいかを理解している人はわずかしかいなかった。そのひとりはエディターのケイシーで、もうひとりはエミリーだ。

エミリー・ミショットは、1994年にブロワード郡支局でインターンとして働きはじめて以来、フォトグラファーとして活躍してきた。一緒に仕事をする機会はあまりなかったが、今回のプロジェクト当時、エミリーはヘラルドで唯一の女性フォトグラファーだった。撮影技術が際立っていることに加え、ほかの人には見えないところまで、人にしろ物体にしろ被写体の奥深くまで見る能力があった。ふたりで組んだ仕事で快心の出来だったのは、自分を長年殴っていた夫を殺した罪で終身刑となった老女へのインタビューだ。車椅子に座った80代の彼女の手はひどく荒れていた。痛みを和らげる薬が手に入らないと聞き、エミリーは手の写真を撮って、フロリダ州の刑務所で女性受刑者がいかに無視され、ひどい扱いを受けているかの残酷な証拠として記事に使用した。

手の写真をフロリダ州矯正局にも送った。数週間後、老女から「手の軟膏《なんこう》がようやく届きました」という手紙が届いた。

そうした女性の多くは肉体的にも性的にも虐待を受けている。エミリーと私は、ローウェル矯正施設をテーマにした「罰を超えて」シリーズの一環として、服役中の女性の声を集めた3本のドキュメンタリーを制作したことがあったので、暴力やそのトラウマに苦しむ女性にインタビューした経験をもっていた。

2017年の10月からエミリーは私と組むようになった。エプスタイン事件を文字と写真と映像で伝える方法をふたりで模索した。女性受刑者に話を聞いた経験から、エミリーも私も、事件を語るのにいちばんふさわしいのは被害者自身だと考えていた。

だが、話してくれる被害者がいるかどうかはわからない。ティーンエイジャーのころに性的被害に遭ってから10年以上が経っているのだから、連絡が来ること自体をいやがられるかもしれなかった。

私はアパートメントの予備寝室を作戦部屋に設《しつら》えた。まず、箱に公文書を詰めて並べた。事件をゼロから見直すことも当初から決めていたことだ。迷宮入り事件を再捜査する刑事が古い記録を開き、これまで見落としていたり重要さに気づいていなかったりした手がかりがないか、隅々まで読み直すように。ただし、自分で入手した記録や、自分でおこなったインタビューと取材のうえに記事を有機的に展開させたかったので、この事件に関する過去の報道はあえて読まなかった。

キャリアの初期に指導を受けた、フィラデルフィア・デイリーニュース紙の元エディター、ジャック・モリソンの至言を思い出した。私に割り振られた仕事のなかに、1999年7月の金曜にジョン・F・ケネディ・ジュニアの操縦する飛行機がマーリズ・ビニヤード島沖で消息を絶った事件があった。週末には、世界じゅうのあらゆるメディアがこの小さな島に集まっていた。私はフィラデルフィアの小さいけれども血気盛んなタブロイド紙の記者として、世界で尊敬される高尚な報道機関と競わなければならなかった。何をすればいい？　どうすれば特ダネが手に入る？

ジャック・モリソンがそのとき放ったことばは、キャリアを重ねるなかでもずっと頭に残っている。

「ジャーナリストの群れを見たら、反対側へ行け」

だから、ほぼ1時間ごとに開かれていた記者向けのブリーフィングには行かなかった。代わりに地元の図書館へ行った。地元の歴史家に話を聞いた。島の先住民族が、ケネディの小型飛行機の残骸がないかと、砂浜の最も古くから伝わる民族の土地を探し回っていたことを記事に書いた。

「ケネディ一家の住まいがあったアクィナ・クリフのふもとに彼らはいた。土地の権利をめぐって一家と争った先住民族が、海に飲まれたケネディの息子のために祈りを捧《ささ》げていた」

飛行機事故については、多くのジャーナリストが多くの記事を書いた。だが、その島でかつてケネディ一家に起こった争いの歴史についてはほかの誰も書かなかった。


少女たちを見つけ出し、その物語を伝えることは、私にとって、長くこの事件を取材してきたほかのジャーナリストとはちがう方向に進むということだった。彼女たちはそれぞれの人生を歩み、多くは自分に起こった秘密を誰にも話していないだろう。捜されることを喜ばない可能性は高い。

事件ファイルを読むうち、生年月日や苗字《みようじ》、住所の一部、家族の名前などが、少しずつわかってきた。結婚した人や旧姓を使わなくなった人もかなりいた。

私にとっては運のいいことに、修正警察《リダクションポリス》がまれに、名前の塗りつぶしをうっかり忘れた箇所があった。「リダクションポリス」とは、バケツいっぱいの黒のマジックペンで武装し、捜査報告書や裁判書類を塗りつぶしていく、刑事司法制度の一角を担う正体不明のメンバーに私がつけたニックネームだ。被害者の名前を本人の許しなく使うつもりはなかったが、せめて何人かは話してくれる人を見つけたかった。

裁判記録や、リダクションポリスの修正資料の情報をつなぎ合わせ、少しずつ被害者のリストを伸ばしていった。そろった名前は多くはないが、始めるには充分だった。

その名前をもとに、フェイスブックなどソーシャルメディアのページをつうじて、ほかの被害者の名前をたどることができた。たとえば、ある被害者のイニシャルがR・Lだとわかっている場合、別の被害者のフェイスブックのページにR・Lの友だちがいないか探すのだ。

この作業の途中で薄気味悪さを覚えることがあった。エプスタインは特定の容姿をもつ少女をターゲットにしていたことがわかったときだ。見つかる被害者はみな、ブロンドで青い目、小柄で美しかった。大半はウェストパームビーチで暮らしているようだった。

私のリストはしだいに増え、探索を始めて8カ月後の2017年10月には、約60人の被害者候補を特定し、ほとんどの住所を突き止めていた。どういう方法で彼女たちに連絡をとればいいかを考えていたとき、映画プロデューサー、ハーベイ・ワインスタインの長年の性犯罪の事件が明るみに出た。
#MeToo運動は、ザ・ニューヨーカー誌とニューヨーク・タイムズ紙に掲載された一連の記事をきっかけに爆発的に広まった。エンターテインメント業界で強大な権力を握った者のひとり、ワインスタインが、長年にわたってセクシャルハラスメント、レイプ、嫌がらせを繰り返してきたことを糾弾する記事だった。のちにピューリッツァー賞を共同受賞するこの記事は、性的虐待やハラスメントに対する女性の意識を大きく変えるきっかけにもなった。一般の人たちやメディアが性的暴力事件を見るときの、とくに金と権力をもつ人物が加担した事件を見るときの姿勢に、文化的変容と言えるほどの大転換をもたらした。
突然、ケイシーが私のプロジェクトに乗り気になった。エミリーと私は、彼がサポートしてくれるようになったことを静かに喜んだ。ワインスタインの事件との類似を指摘するエディターもいたかもしれないが、ケイシーと私は重要なちがいを見いだしていた。エプスタインのフロリダでの被害者は、ハリウッド女優ではなく、護ってくれるはずの刑事司法制度の人間に裏切られた、問題を抱えた貧しい少女たちだった。

だが、ワインスタインに関する記事を読み、オリンピック体操選手がミシガン州立大学のクリニックの医師から性的虐待を受けたと法廷で証言するのを見るうち、エプスタイン事件との共通点も感じるようになった——隠蔽工作、そして、黙っていることで結果的に虐待に加担する人たちの存在だ。

ワインスタインは、ニューヨーク・タイムズが「共犯機構《イネーブラー》」と呼んだ、メディア、エンターテインメント業界、政治など広い分野に散らばる、陰の協力者や支持者たちに囲まれていた。エプスタインも、ワインスタインと同じく、財力と政治的な人脈に恵まれている。

ワインスタインの被害者たちは声を出した。

私は、この新しい動きが、エプスタインの被害者たちにも話す気を起こさせてくれるのではないかと期待した。

3　警察の捜査

少女たちは、あるときは車で、あるときはタクシーで、昼夜を問わずにやってきた。あらかじめ聞いていたのは、大金持ちの大人の男の人にマッサージをしてお金をもらうこと、下着だけか裸になるように言われるかもしれないこと、年を訊かれたら18だと答えることぐらいだった。

２００５年９月、ジョー・リカレー刑事は点と点を結び、ひとりの有力者と彼に雇われた協力者何名かによって組織的におこなわれているらしい性搾取の企みに迫りつつあった。

そのころにはジェーン・ドウ１はジョージア州に住む母親のところへ引っ越していたが、引っ越すまえに、被害を受けている可能性のあるロイヤルパームビーチ高校の女子生徒の名前を警察に伝えていた。パームビーチ警察で重大犯罪の偵察を担当する不法目的住居侵入対策班は、数週間前からエプスタインの屋敷を監視し、別の警官数名は、エプスタインの少女スカウト係のひとり、ヘイリー・ロブソンを尾行していた。

２００５年９月24日、パームビーチの衛生局にこの事件とのかかわりができる。

責任者のトニー・ヒギンズは警察と打ち合わせ、エプスタイン邸のゴミを捜索する計画に同意した。収集作業員は、指定の日に屋敷のゴミ袋を集め、ゴミ収集車の後部にある囲いの中に保管し、別の場所に運ぶように指示された。待ち受けていた警察はそのゴミ袋を大きな黒い袋に入れて署に運び、そこで中身を調べるのだ。

このゴミ捜索は数週間から数ヵ月続き、「ベスとアリスに電話してみて」のような、少女の名前と電話番号が書かれた留守電のメモが出てきた。リカレー刑事はこれらの番号を集めて分類し、加入者情報を得るためにシンギュラー・ワイヤレス社とベルサウス・テレコミュニケーションズ社に召喚状を発行した。

ほかに、ナディア・マルシンコワという名の女性に宛てた郵便物、ニューヨークの著名な広報専門家《パブリシスト》ペギー・シーガルと通話した記録、ハーベイ・ワインスタイン、ドナルド・トランプ、世界的マジシャンのデビッド・カッパーフィールドといった著名人からのメッセージ、エプスタインのかつての恋人で、パームビーチの屋敷もよく訪れていたらしいギレーヌ・マクスウェルの名前がエンボス加工された便箋なども見つかった。

捜査の過程では小さなつまずきはいろいろあった。加入者情報や通話記録を求めて電話番号のリストとともに発行した最初の召喚状は記載に誤りがあり、新たに召喚状を発行しなければならなくなった。また、監視カメラや証人の音声のテープが、警察の機材が古いせいでときどき引っかかったり、損傷したりすることもあった。

それでも、有用な情報は集まりつつあった。多くは少女からの訪問を確認するメモで、「リンダは4時。アドリアナを連れてくる」「サンディ、4時はムリ。サッカークラブの練習」のようなことが書かれていた。メッセージの大半には日時と電話番号が入っていたが、リカレー刑事が連絡をとっても、みなが協力的だったわけではない。

少女スカウト係のヘイリー・ロブソンは管轄外に住んでいたため、リカレーはロブソンへの事情聴取の支援を求めて、州検察局に連絡した。そこの捜査官がリカレーに同行してロブソンの家に行くことになった。

パームビーチ・コミュニティ・カレッジでジャーナリズムを学んでいたロブソンは、パームビーチ警察署での聴取に応じてくれた。未成年だったほかの少女たちとはちがってロブソンは19歳だったので、両親の許可を得る必要はなかった。彼女の父親は元警察官だったから、知っていたら許可しなかったのではないか。リカレーは、外からは警察車両とわからない車にテープレコーダーを載せてオンにし、署に向かいながらロブソンの話を録音した。

17歳のときにエプスタインと知り合い、少女スカウト係として動きはじめたことをロブソンは淡々と語っている。

エプスタインはとにかく若い女の子をほしがり、一度、23歳の女性を連れていったらひどく怒れたという。ロブソンが紹介したなかの最年少は14歳で、屋敷に連れていった女性の名前を全部で6人挙げた。

捜査報告書によると、ロブソンは、金に困っている少女を探そうとし、裸でのマッサージや多少のお触りがあるかもしれないことは事前に伝えたと言っている。

「あたしが連れていった子たちは、何が起こるのか知っていたんです」と、ロブソンはリカレー刑事に話している。

ジェーン・ドウ1のときには、別の女の子が一緒についてきたという。エプスタインの女性アシスタントが、エプスタインがパームビーチの屋敷に来る予定が決まると、ロブソンに連絡し、その日に合わせて女の子を連れてくるように依頼していた。

「ジェフ（エプスタイン）は、女の子と楽しく過ごすのが好きなの」。私が読んだ事件ファイルのなかで、ロブソンは警察にこう認めている。

大人の独身男性のもとを訪れていることを両親に知られ、それをきっかけにロブソンはスカウト係をやめたそうだ。

リカレー刑事は、彼女が犯罪に巻き込まれた可能性のあることを伝え、警察に協力する意思があるかどうかを尋ねた。ロブソンは自分の権利を放棄し、逮捕されないことを願って警察への協力に同意した。

「あたしったら、田舎のハイディ・フライスみたい」。1990年代にカリフォルニア州でセレブ客に高級コールガールを斡旋《あっせん》していた通称「ハリウッドマダム」に自分をなぞらえたロブソンの声がテープに残っていた。

だが、ロブソンは協力する約束をのちに翻《ひるがえ》したと、リカレー刑事は2010年に宣誓証言している。

私がロブソンに会ったのは、事件の調査を始めてすぐだった。デルレイビーチにある小さなレストランでふたりで話をした。彼女は明らかに罪悪感を抱いていて、面談が終わるころには、次回はフォトグラファーのエミリーを呼んで、カメラのまえでエプスタインの話をすることに同意してくれた。

そのための場所が必要だったので、エディターのケイシーを説得してパームビーチのホテルのスイートルームを借りた。ロブソンにメールや電話で何度も確認を入れ、気が変わっていないことを確かめた。ロブソンは大丈夫と答えた。

だが、その日、彼女と連絡がとれなくなった。電話にもメールにも応答はなかった。エミリーと私はホテルの部屋で待ったが、2時間が経ったころ、ついにあきらめて荷物をまとめてそこを出た。

数日間、何度か連絡を試みたが、やはり返事はない。ようやく彼女から連絡があったのは2週間後だった。重いインフルエンザに罹《かか》って入院していたとのことだった。私は日程を再調整しようと何度か連絡したが、ロブソンは電話に出なかった。振り出しに戻る。

リカレー刑事も、被害者たちから似たような抵抗に遭っていた。はじめは協力的でいろいろ話してくれた少女も、やがて気が変わり、黙ってしまうのだ。リカレーの鼻先でドアをぴしゃりと閉める者もいた。被害者のうちのふたりは、エプスタインのことが好きだからけっして彼を裏切ったりしないと言った。

エプスタインが内心では、少女たちを操って自分の性欲を満たすことしか考えていないのに、うわべでは彼女たちをだいじに思っているふうに見せかけるのがいかにうまかったのかをリカレーは思い知った。

ロブソンが連れていった少女のひとりは、パームビーチから西に30キロほどのところにある、土ぼこりの舞うロクサハッチーに住んでいた。パームビーチ郡に編入された飛び地のこの町は、南フロリダの郊外によく見られる住宅団地《トラクトハウス》や、チェーン・レストラン、ゴルフコースとはかけ離れた場所だ。

「ヘイリー（ロブソン）と一緒にあの家へ行って、キッチンにシェフと一緒に座ってただけ。何も起こらなかったわ」と、その被害者はリカレーに言った。

おそらくは両親がそばにいたからだろう、リカレーは彼女が本当のことを言いたくないのだとわかった。名刺を置いて、次の被害者に進んだ。

彼はほかの警察官と一緒に、2005年9月の丸1カ月をかけて、ロイヤルパームビーチ、ウェストパームビーチ、ロクサハッチーを回り、ロブソンが勧誘した少女の幾人かと話をしたり、エプスタインのゴミ箱から名前や電話番号が見つかった少女たちを捜したりした。聴取のときには少女と警察官が1対1にならないように、必ず2名で向かった。エプスタインがあとでこの捜査を知ったときに、意のままに動く少女を使って、ふたりきりのときにお巡《まわ》りさんに変なことをされたと言わせる懸念があったからだ。

ある日、リカレーが被害を受けた可能性のある少女に話を聞いていると、少女に電話がかかってきた。留守電に入ったメッセージをリカレーのまえで再生してくれた。

エプスタインのアシスタント、サラ・ケレンからだった。警察から何か訊かれていないか確認したいからコールバックがほしい、とのメッセージが流れた。

「私たちと話していることを誰かに話した？」とリカレーが尋ねた。

「あー、ひとりの友だちにうっかりしゃべっちゃった」

エプスタインの被害者のあいだで、警察が調べているという噂が広がっているると見てまちがいない。エプスタイン自身がまだ知らなかったとしても、耳に入るのは時間の問題だろう。

10月には、リカレーが聴取した被害者は10人ほどになっていたが、第2級重罪の16歳未満の児童に対する淫らな行為以外で起訴するにはまだ不十分だった。それまでのところ、どの被害者の証言も性的暴行のレベルには達していなかった。

だが、すぐに事態は変わることになる。


その少女が「うっかりしゃべっちゃった」友だちは、その時点では地元の大学に通う学生だった。翌日、リカレーはその大学に行き、当人を呼び出した。

ジェーン・ドウ4と名のついた彼女は、警察の捜査を知っていたと認め、宣誓のうえで陳述をテープに録音することに同意した。ジェーン・ドウ4は、エプスタインを変質者と表現した。マッサージをするたびに、もっときわどい、もっと性的な行為を迫ってきた。彼女は、恋人がいるからいやだと断りつづけたが、エプスタインは彼女の限界をじわじわと広げていった。エプスタインと初めて会ったのは16歳だった2年前で、ロブソンに案内されたそうだ。エプスタインは最近、屋敷に来やすいように彼女のために日産セントラを借りてくれたという。彼女はまだその車に乗っていたので、リカレーを駐車場に案内して実物を見せた。リカレーはナンバーを書き留め、あとでその車が本当にエプスタインの名で借りられていることを確認した。

具体的なよい証拠だ。だが捜査令状を得るには急いで仕事をしなければならない。

「すべての被害者が最初の聴取で真実を語ったと思うかって？　ノーだね」。リカレーは私に言った。「彼女たちはこわがっていた。あの男のもつ権力が恐ろしかったんだ。そこが私にとっての第一関門だった。私を信頼してもらわなければならなかった」

エプスタインを訪ねた回数や、連れていった少女の人数を、彼女たちは少なく言ったり、ぼやかしたりすることがよくあった。

淫らなことをされたり見せられたりするのがいやで、二度と屋敷に行かなかった者もいれば、友だちを連れて戻ってきた者もいる。ロブソンのように、スカウト係になった者もいる。だが、いったん口からあふれはじめたら、どの物語もいつも同じだった。

ジェーン・ドウ103は、ウェリントン・モールで働いているときに、友だちのひとりから、エプスタインの家で裸でマッサージをすれば200ドルを稼げるという話を聞いたそうだ。

ジェーン・ドウ103は考えた末、翌日に行ってみることにした。

友だちに連れられてエプスタインの屋敷に行き、キッチンに入ると、アシスタントのサラ・ケレンに迎えられた。ケレンは彼女を、ほかの少女たちの話にもいつも出てくる2階のマスターベッドルームと浴室に案内した。エプスタインの行動は毎回だいたい同じだった。少女に服を脱いで彼の背中に乗るように言い、やがて仰向けになって自身をさらけ出し、少女の身体に触りながら自慰行為をする。

ジェーン・ドウ103は突然、電話口で大声で泣きはじめ、2年間で何百回もエプスタインの家に行き、何千ドルも稼いだとリカレーに告白した。ケレンはそれを「仕事」と呼ぶようになっていて、103に毎日電話をかけてきては「出勤」できる時間を確認し、エプスタインのスケジュールを調整していた。

ときには、エプスタインが103の携帯電話に直接かけてきて日時を決めることもあった。

103はリカレーに話しつづけた。エプスタインは、彼女の身体を撫で回したあと、オーラルセックスに移り、指を挿入し、若いアシスタントのナディア・マルシンコワとセックスするように命じ、それを見ながら自慰行為をすると。彼と会うたびに性的行為はより濃厚になり、もらう金もその分増えていった。電話口で103は泣きじゃくり、話ができなくなった。リカレーは彼女をなだめ、翌日、彼女が住んでいるジャクソンビルで会う約束をした。

もうひとりの刑事と一緒に翌日ジャクソンビルに行き、ジェーン・ドウ103と、心の支えのために彼女が連れてきた友だちひとりと面会した。テープに録音した宣誓供述書のなかで、103はエプスタインと過ごした2年間を描写し、「法的に独立したと見なされる未成年者」としてエプスタインと一緒に暮らそうと誘われるほど彼のセックスライフの一部となった経緯を説明した。エプスタインと一緒にパーティーやディナーに出かけ、マジシャンのデビッド・カッパーフィールドなど、彼の華麗な友人たちに会ったこともある。数年後に103が起こした訴訟の資料によると、17歳になるとき、マンハッタンにある彼の邸宅に招かれ、移動の航空券や、観劇のチケット、運転手つき高級車での送迎を誕生日プレゼントとして贈られたそうだ。

エプスタインはさらに多くを求め、さらに多くの金を払い、ふたりの性的関係はエスカレートしていった。また、エプスタインは、彼女にナディア・マルシンコワともさらにどぎつい行為をするように説得した。はじめ103は拒んだが、エプスタインは5分間だけでいいからそうしてくれたら追加で200ドル出すともちかけ、いったん彼女が応じると、以降はそれが日課になった。

その後、彼は性具を使うようになり、103にランジェリーや宝石、花、画集、ハンドバッグなどを買い与えた。エプスタインが何か新しいことを頼むたびに、金と贈り物があとに続いた。

エプスタインは彼女の裸の写真を撮り、そのなかには、マルシンコワと一緒に裸でバスタブに入っているものも何枚かあった。

彼女がまだ高校生だったころ、演劇の発表会に出演したときには大きなカゴにいっぱいの花が届いた。

ジェーン・ドウ103には自分で決めたルールがあった。エプスタインが大金を払うと言っても、本当の性交だけはしないと。

ところがある日、マルシンコワと3人でいるときに突然、エプスタインはジェーン・ドウ103をマッサージ台の上にうつ伏せにし、やめてと頼む103を無視して頭をテーブルに押さえつけ、ペニスを強引に挿入した。

エプスタインは身体を離して謝り、1000ドルを支払った。

「帰り道に痛くてうまく歩けないときがあった」と103はリカレーに言った。

エプスタインは彼女がモデルになりたがっていることを知り、キャリアに役立ちそうな人たちと人脈を築くように勧めた。学校の成績がよく、ニューヨーク大学かコロンビア大学への進学を希望していた彼女の勉学面にも関心をもち、入学願書の作成を手伝ったり、学費の支払いを申し出たりして、彼女を自分の網の中に閉じ込めようとした。

ジェーン・ドウ103は、エプスタインと性行為をしていたほかの少女の名前をリカレーに告げた。

翌日、リカレーともうひとりの刑事は、被害者だと確認されたエイミーという少女に話を聞くため、オーランドに向かった。彼女は傍目《はため》にわかるほど緊張していたとリカレーは報告書に書いている。エイミーは、2005年3月からエプスタインのもとを数回訪れただけだと言った。服を着たままマッサージをしただけで、いかがわしいことは何もなかったと。質問に対する彼女の答えは、台本を丸暗記してきたようだったと報告書にある。

リカレーはさらに、「返答にわずかなためらいを感じたので、エプスタイン側の誰かから連絡があったのかを尋ねた」と書いている。

「ええ、2日前、エプスタインに雇われているという男の人から電話がありました。ポールという名で、あたしのところに警察から連絡が来たかどうかを知りたがってた」

エプスタインの行動は、アシスタントに被害者と接触させることから、私立探偵を雇って被害者を脅すほうへと移行したのだ。

リカレーはパームビーチに戻り、捜査令状の申請書を書きはじめた。

この事件にかかわって1カ月のうちに、多くの収穫があった。未成年の被害者を10人以上特定でき、しかもそのうちのひとりはエプスタインにレイプされたと証言している。

だが一方で、エプスタインが反撃の力を結集しつつあることもわかっていた。

4 エピイ

ジェフリー・エプスタインは2002年にニューヨーク・マガジンに特集記事が掲載されるまで、あまり目立たない生活を送ってきた。その特集記事はタイトルが「ジェフリー・エプスタイン——謎に包まれた国際的マネーマン」で、1カ月前にエプスタインがビル・クリントン前大統領やアカデミー賞俳優ケビン・スペイシー、コメディアンのクリス・タッカーと、特注の自家用機ボーイング727で世界を旅して回った様子を追ったものだった[1]。

同年9月に、ニューヨーク・ポスト紙にも「3人の仲間たち《スリー・アミーゴス》の華麗なるアフリカ大冒険」の見出しが躍り、あとでクリントンが説明した「人道的支援のための旅」というよりも、「はしゃいだ少年たちの探検旅行」の印象を前面に押し出した記事が載った。ガーナ、ナイジェリア、モザンビークをめぐり、南アフリカでは、ネルソン・マンデラのエイズ予防キャンペーンにクリントンが参加している[2]。

ニューヨーク・マガジンの記事によりエプスタインは、10億ドル以上を投資できる客しか相手にしない億万長者の資産運用家《フィナンシアー》としてのステータスを確固たるものにした。記事は、エプスタインをとらえどころのない「金融界のオズの魔法使い」になぞらえ、恬淡《てんたん》としていながら人を惹きつける魅力があり、科学や学術界、慈善活動家、産業界などの傑出した知性とも太い人脈を築いていると描写した。

「蝶《ちょう》を集める人がいるように、彼は気高い精神の人たちを集める」。ニューヨーク・マガジンの記事の書き手、ランドン・トーマス・ジュニアは、熱っぽくこう記している。[3]

とはいえ、この記事で最も強い印象を与えたのは、ここ数年で何百回、何千回と引用されてきたひとつのことばだろう。

「ジェフ（エプスタイン）とは15年来のつき合いだ。とんでもなくすごいやつだ《テリフィック・ガイ》よ」。ドナルド・トランプが大統領に選出される15年前に言ったことばだ。「一緒にいるととても楽しい。私と同じくらい美しい女性を好きだと言われている——とくに若い女性をね。ジェフは人生をおおいに楽しんでいるよ」[4]

トーマスは２００８年に今度はニューヨーク・タイムズで再びエプスタインを記事にした。彼の所有する島を訪れ、カリブ海を望む「椰子《やし》の木に囲まれた桃源郷《ザナドゥ》」と表現した。[5] カニとステーキのランチをとりながらインタビューし、エプスタインは自分を『ガリバー旅行記』のガリバーになぞらえたそうだ。

「ガリバーの遊び心は思いがけない結果を招いた」とエプスタインはトーマスに言った。「富というものも同じでしょう。恩恵だけでなく、思いがけない重荷もある」[6]

トーマスはエプスタインの友人になり、２０１７年にはハーレムの文化センターのために3万ドルの慈善寄付を頼んだ。トーマスのエディターのデイヴィッド・エンリッチはじめ、この寄付のことを知らず、トーマスがふたりの友情を理由にエプスタインに関する別のテーマでの取材を断ったときに知った。トーマスは以後、エプスタインについて記事を書くことを禁止され、のちに同紙を退社した。[7]

エプスタインが人を操るのに長け、広い人脈を築いていたことは明らかだが、私はもっと深いレベルで、彼の少女への執着の根源を知りたかった。自分より知力が劣る者を操って支配しようとする衝動は、子ども時代に何かあったせいで生まれたのか？　敬服する知性の持ち主に渡り合えるように自分を高めなければならないという強迫観念はどこから来たのか？　ジェフリー・エプスタインが頭脳明晰《めいせき》な人物であったことは多くの人が認めている。

だが彼には、マッド・サイエンティストのような頭脳と肥大した自我の両方があった。種としての人類を改良する未来を夢見ていて、人工知能や優生学、人体冷凍術などの難解なテーマの知識を披露してはその道の科学者たちを喜ばせた。

私は、家系解明支援サービス〈アンセストリー・ドットコム〉などのデータベースをつうじて記録を集め、さらに、アメリカの国勢調査や軍の記録、ニューヨークの出生・死亡・婚姻の記録などを突き合わせ、彼の家族の歴史を調べはじめた。

ニューヨーク市のコニーアイランドの中流階級に生まれた子どもが、アメリカを代表する知性たちと席をともにできるまでにのしあがった経緯は、エプスタインの犯罪を暴こうとしている私にとって必要不可欠の情報ではない。それでも、かなり踏み込んだ調査をおこない、当時の多くのユダヤ人家族と同様にアメリカに移住してきたエプスタインの祖先は、第二次大戦中にドイツがヨーロッパの一部を占領したあと、想像を絶する憎しみを浴び、多くの血を流したことがわかった。父方の祖父ユリウスは、１８８４年にビャウィストクで生まれた。ヨーロッパ全土を巻き込む対仏大同盟を終結させた１８０７年の条約でロシア領となったポーランドの町だ。ロシア帝国のもとで反ポーランド、反ユダヤの弾圧が強まり、戦争で荒廃した町から多くの人が脱出した。ユリウスと彼の両親、モリスとサラ・エプスタインは、１９００年ごろにアメリカに移住した。

　ユリウスはブルックリンに住み、3歳のころに家族でオーストリアから移住してきたベッシー・フィッシャーと１９１６年に結婚する。

　ジェフリー・エプスタインの母方の祖父母も戦争、飢餓、反ユダヤ主義に苦しみ、ロシアに占領された地域から１９００年代前半にアメリカに逃れてきたユダヤ難民だった。母親の両親であるマックス・ストロフスキーとレナ・バーリンは、のちにドイツに占領されるリトアニアの小さなユダヤ人の村から移住してきた。レナの祖先は、リトアニアに昔からあるモレタイ村に住んでいた。１９４１年8月29日、レナ・バーリンの親族を含む村の人口の約80％がドイツ軍の銃殺部隊によって殺害された。レナの父親は、１９４１年にドイツ軍に侵攻されたコプチョヨの出身だった。その町のユダヤ人は、ラズディヤイ郊外のユダヤ人隔離地区《ゲットー》に移され、そこで処刑された。

　エプスタインの祖父母は、19世紀の終わりに5つの区のひとつとしてニューヨーク市に組み入れられるまえはアメリカで4番目に大きい都市だったブルックリンの別々の場所に住んでいた。

　祖父のユリウス・エプスタインは、世界大恐慌の時代にフランクリン・D・ルーズベルト大統領が、工業化社会になって以来最悪の不況を終わらせるべく、雇用と安全を確保しようと推進したニューディール政策の波にうまく乗った。8年生までの教育しか受けていなかったが、ニューヨークを含む全米のインフラの解体と新設に未熟練労働者の雇用を促す雇用促進局（WPA）の制度を利用して解体業の会社を設立し、成功する。

ニューヨークの荒れた地域で、多くの解体業者がビルを解体し、住宅街のブロック全体を壊しはじめた。だが一方で、これらの解体工事、とくに歴史的建造物の破壊については多くの疑問が投げかけられた。1939年、連邦議会はWPAの調査を開始する。連邦予算がどこでどのように使われているのか、また、とくにニューヨークでWPAの費用がなぜ突出して多いのかなどを調べた。

ユリウス・エプスタインは、1939年5月29日付で調査委員会に宣誓供述書を提出している。WPAが市に支払っていた予算の何分の1かの費用で民間業者が解体を請け負っていたことや、ニューヨーク市が建築資材を横取りして転売していたことが詳しく書かれ、さらには、当局者が廃材回収でリベートを得ていることや開発業者が資産を本来の価値よりかなり低い額で買い取っていることにも触れている。[8]

不正行為の例としてユリウスは、解体費用を負担するのはWPAなのに、市の職員が残置物を売って莫大な金をポケットに入れていると指摘した。宣誓供述書のなかでユリウスは述べている。「彼らが壊しているのは、スラム街にある建物だけではないことをつけ加えておきます。マンハッタンのセントラルパーク・ウェスト、ブルックリンのクリントン・アベニュー、リッジウッドの醸造所など、スラム街以外の場所の建物も対象にしています。所有者が銀行や信託会社や、市外在住者である建物が解体されているのです[9]」

ユリウスとベッシーには、1916年にシーモア、1923年にアーノルドという息子が生まれた。一家はユダヤ人が多く住むアッパーミドル層の街、クラウンハイツのクラウン通り４２１に引っ越した。

シーモアは父親と一緒に働き、賃貸アパートメントに家族で住んでいたが、24歳のときに陸軍に入り、第二次大戦中、日系アメリカ人が抑留された場所、ニューヨーク州サフォーク郡のキャンプ・アプトンに送られた。

シーモアが前線に出たかどうかは不明だが、１９４４年にボルチモアで軍艦から下船した記録が残っている。その後ブルックリンに戻り、８年後の36歳のときに、34歳の妻ポーリーンと結婚した。

シーモアはニューヨーク市公園レクリエーション局で用地管理人として働き、専業主婦だった妻ポーリーンはのちに保険会社で働きはじめた。

ジェフリー・エドワード・エプスタインは１９５３年１月20日、シーモアとポーリーンの第１子としてブルックリンで生まれた。弟のマークが１年後に生まれている。コニーアイランドというミドル層向けの地味な地域に住んでいた。

子どものころのジェフリーは巻き毛で太っていた。頭がよく、クラスメートの勉強を助けることも多かった。公立学校《PS》１８８の3年生を飛び級し、のちに、科学や音楽など学問系から芸術系まで、才能豊かな生徒向けの特別コースがあるマーク・トウェイン中学校でも8年生を飛び級している。

エプスタインは、２００６年に検察に提出した短い身上書のなかで、子ども時代に家族で遊んだ神経衰弱ゲームが、数学や数字への興味を深めるのに役立ったと述べている。

１９６０年代には、エプスタイン家はシーゲートに住んでいた。コニーアイランドに隣接し、三方を海とプライベートビーチに囲まれたゲーテッド・コミュニティ〔塀で囲み、住民以外の敷地内の出入りを制限した街〕だ。一家の住居は大きなポーチのある集合住宅で、シーゲートで最も古いユダヤ教会堂《シナゴーグ》クネス・イスラエルの向かいにあった。海岸沿いのこのゲーテッド・コミュニティには、ロシア系、ユダヤ教ハシディーム派系、その他のユダヤ系の家族が多く住んでいた。敷地内には学校がないため、子どもたちは「ザ・ゲート」と呼ばれる門から出て公立学校に通った。

エプスタインが入学したラファイエット高校には、イタリア系のブルーカラーの家庭の生徒たちが多かった。14歳だった1967年の夏には、ミシガン州にあるインターロッケン・スクールのアートキャンプに参加し、ピアノの練習をして過ごしている。

高校の同級生だったビバリー・ドナテッリの話では、気が優しく、ピアノと数学の天才だと評判だった。ニックネームは〝エピイ〟で、少し内気なところもあったけれど、友だちは多かった。エプスタインは1969年、16歳のときに高校を卒業した。[10]

イーストビレッジにあるクーパー・ユニオン大学に合格して大学生となり、上級数学の授業を受ける一方で、金をもらって他の学生の指導をしていた。

その後、クーパー・ユニオンを中退し、ニューヨーク大学に入学し直す。ニューヨーク市立大学スタテンアイランド校の社会学教授で、ニュースサイト〈デイリー・ビースト〉に寄稿する記事のためにエプスタインの経歴を調べたトーマス・ボルショは、エプスタインがニューヨーク大学に1971年9月から1974年6月まで在籍していたが、卒業はしていないことを確認した。[11]

1974年、エプスタインは富裕層の子弟が通うニューヨーク屈指の名門プレパラトリー・スクール〔大学進学を目指す私立学校〕、ドルトン校の数学教師になる。大学の学位はもっていなかったが、第41代大統領ジョージ・H・W・ブッシュと第45代大統領ドナルド・トランプの政権下で司法長官となるウィリアム・バーの父親、ドナルド・バー校長が採用を決めたのだ。

バー校長は1974年前半に失意のうちに学校を去っているが、[12] そのときにはすでにエプスタインは教職に就いていた。

ドルトン校の元教師によると、バー校長は厳格な指導者だったが風変わりなところもあって、エプスタインのような型にはまらない人物を好んで採用したという。バー校長自身も、一流私立学校の校長の型にはまっていなかった。1973年に彼は宇宙SF小説『スペース・リレーションズ』を発表している。[13] ある惑星で豊かに暮らすエイリアンが人間を誘拐して性奴隷にするという内容だ。彼のような堅い立場の人が書くには奔放なテーマだったので、のちにエプスタインの性売買容疑がもちあがったときには、バー校長がエプスタインの性癖を知っていたかどうかについて多くの陰謀論が語られた。

バー校長によるエプスタインの人物評には、「ジェフリーは快活で話がうまく、教材を使って生徒の意欲をかき立てる能力がきわめて高いと評価されている」とある。

ただし、みなが彼を同じように記憶しているわけではない。バー校長の辞職後に臨時校長を務めたピーター・ブランチは、ニューヨーク・タイムズに対し、自分はエプスタインの教え方に懸念をもっており、女子生徒のなかには彼のせいで不快な思いをしたと言った者がいたと語った。ある匿名の女性は、エプスタインが学校外で自分と一緒に過ごそうとしたと言い、不安になった彼女は別の生徒と一緒に元校長のガードナー・ダナンに報告している。とはいえ、ダナン元校長自身が、14歳の少女に彼から性的暴行を受けたと訴えられたことで、不適切な行動を非難される事態になったのだが。[14] ダナンはこの申し立てを否定している。

「エプスタインは、女子からするとちょっと気持ち悪かった」と、卒業生のカリン・ウィリアムズはニューヨーク・タイムズに語った。「嫌われていたとまでは言わないけど、変わった人だと思われていた」

ウィリアムズはさらに、フルレングスの毛皮のコートを着る男性には彼以外に会ったことがなく、保守的な服装規定のある学校の教師としては場違いな感じだったと続けた。

別の卒業生、ハイディ・クネヒト・シーガースは、「いま思えば、彼は若い女性を探していたのかもしれません」と言った。ドルトン校での経験があったから、エプスタインは若い被害者の狩り場として学校を利用することを思いついたのではないかと推測する卒業生もいた。[15]

ドルトン校はエプスタインに、ニューヨーク金融界の上層へとつながる人脈も与えた。そのなかにウォール街の大手投資銀行ベアー・スターンズの幹部でのちに会長となるアラン・C・グリーンバーグがおり、エプスタインを気にかけ、支援した。

きっかけは、1976年の保護者会の場でエプスタインに感心したある生徒の父親が、彼をグリーンバーグに推薦したことだった。オクラホマシティの婦人服店オーナーの息子として育ち、ベアー・スターンズのトップにのぼり詰め、2014年に没したグリーンバーグは、「PSD」と呼ばれる、貧しくて（Poor）、頭がよくて（Smart）、がむしゃらに（Desperate）のしあがろうとしている者を好んで雇った。

グリーンバーグの娘リン・ケッペルは、亡父はエプスタインにトレーダーとしての能力だけでなく、顧客や投資家を引き寄せる能力の高さを認めていたと回想する。

「彼はとても頭がよく、人を惹きつけて場を楽しくする方法を知っていました。親しみやすく、仲間づくりが上手でした[16]」

1976年、学年度の終わりを機にベアー・スターンズに転職したエプスタインは、すぐに多くの富裕な顧客を開拓した。

エプスタインの元上司で、上級役員のマイケル・テネンバウムは、のちにウォール・ストリート・ジャーナル紙に、エプスタインが履歴書の資格欄にスタンフォード大学の学位があるとの虚偽を記載していたと語った。指摘されたエプスタインは、教職に就くために学歴を水増ししたことを認めて謝罪した。エプスタインは職務を継続するチャンスを与えられ、4年後にはリミテッド・パートナーに昇進している。だが1981年、顧客ではない人物に株を渡していたという疑惑が浮上し、退社を余儀なくされた[17]。

そのころのエプスタインは、ニューヨークでの経歴や金融機関とのつながりを前面に出して、つねに自身の力を誇示していた。トレーダーだったころの1980年7月には、コスモポリタン誌の「今月の独身者」に選ばれている。当時はまだ27歳で、学位ももっていなかったが、自身を「年商10億ドル以上の顧客しか担当しない金融戦略家《フィナンシャル・ストラテジスト》」と称していた。

「あなたがかわいいテキサス・ガールなら、このニューヨークの働き者《ダイナモ》に手紙を書いてみては？」と記事は結んでいる[18]。

1990年代に入ると、エプスタインの財産は莫大な額になり、その金を使ってニューヨークなどの芸術学校で若い女性に触手を伸ばすようになった。

表に出た範囲で最初の未成年の被害者は、エプスタイン自身もかつて子どものころに訪れた、ミシガン州北部のインターロッケンでおこなわれたサマー・アートキャンプの参加者だった。エプスタインは奨学金を寄付し、キャンパス内にロッジを建て、女優のフェリシティ・ハフマンやミュージシャンのノラ・ジョーンズ、ジュエル、ジョシュ・グローバンなど、キャンプの卒業生のためのイベントを開催した。

エプスタインもギレーヌ・マクスウェルも、ときおりこのロッジに滞在していた。1994年、エプスタインとマクスウェルは、歌手を目指していた13歳の少女と知り合う。少女の母親は、2011年にデイリー・メール紙のインタビューで、うちの娘は年齢よりもずっと幼く見えたからエプスタインのターゲットになったのだろうと語っている[19]。「娘はみんなから9歳か10歳だと思われていたんです」。少女は、クラシック音楽の指揮者だった父親を亡くしたばかりで、まだ悲しみとつらさのなかにいた。

アートキャンプの運営側は、エプスタインについての苦情は受けたことがないとの表明を変えておらず、現在はカリフォルニアに住んでいるこの女性は公に発言していない。

エプスタインにかつて雇われていたファン・アレッシィは宣誓供述書のなかで、その少女がフロリダのエプスタイン邸をよく訪れていたと言及した。数年後にエプスタインの自家用機の乗客名簿に彼女の名前があったこともわかっている。

「彼女は友人として屋敷に来たのだと思います」と、2005年に警察と州検察局に提出した供述書でアレッシィは述べた。

2020年1月、インターロッケンでエプスタインと出会い、同じような目に遭ったという女性が訴訟を起こした。13歳のときキャンプに参加し、エプスタインとギレーヌ・マクスウェルに出会ったと主張している。授業の合間にひとりでベンチに座っていたところ、ふたりに声をかけられ、自分たちは芸術の後援者《パトロン》で、あなたのような才能ある若い芸術家に奨学金を与えたいと考えている、と言われたそうだ。ふたりは家族や経歴について尋ね、彼女はフロリダで母親と一緒に暮らしていると答えた。エプスタインに電話番号を訊かれ、彼女は居心地の悪さを感じながらも教えたと訴訟記録に残っている。

エプスタインは、若い才能を支援する方法について少女の母親と打ち合わせを始め、やがてふたりをパームビーチの屋敷に招いた。運転手に自宅まで迎えにいかせた。

それから数カ月間、エプスタインとマクスウェルは13歳の少女を自分たちの好みに合わせて育てようとした。エプスタインは自分を「ゴッドファーザー」と呼ばせ、マクスウェルは彼女に姉のように接したと訴状にある。

エプスタインたちは少女を映画や買い物に連れ出し、屋敷で一緒に過ごす時間も増やしていった。やがて、性的なほのめかしが会話に交じるようになる。たとえば、マクスウェルは少女に、昔の恋人とは簡単にセックスできると言った。「だって、一度寝てしまえば面倒くさいことはなくなるから、いつでも好きなときに戻ってセックスすればいいのよ」と。

エプスタインたちは少女の着る服を選ぶようになり、綿のショーツを穿《は》くように指示した。少女が屋敷を訪れるたびに、帰りには、「夫を亡くして苦労しておられるから」という理由で母親への2〜300ドルを預けていたという。

エプスタインは、少女の音楽のレッスン料を負担するようになり、少女がエプスタインの性的な誘いに抵抗すると、エプスタインとマクスウェルは恩知らずと責めた。

エプスタインは一度、少女をマー・ア・ラゴ〔フロリダ州パームビーチにあるドナルド・トランプの別荘〕に連れていったことがある。トランプに紹介されたとき14歳だった彼女は、エプスタインがトランプを肘でつつき、「上玉《グッド・ワン》でしょう?」と言ったことを憶えている。

トランプは笑顔でうなずいていた、と彼女は訴訟で述べている。

彼女の性被害は数年に及び、ほかの被害者たちと同様に、会うたびによりハードな性的行為を強いられるようになった。彼女はエプスタインのニューヨークの家や、ニューメキシコ州の人里離れた大牧場に一緒に行くようになった。

16歳になったとき、ニューヨーク市の2番街65丁目にある、エプスタインの所有するアパートメントに母親とともに引っ越した。マンハッタンの高額な私立学校に通うための学費もエプスタインが負担した。

1999年、18歳になった彼女は、ついに彼女と別れ、住まいも変えて新しい生活を始めた。しばらくのあいだ、エプスタインは何度も電話をかけてきて、あれだけしてやったのにと彼女を責めた。だがそれもまもなく途絶える。そのころエプスタインの関心は、新しい、年若い獲物に移っていた。

２００３年3月号のヴァニティ・フェア誌に載った「才能あふれるミスター・エプスタイン」の記事のなかで、とらえどころのない、型にはまらない人物として彼を表現したジャーナリストのビッキー・ウォードはおそらく、エプスタインの秘密の生活に誰よりも深く迫っていた。[20]

当時50歳だった白髪交じりの資産運用家《フィナンシアー》は、マンハッタンのアッパー・イーストサイドにある邸宅の露骨な派手さに引けをとらない巨大な自我をもっていた。かつて学校だったこのタウンハウスをエプスタインが買った相手は、彼の顧客で、アパレルのエル・ブランズ社と〈ヴィクトリアズ・シークレット〉のオーナー、大富豪のレス・ウェクスナーだ。５番街とマディソン街のあいだの71丁目のブロック全体に広がり、温熱融雪機能のついた歩道のある敷地約２０００平方メートルに建つ７階建ての要塞は、個人の邸宅としては市内でいちばん大きいと長く言われてきた。

邸内には、豪華なアンティーク家具、モスク並みに広大なペルシャ絨毯《じゅうたん》、アフリカの戦士をかたどった彫像が置かれ、壁には巨大な絵画だけでなく、負傷した兵士のためにイギリスでつくられた、ひとつずつケースに入ったガラス製の義眼がずらりと並ぶ。[21]

エプスタイン自身がある部屋を「革の部屋《レザールーム》」と呼び、別の部屋を「地下牢《ダンジョン》」と呼んでいたように、全体に暗くて不吉な雰囲気が漂っていた。

さらに、バスルームを含む家じゅうに設置された監視カメラの画像を映すセキュリティ装置でいっぱいの部屋もあった。

彼の友人には、新聞社オーナーで不動産王でもあるモート・ザッカーマン、ハイアットホテルCEOのトム・プリツカー、レブロン会長のロン・ペレルマン、不動産王レオン・ブラックなど、錚々《そうそう》たる大物が名を連ねていた。学究陣としてはハーバード大学のヘンリー・ロソフスキー教授、当時の学長であるラリー・サマーズがおり、同大出身の弁護士アラン・ダーショウィッツは、のちにエプスタインの最も強力な擁護者となる[22]。

ビッキー・ウォードの記事によると、エプスタインの「崇拝者」には、ジョージ・ミッチェル元上院議員や、ノーベル賞受賞者を含む多くの科学者たち、エプスタインが「アンディ」と呼ぶ英王室アンドルー王子など王族も含まれていた。

だが、ビッキー・ウォードの調査は、エプスタインに性的暴力を受けたと話す若い姉妹に行き当たったことで、思わぬ展開を見せた。妹のアニー・ファーマーはウォードが会った時点でまだ16歳だった。

ウォードは、姉妹とその母親の発言を記録に残し、エプスタインの常人離れしたライフスタイルについての情報と合わせて、成功者の顔と、ダークな、もしかしたら犯罪に近い不道徳な顔の両面から彼の人物像を描き出そうとした。

だが、エプスタインはウォードの調査を察知し、彼女の上司である編集長のグレイドン・カーターに電話をかけ、疑惑を否定した。カーターは、若い女性との不適切な行動を示唆する部分を削除させた。カーターはのちに、疑惑には裏づけがなく、ヴァニティ・フェア誌の報道基準を満たしていなかったからだと説明した。

しかしウォードは、編集長がエプスタインに脅されていたと主張する。エプスタインには、自分に否定的なメディアの記事を葬ってきた過去があり、マフィアのボスのようなやり口で、逆らう人間を恫喝《どうかつ》していた。カーター編集長の場合には、自宅玄関の外で銃弾が見つかっている[23]。

それから数年経ち、エプスタインがフロリダで連邦政府の捜査を受けていたころ、ライターのジョン・コノリーがヴァニティ・フェア誌にエプスタインについて別の記事を書こうとした。だが、エプスタインの女性従業員を取材するためにフロリダに飛んだ彼に、カーター編集長から電話が入る。カーターの家の前庭に猫の頭があったという。

平静さを失ったカーターをコノリーは責めなかった。彼らはこの題材《ネタ》を棄《す》てた。

エプスタインの人物像を書いた当時、双子を妊娠中だったビッキー・ウォードもやはり恐ろしい思いをした。双子は早産で生まれたが、あとになって、エプスタインが以前、「どこの病院で出産するのか」と訊いてきたことを思い出した。

ウォードはのちに、2015年にニュースサイト〈デイリー・ビースト〉に掲載した追跡記事のなかで、「低体重だったので新生児集中治療室《NICU》に入っていた双子のところへ、学術界や医療界に幅広い人脈をもつ彼がふと現れるのではないかと、当時の私は恐ろしくてたまらなかった」と書いている。[24]

倫理的にも法的にも許されない未成年者との性行為にエプスタインが執着するようになったのはいつからなのか——少年のころから育ってきたものなのか、それとも、莫大な富をもち、おおぜいの著名人を意のままに操れる自分にはそれが許されるという、歪《ゆが》んだ特権意識のひとつだったのか。

ひとつはっきりしていることがある。エピイは、恐怖で——あるいは金で——動かせない者はいないと信じていた。

5　マイアミ・ヘラルド

マイアミ・ヘラルドは1903年に創刊された。もてる能力の限界を押し広げながら報道する伝統的な新聞として、長期にわたってジャーナリズムの誇りを守り、フロリダだけでなく全米においても国内外の主要ニュースを伝えてきた。かつてアメリカで最も規模が大きく最も進歩的な新聞チェーンだったナイトリッダー社の主力新聞でもあった。最盛期のヘラルドでは、北京、エルサレム、ロンドン、ブエノスアイレスなど世界各地に支局があり、500人以上のスタッフが働いていた。また、姉妹紙であるスペイン語のエル・ヌエボ・ヘラルドでも、多くのスタッフが40年にわたってマイアミのラテン系コミュニティの声を発信してきた。

その歴史のなかでヘラルドは、22回のピューリッツァー賞を受賞し、グラフィックデザインやカラー写真撮影術、他社の手本となる文章力の高さが業界で知られるようになった。ヘラルドは、レナード・ピッツ・ジュニア、デイブ・バリー、カール・ハイアセン、エドナ・ブキャナンなどの作家がキャリアをスタートさせた場所であり、現在、ワシントン・ポストやニューヨーク・タイムズで活躍する数多くのジャーナリストたちがキャリアの基礎を築いた場所でもある。

とくに、コカイン密売人《カウボーイ》が跋扈《ばっこ》した1980年代にマイアミの犯罪を報道したヘラルドの記事は、多くの書籍やドキュメンタリー映画を生んだ。ビスケーン湾を望む有名な編集室は、連続殺人犯につきまとわれる記者を描いた１９８５年のスリラー映画『殺しの季節』、マイアミの労働組合のリーダーの失踪事件にフロリダのあるビジネスマンが関与しているという不正確な情報をほのめかし、倫理的な過ちを重ねる記者を描いた１９８１年の映画『スクープ　悪意の不在』の撮影場所に使われた。

また、タイム誌が発表する「この10年でとくに輝いていた新聞」に１９７０年代と80年代に２度選ばれ、その時期に出した大きなスクープではタイムズやポストの大物記者たちを悔しがらせた。イラン・コントラ事件とそれに果たしたオリバー・ノース中佐の役割をスクープしたのも、レーガン政権のスキャンダルを暴いてピューリッツァー賞を受賞したのもマイアミ・ヘラルドだった。また、民主党の最有力候補《フロントランナー》だったゲーリー・ハートは、豪華ヨット〈モンキー・ビジネス〉号での女性関係をヘラルドにスクープされ、大統領候補の座から滑り落ちた。超大型ハリケーン・アンドリュー、アーサー・マクダフィーが発端となった人種暴動、キューバからの大量移民の象徴「マリエル難民事件」はどれも、ヘラルドの地元で起こり、全国に衝撃を与えた大事件だった。

どこの新聞社もそうであるように、インターネットの隆盛で広告収入に打撃を受けているが、それでもヘラルドは私が、同じくナイトリッダー社傘下のフィラデルフィア・デイリーニュースから転職してきた２００５年、依然として頑健なジャーナリズム機関だった。

フィラデルフィア・デイリーニュースではすでに広告が減少しはじめていたが、マイアミの不動産市場には活気があったため、ヘラルドへの打撃は少なかった。本当はフィラデルフィアを離れたくなかったのだが、このままではレイオフが避けられないように思えたし、デイリーニュースでの自分のキャリアは頭打ちだと感じていた。当時、私は11年間連れ添った夫と離婚しようとしていた。夫は警察官で、フロリダ州では警察官が不足しているという理由で夫も引っ越すことを決めた。まだ小学生だった子どもたちを、父親から引き離したくはなかった。私の両親がフロリダ南西部のネイプルズにリタイア済みだったので、私が新しい仕事と新しい州、新しい生活に移行するためのサポートを得られる期待もあった。自分を変えるべきときだと感じていたから、ヘラルドだけでなく、セントピーターズバーグ・タイムズ紙〔現タンパベイ・タイムズ〕やタンパ・トリビューン紙にも応募した。

就職活動の結果、ヘラルドのブロワード郡支局で複合媒体担当エディターとして働くことになった。この支局は郡の西の端近くにあり、マイアミのダウンタウンから車で45分ほどかかる。マイアミのにぎわいよりも湿地帯エバーグレーズのワニのほうに近い。

そのときの私は、同時にやってはいけないとされることを同時にやった。離婚して、新しい街に引っ越して、新しい仕事を始めたのだ——小学生の子どもをふたり抱えて。

子どもたちと私は、ウェストンの小さな湖のそばの開発地域に並ぶ、型抜きしたようにそっくりな家々のひとつに移った。この地域は、フロリダ以外のどこかから来た移住者や退職者が多く住む、品がよくて気持ちのいいところだ。典型的な郊外だが、私の育ったフィラデルフィア郊外とは別物だった。

国の北東部あたりから、いやおそらく国のどこかからであっても、マイアミに引っ越してきた人はカルチャーショックを受ける。フロリダとマイアミについて、デイブ・バリーとカール・ハイアセン以上にうまく説明できる人はいないので、ここで説明するのは控えよう。私に言えるのは、南フロリダは多くの点でフィラデルフィアとは正反対だということ。フィラデルフィアは、子どもたちに友だちができたと思ってもすぐにその家族がよそへ引っ越していくような、一時的に住む街だった。南フロリダでは公共交通機関が充実していないので、A地点からB地点に行こうと思ったら、無免許の荒っぽいドライバーに殺されないように気をつけながら、とにかく自分でたどり着くしかない。何かから逃げるため、リタイア後の暮らしのため、あるいは死ぬために南フロリダに来た人たちは、長い時間を太陽の下で寝そべり、酒を飲んで過ごす。

私はフロリダを「持つ者」と「持たざる者」の地と呼んでいる。「持つ者」とは、ウォーターフロントの宮殿に住み、高級車を乗り回し、法律を無視し、どこに行ってもVIP待遇を受ける人たちだ。慈善活動に寄付はするが、その恩恵を受け取る人たち、つまり「持たざる者」とはかかわろうとしない。

「持たざる者」は、トヨタやマツダ、フォードのピックアップトラックのハンドルを握り、交通渋滞に巻き込まれて立ち往生し、高速レーンの通行料を払える「持つ者」は、BMWやマセラティで彼らの横を駆け抜けていくのだ。

フロリダの〝変てこさ〟は人にも移る。とくにジャーナリストにとっては、世界に注目されたり、ときには嗤《わら》われたりするネタがいくらでも湧く金鉱のような場所だ。きょうもどこかでフロリダの男が、あるいは女が、〝お間抜け〟に新しい意味を与えるばかばかしいことをしでかしている。

だから、フロリダ生まれの人はそのことをあまり言いたがらず、ほかの出身だと言うのがふつうだ。真のフロリダ人を突き詰めると、1600年代にヨーロッパから来た入植者に激減させられた先住民族のセミノールとミコスキーだけなのだ。

フロリダと聞けば、ビーチ、ディズニーワールド、オレンジジュース、釣りなどを思い浮かべる人が多いだろう。だがそれら以外にも、陽光の州《フロリダ》には不思議な美しさに満ちた場所がある。エバーグレーズは熱帯性気候のなかで育まれた独特の生態系をもち、フロリダ・リーフはアメリカ本土ではここにしかない生きた珊瑚礁《さんごしょう》だ。中央フロリダは大部分が農業地帯だが、透き通った川、天然の泉、ハンモック〔天然の高台で木々が密集した場所〕、湿地帯の面積も広い。自然の崇高さに打たれた多くの人が、自然以外に何もないこの場所に楽園を見いだし、現代の便利さを捨てて、トレーラーの中で静かに暮らしている。

フィラデルフィアやニューヨークとは異なり、フロリダのスポーツファンがひとつにまとまっていないのは、フロリダに引っ越してきた人はほとんどが生まれ故郷のチームを応援するからだ。私がフロリダに移ってきた年は、マイアミ・ヒートがNBAのファイナルに進出していたのに、酒場に行っても、私がバーテンダーに頼むまで頭上のテレビはオフのままだった。マイアミ・マーリンズ対フィラデルフィア・フィリーズの試合を観《み》に子どもと一緒に野球場へ行ったときも、観客席には地元のマーリンズよりもフィリーズのファンのほうが多かった。誰もがここはアメリカンフットボールの盛んな街だと言うけれど、マイマミ・ドルフィンズは、私がフロリダに住みはじめてからほとんどずっと負けつづけている。

新聞記者という仕事面からも、スポーツの扱いにはカルチャーショックを受けた。フィラデルフィアにいたころには地元チームの勝利は翌朝の一面に必ず載った——新聞が売れるから。だがマイアミでは、朝の報道会議でもスポーツネタにはいつもよそよそしい雰囲気が漂う。

エプスタインの記事にかかわりはじめたときの私は、すでにヘラルドでは歴戦の強者《つわもの》的な位置にいた。私を採用してくれたエディターのパトリシア・アンドルーズは、ヘラルドはタフな職場だから、足元をすくわれないように用心しなさいと私によく言っていた。賃金カットやレイオフを経験し、さらに、親会社がかつてのように収益性の高いジャーナリズムのあり方を見つけられずにいることで、私はかなり疲弊していたと思う。

事態を打開しようと、私たちはニュースの見せ方や組み合わせ方をさまざまに変えて実験したが、それは終わりのないメリーゴーラウンドに乗っているようなものだった。ひとつのコンピューター・プログラムをようやく習得したと思ったら、「新しく改良された」インターフェースで差し替えられたような徒労感を味わっていた。もともとジャーナリストは、新しいテクノロジーを取り入れるのが遅い——少なくとも私のような古参兵は。実際、私が編集室で使っていたデスクトップ・コンピューターはかなりの年代物で、毎日のようにヘルプデスクに電話していた。コンピューターなしではコンテンツを制作できない企業にあって、訴訟記事ひとつをダウンロードするのになぜ20分以上も待たされるような遅れた機材しかないのか、私には理解できなかった。

エディター時代の私は、経験の浅いジャーナリストには担当する記事を深く掘り下げるように助言した。エディターになるために生まれてきたような人もいるが、私はそうではなかった。猛突進して取材する記者時代の癖が抜けず、有能なエディターに必要な忍耐力が足りなかった。いまではかなり穏やかになったと思うが、理由の大半は、明日仕事がなくて路頭に迷うかもしれないという恐怖感が少し薄れたからにすぎない。

だが結局、新聞に不可欠なのはコンテンツであってエディターは消耗品だと考えた私は、2009年の痛ましい連続レイオフの際、志願して報道に戻ることにした。みなは10%の減給だったが、私は望んで報道に戻ったのでチーム精神を買われて15％の減給となった。当時、家賃が月額2500ドルの家に引っ越したばかりだった。アメリカで最も高い賃貸相場の地域でふたりの子どもを育てていた。減給を告げられた日、ヘラルドの人事部の外の廊下で叫んだことを憶えている。扶養する子どもがふたりいるので、ほかの人たちと同じようにどうか10％の減給にとどめてほしいと切実に人事部にうったえた。編集室を見渡すと、二馬力で稼げる記者や、結婚はしていても子どものいない記者がたくさんいた。彼らにとっても減給がつらいのはわかっているが、私は自分だけが不当な扱いを受けていると感じた。私には貯金がない。新居の最初の家賃と保証金とまえの住居の最後の家賃に、もっていた金のすべてを使ってしまっていた。

いざとなったら、新米ジャーナリストのころに培ったウェイトレスの腕前を再利用すればいいと自分に言い聞かせるしかなかった。

深く掘り下げて調査することが好きな人もいれば、そうでない人もいる。私は好きだし、調査報道の記者をよく刑事になぞらえて考える。本物の刑事が解明できない謎を自分で解き明かしたい気持ちももっていた。

記者の仕事に復帰して最初に取り組んだのが、名門ホテルの後継者が殺された事件だった。2009年7月、ニューヨーク州ウェストチェスター郡ライブルックにあるヒルトン・ホテルで、ベン・ノバック・ジュニアが撲殺されているのが発見された。彼の父親ベン・ノバック・シニアは、1954年にマイアミの象徴的なホテル〈フォンテンブロー〉を創業した人物だ。1950年代から60年代にかけて、王族やマフィア、フランク・シナトラやサミー・デイビスJrら大物歌手たちが常連の伝説のホテルだった。

ベンジーと呼ばれていたベン・ノバック・ジュニアは、1977年に当時は存命だった父が破産してホテルを失ったあと、コンベンション企画事業を立ちあげた。2009年7月にペントハウスのスイートルームで目玉が眼窩《がんか》から飛び出た半裸の遺体が発見されたとき、ベンジーは妻ナルシーとそのホテルでコンベンションを開催しているところだった。

調査に入ってまず気になったのは、ベンジーの上品な母親で80代後半のバーニスが、3カ月前に遺体で発見されていたことだった。検死官はフォートローダーデールの自宅で転倒した結果の事故死と断定したが、検死結果は伏せられたままであり、私は疑問を感じた。

転倒死が本当なら、歴史上最も血まみれの転倒死だった。車の内部、ガレージ、キッチン、1階のバスルームまで血が飛び散っていた。遺体はガレージ脇の土間で倒れていた。検死官の見立てでは、彼女はキッチンで転び、よろけながらバスルームに行き、車で病院へ行こうとガレージに入り、やはり救急車を呼ぼうと家に戻りかけたところで崩れ落ち、そのまま息絶えた、ということになっている。

強引すぎない？　私は母親も殺されたのだと確信した。

だが、誰も私の話を信じなかった。警察はもちろん信じなかったし、ヘラルドのエディターたちは呆《あき》れた表情を浮かべて、私が書こうとした記事をいくつかボツにした。彼女の死を捜査した管轄のフォートローダーデール警察は、警察が何をして何をしなかったのかを何度も質問する私に腹を立て、私の上司に苦情の電話をかけてきた。

母親のバーニスとベンジーが亡くなる2、3年前から、ベンジーと妻ナルシーは陰湿な離婚争いを繰り広げていた。あるときナルシーはセックスゲームに見せかけて寝室で夫を縛ったあと、あらかじめ雇っておいた荒仕事集団を送り込んだ。彼らは夫をピストルで殴って脅し、ベンジーの金庫を空にして、ナルシーは持ち物とともにその場からいなくなった。寝室で半裸のベンジーが縛られ、猿轡《さるぐつわ》をされているのを見つけたのは母親のバーニスだった。

フォートローダーデール警察は、バーニスの殺害を疑う私の記事にたいした注意を払わなかったようだが、ベンジー殺しの管轄であるニューヨークのライブルック警察はちがった。

ベンジーの惨殺から1年後の2010年7月、ベンジーとバーニス・ノバック親子の殺害容疑で、ベンジーの妻のナルシー、その弟のクリストバル・ベリス、その他3人の殺し屋が起訴された。殺し屋のひとりは、バーニスをモンキーレンチで何度も殴ったことを認めた。

ノバック親子殺人事件の調査では、犯罪捜査の質の良《よ》し悪《あ》しについて多くを学んだ。数年後、フロリダ州で最も野蛮で腐敗したシステムのひとつ、刑務所について記事を書くことになったとき、それが役立った。

私はフロリダのパンハンドルからエバーグレーズまで複数の刑務所を訪れ、受刑者の非人道的な扱いを克明に記録した。フランクリン矯正施設にいた27歳のランドール・ジョーダン・アパロは、不渡り小切手を振り出した罪で服役していた。彼にはめずらしい血液疾患があり、数週間前から症状が悪化しているとうったえていた。呼吸がしづらい状況に陥っても、看護師たちは治療するどころか嘲笑《あざわら》った。アパロは処置をしてくれない看護師を罵《ののし》り、刑務官はその罰としてガスを浴びせ、彼は監房の中でガスを吸って死亡した。

精神疾患を患っていたダレン・レイニーもいる。命令に従わないことに腹を立てた刑務官に摂氏

80度のシャワー室に閉じ込められ、1時間以上も叫びつづけて死亡したときには、皮膚が剝《は》がれていた。

州で最大の官僚機構に立ち向かうのは簡単ではないうえ、私の記事が原因で何十人かの刑務官が解雇されたり、辞職に追い込まれたりしたあとは、わが身の危険を感じることもあった。逮捕された刑務官もいた。夜中に私の家の窓の外に不審者がいたことも一度だけではない。彼ら自身でも何かやろうと思えばできるが、自分で汚れ仕事をする必要はない。受刑者に金を握らせて、外にいる知り合いのちんぴらにやらせればいいのだ。

4年にわたって、フロリダの刑務所と受刑者の死亡事件ばかりを取材していた。どの事件もひとつまえの事件より悪くなっていると思えた。私の報道をきっかけに、刑務所の改革がおこなわれたのはたしかだが、フロリダの刑務所は他州と比べても劣悪であり、毎年、鉄格子の向こうでの死亡者数は増えている。

ジェフリー・エプスタインが、フロリダ州の刑務所に入らずにすんだ意味の大きさが私にはわかる。そこでは多くの受刑者が、通常の刑罰以外の残酷な日に遭っている。もし彼が州刑務所に送られていたら、児童虐待者として扱われていた。この種の犯罪者は、刑務所のヒエラルキーのなかの最下層に位置し、ほとんどは長く生き延びることはできない。ひどいレイプや拷問を受け、しばしば自殺したり、薬物の過剰摂取で死体となって発見されたり、たんに事故に遭ったりするのだ。

だが、エプスタインがパームビーチ郡の刑務所に収監された期間は短かったし、実際にそこで過ごした時間は、州刑務所に比べれば、カントリークラブを訪問した程度の気楽さだった。

6　行き止まり

キャリアを危険にさらしてもジェフリー・エプスタインを追おうとしていたのは、ふたりだけだったようだ。

意外なことに、そのふたりとも公の場でインタビューを受けたことがなかった。ひとりはジョー・リカレー元刑事、もうひとりは元パームビーチ警察署長のマイケル・ライターだ。

ライター元署長は63歳、ピッツバーグ生まれで、2009年に警察を退職したのち、おもにパームビーチ周辺の裕福な企業人やその家族に警護や危機管理、身辺調査などのサービスを提供する〈マイケル・ライター・アンド・アソシエーツ〉を立ちあげた。

リカレー刑事は50歳、2013年に退職し、大手レストランチェーンのセキュリティ管理や人事管理の仕事をしていた。

私はまずライター元署長に連絡をとった。事件からこれだけ年数が経ち、彼から話を引き出せるのは自分しかないという自信めいたものがあった。

「私が目指しているのは、この事件を徹底的に分析し、司法制度や、この事件に蓋《ふた》をした人たちに迫ることです。資料を読むかぎり、貴殿はそうした人たらに与《くみ》されませんでした」と、私は2017年にメールを送っている。

連絡をとったとき、元署長はフロリダ州の外にいたが、すぐに返信が来た。私の経歴をざっと調べたようで、メールに返信する気になった理由のひとつが、フロリダ州の刑務所を扱った私の連載記事だったそうだ。

長年、多くのジャーナリストがライター元署長に接触していた。穏やかな紳士で、ことば遣いに細心の注意を払うライターは、退職したとはいえ、警察の一員としての立場を真剣に考えていた。ライター元署長もリカレー元刑事も、エプスタイン事件でいつか正義が果たされることを密《ひそ》かに願っていた。だからこそライターは過去に何人かの記者と非公開《オフレコ》を前提で話をし、重要なのに充分には報道されてこなかった切り口を記者に指摘したりしたという。ライターは、彼もリカレーも事件へのメディアの取り組み方には不満があったと私に本音を話すようになり、とくにライターは、「エプスタイン事件の取材を始めても、すぐに新聞社の不動産部門に異動になるような」記者たちと話すことには慎重になったそうだ。

彼は記者たちの名前は出さなかったが、オフレコで話せる範囲内で助言しても、連絡が途絶えたり、記事の掘り下げ方が不充分だったりするのを見るうち、メディアへの失望を深めていった。報道はほとんどの場合、事件の点と点を結びつけることに失敗していると感じ、成功しそうな場合でもエプスタインや周囲の権力者たちにより長年にわたって潰されてきたと確信していた。

同じことを言う人はほかにもいた。この事件にかかわった弁護士ふたりがニューヨーク・タイムズやワシントン・ポスト、ABCニュースにこの事件を詳細に報道してもらおうとしたが、取りあげるところはなかった。

リカレーとライターが、地方紙の一記者にすぎない私に深い話をするのをためらうのは理解できるし、実際、腰を落ち着けて話してもらうまでには何カ月もかかった。ライター元署長はまず、電話をかけてきた記者にいつもそうしたように、2009年に彼がおこなった9時間に及ぶ宣誓供述書の記録を読むように私に言った。この供述は、エプスタインの司法取引後の数年間に提起された一連の民事訴訟のなかでおこなわれたものだ。

ライターとリカレーの宣誓供述を録取したのは、エプスタインに民事上の損害賠償を求めていたジェーン・ドウ1など多くの被害者の代理人を務めるパームビーチの弁護士スペンサー・クービンだった。

ライターはじつは、エプスタイン事件について公に語りたくはなかった。連邦検察がいつか事件を再捜査するのではないか、あるいは再捜査せざるをえないような新しい証拠が出てくるのではないかという期待を抱いていたからだ。彼もリカレーも、その日が来て証言を求められたときに、数年にわたる公的な発言が残っていると彼らの証言の信頼性を損なうのではないかと恐れていた。

2009年におこなわれたふたりの宣誓供述について公に取りあげた記事はほとんど見当たらなかった。実際に手にとってみると、それぞれが400ページ以上に及ぶ膨大な分量で細部まで網羅されていた。読んだことのない人にはイメージしにくいかもしれないが、宣誓供述書は裁判書類のなかでもとくに退屈な部類に入る。

私がエプスタインのプロジェクトに着手してから18カ月のあいだに読んだ多くの報告書のうち、これを読んだのが最初だった。なぜ、多くのジャーナリストがこの題材をあきらめたのか、あるいはあきらめるよう周囲から説得されたのか、その理由がわかってきた。

読みはじめてすぐに、すべての裁判書類は、過去10年間の他の裁判記録や訴訟の文脈のなかで読み、分析すべきだと気づいた。そこだけ読んでは意味がわからない箇所でも、別の文書で発見した内容と照らし合わせることで、その情報が急に重要になることがあるのだ。

やがて、私が申請したエプスタイン事件の情報開示請求をＦＢＩが却下したとの連絡が入った。私は驚かなかった。一方、有名人のゴシップサイト〈レーダー・オンライン〉の法務を担当するニューヨークの弁護士ダン・ノバックが、ＦＢＩにファイルの公開を迫る裁判を起こしていることを知った。時間が経つうち、私はノバック弁護士の取り組みがどうなったかを追いきれなくなっていたが、彼はなんらかの勝利を収め、２０１７年の秋にＦＢＩが記録の一部をノバック弁護士に引き渡しはじめた。私からの追加の開示請求がきっかけとなって、ＦＢＩが「金庫室」と呼ぶ、事件記録の保管場所から関連記録をオンラインでアクセスできるようになっていたことに私は気づいていなかった。どういうわけか、〈レーダー・オンライン〉はその記録を公開しようとしなかった。このサイトを所有しているのは、ナショナル・エンクワイアラー誌の発行元アメリカン・メディア社（ＡＭＩ）で、ＣＥＯのデイビッド・ペッカーはドナルド・トランプの友人であり、１年前の２０１６年、妻のいるドナルド・トランプと関係をもったと申し立てたプレイボーイ誌の元モデル、カレン・マクドゥーガルにＡＭＩは15万ドルを支払い、独占インタビュー権を獲得した。しかし、ＡＭＩはその記事を出版せずに葬り、トランプを護った。「キャッチ・アンド・キル」〔被害者を特定し、声をあげられないように社会的に抹殺する〕と呼ばれるパターンどおりに。[1]

ダン・ノバック弁護士は、〈レーダー・オンライン〉がエプスタインに関するＦＢＩの記録の公開を見送った理由を説明しなかったが、私にとっては彼らが見送ったことがうれしかったし、トランプ大統領のホワイトハウスが混乱していたせいで、どこのメディアも気づいていなかった。

その資料が新事実の宝庫だったわけではない。多くのページが丸ごと編集されており、解読できない符号で埋め尽くされたページもあった。だが私は、訴訟記録を読んでいたし、裁判所のデータや公的ファイルにもこつこつと目を通していたので、ＦＢＩの記録のなかから、私が集めた他の事実と符合するものを拾い出すことができた。

たとえば、エプスタインがＦＢＩの情報提供者としてなんらかの協力をしていたことをほのめかす記述があった。曖昧な表現だったが、私の記憶では、連邦検察も連続して起こされてきた民事訴訟のなかで似たようなことを言及している。当時は意味がわからなかったが、いまになっていくつかのピースを組み合わせることができた。エプスタインは情報機関の資産《アセット》だったのだろうか？　だから、政府から甘い取引を引き出せたのだろうか？　答えはまだわからなかったが、追うべき新しい筋だった。

一方で、被害者側の代理人を長年務めてきた弁護士たちからは情報をうまく引き出せずにいた。私はとくにブラッド・エドワーズに注目した。エプスタインに大甘の司法取引を与えた連邦政府に対し、断固とした覚悟をもって訴訟を起こしたふたりの弁護士のうちのひとりだ。

エドワーズははじめ、私と話したがらなかったが、この事件のもうひとりの弁護士、ユタ州の元連邦裁判所判事ポール・カッセルが私をエドワーズに紹介してくれた。

ライター元署長と同様にエドワーズも、裁判記録を読むように、とくに、1年ほど前におこなった略式裁判の申し立てを参照するようにと私に助言した。さらに、証拠書類の長いリストを渡しながら、すべて読み終えたら連絡するようにと言い添えた。

犯罪被害者権利法に基づいてエドワーズとカッセル両弁護士が起こした訴訟事件表には５００以上の項目が並び、なかには数十の証拠書類と数百ページの分量に及ぶものがあった。

当初は、裁判の取材でいつもそうしているように、訴状、略式裁判の申し立て、いくつか目についた書類など、事件の主要な部分だけを読めばなんとかなると思っていた。

だが改めて私は、このプロジェクトに近道はないと覚悟した。


そのころ私はフロリダ州ハリウッドの、人がマイアミと聞いて思い浮かべるエリアとは反対のほうへ４、５キロ延びた浜辺沿いにある小さなアパートメントに引っ越していた。古いフロリダの面影が残り、１９５０年代から60年代にかけて建てられた〈マカジキ《マーリーン》〉とか〈銀色の波しぶき《シルバースプレイ》〉〈歩き旅《ウオークアバウト》〉などの名前のついた家族経営のモーテルがあちこちにある。こうしたモーテルは、「ブロードウォーク」と呼ばれるビーチのすぐ内側にあるレンガ敷きの遊歩道に、ピザレストランやアイスクリームショップ、土産物店などと一緒に並んでいる。近年では、時代や文化がごた混ぜになったのんびりしたこの海辺の町も変わりつつあるが、殺人犯や暴力的な刑務官、腐敗した役人、そして児童の人身取引犯など暗い面も取材しなければならない記者にとって、ここは安らぎの地であり、創造力を充電し、いやなことを忘れられる場所だった。

私の子どもたちは、娘は大学生でひとり暮らし、息子はノースカロライナ州の元夫のところに住んでいた。80歳の母は、私にとっては継父にあたる結婚45年目の夫との離婚を決意して私の家に現れたのだが、しばらく私と暮らすうちに思うところがあったらしく、継父のもとに戻っていった。

私は、エプスタインの民事訴訟や公的な記録類を箱に分けて整理し、ベッドの上に並べた。被害者ごとのファイルもつくった。クローゼットほどの広さしかない予備寝室は資料でいっぱいになった。夜中に目が覚めて、記事のアイデアが頭に浮かんで寝付けなくなったときには、事件のファイルや供述書のどれかを開き、また眠くなるまで読んでいたこともよくあった。

エプスタイン事件の「サバイバー」たちにどう接触すればいいかを考えるうち、母に心の健康診断を受けてもらおうという考えが浮かんだ。訪ねてきた母を、私も長いこと行っていなかったセラピストに連れていった。そのとき、母と向き合うには私自身にもセラピーが必要だと感じたので、一緒に診てもらうことにした。担当カウンセラーのスローン・ベシンスキーに、いま人生で何が起こっているのかを尋ねられ、私は、腐れ縁の彼氏とまたよりを戻したと告白した。よいことではないかもしれないが、調査中のヘビーな事件から気を紛れさせる何かが必要だった。別れた恋人とまた一緒にいるのは、ぬくぬくとしたセーターに包まれているような感じがする。彼は50代の大人の男性のはずなのに、中身は甘ちゃんのパーティーボーイだった。いまはフェードアウトしかかっているものの、私がフロリダに住むようになってから10年以上、彼はほぼずっと私の人生にかかわってきた。陽光の州《フロリダ》は、血なまぐさい刑務所とは別の意味で恐ろしい、恋人づくりにまったく向かない荒野だ。独身の友人たちと私は、デートの冒険をなんとか笑いに変えようと努めた。デート相手にニックネームをつけるのも工夫のひとつで、本当の名前よりもおもしろくて憶えやすいのがいい。くっついたり別れたりの腐れ縁の彼は背がとても高かったので、ミスター・ビッグと名づけた――『セックス・アンド・ザ・シティ』に出てくるミスター・ビッグとは似ても似つかなかったけれど。私たちは気が合ったが、彼が、いつかは断ち切らなければならない私の悪癖だということはわかっていた。でもいまはそのときじゃない。

姉のテリーは、私が仕事ではタフなのに恋愛ではマシュマロのようだとよく嘆いていた。私は恋をするとのめり込む。ミスター・ビッグとのことはカウンセラーのスローンに助言を仰いだが、結局、気に入りのセーターは穴が開こうがどうしようがなかなか手放せないのだ。

寝ても覚めても新しいプロジェクトのことばかり考えていた。ハードな仕事への対処メカニズムについてスローンと話し合い、さらに、私が頭を悩ませていた、何年も前のことで被害者に再びトラウマを与えないようにするための接触方法について意見を聞いた。

ほかのセラピスト数名にも話を聞き、その後、元FBI捜査官で児童への性的虐待を研究する行動科学部門に20年間勤務していたケネス・ラニングに相談する機会があった。ラニングは、性犯罪者が、弱い立場の人たち、とくに子どもやティーンエイジャーにいかに甘いことばで近づき操ろうとするかに気づかせてくれた。被害者が経験したトラウマだけでなく、被害者の多くが虐待を受けたあともなぜエプスタインのもとに戻るのかを知っておくことは、この事件を追ううえできわめて重要だった。

エプスタイン事件の検察官たちは、児童性的虐待の背景にある心理を理解していないように見えた。少女たちのなかにはエプスタインのもとに何度も戻る者やエプスタインに恋する者がいるという理由で、州検察官や連邦検察官は彼女たちを、自分で望んでそうしているパートナー、あるいは売春婦と決めつけるところがあった。

「世間の望むストーリーは、被害者は神が天国からつかわした無垢《むく》で愛らしい天使、加害者は邪悪で残忍で〝しわくちゃのレインコートを着た醜い老人〟の性犯罪者というものだが、現実はそんなに簡単な話ではない」とラニングは言う。

エプスタイン事件は、ラニングの説明によると、被害者である少女たちが刑事司法制度の好む都合のいい型にはまらなかったことで、事態が複雑になった。

「この事件の検察官は、『彼女が言っていることはちがう、話をつくり変えている』とよく言い、子どもを大人と同じように見ていた。だが被害者たちは精神的にも情緒的にも未成熟なので、体験したトラウマを毎回同じように説明できないのはあたりまえなのだ。いやむしろ、毎回、細かいところまで同一の話をできるほうがふつうではない。子どもの脳は、教え込まれないかぎり、そのようには働かない」

多くのセラピストや専門家から話を聞いて、私は悟った。被害者から、エプスタインにされたことをデリケートな詳細まで聞き出す必要はない。2008年の司法取引では、34人の少女が被害者として挙げられている。エプスタインが彼女たちを性的に虐待したことに疑いの余地はないのだ。名前が公表されていなくても、裁判記録に34人の被害者が記載されているということは、彼女たちがエプスタインから虐待を受けたと連邦検察が確認したということだ。司法取引に応じたことで、エプスタインも自分の罪をある程度は認めたことになる。このときのエプスタインは、自分の行為をたいしたことではないと思っていたし、検察官もどうやらそう思っていたようだ。

ある土曜日、私は、まだパームビーチ地区に住んでいる被害者のリストを作成し、居住場所を描き込んだ地図を印刷して、1戸ずつ車で訪ねてみることにした。電話しても応答はなく、彼らの弁護士も同じだった。被害から時間が経ち、彼らの多くは転居したり、結婚したり、仕事を始めたりしていて、悲しいことに薬物依存や鬱状態、家庭内暴力で苦しんでいる者もいた。実質的な売春宿を開いていた者すらいる。

その土曜日、私はいくつかのドアをノックした。ある家でドアを開けたのは女性の父親だった。父親に用件を訊かれるまえに私はすぐに立ち去った。次の居住場所に行き、私道に車を入れたときにふと思った。被害者の夫が出てきて、用件を訊かれたらなんと答えればいいのだろう。

もっと考え、計画を練る時間が必要だ。

急遽《きゅうきょ》、オキーチョビー湖の北、中央フロリダのあたりに行くことにした。被害者のひとりがそこに不動産をもっているらしい。何時間もかかる場所だが、エンストせずにまともに走って乗り心地もいい中古車――2013年型の日産アルティマ――を買ったところだったし、その週末はほかの予定もなかったので、ドライブすることにした。

マイアミ・ヘラルドの在職期間のなかで、中央フロリダには何回か行ったことがあったが、州の中北部へと車を走らせていくうちに、フロリダがいかに田舎かということを思い知らされた。田舎すぎて、GPSの信号すら途切れてしまった。いくら走っても牧草地が終わらないので、こんな、大地と空しかない人里離れた場所で暮らすのはどんな感じなんだろうとちょっと思った。住宅はなく、建物もガソリンスタンドも木々もなく、見えるのは草と牛だけだ。

ようやく目的地に着いた。幹線道路から離れた、雑草の生い茂った山道だった。車を入れた瞬間、大きなまちがいを犯したことに気づいた。この岩だらけのでこぼこ道を走れるような車ではなかったのだ。汗ばむ手でハンドルを握り締めると、車の腹が道を擦《こす》った。引き返す場所もない。

行き止まりまで行くと、門に「立入禁止」の板が打ちつけられていた。車から降りて損傷具合を調べてみたが、足回りが傷んでいるのかどうかはわからなかった。意を決して門に近づき、その向こうを見たら、敷地内は草がぼうぼうに伸び、古いトレーラーが放置されていた。長いあいだ、誰も住んでいないのがわかった。

またしても行き止まりだ。次の行動を考えながら、家まで長いドライブをした。

そのとき、かつて自分が、海軍特殊部隊員の息子を亡くした父親に手紙を書いてインタビューに応じてもらったことを思い出した。

その手順に倣《なら》い、月曜日から新しいアプローチを始めた。

手紙の宛先には、まとめておいたリストのなかから60人近くを選んだ。

「ここ数カ月、私はエプスタインの件を調査してきました。ご存じのように、メディアでは彼について多くのことが書かれています。ですが、そのほとんどは答えを示すのではなく、疑問を投げかけてばかりです。刑事司法制度がなぜ、どのような経緯で、彼の被害者に正義を与えることに失敗したのかを正確に分析した記事はありませんでした」と私は書いた。

さらに、なぜ私がエプスタインと検察が被害者の沈黙から利益を得ていると考えるようになったのかを説明した。

「エプスタインがきょうも自由に歩いている理由のひとつは、ほとんどの被害者に声も顔もないからです。そのために検察は〝被害者を責める〟ことができ、ストリッパーだとか娼婦《しょうふ》だとか、薬物依存者、金目当ての女など、ひどい扱いをしました。実際には、どうしていいかわからなくなっただけのティーンエイジャーだったのに」

さらに私は、エプスタインが性犯罪者としての登録を義務づけられたのにもかかわらず、ニューヨークで自分の性犯罪者としての重大度を下げて、行動制限を小さくしようと画策していることを指摘し、新たな被害者を出している可能性もあると懸念を示した。事件について詳しく調べたところ、検察が多くのサバイバーが抱える弱点を突きつつ、世間の厳しい目をかいくぐろうとしていると続けた。

「足りないのは、あなたの声だけです。ご連絡をお待ちしています」と結んだ。

1週間ほど経って電話が鳴った。ミシェル・リカータからで、事件ファイルではジェーン・ドウ2と呼ばれる女性だった。彼女はナッシュビル郊外の小さな町に住んでいる。

すぐにフォトグラファーのエミリーに電話した。

「エミリー、仕事道具を積んでちょうだい。ナッシュビルに行くわよ」

7 最初の取引

パームビーチ・アイランドの富裕層と郡の司法関係者とのあいだには、きわめて濃密な結びつきがある。2006年ごろのカクテルパーティーやカントリークラブ、慈善舞踏会は、何世代にもわたってこの20平方キロメートルの楽園で暮らしてきた生粋の住民たちがまだ支配していた。一方、ニューヨークやワシントン、ロサンゼルスでの人脈づくりに生かせる結婚相手や取引相手を探して週末だけ訪れてくる、若くて野心的な社交界の有名人《ソーシャライツ》、株式仲買人、弁護士など、新しい層もいた。パームビーチの住民の平均年齢は70歳ぐらいとまだ高めだったが、70代の人の子ども世代は、新聞に名が載るのは生まれたとき、結婚したとき、死んだときの3回だけでいいという昔ながらの伝統を迷いなく破っていた。世間体を気にするのも、パーティーでしかるべき人と一緒にいるところを見られようとするのも、時代遅れで格好悪いことになった。

エプスタインは社交的ではなかったが、適切な人脈を築いていた。そのなかに、パームビーチ・ナショナル銀行の創設者であり、パームビーチ・ファースト銀行の会長でもあるC・ジェラルド・ゴールドスミスがいた。元町議会議員のゴールドスミスは、1970年代にバハマで起こった金融スキャンダルに関係し、数百万ドルを政治献金に流用したとして告発されている。[1]

起訴を免れたゴールドスミスは、疑わしいビジネスは過去のことと切り離して一から仕切り直し、パームビーチで新たにビジネスと政治の帝国を築いた。当選はならなかったが、２００９年には市長選にも立候補している。

２００９年の宣誓供述書でライター署長は、町の警察年金委員会の委員長として大きな力をもっていたゴールドスミスから、エプスタイン事件が公になるまえに、この件から手を引くように圧力をかけられたと述べている。

証言によると、ゴールドスミスはくだんの富豪と長年の友人であることを隠さず、その犯罪を軽く扱い、署長に「捜査なんて必要ない。取るに足らない小さなこと」と言い放った。

ライターは振り返る。「彼から、あんな生活をしている被害者たちを警察が信じないのは当然だし、信じるべきではない、と言われた」。ライター署長が、ゴールドスミスから、あるいはパームビーチのほかの有力者たちから、この事件で何かを言われたのはこのときが最後ではない。

エプスタインの邸宅から押収されたメモ帳によると、２００５年10月1日、ゴールドスミスはエプスタインに電話をかけ、受けたアシスタントにコールバックがほしいと伝言を残している。

それから3週間も経たない２００５年10月20日木曜日、リカレー刑事と十数名の警官が捜査令状をもってパームビーチの屋敷に到着したとき、エプスタインは明らかに彼らを待ち受けていた。この令状は、わずか2日前にパームビーチ郡のローラ・ジョンソン判事によって署名されたものだ。まえは州検察の検事補だったジョンソン判事の義理の父親は元州検事で、フロリダ州上院議員や巡回裁判所判事も務めた権力をもつ人物であり、ジョンソン判事の一家は州の司法制度との強い結びつきがあった。私がパームビーチの政治的・社会的生態系の近親相姦《そうかん》的な性質を理解しはじめるのにそう時間はかからなかった。

エプスタインがいつ、どのように捜査令状のことを知らされたのかは不明だが、彼は事件のはじめからずっと、刑事司法制度の隙を突いて有利に立ち回ることがうまかった。

その木曜日、午前8時過ぎにリカレー刑事らが彼の屋敷に到着したときには、コンピューターのハードディスクが6台、あわてて取り外された形跡があり、邸内のいくつかの場所にはモニターにつながっていたはずのケーブルがぶら下がっていた。

「ケーブルはすべて残っていて、まるでわれわれが到着する直前に誰かが引き抜いたかのようだった」と、リカレーはライター署長に報告している。

そのとき家にいなかったエプスタインが、アシスタントにコンピューターを処分するように指示を出していた。ほかにも重要な証拠がいくつか消えていた。被害者の多くは屋敷のあちこちにヌード写真が飾ってあったと言い、少なくともひとりの少女は、エプスタインのアシスタントにシャワー中の自分のヌード写真を撮られたと語っているのだが、その日はエプスタインのクローゼットの中に少女のヌード写真が何枚かあった程度で、被害者たちの話にあった額装された写真のほとんどはなくなっていた。

警察はまた、監視カメラの電源が切られており、録画した映像やその他の電子保存データもなくなっていることに気づいた。

リカレー刑事はのちに、エプスタインの弁護士がパソコンを、おそらくは映像ももっていると知ることになるが、その時点ではパームビーチの州検察局からリカレーが責められた。

警察が発見した証拠のなかでたぶん最も有力だったのは、エプスタインの主寝室の机の中にあった1枚の紙で、エプスタインにレイプされたとリカレーに打ち明けた少女、ジェーン・ドウ103の高校の成績証明書だった。エプスタインが彼女の発表会にカゴいっぱいのバラを送ったときのレシートも出てきた。

「邸内は消毒されてはいたが、完璧ではなかった。成績表のほかにも、寝室やバスルームなどすべてが、ライムグリーンのカウチに至るまで少女たちの描写どおりで、証言が裏づけられた」


バリー・クリッシャーの仕事机にエプスタイン事件のファイルが載ったとき、彼がパームビーチの州検事になって14年が経っていた。ブルックリン生まれの法律家クリッシャーは1980年代、最初は検事補、次に主任検事補として州検察局で何年か働いたあと、局を辞めて個人事務所を開き、郡の警察組合の弁護士を務めた。警察組合は強力なので、クリッシャーが州検事に選ばれるため、あるいは将来さらに高い地位に就くためには戦略的に重要なつながりだった。

クリッシャーは以前にも、たとえば2006年に保守系ラジオ番組の大物パーソナリティ、ラッシュ・リンボーを、次々に医師や病院を変えて鎮痛処方薬を買い漁《あさ》った薬物不正取引行為で告発するなど、物議を醸すような派手な事件を担当してきた。エプスタインと同様、ラッシュ・リンボーもクリッシャー側との3年間にわたる交渉の末、起訴しないという合意を勝ち取っている。パームビーチの海辺に建つ4800万ドルの豪邸に住むリンボーが薬物治療を続けるという取り決めを守れば、詐欺容疑が晴れて裁判を免れるという和解案を、リンボー側弁護士ロイ・ブラックとクリッシャー検事がまとめたのだ。

エプスタインは、ハーバード大学ロースクールで教えるアラン・ダーショウィッツ弁護士と数年前にマーサズ・ビニヤード島のパーティーで出会い、親しくしていた。ダーショウィッツは、O・J・シンプソンやクラウス・フォン・ビューロー〔名家出身の妻の殺人未遂容疑をかけられた人物〕、マイク・タイソンなど有名な依頼人の仕事を引き受けることで知られる強気の弁護士だ。エプスタインに捜査の手が伸びはじめたころ、ダーショウィッツはまずクリッシャーと会っている。事件の見通しが深刻になると、エプスタインはラッシュ・リンボーの弁護士ロイ・ブラックとパームビーチの元検事補ガイ・フロンスティンを手駒に加えた。

2017年7月、私はエプスタインに関する州検察局のファイルを徹底的に読み込んだ。驚いたのは、被害者のソーシャルメディアのページ2枚が大量にコピーされて挟まっていることだった。同じページのコピーを何枚も入れるのは、紙の無駄遣いではないかと思わずにはいられなかったし、まるで誰かが事件ファイルを実際よりも厚くしようとしているかのようだった。そのページは、フェイスブックに追い抜かれるまでは世界で高い人気を誇っていたSNS、〈マイスペース〉のものだ。男の子のこと、デートのこと、学校のこと、親と喧嘩《けんか》したこと、パーティーのこと、酒のこと、マリファナのことなど、いまどきのティーンエイジャーのソーシャルメディアのページとたいしてちがいはない。不謹慎なことば遣いや、露骨な性的表現も交じってはいたが、私からすれば、その多くは少女にありがちな盛った話にしか見えなかった。

エプスタインに性的暴行や不適切な性的接触を受けたというほぼ同じ主張をした少女が少なくと

もほかに15人いるのに、数人の被害者のソーシャルメディアのいたずら書きばかりがファイルに入っているのは奇妙だった。

裁判の文書や宣誓供述書、エプスタイン側弁護士との往復書簡などもあった。捜査令状と、塗りつぶしで編集された捜査報告書は少なくとも6部は同じものが登場し、ここでも不要な紙が大量に使われた。マイスペースのページも含めて重複を除くと、エプスタインと18人の被害者に関する州検察局の事件ファイルはひとつのファイルフォルダーに収まる量しかない。

この事件にかかわった州の検察官たちが送受信した電子メールは1通も入っていなかった。エプスタイン邸から消えたコンピューターについての言及はなく、誰かが隠蔽の指示をしたことにもまったく触れられていない。

20年間、刑事事件を取材してきた私は、ここで見るべきなのは事件ファイルに綴《と》じられたものではなく、そこにないものだと気づいた。エプスタイン自身についてはほとんど何も書かれていなかった。通常、犯罪捜査がおこなわれる場合には、容疑者の身元調査がファイルに含まれるはずだ。だが、被害者や、さらにはその両親については細かい素性まで書かれているのに、エプスタインや彼に協力したとされる人たちについては何もなかった。エプスタインのアシスタントのサラ・ケレンやナディア・マルシンコワに関する情報はなく、エプスタインの元恋人であり、ゴミ箱のメモ用紙にも名前があったギレーヌ・マクスウェルに話を聞いた痕跡も見当たらなかった。

何か見落としたものがあるのではないか、あるいは意図せずにファイルから抜け落ちた情報があるのではないかと思い、私は再度、情報開示請求を出して文書の提出を求めた。今回は細かく条件を指定し、検察のシステム内にある「エプスタイン」と「ダーショウィッツ」のどちらか、または両方の語句が出てくるすべての電子メールと手紙を要求した。政府機関は通常、この種の請求を受けるとコンピューター部門の誰かに検索を依頼する。該当なし、との回答だった。

現在パームビーチの州検事の地位にあるデイブ・アロンバーグが、2008年にエプスタインの刑事事件が司法取引で終結したときに自分は就任していなかったと述べたのは正しい。だが、消えた文書についていまだに多くの疑問があるのに、彼はその理由を調査する姿勢を見せず、一般の人たちに事件を理解してもらうための政治的意志も発揮していなかった（世論の圧力を受けて、彼はのちに、エプスタイン事件の全ファイルを州検事のウェブサイトに掲載した）。

私は、この事件ファイルは消毒済み、つまり大量の資料が破棄されたのではないかと考えた。フロリダ州には記録保持のための法律があり、一定期間が経ったあとなら職員が紙のファイルを処分できる。だがこの事件では、被害者側の弁護士が何年かまえに同じファイルを請求しており、記録の削除や廃棄が許される期限はまだ来ていなかった。その弁護士たちも、クリッシャー率いる州検察が重要な情報を抜き取っているのではないかと疑っていた（クリッシャーには何度もコメントを求めたが応答はなかった）。

捜査当時、リカレー刑事とライター署長はふたりとも、警察の捜査を台無しにするような機密情報がエプスタイン側の弁護士たちに渡っているのではないかと不安だったそうだ。署長は2006年に、自分とリカレーしかアクセスできない安全なサーバーに事件ファイルを移している。

リカレーは、被害者の供述を裏づける目撃者やその他の物的証拠を熱心に探した。エプスタインのアシスタントがさまざまな被害者に電話をかけたことを示す何百ページもの通話記録を確保し、エプスタインの屋敷からは、パームビーチ在住に限らない無数の女性の名前と電話番号が記載された電話メモのコピーを何十枚も回収していた。

メモのなかには、日時や状況が被害者の語った出来事と一致するものがあった。さらに警察は、エプスタインの名前がエンボス加工された便箋のメモを発見した。「ヘイリーから電話あり。土曜日に、〇〇〇（ジェーン・ドウ1の本名）を連れてくるとのこと」

メモにはほかに、エプスタインに電話をかけてきた有力者の名前が並んでいた――ドナルド・トランプ、大富豪レス・ウェクスナー、J・P・モルガンの有名バンカー、ジェス・ステーリー、新聞社オーナーのモート・ザッカーマン、メイン州選出の元上院議員ジョージ・ミッチェル、ハリウッドの大物プロデューサー、ハーベイ・ワインスタイン。


コンピューターがもち去られたときからリカレー刑事はすでに内通者の存在を疑っていたが、それまでは堅固だったリカレー刑事と検察との関係は揺らぎはじめていた。

エプスタイン側弁護士が警察には知らせずにエプスタインを嘘発見器《ポリグラフ》にかけたこと、しかもそのことをクリッシャー検事が知っていたように見えたことも、リカレーの疑惑を深めた。

当時、ポリグラフの検査官だったリカレーは、これが標準の手順ではないと知っていたので見学を申し出た。だが、その申し出は拒否される。

「エプスタインは検査官の立ち会いなしでテストを受けようとしてるんですよ」とリカレー刑事はクリッシャー検事に言ったそうだ。「どんな質問でもあり、ということの意味をわかっていますか？『ハムとチーズのサンドイッチは好きか』と訊くかもしれない。で、ハムとチーズのサンドイッチが好きなエプスタインが「はい、好きです」と答えれば、ポリグラフの針は平常のままだ。これは法執行機関がする質問ではありませんよ」

このときのポリグラフのテストでは「偽証は認められなかった」との結論に至り、ポリグラフの結果は法廷の証拠としては認められないはずなのに、クリッシャーはエプスタインを起訴しない理由のひとつに挙げていた。

リカレー刑事はポリグラフテストを見られなかったどころか、どんな質問がなされたのかも知らされなかった。州検察の事件ファイルにもこれに関する記載はない。

加えて、リカレーをとくに苛立《いらだ》たせたのは、クリッシャー検事がエプスタイン側のダーショウィッツ弁護士に魅了されて言いなりになっているように見えることだった。

「ダーショウィッツはフロリダに飛び、クリッシャーと個人的に会っている。そのあとに起こった欺瞞《ぎまん》の数々は、よそでは私は見たことも聞いたこともない」とリカレーは語る。

のちにクリッシャーは、ダーショウィッツを「過剰に攻撃的な」人物と評し、このハーバードの大物弁護士から、もしクリッシャーが裁判にもち込めば、少女たちを社会的に破壊する、と脅されたと主張している。

ダーショウィッツはこの主張を否定しているが、いずれにしろダーショウィッツは、エプスタインの私立探偵が入手した情報の山を州検察に送り、被害者の名誉を傷つけるキャンペーンを展開した。少女の家族の問題を暴露し、学校の教師や別れたボーイフレンド、クラブ活動のコーチに少女の評判を語らせるなど、容赦のない、苛烈なものだった。

たとえばダーショウィッツは、ある被害者のマイスペースのページを、「眉をひそめさせるもので、彼女の性格をよく表している」と指摘した。

いくつかのサンプルも添付している。

「彼女が自分で〝男たらしカクテル《ピンプジュース》〟と名乗っていたことに注目していただきたい。彼女のサイトは、写真も含めて、マリファナへの傾倒が察せられる内容がびっしり書かれている。最近、パームビーチでマリファナ所持と麻薬道具所持の容疑で逮捕されたことを承知の方からすれば、驚くべきことでもない」とダーショウィッツは書き添えた。

リカレー刑事はふだんどおりの冷静な調子で検察官たちに対し、ダーショウィッツの記述は不適切だと述べた。


クリッシャー検事が事件の担当に指名したランナ・ベロフラーベク検察官は、州検察の性犯罪課を率いていたことがあり、児童性的虐待を扱った経験もあったが、彼女もまた、被害者を売春婦のように扱うようになったとリカレー刑事は言った。

フロリダ州の法律では、17歳以下の人と性行為をすることは、同意があろうとなかろうと、相手が17歳以下であると知っていようといまいと違法だ。

「面談したわけでもないのに、どうして被害者たちの言い分を信じないのか」とリカレーはベロフラーベクに尋ねた。

「ここに、ビールを手にした少女の写真があるの」とベロフラーベクは少女のマイスペースのページを示した。「未成年なのに酒を飲んでる。マリファナや、酒やセックスについての話がたくさん。真っ当とは言えない」

「ティーンエイジャーが飲まないものがあったら教えてほしいね！」リカレー刑事は憤慨して言った。「ビールをすすった子は被害者になれないと？　その基準で言うなら、性的暴行の被害者は修道女しかいないということになる」

ベロフラーベクはさらに、当時の州法では14歳の未成年でも売春の罪で訴追される可能性があり、あの少女たちも告発されるかもしれないと指摘した。

以来、リカレー刑事は、検察のクリッシャーとベロフラーベクが事件を遅らせていると感じるようになった。

リカレーとライターはふたりとも、クリッシャーの態度の変化に戸惑っていた。

「はじめは〝やつを捕まえよう〟だったのに、〝なぜその記録に召喚状を出す必要があるのか〟に変わった」とリカレーは振り返る。

2006年1月4日、エプスタイン邸の元従業員アルフレド・ロドリゲスがパームビーチの州検察局に出頭し、テープによる宣誓供述をおこなった。彼がエプスタインのもとで働いていたのは2004年11月から2005年5月までの約6カ月間で、警察が捜査している性的暴行事件に関係のある重要な時期だった。

ロドリゲスはエプスタインを要求の多い上司と表現した。従業員たちに、自分の視界に入らないように、仕事中に自分を見ないようにと命じていたそうだ。屋敷には多くの訪問者があり、そのほとんどが彼の目には高校生に見える若いマッサージ師だった。

ロドリゲスは、緊張してはいたが協力的だった。若い女性は昼夜を問わず屋敷に来ていて、しかも時間が経つにつれてどんどん若くなっていくように見えたという。

証拠として、屋敷への来訪者の名前を含む業務日誌があると当局に伝えている。

ロドリゲスは自分のことを「人間ＡＴＭ」と呼んだ。エプスタインから、自分がいないときでも少女たちに金を渡せるように、つねに現金２０００ドルをもっておくように指示されていたからだ。また、電子機器にしろ装身具にしろ、彼女たちがほしがるものはだいたいなんでも買い与えるようにとの指示も受けていた。

少女たちが到着するとキッチンに案内して、ちょっとした食べ物や飲み物を出していたという。「高校生だったうちの娘と同じように食べていた。大量のシリアルと大量のミルクを」少女たちが帰ったあとに2階の主寝室とバスルームの掃除に行くと、床に性具が散らばっていることがよくあった。

リカレー刑事は、ロドリゲスに業務日誌を警察に提出する気があるかどうかを尋ね、数日後にボカラトン市のショッピングプラザで会うことにした。そして、電話番号と名前の書類が入った緑色のフォルダーと、エプスタインが少女のために借りたレンタカーの領収書を受け取った。

エプスタインの弁護団に戦略的に加えられたのが、パームビーチの刑事弁護士ジャック・ゴールドバーガーだった。公選弁護人だったゴールドバーガーは、弁護団のほかのメンバーほどの知名度はなかったが、キャリアの初期に、タイからもち帰った小さな猿をパームビーチの自宅で無許可で飼っていたベトナム帰還兵を弁護したことで一時、注目を集めたことがあった。この帰還兵が飼っていた、体重1・8キロの歯のないテナガザルは〝グルーチョ〟の名で家族の一員になっていたが、州の野生生物保護局の職員は毛むくじゃらのこの家族を捕獲すると通達した。1983年にこの件が裁判になった際にマイアミ・ヘラルドが取りあげたことで全米の注目を集めた[2]。

ゴールドバーガー弁護士は帰還兵の弁護に成功し、ケージの中で飼うことに同意するのであれば、グルーチョをそのまま飼ってよいことになった。

ただし、エプスタインがゴールドバーガーを選んだのは、小さな生き物を弁護する手腕を買ったからではない。ゴールドバーガーの法務のパートナー、ジェイソン・ワイスの妻ダリア・ワイスが、クリッシャー検事がエプスタイン事件に任命した検事補のひとりだったのだ。ダリア・ワイスは、州検察の性犯罪特捜班のチーフを務めるタフな検察官だと言われていた。クリッシャーとベロフラーベクが起訴に後ろ向きだと察していたリカレー刑事は、ワイス検事補のほうがエプスタインの起訴に真剣に取り組んでいると感じ、ワイス検事補との連携を深めはじめた。エプスタイン側はゴールドバーガーを引き入れることで、ワイス検事補が夫の関係者との衝突の可能性を考慮して事件から手を引くように仕向けたのだ。

ワイス検事補は2006年5月に事件から離脱したが、そのときには警察が集めた証拠のほとんどを把握していた。州検察の事件ファイルにはワイスの離脱についてはなんの言及もなく、リカレー刑事がそのことを人づてに聞いて知ったのは、ゴールドバーグがエプスタインに雇われてかなり経ってからだった。この状況も、リカレー刑事にとって、州検察が汚染されているのではないかと疑う理由になった。ただし、ワイスが守秘義務に違反した証拠はない。

ある日、リカレーが被害者を捜していたときに、エプスタインの弁護団のひとり、ガイ・フロンスティンから電話があった。以前からエプスタインへの聴き取りを求めていたリカレーに、フロンスティンがついに回答をもってきたのだ。

「申しわけありませんが、ミスター・エプスタインは聴取に応じることはできません」。留守電のメッセージにフロンスティンの声が残っていた。「ベロフラーベク検察官とすでに話し、ミスター・エプスタインはマッサージに熱中しているだけだと伝えてあります」

留守電に残すのが奇妙に感じたので、リカレーは事情を聞こうとベロフラーベクに電話した。彼女は、フロンスティン弁護士と何か重要なことを話し合ってはいないと言ったが、歯切れが悪かった。

数日後、フロンスティンから、リカレーの仕事用の携帯電話にまた電話がかかってきた。「ミスター・エプスタインからあなたへの伝言を依頼されました」と、フロンスティンはもったいぶった調子で言った。

「マッサージにたいへんな情熱をもっていることをあなたに伝えてほしいと。事実、彼はバレエ・フロリダにダンサーのマッサージのために10万ドル以上を寄付しています」と、ウェストパームビーチにある、バレエ学校を併設したバレエ団の名を挙げた。

「マッサージは彼の健康にとって有効であり、精神の安定をもたらすものです。だからこそ何度も何度もマッサージを受けるのだとわかっていただきたい。また、今回の件がマスコミにリークされなかったことに感謝していることも伝えてほしいと言っています」

リカレーは答えた。「疑惑が立証されないうちは、無実として保護することが重要ですから」

だが2006年2月には、情報分析官や巡査部長、警部を含むリカレーのチームは、エプスタインの立件準備を綿密に組み立てていた。証言してくれる被害者18名と、エプスタインの元従業員で被害者の話を裏づける証人2名を確保できた。通話記録、メモ用紙、高校の成績証明書、エプスタイン専用の便箋に書かれたメモもあった。屋敷を監視していた警察は、出入りする少女たちの写真を撮り、被害者の身元につながるナンバープレートもカメラに収めていた。時間とともに少女の名前は増えつづけ、リストには果てがないように見えた。

自家用機の飛行記録を確保して突き合わせ、被害者が性的暴行を受けたと述べた時間帯にエプスタインがパームビーチにいたことは確認済みだった。

3月、被害者のひとりが不吉な電話を受けた。

「ジェフリー（エプスタイン）を助けた者にはよい報いがあり、傷つけた者は相応の扱いを受ける」。電話を受けたのはのちに、少女スカウト係だった19歳の女性と判明した。

その女性はすくみあがったが、証人威迫罪で相手を追及する気にはなれなかった。

「電話の相手は、あなたにしか話していないことを知ってた。あなたしか知らないことをなぜあっちは知ってるの？」と女性はリカレーに詰め寄った。

リカレーはとうとう怒った。

ベロフラーベクに電話をかけたが、折り返しはなかった。

リカレーが証拠を集めれば集めるほど、検察の動きはいっそうのろくなった。

「ランナ（ベロフラーベク）とは長いつき合いだし、この事件まではうまくやってきた」とリカレーは言う。「それなのに、同盟だったのに、ある日突然、敵同士になってしまった。私は州検察に5年いたことがあるから、そこの人たちを昔から知っている。ほかの事件でも彼らと協力してきた。サポートしてくれたし、この事件でも、味方として一緒に闘おうとしてくれていたのに」

リカレーの話では、捜査を終えた時点で、レイプされたという数人を含む34人の被害者を把握していたそうだ。彼はエプスタイン、アシスタントのサラ・ケレン、少女スカウト係ヘイリー・ロブソン3人の逮捕令状を入手する手続きに入った。

だが、クリッシャー検事が異例の行動をとった。

彼はこの事件を州の大陪審にかけることにした。フロリダ州では、起訴するかどうかは州の検察官に大きな裁量権があり、大陪審は通常、極刑になるような殺人事件にしかおこなわれない。クリッシャーの行動は、この事件が起訴に値するかどうかに疑問を呈し、大陪審に判断を委ねたように見える。だがエプスタインにとっては、大陪審の手続きは秘密裏に進むため、メディアの注目にさらされずにすむという非常に重要な恩恵があった。

大陪審はその翌週に召集されることになった。検察官は警察と協力して証言前に証人の心構えをととのえるのが通例だが、リカレー刑事にはどの被害者が何時に出頭するかについてなんの指示も来なかった。

4月13日と14日、そして大陪審が召集される3日前の4月17日にも、リカレー刑事はベロフラーベクに何度も電話をかけ、メッセージを残している。

ついには自ら州検察局に出向き、ベロフラーベクのオフィスを訪ねた。

「あら、ちょうど折り返そうと思っていたところよ」と彼女は愛想よく言った。「弁護側に提案しました。〝意図した加重暴行〟の1件で告発、ただし裁定を保留し、5年間の保護観察処分とする」。この提案はつまり、エプスタインはジェーン・ドウ1という少女ひとりへの暴行で告発されるだけで、性犯罪容疑は問われず、刑務所にも入らないということだ。

「ほかの被害者については?」とリカレーが尋ねたときにベロフラーベクの携帯電話が鳴って留守電に切り替わった。

フロンスティン弁護士からの電話だった。ベロフラーベクは刑事にも聞こえるようにスピーカーフォンでメッセージを聞いた。

「ミスター・エプスタインと話したところ、彼は取引に同意しました。ですから、大陪審は中止してください」と弁護士は言った。

リカレー刑事は啞然とした。検察が司法取引の交渉をしているとは知らなかった。「署長と話さなければ」とだけ言って州検察局の建物を出て、まっすぐ警察署へと戻った。取引を知ったライター署長はクリッシャー検事を電話越しに怒鳴った。

そのころ、ライターとリカレーのもとには、被害者数名の両親から、クリッシャー検事の事務所に何度電話してもつながらないという苦情が入っていた。彼らは、1年近く長引いているこの事件がどうなっているのかを知りたがっていた。彼らの娘たちは1週間以内に大陪審で証言するとの召喚状を受け取っていたが、どこからも確認の連絡が来ず、準備のための支援もなかった。

その日の午後、州検察の調査官であるティム・バレンタインからリカレー刑事に電話が入り、大陪審の中止が正式に通告された。バレンタインは、リカレーに対し、召喚状を受け取っていた被害者全員に中止を伝えるよう求めた。

「そっちでやってくれ。これはうちじゃなく州検察の決めたことだろ」と言って電話を切った。

ライター署長はクリッシャー検事に宛てて親展の書状を送った。逮捕理由を示した宣誓供述書と逮捕令状が同封されていた。

文面には「熟考を重ねた結果、貴検察局が本件でとった異例の措置を検証するよう貴殿に求めざるをえません。また、本訴追事案に貴殿が適格であるという正当かつ充分な理由が存在するかの考察もお願いいたします」とあった。

クリッシャー検事は逮捕令状の検事欄に署名したくはなかったが、なんらかの行動をとらなければならない圧力が強まっていた。メディアもこの件に食いつきはじめていた。

数週間後、エプスタインは考えを変え、州検察との取引を拒否した。そのため、やはり大陪審が開かれることになった。

「『大陪審を開く』と言われたかと思ったら、『いや、大陪審は開かない』と言われ、今度は『大陪審を開くが延期する、新しい日時はこれ、いやさらに延期』と言われた」とリカレー刑事は当時を回想した。「めちゃくちゃだった。とうとう、私が直接、逮捕令状を令状処理部門に提出しにいった。堂々巡りが続いて、逮捕令状は何度も私に戻されたよ」

最終的な大陪審の期日が決まったが、リカレーと被害者たちに知らされたのは2日前だった。

「地元に住んでいる被害者ばかりじゃない。大陪審に出られる者は出たが、出られない者もいた」。この日、証言できなかった者のなかに、警察にとってとくに信頼の置ける証言者だったジェーン・

ドウ103がいた。大学の試験とぶつかったのだ。

リカレーは、大陪審で警察が失敗することを狙って、検察によって――そしてエプスタイン側の弁護士によって――日程が決められたことをよく知っていたし、私とのインタビューのなかで、彼らが事件を放棄する気だと思った理由を教えてくれた。

ひとつは、パームビーチを支配する民主党にエプスタインが100万ドルを献金していたという政治的な理由だ。クリッシャー検事は、彼がビル・クリントンの友人であることや、元上院議員のジョージ・ミッチェルをはじめとする政界の大物たちと人脈を築いていたことを思い出したのだ。エプスタインの秘密が表沙汰になれば、民主党にダメージを与えることになる。この事件を封じ込めるのは、州検事としてパームビーチの政界で大きな力をもつクリッシャーの役目だった。

「つまり彼は体制の秩序を護ろうとしたんだ」とリカレーは言った。

のちの司法省の調査で、連邦検察官が大陪審の文書の少なくとも一部を閲覧できたことが明らかになった。大陪審のまえに文書を読んだ連邦検察官のアンドルー・ローリーが「州が事件を台無しにした」とのメモを書いている。

ただし、フロリダ州法執行局による州の調査では、州の検察官やクリッシャー検事が不正をおこなったという証拠は見つからなかった。法執行局は最終報告書のなかで、彼らは大陪審の文書にアクセスできなかったことを指摘している。

フロリダの政界で権力を握る方法について明文化されたルールや作戦帳があるわけではないし、札束の詰まったブリーフケースがテーブルの下で受け渡されるのでもない。どちらかの政党だけに特有の話でもない。共和党と民主党のあいだではなく、金と権力をもつ者ともたない者とのあいだに溝があったのだ。

パームビーチ・ポスト紙で長くコラムニストを務め、エプスタイン事件も取材したホセ・ランビエットは、「自分の仕事が金持ちのおかげで成り立っていて、『エプスタインを追いかけるのなら、あんたとの仲はこれまでだし、今後はサポートもなしだ』と言われたら、そりゃあ効くさ」と説明する。

「エプスタインはつついてはいけない危険の塊だった。パームビーチの支配階層《エスタブリッシュメント》が金《かね》を産む牛を護るのは当然で、彼は民主党にとって大きなドル箱でもあった」

新聞社を辞めて現在は私立探偵の資格をもつランビエットは、自身も含めたパームビーチ・ポストのエディターたちが、エプスタインの犯罪の重大性を充分に理解していなかったと認める。

「彼のことを、とりたててめずらしくない、ありふれた変質者だと思っていた。私自身はこのストーリーをはじめから読みまちがっていたし、正しく見るように働きかける者はうちの新聞社にはいなかった」とランビエットは言った。

当時、クリッシャー検事と広報担当のマイク・エドマンドソンが、あの少女たちは結局ただの売春婦にすぎないと言っていたとランビエットは振り返る。

リカレー刑事は、エプスタイン事件の展開を、より高いキャリアへの野心を燃やしていたクリッシャーが政治的にうまく立ち回ろうとした結果だと見ていた。

「陪審員全員に同じ情報を与えるのが州検察の仕事だ。被害者たちはフロリダ州に住む子どもで、18歳未満で、違法なことをされた。なぜ、大陪審の場で立ちあがってそれを言う検察官がひとりもいなかったのか？」

8 ミュージック・シティ

マイアミ・ヘラルドの編集室で、モニカ・リールほど私が尊敬する人は少ない。たんに文献管理者《ライブラリアン》兼リサーチャーと呼ぶだけでは彼女を正当に評価したことにならない。フロリダの歴史やマイアミのことを、南フロリダに昔から住んでいるほとんどの人よりもよく知っている。別の人生では、おそらくモニカはすばらしく有能な調査報道記者になっていただろうし、じつのところ、彼女はほとんどのジャーナリストよりも情報の集め方に詳しい。ほぼなんでも掘り出すことができ、誰に対しても、とくに修羅場に陥っている記者に対して、底なしの忍耐力をもっている。大きなニュースが飛び込んできて、私が政府のウェブサイトにアクセスできず、困って彼女にメールを送ると、通常の勤務時間を過ぎていても夜明け前であっても、数分後には、私が見つけられなかったリンクやパスワードやその他の情報を送ってくれたものだった。私がヘラルドで働いてきた10年のあいだずっと、大小さまざまなことで私をサポートしてくれた。彼女は毎日何十人ものスタッフを補佐しているのに、私がいま何を追っているのか、どんな記事を書いたのかをなんでも知っているようで私はいつも驚かされた。多くの新聞社と同じようにヘラルドでもリサーチャーが減っていき、いまでは彼女が最後のひとりになってしまった。私には想像もつかない量の仕事をこなしているのだろう。

エプスタインの被害者探しでもモニカは私の相談相手で、記事の構成上重要だと思う少女を見つけられないときに何度も助けてもらった。エプスタインの交友関係や慈善事業の調査の支援もそうだし、取材を続けることそのものに不安を感じたときにはただ耳を傾けてくれた。ライブラリアンも、事実探究者《ファクトファインダー》も事実確認者《ファクトチェッカー》もジャーナリズムに欠かせない存在でありながら、いつも目立たないところにいて、本来受けるべき称賛を得ていないことがよくある。彼らにはいくら感謝してもしきれない。

だが2017年秋ごろの私は、モニカのサポートと応援はあったものの、エプスタインについて話してくれる被害者を探すのはもう限界だと思いはじめていた。すでに何カ月もかけてリストを集め、何十通もの手紙を書いた。何人かには、フェイスブックをつうじてメッセージを送った。返事をくれた人もいたが、その内容は大きな希望をもてるものではなかった。接触を図ったこと自体に怒っている人もいた。無理もないことだと私は静かに受け入れた。

パームビーチで最初に名乗り出てくれたジェーン・ドゥ1は、私が被害者探しを始めたころに結婚したばかりだった。アメリカ中西部に住み、夫と一緒に起業していた。私がこれまで会ったなかでも最も美しいといえる女性で、結婚式の写真はおとぎ話のお姫様のようだ。エプスタインとのつらい経験から完全に抜け出たように見えるのは奇跡にほかならない。育った家庭に問題があったことや、エプスタインと弁護士たちが彼女と家族をどれほどの地獄に突き落としたかは、裁判資料を読んで知っていた。

不動産や医療分野の職に就いた者もいれば、小学校の教師になった者もいる。13歳のときにエプスタインの目に留まり、人気女優への道を歩みはじめた者もいた。こうした話を聞くのはうれしかった。

だが、それほど幸運ではなかった者もいる。リー・スカイ・パトリックは、私が知ったときにはすでに亡くなっていた。

何年もオピオイド〔モルヒネに似た作用をもたらす合成麻酔薬〕に依存していた彼女は、２０１７年５月30日、ついにドラッグという魔物に屈してしまった。３歳の男の子が残されたが、同じ年に婚約者をやはりオピオイドの過剰摂取で失った双子の姉セルビーが、甥《おい》っ子を養子にしたと聞いて私は感銘を受けた。

セルビーは私と話したがらなかった。当時の彼女は、エプスタインとの関係は妹の薬物依存症とは関係がないと考えていた。エプスタインが妹の人生に登場するずっとまえから、妹は依存症になっていたのだと。

セルビーがひどい痛みのなかにいるのはわかっていたから、これ以上、彼女を苦しませたくはなかった。話を聞くことはかなわなかったが、私のシリーズ記事が新聞に載るまえにもう一度セルビーと連絡をとろうとしたのは、彼女の妹の話が重要だと考えたからだ。エプスタインと出会ってからの14年間で、妹のスカイは大半は薬物がらみで12回も逮捕されていた。ジェフリー・エプスタインとかかわったことで、彼女の人生が楽になったわけではなかった。

あとでわかったのだが、スカイは自分のことを話したいと思っていたそうだ。

亡くなる２年前の２０１５年、スカイはロンドンのデイリー・メールの取材を受けている。だが、なんらかの理由で、当時の同紙は記事を掲載しなかった。

その記事は２０１９年７月になって掲載された。インタビューのなかでスカイは、２００３年にエプスタインに会ったとき、自分は16歳で、薬物やアルコールの依存症を克服するためのリハビリ中だったと話している。ウェリントン・クリスチャン・スクールの同級生から、パームビーチの屋敷でホームパーティーがあるから行こうと誘われ、30キロほど離れた海辺のエプスタイン邸まで一緒に車で向かった。着いてみると、エプスタインとアシスタントの女性ひとりしか姿が見えなかったので、スカイは不安になった。

「誘ってきた友人は、そこへ着くなりあわてて帰ったから、あの大きな屋敷にわたしひとりになってしまった。パーティーなんてやってなかった」とデイリー・メールのインタビューで答えている。[1]

「アシスタントの女性に大きなバスルームへ案内され、そこには腰にタオルを巻いたジェフリー（エプスタイン）がいたの」とスカイは記憶をたどりつつ話した。

「壁に、男性器の白黒の写真がかけてあったのを憶えてる。すべてが気持ち悪かった」

エプスタインは彼女にシャツを脱ぐように言い、次にブラもそうするように言った。

「彼はだんだんと攻撃的になり、わたしはもうそこにいたくなかったので、シャツをつかんで部屋を出ました。わたしはただの怯えた16歳でした。逃げ出したのはあの人が恐ろしかったから。死ぬほど恐ろしかった」[2]

彼女はそこへ戻ったが、何が起こったのかを話そうとはしなかった。エプスタインと出会ってからの数年、彼女は逃れられない地獄へと沈んでいった。息子の親権を失い、社会復帰訓練所やリハビリ施設を出たり入ったりするようになった。

デイリー・メールのインタビューに答えた時点では、まだ怒りが収まっていなかったという。

2008年、連邦検察がリストアップした被害者34人のひとりだった彼女は、最終的にエプスタインから5万ドルの和解金を受け取った。だが残念なことに、和解金を受け取ったほかの少女たちの多くと同様、その金を薬物やアルコールに使い、痛みを麻痺《まひ》させようとした。

デイリー・メールのインタビューから2年後、フロリダ州グリーンエーカーズにある安モーテルの212号室で裸の遺体が発見された。

このモーテルは当時、麻薬や売春の拠点として警察がマークしていた場所で、部屋にはゴキブリがうごめき、壁や床はペンキが剝がれ、薄汚れていた。タバコ臭く、ベッドシーツはシミだらけだった。ネットの口コミには、枕の下にハンマーやナイフを忍ばせておくほど危険な宿だとのレビューがあった。モーテルのパンフレットには「古きよきフロリダの味わいと温《ぬく》もりに現代のトラベラーが求める利便性とサービスを融合させました」とあるのだが。

スカイの身体は、塞がっていない傷口や、痣《あざ》や擦り傷で全身がひどい状態だったので、保安官事務所は当初、殺人の疑いをもって彼女の死を扱った。発見者の保安官代理は、「失われた若く美しい魂」と報告書に書いている。

「赤茶色の髪にライトブラウンの目。左前腕に青い花、左前下腹部に中国語と思われる記号、右手首に〝出口《exit》〟のタトゥーあり。記録のために現場の写真を53枚撮影。両手をそろえて手首をテープで固定し、両方の手首に事件番号とイニシャルを記入。黒い殺人事件用遺体袋に遺体を移し、赤いタグNo.1686210で封印」と、パームビーチ郡保安官事務所のジョー・ノイスは報告した。

調べによると、その部屋を借りたのは男性で、聴取に対し、彼女と寝たあとで自分が部屋を出るときには元気だった、と答えている。状況から、彼女は男性からもらった金で薬物を買ったと推測された。

彼女の死因はのちに、薬物とアルコールの急性中毒と判明する。

エプスタインとのつらい経験を話してくれることになった最初の女性、ミシェル・リカータとのインタビューに向かう途中、私はスカイとほかの被害者たちのことを考えた。目的地のナッシュビルには、私のほうがフォトグラファーのエミリーよりも1日早く到着した。エプスタインとの出会いから年数が経ち、ジェーン・ドウ2ことミシェル・リカータは家族とともにフロリダからテネシー州ナッシュビルの郊外にあるコーフィ郡の小さな街に引っ越していた。その街で、シュガーたっぷりのシナモンロールと大きめのチーズバーガーが人気のランチスポット〈コーヒーカフェ〉を両親と切り盛りしていた。小さな男の子がいるシングルマザーのミシェルは、エプスタインとはできるだけ離れていようとした。だがどれだけ遠くに行っても、恐怖やトラウマ、恥に思う気持ちはどこまでも追いかけてくるようだった。

ミシェルは店で長時間働き、午後遅くにくたくたになって自分のシフトが終わると、今度は息子の世話をした。弁護士が反対しているらしく、彼女がインタビューに応じてくれるかどうかは100％確実とは言い切れなかった。しかも10年近く前に和解金を受け取っている。彼女自身が、自分が守秘義務契約にサインしたかどうかを憶えていなかったので、第三者に何か話すことが許されているかどうかすらはっきりしていなかった。

短時間しかいられないとしても、ナッシュビルへ行くのは楽しみだった。私はめったに休暇をとらない。行きたい場所はたくさんあったが、その余裕も時間もなかった。国内を見て回れるほぼ唯一のチャンスは仕事で行く必要があるときだった。

到着した夜、ナッシュビル郊外に住む友人が空港まで迎えにきてくれた。冷たい風の吹く11月の夜はとても寒く、ふだんフロリダの日光を浴び慣れている者にとっては衝撃だった。それでも翌日にインタビューが控えているという事実に励まされ、ガチガチ鳴る歯や足先の冷えを忘れることができた。

イースト・ナッシュビルの2ベッドルームを〈エアビーアンドビー〉で予約していた。着いたときには家の中は真っ暗だった。友人のリンダとそのボーイフレンドのスティーブが入口まで案内してくれたその場所が、手入れのされた裏庭のある、こぢんまりしたきれいな家だとわかってうれしくなった。経費についてあれこれ言われるのが恐ろしいので、エミリーと私はいつも安く出張しようとしている。仕事なのに自費で払ったことが幾度もあり、領収書の管理が苦手な私は、出張から戻ったときに銀行口座に小銭しか残っていなかったことも一度ではない。

エミリーと私はいつも、なるべく安くてそれなりに快適なホテルを予約しようとがんばるのだが、「ビジネスフレンドリー」と謳《うた》いながらインターネットが使えなかったり、道路沿いの家族向けモーテルのはずなのにナンキンムシがうようよしていたりなど、ひどい宿に当たることが多かった。ナッシュビルでの夜が明け、翌朝早くに日が覚めたとき、その家がなぜ安いのか理由がわかった。すぐ裏が線路になっていて、寝室の窓の外でけたたましく響く汽笛に起こされたのだ。

それでも、これまでに滞在してきたような歓楽街ではなかったし、自宅ではない場所、とくにこのようなすばらしい都市の一角にいることにはわくわくした。初日の夜は私ひとりだったから、家の中はしんとしていた。私は服を重ねて着込み、ウーバーでナッシュビルのダウンタウンに行き、夕食をとった。

その夜、ブルースの音と南部のバーベキュー料理の匂いを全身に浴びた。街のあちこちから聞こえてくる音楽に私は圧倒された。エプスタイン事件のことを一瞬忘れ、子どもたちと一緒に来たかったと思った。とくに娘はナッシュビル《ミュージック・シティ》が大好きになるはずだとわかっていた。高校時代に5つの楽器を演奏し、コンバースのピンク・フロイド・モデルを履き、ボブ・ディランの曲をギターで弾いたり、たまにビーチで仲間と演奏したりしていたからだ。このプロジェクトが終わったら、娘をナッシュビルに連れてくると心に決めた。

翌朝早く、フォトグラファーのエミリーが、いつものように写真や映像の撮影機材を詰め込んだ特大のスーツケースを複数積んで到着した。私はいつもどおり荷物整理を手伝うと申し出て、機材の管理に自分の方法を確立している彼女にいつもどおり断られた。大荷物のエミリーに対し、小ぶりのバッグとノートパソコンしか荷物がない私は、仕事でタッグを組んで遠出したときにいつもうしろめたく感じてしまう。彼女はこの現実を自分が背負うべき十字架として受け入れ、慣れているからどうってことないとよく言っていた。それでも私は罪悪感から逃れられず、つい荷物のひとつを手にとろうとしては、スカートとハイヒール姿で重い機材を動かそうとする迷惑な行動をエミリーにたしなめられた。

ミシェル・リカータが住んでいるマンチェスター市までは45分ほどの距離だった。壮麗な光景のなかを走った。テネシー州のなだらかな丘陵地帯は、南フロリダにはない美しい秋の色で覆われていた。エミリーと私は、消えゆく秋の美しさについて話した。彼女は空軍所属の軍人を親にもち、子どものころはあちこちを転々としていたが、中学・高校時代はメイン州のイーストポートとプレスクアイルで過ごした。イーストポートは私が育った町と同じように田舎だが、フィッシャーマンズセーターと〈L・L・ビーン〉のブーツでいっぱいの実用本位なワードローブをもつ、礼儀正しい人たちが住んでいる。

マンチェスター市に到着した私は、10年前にミシェルが住んでいた無秩序に広がるウェストパームビーチに比べたら、彼女はいまのほうがはるかにゆったりとした暮らしを送っているのではないかと感じた。ここはリトルダック川沿いに位置する35平方キロメートルほどの街で、農業大国アメリカらしい木陰の多い裏道があちこちに走っている。2000年前と見られるネイティブアメリカンの石造りの遺跡があり、旅行ガイドでは「テネシーウイスキーとその製造途中の香り《サワーマッシュ》漂う町」と描写していた。コフィー郡の郡庁所在地であり、毎年6月に街の中心部から離れた約280ヘクタールの農場で国際的なロックの祭典、ボナルー・ミュージック&アーツ・フェスティバルが開催されることで有名だ。フェスティバルの期間中、マンチェスターの人口はふだんの1万人から7万人以上に膨れあがり、北米最大級の野外イベントに熱狂する。

狭い四角形の建物や骨董《こっとう》品店、第二次大戦前と変わらない店構えを見ていると、私が育った町、人口4000人、2・6平方キロほどしかない小さなセラーズビル（ペンシルベニア州）を思い出す。私たちにとってのボナルー・フェスティバルとは、消防署裏の駐車場でおこなわれる地元のカーニバルだった。1970年代、私たちの溜《た》まり場は〈セラーズビル・シネマ〉、アイスクリーム店の〈デイリークイーン〉、クロムとネオンの1950年代ふう軽食堂《ダイナー》〈エミルズ〉だった。住民のほとんどが、私の家の通り沿いにある〝ザ・ゲージ〟の愛称で呼ばれる巨大な工場で働いていた。

幼いころ、私はいつも物語を書いていた。いまにして思えば物語の世界は、父親がいないこと、母親がいつも働いていて家にいないこと、校庭でいじめられることを忘れられる逃げ場だった。書いた物語は靴の空き箱に入れ、部屋のクローゼットにしまっていた。

小学校の4年生のとき、作文を提出したら、先生にこれは盗作だと決めつけられ、休み時間に書き直しを命じられたことを憶えている。先生は私が泣いて告白するのを待っていたのだと思う。だが私はそうせず、辞書の適当なページを開き、響きのいい、すてきなことばを見つけて定義を読み、そのことばと、辞書から適当に引っ張ってきたほかのことばを織り込んで新しい作文を書いた。そのときの私がなぜそんなふうに作文を書いたのかはわからないが、美しいことばというものに惹かれていたのかもしれない。

「ことばを完璧に紡ぐのは、最高の建物や機械、あるいは最高の彫像や絵画を完成させるよりも尊い。真に偉大な達人だけがなす至高のわざだ」と、詩人のウォルト・ホイットマン〔1892年没〕は書いた。のちに私は、このフレーズを刺繍《ししゅう》して額に飾ることになる。

懲罰的な書き直しだったが、結果を見た先生は私の母に、自分で考えた作文ではないのではないかと疑ったことを詫《わ》びた。

ちょうどそのころ、退役軍人協会が戦没者追悼記念日《メモリアルデー》に合わせて毎年開催している作文コンテストに私は応募した。その年のテーマは「アメリカ国民であることを誇りに思う理由」だった。

セラーズビル小学校の生徒がかつてこのコンテストで優勝したことはなく、たいていの場合、裕福な家の子どもが通うカトリック系の私立校セント・アグネス校から優勝者が出ていたので、私は望みの薄い参加者だった。

だが私は優勝し、その年のメモリアルデーのパレードでミス・ポピー・クイーン〔ポピー（ケシ）の花は戦没者の象徴〕の冠をかぶったことには誰もが――私自身も――おおいに驚いた。

ペンリッジ高校では、校内新聞ペンデュラムのエディターを務めた。だが私は家庭に問題を抱えており、勉強についていくのはたいへんだった。そのため、新聞部の顧問の先生からエディターを辞めさせられたことは、高校時代に起こった惨めな出来事としていまでもよく憶えている。

16歳で親元を離れ、「法的に独立したと見なされる未成年者」となった。すでに高校を卒業していた友人数名と、エレベーターのないアパートメントを借りた。当時の私は家賃を払うために、はじめはランプシェード製造工場の組み立て担当として、次に呼び鈴製造工場の事務員として低賃金の仕事を長時間こなしていた。

そしてとうとう、自分の人生にとって価値のある何かをしたいと決心した。１９８４年、フィラデルフィアのテンプル大学のジャーナリズム・プログラムに出願し、合格した。

2年後、私はセラーズビルを離れ、以来、振り返ろうとはしなかった。

9　ブラッド・マネー

その朝、ジェーン・ドウ2ことミシェル・リカータと母親リサ・モーランドが、フォトグラファーのエミリーと私を一家の店〈コーヒーカフェ〉で迎えてくれたが、どのような成り行きになるかは誰もわかっていなかった。ミシェルとは事前に何度か電話で話し、彼女の気持ちを楽にしようとしていたが、自分の身に起こった最悪の出来事についてカメラの前で話そうとする人にとって準備しておけることは何もない。

マイアミを発《た》つまえ、私はミシェルに、高校時代のアルバムを見せてもらえるよう頼んでおいた。サマーキャンプに参加したときや、祝日や誕生日のパーティーで家族と一緒に写っている写真があった。7人きょうだいの末っ子であるミシェルは2004年、両親が地元の〈ホーム・デポ〉で長時間働くあいだ、ウェストパームビーチのスーパーマーケット〈パブリックス〉でアルバイトをしていた。ロイヤルパームビーチ高校の優等生でチアリーダー、詩を書くのが好きな少女だった。

ミシェルの思春期の思い出を聞いていると、無邪気な時代そのものだ。子どもがわがままで未熟なのはあたりまえで、AR－15で武装した誰かが学校に侵入して自分も友だちも皆殺しにされる事態など夢にも思わない時代。

「あのころのわたしをひとことで言うなら、ユニコーンや蝶や虹なんかでいっぱいのおとぎ話の世界にいて、その世界にずっといたかったの。人が傷つけ合うなんて知りたくなかった。人生の悪い部分は聞きたくなかった」とミシェルは私に言った。

9年生のときに詩を書きはじめた。友だちが曲をつくり、ミシェルとのあいだでノートを交換しながら少しずつ進めていった。彼女の詩は、男の子のことや自然の風景、兄さん姉さんたち、先生や学校のことなど、日常を詠《うた》ったものだ。

「それがあのころのわたしの人生で起こっていたことのすべてだった」

ミシェルは映画が大好きで、毎週金曜日の夜には仲のよい友だちといろいろな映画を観に出かけていた。携帯電話は存在してはいたが普及してはおらず、当時のメールは1通ごとに10セントかかったので、もっている人は彼女の周りにはほとんどいなかった。

「世界がどんなふうなのか暴かれていない時代だったと思う。インターネットやフェイスブックや新しいサービスが出てきて、みんながほかの人のことをなんでも知るようになったけど、あのころはプライバシーもあった。友だちに連絡するには電話番号を憶えなければならなかったし、脳の記憶装置を鍛える必要があった。でもいまは、みんなボタンを触るだけ――人の電話番号なんて誰も憶えちゃいないわ。

コンピューターも変わった。以前はダイアルアップだったから、つながるのに時間がかかったし、つながらないこともよくあった。いろんなことがこんなに早く変わってしまうなんて、変な感じね」

インタビュー中にミシェルの母親は、家族写真をもっと探してみると言ってカフェを離れた。

エミリーと私は、ミシェルが母親のまえでエプスタインのことを話すのを気まずく感じているのがわかったので、私は、もし話せそうなら、お母さんがいないときに話してみて、と伝えた。さらに、以前にも伝えたとおり、彼女が受けた暴行を細かいところまで話す必要はないと念押しした。エミリーは被写体にレンズの存在を感じさせずにカメラを操作する。エミリーが機材から少し離れると、私は彼女がいることを忘れ、ミシェルと自分のことだけに没頭した。

私たちはいったん黙り、無音のなかでミシェルが息をつき考えられるようにした。ようやく口を開いた彼女は、脚の側面に強く指を押し当て、怯えた子どものように口ごもりながら、正しいことばを見つけようとしていた。

「この話をしているときに人から見られるのはいやなの」。ミシェルの目に涙が湧きあがり、カメラから視線を逸《そ》らした。

「恥ずかしくて、むかついて、何から話せばいいのか……」

クリスマスの直前、授業中に友だちからメモ書きが回ってきた。ミシェルは16歳で、まだ歯列矯正の装具を着けていた。

「クリスマスのためにお小遣いほしくない？」

「ほしい！　クリスマスにはみんなにプレゼントしたいもん。どうすればいいの？」

「大人の人にマッサージをしてあげるの」

マッサージセラピストの母親をもつ友人がいたので、ミシェルは友人の母親が働いていて自分も一度だけマッサージを受けたことのあるスパを想像した。

「でもライセンス要るよね？　プロじゃないとできないんじゃない？」ミシェルは尋ねた。

「そんなことない」

「オーケイ、やってみる。いつなの？」

「日にちはまだ決まってないけど、バイト先に迎えにいくね。でも、誰かに言ったらおケツ叩《たた》くよ」

「は？　言うわけない」。ミシェルは、脅しめいたことを言われて少しうろたえ、あとでメモを丸めて捨てた。

数日後、その友だちが車で迎えにきて、橋を渡ってパームビーチ・アイランドに一緒に行った。豪邸だけが立ち並ぶ通りを見てミシェルは驚いた。それまでは、スパや介護施設でお年寄りにマッサージをするのだと思っていたからだ。

ミシェルと友だちは門を抜け、通用口から入り、キッチンに案内された。ブロンドの女性がふたりを出迎え、ミシェルに名前と電話番号を紙に書くように言った。

「こっちよ」とその女性は言って、キッチン脇の目立たない扉に入っていった。

あとに続くと、そこに階段があった。螺旋みたいというか、まっすぐ進んでうしろに曲がる感じの。目のまえの壁には、女の子たち、裸の女の子の写真がびっしり飾ってあった。廊下を抜けるとそこは大きな寝室だった。

ブロンドの女性が言った。「もうすぐジェフリーが来る。たぶんずっと電話で話しているから、そのあいだにマッサージをしてあげて。あとは彼が指示するわ」

その部屋は暗く、寒かった。マッサージ台がひとつ、その横に鏡のついた洗面台があった。テーブルの上に100ドル札が3枚見えた。

カフェの扉が軋《きし》んだ音をたてて開き、アルバムを手にした母親が戻ってきた。ミシェルは話をやめ、近寄ってきてアルバムの1冊を開く母親を落ち着かない様子で見た。

ミシェルは青ざめた。

「ねえ、この写真、あなたとコーディが入院してたときの」と母親のリサが指差した。

「そうねママ、あのね」。ミシェルは口ごもった。「ママ、話をするあいだ、ちょっと向こうに行っててもらっていいかな」

娘のトラウマで自身も長く不安を抱えていたリサは、うなずいてキッチンに消えていった。

ミシェルはもう一度大きく息をした。

「どこまで話したっけ？」

「部屋……寝室の中」


ブロンドの女性の言ったとおりにエプスタインが部屋に入ってきた。タオルだけを巻いた姿で、電話で話している。マッサージ台の上に腹ばいになった。

ミシェルは眉毛の濃い、白髪交じりの男に目をやった。ローションのボトルを指差し、始めなさいと手振りで示すのを見て、不安でいたたまれなくなった。薄暗い照明のなかでまごつきながら、彼女はすぐにこれがふつうのマッサージではないことを悟った。

「あの人が電話で何を話していたかは憶えていません。だってわたしはひとりきりで、緊張していて、ああどうしよう、わたしはどこにいるんだろうって思っていたから。わたしが思っていたのとはまるでちがっていた」

彼は、足先を揉《も》んで、脚を揉んで、と指示を出す。

「タイマーばかりを気にしてた。早く終わりますようにって」

男はずっと電話で話していたので、30分が過ぎるころには、ミシェルは少し呼吸が楽になった。

「よし、このままいけば大丈夫」とミシェルは自分に言い聞かせていた。

そのとき、男がひっくり返ってタオルを落とし、男性自身をさらけ出した。

「あの男が言ったの、『シャツとズボンを脱いで。下着は着けたままでもいい』って」

恐ろしくていやと言えず、おずおずと言われたとおりにした。

「そしてあの男はまるで肉の質を見定めるようにわたしを見た。そして言った。『ちょっと回ってみて。きみがよく見えるように。ああ、きれいだ！　ボーイフレンドはいるの？』」

ミシェルはまたタイマーに目を向けた。

「あの男はわたしをその気にさせようとしていたのね、そのときはわからなかったけど。とにかく気持ちが悪かった」

男は彼女を引き寄せ、ブラを外し、いたぶりはじめた。

それまでミシェルは、同年代の男の子としか性的な接触をもったことがなかった。男の子のまえで裸になったこともなかった。

「わたしの身体を舐《な》めるように見て、卑猥《ひわい》なことを話しかけてきた。男の子といるときにもずっとTシャツを着ていたのに、あの男は全部剝ぎ取った」

男は自慰行為をしながらミシェルのショーツの下にも触ってきた。永遠に続くようだった時間のなかでようやくタイマーが鳴った。男が果てたのかどうかわからなかったが、彼は飛び起きてタオルを巻いた。

「そこの200ドルはきみに、100ドルはお友だちに。また来てくれるね」と言った。

ミシェルは、自分を連れてきたことで友だちに金が払われるとは知らなかった。裏切られた気がした。

「金をつかんで思ったの。とても引き合わないって」

帰り道で、動揺したミシェルを見た友だちが何があったのかを尋ねてきた。

どんな目に遭ったかを話した。

「ああ、なら大丈夫。彼は別の友だちにも同じことをしようとしたの」

「なんですって？　知ってたの？」ミシェルは返した。

「とにかく大丈夫」

ミシェルは唖然とした。濃い色のサングラスをかけて涙を隠した。

「家までの車の中でわたしはただ泣いていた」とミシェルは泣くのをこらえて語った。「友だちにばれないようにずっと窓の外を見ていた。心のなかでは、これでもう誰もわたしと一緒にいたいとは思ってくれない……残りの人生ずっと、とぐるぐる考えていた」

誰にも知られませんようにと祈ったという。

だが彼女の心は乱れたままで、親友には隠しておけず、次の日に話した。親友は誰にも言わないと約束してくれた。
「わたしは親友と一緒に床に座って、一緒に泣いた。彼女はわたしを抱き締めて平気だよ心配ないよと言ってくれたけど、本当に……本当に、最悪の経験だった。親友以外の誰にも話さなかった——1年ほど経って警察が家に来るまで」

2005年12月12日、エプスタインから性的虐待を受けてから約1年後、ミシェルはジョー・リカレー刑事と同じ部屋に座り、質問を受けていた。3カ月前にエプスタイン邸を捜索した際に押収したメモのなかに、ミシェルの名前と電話番号があったのだ。

いちばんつらかったのは、何があったかを警察に話すことではなく、家族に話すことだった。
「ママに話したときのことを憶えてる」。ミシェルの声はかすれた。「こう言ったの。『わたしのことを、もう小さなかわいい娘ではなくなった、と思わないで。ママが知ってるわたし以外のわたしのことは考えないで……でも話さなきゃいけないことがある』」

いったん話を止め、顔を拭った。
「家族にいままでとちがう目で見られたくなかった。ふしだらだと思われたくなかった……嫌われるんじゃないかって心配でたまらなかった」

エプスタイン邸で暴行を受けてから数カ月すると、ミシェルは勉強しなくなり、部屋に閉じこもるようになった。日に日に怒りっぽくなっていった。家族にどうしたのかと訊かれると、「わかんない！」と叫んでは部屋に逃げ込んだ。

「わたしは誰とでも寝るようになり、周りから尻軽と呼ばれた。男の人はきっとこんなふうに女を扱うんだろうと思うやり方で男を扱いたかった。つまり、傷つけてやりたかった。わたしのことを好きになってくれる人や、優しい人はいらなかった。いやなやつ、卑怯《ひきょう》なやつ、そんな男といたかった」

ミシェルは学校で落第点をとるようになり、朝の4時までパーティーで遊んだり、こっそり家を出入りしたり、二日酔いで目覚めるようになった。母親と継父は仕事が忙しく、彼女の様子に気づかなかった。

「壁に拳で穴を空け、手を痛め、部屋にこもり、ただ泣いていた」

〈ホーム・デポ〉で本締《デッドロック》め錠を買ってきて、自室のドアにとりつけた。

「誰にも入ってほしくなかった」

そして、子どものような小さな声で言った。「あのときのわたしは、両親に来てもらって、どうしたのと訊いてほしかった。兄さんたちはいつもわたしを泣き虫だと呼んだけど、わたしが泣いていたのは、本当に傷ついていたからなの」

やがて、手首に傷をつけたり、家の中のものを壊したりするようになった。怒りの深さに自分でも驚くほどだった。かっとしてキッチンのカウンタートップを本体から外したこともある。

両親にどうしてそんな乱暴なことをするのかと訊かれても、なんと答えていいかわからなかった。両親の目には、ティーンエイジャーにありがちな漠然とした苛立ちに見えたようだ。

「のちにはあの男の顔が浮かぶようになった。また会わなければいけなくなるのではないかと恐ろしかった」

兄姉たちは彼女の怒りを嗤い、両拳を握って足を踏み鳴らす姿をダチョウ・ダンスと呼んだ。

そのころのミシェルは、痛みを忘れようとかなりの量の酒を飲み、抗不安薬のザナックスも服用していた。ガソリンスタンドで寝てしまったこともあるという。

「ナイフで身体に傷をつけ、流れ出る血を見ると、頭がすっきりした。やがて、わたしの怒りは収まっていった。代わりに、ひたすら死にたくなった」

リカレー刑事にあの出来事を話したあと、ミシェルには被害妄想に似た症状が出はじめた。だがあるとき、駐車場で男が近づいてきて、どこでクスリが手に入るかと訊かれたとき、彼女はエプスタインが人を雇って自分を尾行させているのだと確信した。

通勤のルートを頻繁に変えるようになった。

「いまでも、車が尾《つ》いてきていないかうしろを見てしまう」

最も悲惨だったのは、真夜中に半分裸のような格好でショッピングセンターの駐車場をうろついているところを警察に発見されたときだ。薬物でハイになっていたので、住所を訊かれても、まともに答えられなかった。

外の舗道を指して言った。「あんな道端でラリってたの」

捜査の進展を聞かされないまま1年ほど経ったある日のこと、エプスタインが売春勧誘の容疑を認めたとのニュースがテレビで流れた。

「ショックだった。全然知らなかった」

ＦＢＩや検事たちも含めて誰からもなんの連絡もなかったので、ミシェルは捜査はまだ続いていると思い、エプスタインが長期間、刑務所に行くことに希望をもっていた。

それなのに、あの男は刑務所に行くどころか、罰を逃れようとしているのだと知った。

「わたしたち被害者は彼らにとってチェスの駒みたいなものだった。金持ちは好き勝手にできる。そうしようと思えば、人の人生を壊すことも。わたしたちって何者？　ただの底辺」


ミシェルは弁護士を雇った。彼女は警察が確認した最初の34人の被害者のひとりとして、エプスタインから和解金を受け取る資格があった。和解条項では、被害者の代理人となる弁護士はエプスタイン側が選び、費用も負担することになっていた。和解金の上限はなかったものの、エプスタイン選定の弁護士が提示した金額を受け入れない場合には、被害者はエプスタインを訴えて法廷で捕食者と対決しなければならない。被害者のほとんどはこのときには18歳を過ぎており、何があったのかを両親に話していない者も多かった。訴訟を起こせば自分の過去が家族に知られてしまう。エプスタイン側は被害者の弱みをよくわかっていた。

不信感を抱いたミシェルは、エプスタインから報酬を得ていない別の弁護士を雇うことにした。調停の場で、エプスタイン側弁護士は和解案を提示し、受け入れるか拒否するかの決断をその場で迫った。和解案についてまず両親と相談したくてもそれができない内容になっていると自分の弁護士から知らされ、彼女は困った。

それまでにエプスタイン側弁護士は、ミシェルと家族を壊すことを意図したメッセージをすでに送ってきていた。

民事訴訟の宣誓証言では、これまでに寝たことのあるすべての男の子、機能不全に陥った家庭生活、きょうだいや両親との関係について質問された。

「相手方の弁護士は、わたしとわたしの人生、ジェフリーに会うまえと会ったあとのわたしの生き方を攻撃するためにわざわざことばを選んでいるようだった。彼らは『あの女はふしだらで、金のためにこれをやっていて、もともと無垢でかわいい女の子なんかじゃない』と言おうとしてた。わたしが悪女に見えるほうが都合がよかったの」

エプスタイン側弁護士に両親ときょうだいを証人台に立たせると脅されたミシェルは、きょうだいのことはなんとしても護りたかった。

「相手方は、家族をつつくことでわたしに圧力をかけようとした。実父がいないからこんなことになったんだろうとか、きょうだいが喧嘩ばかりしているからだとか」

しかも彼らは、ミシェルの主治医が書いた心理状態の報告書の一部を入手し、彼女の子ども時代の詳細を知ることができた。

エプスタイン側の弁護団は、彼女の精神状態を鑑定するための精神分析学者を独自に雇った。

「自分自身のことをおおぜいの人に何度も話さなければならなかった。わたしの人生は洗いざらい調べられた。中絶したことはありますか？　ドラッグを摂取したことは？　だから言ってやったの。『何百人もの少女をレイプしている男の代理人のあなたが、わたしをそんなふうに攻撃するのね。夜はぐっすり眠れるの？』」

審問《ヒアリング》の日が近づくにつれ、ミシェルはエプスタインと法廷で対決しなければならないことを強く意識し、恐怖を感じた。

「あっちの弁護士が心底こわかったし、ほかの人にわたしの名前を知られたくなかったし、興味をもたれたくなかった。だから、『もういや、もう終わりにしたい』と言いました」

だが、和解金は彼女の問題をさらに悪化させただけだった。

「わたしの家では、高校の学用品は自分で買わなければならなかった。自分の服を買うために、高校のあいだもずっとバイトしていた。だから、お金を手に入れたあとは、働かなくていいってどんな感じなのか、新しい服や靴をすぐに買えるってどんな感じなのかを知りたかった。きょうだいには『あいつはうちの面汚しだ』ってよく言われたけど、でもそのお金で、兄さん姉さんみんなに何か買ってあげたのよ。クリスマスのときみたいに。そもそも、ジェフリー（エプスタイン）のところへ行ったのも、そのためだったし」

ひとりの兄の家賃を援助し、ほかのきょうだいにはプレゼントを買った。だがそのあと、彼女の金を好き勝手に使う性質《たち》の悪い男に出会ってしまった。家と新しい家具を購入する一方で、ミシェルはオピオイドへの依存をどんどん深めていった。

エプスタインの出てくる悪夢が、ドラッグのせいでひどくなった。エプスタインや彼の手下が殺しにくるのではないかと恐れた彼女は、自宅に監視カメラを設置し、番犬としてピットブルを2匹飼った。

薬物依存からも、暴力を振るう恋人からも逃れようともがくうち、ノースカロライナ州へ引っ越し、実父と一緒に暮らすことにした。

敬虔《けいけん》なクリスチャンである実父は、もともと自分の金ではないのだからすべてを手放しなさいと言った。

「父は、それは殺された人の遺族に支払われる賠償金《ブラッド・マネー》みたいなものだと言ってた。自分のお金じゃないって。だけどわたしは、当時お金をあんなふうに使ったことは、反対側に行くために必要な経験だったと思ってる」

彼女は司法制度のあらゆる面で不当な扱いを受け、信頼し愛していた人のほとんどから苦痛を与えられた。エプスタインは彼女を破滅させようとしたが、そのころには、3歳の息子という、たいせつな生きがいが育っていた。

ミシェルは元連邦検事のアレックス・アコスタについても話してくれた。娘をもつ父親であるアコスタがなぜ、あれほど多くの少女や若い女性を虐待したエプスタインをたいして罰しもせずに逃がしたのか理解できないと。アコスタがエプスタインの司法取引をこっそり許可したあと、アコスタも事件にかかわった多くの法律家たちも、事件などなかったかのように自分の人生とキャリアを生きているように見えると。

「いまわたしは、とても勇敢になった気がする」とミシェルはインタビューの最後に言った。「この件では多くのことを我慢させられた。どうするのがよかったのかわからなかった。でもわたしは堂々と立ちあがりたいの。女性は悪者扱いされることが本当に多い。『女はふしだらで売春婦』『女は大統領になれない』ってよく聞く。男より低い地位にいるみたいに。あの男がひどいことをしたのはたしかだから、実際に何が起こったのかをみんなに知ってもらわなければ」

インタビューは3時間に及んだ。私たちはみな疲れきっていた。

空港に向かう車の中で、エミリーと私は静かに考えに浸った。これまで、インタビューが終わるとすぐに、内容をどうまとめるか、どこがポイントかを話し合ってきた私たちにとってめったにないことだった。今回は衝撃が大きくて何も言えなくなっていた。

ミシェルのことも心配だった。あの経験を話すのには勇気がいるし、彼女と彼女の家族に敬意を払ったかたちで記事にする責任が自分の肩にのしかかっている。空港に着いてチェックインしたら彼女に電話しようと決めていたが、そこまで待つ必要はなかった。

携帯電話が鳴った。ミシェルの気が変わって世間に知られるのをやめたくなったのか、あるいは、初対面の私のまえであまりにも正直に生々しい話をしてしまったことに不安が募ったのだろうか。

「何年ぶりかと思うくらい、いま気分がいいことを伝えたかったの」と穏やかな声が聞こえてきた。「大きな肩の荷を下ろしてほっとした気分。ありがとうございました」

私たちを信頼してくれたことに感謝し、今後も連絡を取り合いましょうと伝えた。

私は電話を切って泣いた。

10 マイク・ライター

私は概して仕事のことばかり考えていて、とくに締切間際や集中しているときにはそばにいて楽しい人間ではないと自覚している。こわすぎて近寄れないと言われたこともある。世間話は昔から下手だし、自分が没頭しているプロジェクト以外のことに興味のある振りをするのも苦手だ。

わざとそうしているのではない。マイアミ・ヘラルドに入社して間もないころ、私は仕事と育児というふたつのことだけでいっぱいいっぱいだった。幼い子どもをふたり抱え、サッカーやギターのレッスンには送り迎えが必須で、算数の宿題を手伝い、具合が悪いときには医者に連れていって家で寝かせ、少し大きくなってからは思春期の問題が次から次に降ってきて、シングルマザーのプレッシャーに日々さらされていた。毎日、10～15時間ほど働き、夜9時を過ぎても帰宅できないことがよくあったので、子どもたちが小学生のときには教師志望の学生を雇い、夜、子どもたちと自宅にいてもらった。明け方に起き、朝食をつくり、ランチと夕食の準備もしておき、洗濯機を回し、子どもたちを学校に送り、その合間に新聞を読み、出勤したときにすぐ後追いできるように、大きくなりそうなニュースをあらかじめチェックしておく。このスケジュールは、子どもたちが大きくなってもあまり変わらず、むしろ子どもの問題がより複雑になっただけだった。週末にサッカーママとなる私は、わが子がプレーする様子を毎週楽しみにしていたが、サイドラインの外に座っていると、請求書の束のことや学費をどう捻出しようかなど、心配事に気をとられることも多かった。給料だけではまったく余裕がない。給料は年々減っていき、家賃も払えなくなりそうだった。それでも子どもたちをいまの友だちや学校から引き離したくなかった。小切手を決済できずによく罰金を上乗せされた。請求書の支払いはしじゅう遅れ、借金は増えていった。少しばかりの養育費を払ってくれていた元夫は、就業できなくなった。彼は子どもたちと過ごす時間を増やそうとしてくれて、それ自体はありがたかったが、そのための費用を彼に払わなければならないということだった。

私は仕事にひたすら励み、レイオフがあったとしても自分がリストの最後になるように、職場に必要とされる有能な存在になろうと決意した。おもしろみのない仕事でもほとんど断らなかった。最高のライターは、どんな素材からでもよい記事を書けるはずだと自分に言い聞かせた。どの分野を担当することになってもスムーズに移行できるように、どの紙面のどの記事からも何かを学び、記事にする能力を高めようとした。ほかの多くの記者は私のこういうところを嫌っていた。だが私は彼らを踏みつけてのしあがろうとしていたのではなく、ただ生き残りたかったのだ。

だから、ヘラルドの編集室の多くの人とは友だちになれなかった。とにかく時間がなかった。

出勤するとすぐにパソコンに向かい、トイレに行くとき以外は顔をあげないような人間だった。ランチも夕食も仕事をしながら机で食べた。締切間近の記事を書いている最中に話しかけてきた同僚は、私の表情を見てあわてて退散したものだ。

あとになってエミリーと私は、もし編集室で爆弾が爆発しても、私はその場を離れず、煙や炎のなかで記事を書き、爆弾の音や煙の臭い、周囲に倒れている死体の数まで詳細に伝えようとするだろうと冗談を言い合った。

エプスタインのプロジェクトに携わっているあいだも、私の態度にあまり変わりはなかった。エミリーは私に近づくだけで、その日が私にとってよい日なのか悪い日なのかがすぐにわかる。よい日には、しぶしぶながらも作業を中断し、エミリーがエプスタインの記事に合わせて制作しているドキュメンタリー映像について話す。悪い日には、私はうなり、エミリーは優しく微笑《ほほえ》んでそそくさと立ち去る。

ヘラルドで私のことをわかってくれるのはおそらくエミリーだけで、ひょっとしたら私自身よりも私のことを理解しているかもしれない。彼女がその聡明さで私を正しい道に導いてくれなかったら、どれほどひどい目に遭っていただろうと一緒に笑った。私だけで出張に行くときには、不法侵入やら警官への反抗やらで逮捕されることのないようにとふたりして祈ったものだ。

私はいつもエミリーに言っていた。私たちジャーナリストやフォトグラファーを真実から遠ざけるために権力者が定めたルールなら、どんなものでも無視しようと。

仕事中のエミリーと私の会話は次のような感じになる。

私　　ここに駐めよう、建物の真ん前だし。
エミリー　だめだよ、「駐車禁止」って書いてある。
私　　大丈夫よ、エミリー。違反切符を切られるわけじゃなし。
エミリー　でも、私の車を牽引《けんいん》していっちゃうかも！

私　そんなことしないって。フロントガラスにメモを貼っておけばいい。
エミリー　よく言うわ、あなたの車じゃないのよ。とにかくここには駐めない。
私　警察は気にしないよ。仕事をいっぱい抱えてるんだから、私たちのことまで気が回らない。
エミリー　車から降りて。私が駐めてくる。

エミリーと私は、刑務所の取材のためにフロリダじゅうを走って回った。この長いドライブのあいだに私たちは互いをよく知った。彼女が私にとってたいせつな存在であるのと同じように、私も彼女にとってたいせつな存在だったと思う。

エミリーは私の不安を和らげ、私は彼女のふだんは眠っている大胆さを引き出した。母親同士でもあった。ドライブ中や飛行機の中では、人人になりかけている子どもたちの、進学や初めての恋愛や成長過程につきもののさまざまな苦しみについて延々と話しつづけた。エミリーの夫のウォルトは、33年間ヘラルドのフォトグラファーとして働き、最近リタイアしたところだった。ウォルトの話を聞くのはおもしろい。彼はリタイアに順応できていないそうで、巷《ちまた》で大きな記事ネタが発生してもメディアの騒ぎに加われない自分がうらめしく、歯を食いしばってのろのろと歩き回るのだという。

人手不足のつけが回ったり、機材や計画の不備を突きつけられたりして、さすがのエミリーも動揺することはある。それでも彼女が反発することはめったになく、そのノーと言えない性格を経営陣に利用されているふしがあった。

「あなたが偉大な映像ジャーナリスト、エミリー・ミショットだってこと、みんな知らないのかしら？」子どもカーニバルの撮影に出かけようとするエミリーによくこう声をかけた。

「まあ、知ってるわけないよね……」とエミリーは降参したような手振りで答えたものだった。


調査のさなか、マイケル・ライター元署長から、ジェームズ・パターソンがジョン・コナリー、ティム・マロイとエプスタイン事件について共同で執筆した２０１６年の本『*Filthy Rich*（汚い金持ち）』を読むようにと勧められた。小学４年生のとき、先生から盗作の疑いをかけられた影響なのか、私は昔から、自分が取り組んでいるテーマについて他者が書いたものは読まないというポリシーをもっている。他者の発見や言い回しで自分の仕事に色がつくのがいやなのだ。とくにエプスタイン事件についてはすでに多くのことが書かれていたので、なおさらこの線引きが重要だと感じていた。

ライターには、その本を読むのは記事を書き終えてからにすると返事した。

それに、そもそもエプスタイン事件はどこをまちがってあのような司法取引になってしまったのかを、ライター本人の口から直接聞いてみたかった。

これまでの記者たちにはできなかった方法で私が事件を検証しようとしているとライターとリカレー刑事に納得してほしかったし、ミシェル・リカータとのインタビューもその一環であるとわかってほしかった。私の目標を達成するための鍵は、初めて彼らふたりに公表を前提として話してもらうことだった。

ふたりはやはり渋っていた。あるときライターは、質問を提示してもらって書面で回答したいと言ってきた。私は、この特性の犯罪を記事にするには倫理面に隙があってはいけないと返答した。自分が無理をしていることはわかっていたし、ライターには受け入れがたいであろうことも。彼は、ジャーナリズムの倫理規定の写しを求めてきた。

ライターが話さないかぎり、リカレーも話さない。リカレーは、代わりに意見書を出してくれた。ライターは懸念を打ち明けはじめた。記者である私に事件の話をすることで、エプスタインと関係のある有力者から訴えられるおそれがあり、法的に危うい立場に陥るかもしれないとのことだった。

「この事件を積極的に追及したことで、私にも家族にも、あなたにはうかがい知ることのできない問題が発生した」とメールに書いてあった。

私はライターに、この件のすべての法的書類を読み、エプスタインと弁護士たちがどんなふうに司法に手を回したかを熟知していることを話した。さらに、私が被害者の多くの身元を突き止め、そのなかのひとりとは公表を前提としてすでにインタビューをおこない、ほか数名ともまもなくおこなう手はずになっていることを伝えた。

だがライター元署長は、これまでほかのメディアがそうしてきたように、マイアミ・ヘラルドもこの件から手を引くだろうとの見方を崩さなかった。

堂々巡りだ。

私はとうとうエディターのケイシーに、プロジェクトを頓挫させようとする有力者からの激しい圧力があってもヘラルドはけっして屈しないとライター元署長に保証してほしいと頼んだ。ケイシーは同意した。

ライターとケイシーの細かい会話の内容はいまもわからないが、ライターからあとで聞いたところによると、ケイシーは私の仕事ぶりを褒めちぎり、何があっても記事にすると断言したそうだ。ケイシーもそれまでに裁判資料をいくつか読んでいて、司法の恐るべきミス、大がかりな隠蔽工作があったと感じていた。

「強い権力と大金をもつどこかの誰かが、社のトップに電話をかけて記事をボツにしろと言ってくるんですよ」とライター元署長がケイシーに言った。

「ボツにさせません」とケイシーは言い切った。

「でももし、上から命令されたら?」ライターは粘った。

「なら、私は辞職します」とケイシーは答えた。

ライターはのちに、彼がリカレーと一緒に私に協力した理由を教えてくれた。事件を理解しようと私が泥臭く実直に取り組んでいると見てとれたこと、その能力が私にあると示す優れた実績があったこと、さらに彼はこうつけ加えた。「リカレーと私は、あなたがこの事件の本質を見抜くだけの気概と粘り強さをもっていると直感したんだ。ケイシーにも同じものを感じた」

ライターとリカレーとの最初のインタビューは2018年2月6日だった。日付を憶えているのは、フィラデルフィア・イーグルスがスーパーボウルで優勝した、人生最良の日の2日後だったからだ。

優勝の翌日、ライターにインタビューの確認メールを送った。私はまだ勝利の余韻に浸っていて、メールでもそのことに触れずにはいられなかった。彼はピッツバーグ・スティーラーズのファンだが、イーグルスも応援していたと言ってくれた。スポーツの話をすることで彼がリラックスしてくれることを期待したが、通常この戦術がうまくいくのは男性記者が男性にインタビューするときのようで、私にはうまくいかなかった。

翌日の午後1時、ライターの板張りのオフィスに私は座っていた。デスクのうしろのガラスケースには、パトロール警察官だったころから署長を退任するまでのバッジがすべて入っていた。

元警官ふたりの口は重かった。カメラはいっさい禁止だった。このインタビューは公開を前提とするので、メモをとることは許されているが、録音は許されていない。代わりにライターが録音し、それを書き起こして送ってくれることになっていた。私に録音を任せたら、データが盗まれて、自分の肉声がワイドショー番組『インサイド・エディション』あたりで流されるのではないかと心配だったようだ。このときは彼が慎重すぎて私が被害妄想に陥りそうだった。

ライターはあらかじめ、エプスタイン事件のような茶番が二度と起こらないようにするための主要なポイントを文書にまとめて送ってきていた。

彼はレコーダーに向かって声を出した。

「音声の記録のために同席しているのは、この部屋で唯一の女性であるジュリー・ブラウン、もうひとりの男性、ジョー・リカレー、そして私マイク（マイケル）・ライターです。これは私の声です」

「どうぞ好きに話しはじめてください。あなたがたが社会に伝えたいと考えていること、社会が本来知っておくべき重要な事柄だと感じることがおありのはずです」。私は、話のきっかけをつくろうとぎごちなく口を挟んだ。

「私が警察学校で模擬法廷のクラスを担当していたとき、生徒の警察官に最初に教えるのは、宣誓証言の際に弁護士が『では、この件について話してくださいあなたご自身の考えを聞かせてください』と言っても絶対に答えてはいけない、ということです。ですから、そちらから質問をしてくださ い」と硬い口調でライターは言った。

どうやら長々しくて回りくどいインタビューになりそうだ、とそのとき思った。

ライター元署長は、ペンシルベニア州西部にあるウェストモアランド郡の小さな町アーウィンで育ち、1975年にノーウィン高校を卒業した。父親と叔父は第二次大戦に従軍したパイロットで、叔父はのちに町長に選ばれている。戦時中、叔父はハンガリー上空で撃墜され、終戦まで捕虜となっていた。父親は第二次大戦中、連合国部隊が遠方のドイツの目標地点まで到達できるように燃料と装備を補給する目的でソビエトの飛行場に着陸したアメリカ人初の爆撃手だった。

ライターの父親と叔父は、ライターに奉仕と義務を果たす精神、愛国心の重要性を植えつけた、人生の堂々たるロールモデルだった。高校卒業後、ライターはペンシルベニア州立大学に進み、気象学を専攻した。だが2学期目に受講した刑事司法のコースが、その後の人生を変えることになる。

ノース・ハンティンドン警察で無給のインターンシップを経験したのち、ピッツバーグ大学のキャンパス・コップとして1年間、交通整理にあたったのがキャリアの始まりだった。1981年、ライターはパームビーチで警察官の募集広告を目にした。ペンシルベニア州の冬は毎年厳しいので、温暖な気候に惹かれて応募し、採用された。警察署内のすべての階級をたどり、ほぼすべての任務をこなしながら、昇進を重ねていった。同時に、リーダーシップ論で理学修士号を取得し、FBIナショナルアカデミーとハーバード大学ケネディスクールの幹部行政職プログラムに参加し、その後、ハーバード大学の危機管理プログラムも修了した。また、地域社会の活動にも積極的に参加し、多くの理事会や非営利団体、市民団体などで活躍した。

むずかしい事件や注目の集まる事件を数多く扱ってきたジョー・リカレー刑事とマイケル・ライター署長をもってしても、エプスタイン事件がいつまでも頭から離れなかったということは、それ自体が何かを物語っている。ライターの警察官としての最初の大事件は、エセル・ケネディとロバート・F・ケネディの三男、当時28歳のデイビッド・ケネディが1984年、パームビーチのホテルで薬物過剰摂取により死亡したことだった。ライターは、ケネディに致死量を売ったコカイン密売人を2年間かけて追跡し、捕らえている。

2001年、ライターはパームビーチ警察署の署長に就任した。

彼は、エプスタイン事件と警察を辞めたこととは無関係だと主張するが、のちに私は、ライターとリカレーふたりにかかった圧力は、エプスタインからだけでなく、パームビーチの政治勢力からも強大だったことを知る。

リカレー刑事はかつて組織犯罪・風俗・麻薬取締班で勤務した経験があり、パームビーチの州検察局の公益擁護課および性犯罪課と連携していた。エプスタイン事件を捜査していたころには、パームビーチ弁護士協会のオフィサー・オブ・ザ・イヤーや、パームビーチ・ポストの「年間優秀法執行者」賞を受賞するなど、高い評価を受けていた。

それでも、ジェフリー・エプスタインの件では失敗のトゲが刺さったままだった。

リカレー刑事がジェフリー・エプスタインの名を知ったのは2003年10月、自宅の数千ドルの現金と拳銃が盗まれたとエプスタインが通報してきたときだ。現金は仕事部屋に置いておいたブリーフケースから1カ月にわたって抜き取られていて、エプスタインは警察に対し、スタッフのなかにいるらしい犯人を捕らえるために盗撮カメラを仕事部屋に設置したと告げた。

リカレーは警察で映像機器を担当していた。捜査報告書によると、エプスタインが監視映像をコンピューターに送って確認した結果、その泥棒がまえの使用人チーフ、ファン・アレッシィだと判明した。アレッシィはすでにエプスタイン邸の仕事をやめていたが、数週間前から明け方に忍び込んでは、ブリーフケースの中の白い封筒に入っていた現金の束を盗んでいた。逮捕されたアレッシィは、仕事部屋にあった拳銃を盗むために屋敷に行ったことを認めた。自分は鬱状態にあり、自殺するために銃がほしかったのだが、銃は見つからなかったので、代わりに現金をもち出したのだと。

結局、アレッシィは金を返すことに同意し、エプスタインは告訴しないことにした。

この事件がらみでエプスタインは、パームビーチ警察には彼の映像を見るための設備が不足していることを知り、科学捜査用の映像分析システムの費用として3万6000ドルを寄付した。

これはめずらしいことではない。富裕層の集まる地域の住民は、犯罪対策のために警察に寄付することがよくある。

その前年の2002年4月にも、エプスタインは警察官の子弟の高等教育を支援するパームビーチ警察奨学基金に自発的に寄付している。どちらの寄付のときにも、ライター署長はエプスタインに礼状を送った。後日、エプスタインを警察署に招き、購入した機器のデモンストレーションをおこなっている。このときに初めてエプスタインと対面したが、エプスタインがデモの見学は断ったので、署長室で短く会話しただけだった。

２００4年の夏、エプスタインは以前の窃盗事件の捜査に協力してくれたエルマー・グジャー警部に連絡を入れ、警察に追加の機材が必要かどうかを尋ねた。以降はライター署長がその件を引き継ぎ、銃器訓練シミュレーター用としての9万ドルの寄付についてエプスタインと話し合った。数カ月にわたる調整のあと、２００４年12月15日に寄付がおこなわれた。

ライターもリカレーも当時は知らなかったのだが、2回目の高額寄付の約2週間前、パームビーチ警察はエプスタイン邸の私設車道《ドライブウェイ》に不審な車両が駐まっているとの通報で呼び出されていた。

２００4年11月28日日曜日、午後7時ごろ、エプスタイン邸の従業員ロドリゲスが、調査のために派遣された警官ふたりを出迎えた。報告書によると、警官がまだ駐まっていたその車に近づいたところ、運転席にいた少女が名を名乗った。ロドリゲスはその名を聞くとすぐに、エプスタインから自分が預かっていた封筒を彼女がとりにくることを忘れていたと、警官に言った。邸内にいったん入り、厚手の封筒を手に戻ってきて少女に手渡した。「私見だが、封筒の中身は現金のようだった」と警官はのちに報告書に書いている。

ロドリゲスは急に神経質になった。少女の携帯電話が鳴り、彼女はとった。

「いまはだめ、いま話せない。学校にいる。もう切るね」。運転席に座ったまま彼女はそう応答した。

「誰からの電話？」と警官のひとりが尋ねた。

「ママ」

「ミスター・エプスタインとはどのような知り合い？」と、不審に思った警官が質問した。

「わたしはウェリントン・モールの〈アバクロンビー&フィッチ〉〔カジュアルファッション・ブランド〕で働いていて、

同僚の女の子をつうじて知り合いました。好きなときに来てプールや家を使っていいって言われてるの」と言い、すぐに車のエンジンをかけて走り去った。

警官はロドリゲスに注意を向けた。「封筒の中には何が入っていたのですか」と尋ねた。「ドラッグとか？」

ロドリゲスは緊張した面持ちで「金《かね》ですよ」と答えた。

「あの女の子はどんな仕事をしているんだ？」警官は疑いの目で見た。

「マッサージセラピストなんです」

「ほう、どの筋肉をマッサージするのかな？」

ロドリゲスは笑って言った。「ここだけの話ですけど、エプスタインはマッサージのためにたくさんの女の子を呼ぶんですよ。彼が在宅のときには、プールや室内にいつもちがう女の子がいる」

警察にはじつのところ、エプスタイン邸に若い女性が出入りしているという苦情がすでに複数回、寄せられていた。車に乗っていたその少女に連絡をとろうとしたが、彼女は電話に出ず、折り返しもなかった。そこで、警察はエプスタイン邸を監視するようになった。

だが、出入りする女性はみな、18歳以上の成人に見え、ほとんどは大学生のようだった。

2週間後、エプスタインは銃器訓練シミュレーター用の資金を警察に寄付した。ライター署長は、実際に機器を購入するための担当者を割り当てた。だがまもなく、エプスタインに対する捜査がおこなわれていることを知り、購入を保留する。捜査が進むにつれ、ライターは、尊い行為に見えるエプスタインの寄付は、警察を助けるというよりも、警察への影響力をもつことが目的なのではないかと疑いはじめた。

その疑念を悟られないよう、すぐに寄付金を返すような真似はしなかった。そんなことをすれば、エプスタインを警戒させるし、部下の捜査の邪魔になる。

ライターは自分の疑念をパームビーチの町長に伝え、町長も当面のあいだ、この寄付金を維持することに同意した。

2005年のあいだじゅう、エプスタインと代理人は、グジャー警部、マイケル・メイソン警視、ライター署長と寄付について打ち合わせた。ライターは、「寄付金は受領しており、署は貴殿の寛大な行為に感謝している」という素振《そぶ》りを続けた。

ライターはのちに報告書のなかにこう記している。「警察との連絡を密にし、寄付を早く完結させようとする彼の熱意は、従前の寄付のときとは様相を異にしており、疑わしい思いを禁じえない。当時の捜査のことを察知していたことが示唆される」

エプスタインはその後、追加の寄付を申し出ている。ライターは、たたみかけるやり口に不快感を覚えたが、手の内を明かさないために、13万ドルの自動識別システム用の寄付を提案した。だがエプスタインは、警察官にもっと「直接的な恩恵」のあることに寄付したいと言い、健康に役立つカイロプラクティックのサービスを1年間提供することを提案した。ライターは、検討してみてあとで連絡すると答えた。

11　金《かね》はどこから

常人離れしたところのあった独身のエプスタインは、プライバシーを何よりだいじにし、外食はほとんどせず、カクテルパーティーやナイトクラブにめったに出かけなかった。

人づき合いが苦手なうえに潔癖症なので、エビアンを飲み、ドラッグやアルコール、タバコにはいっさい手を出さなかった。ヨガを好み、世界のどこへ行くときにも専属シェフを同行させ、豆腐料理をつくらせた。コーヒーはコロンビア産の1銘柄だけ、ニューヨークの〈ゼイバーズ〉で購入した七穀パンを好んで食べた。運動は欠かさず、ウォーキングにも長い時間を費やした。野菜と果物の軽い食事が中心で、ニンニクアレルギーだった。

スーツは身に着けず、ジーンズやトレーニングウェアを愛用していた。

小さな集まりやサロンを好み、そこでは人間工学やオプション取引の数学モデルについて知識人との議論を楽しんだ。

物理学者の頭脳をもち、複雑な数式やコンピューター・アルゴリズムを応用して金融データや市場動向を分析する能力に長けていたと友人たちの談にある。

派手なカリスマ性や明晰さをひけらかさなくても、影響力のある人たちとの国際的なネットワークを築くことができた。

得意技のひとつは、自分も含めた超富裕層の税金逃れだった。彼がアメリカ人大富豪を並べた〝フォーブス４００〟に入っていないのは、資産の本当の大きさを同誌が判定できなかったからでもあるだろう。

エプスタインが富を築けたのは法律破りを重ねたからという事情を思えば、それも無理からぬことだ。

彼が考案したなかでおそらく最も収益性の高い金融手法は、１９９０年代に手がけた、バーニー・マドフ〔数十年にわたって金融詐欺を続け、２００８年に逮捕された相場師〕以前としてはアメリカ史上最大と見られる、５億ドル規模の出資金詐欺《ポンジ・スキーム》だった。当時のパートナーだったスティーブン・ホッフェンバーグは、この犯罪で連邦刑務所に18年間服役したが、彼はのちに、投資家をだますために使った複雑な金融錬金術の真の黒幕はエプスタインだったと主張している。

74歳のホッフェンバーグは、この詐欺を「会計評価上の問題」にすり替えたがっているが、多くの人に大金を失わせたことはしぶしぶながら認めている。

ホッフェンバーグによると、この詐欺のアイデアが始まったのは、１９８０年代後半、ホッフェンバーグの弁護士のソファで無一文のエプスタインが寝ていたときだった。

当時のエプスタインがしじゅう金に困っていた理由を、ホッフェンバーグは「あの男はいつも身の丈以上の暮らしをしようとし、稼いだ以上の金を使おうとしていた」からだと言う[1]。

金のなかったエプスタインは、投資家に偽《にせ》の債券を売ろうと考えた。ホッフェンバーグが経営するタワーズ・フィナンシャル社は、年間売上９億５０００万ドルの債権回収会社だった。エプスタインは、タワーズ社がイリノイ州の保険会社2社を買収して資金を調達し、経営難に陥っているパンアメリカン航空（パンナム）を買収するという計画をでっちあげた。エプスタインはブローカーのライセンスをもっていなかったが、会社が回収している何百万ドルもの取立金の裏づけがあるから安全だと甘いことばで投資家を誘い、債券を購入させていく。[2]

ホッフェンバーグによると、莫大な金額を回収していることを証明するために、医療費の請求書の束を投資家に見せることもあったという。実際には、ニューヨーク市の電話帳から適当に名前を抜き出してつくった偽の請求書だったのだが。

マンハッタン中心部のビラードハウス内にオフィスを置いて飾り立てたのも、役者を雇ったのも（デスクでクロスワードパズルをしていただけ）、すべて、訪れた投資家をだますための策略だったそうだ。[3]

さらに、証券会社の弁護士や規制当局の目もごまかせるような長い法律文書を作成して、詐欺のレベルを高度化した。

ただし、だまされたのは投資家だけでなくホッフェンバーグも同じだった。

「エプスタインは人たらしなんだ」。ホッフェンバーグは当時を振り返って言う。「目のまえの人をすぐに理解し、その人が喜ぶ話をして、その人が聞きたいことを言える」

エプスタインとホッフェンバーグが派手な生活を続けるには金が必要で、保険会社からタワーズ社への送金をコンサルタント料の名目で不正に抜き取るようになった。パンナムの入札は失敗し、次に彼らはエメリー航空貨物社の買収に乗り出し、偽の金融書類を作成してさらに多くの投資家をだました。

彼らの不審な取引は、やがてイリノイ州の規制当局の日に留まり、最終的には連邦政府が動く。エプスタインの関与は当局に知られており、ホッフェンバーグは大陪審でエプスタインが黒幕であることを証言した。しかし、エプスタインは無傷で逃げおおせる[4]。

ホッフェンバーグは1995年に郵便詐欺、脱税、司法妨害の罪を認めた。2013年に連邦刑務所から釈放されて以来、投資家が失った金の一部を取り戻そうと、エプスタインに対して複数の訴訟を起こした。だがこれらの訴訟は取り下げられ、今日まで、あの大金がおそらくはエプスタインのポケットに入ったのだろうと想像する以外、どこに消えたのか知る者はいない。

エプスタインの弟でニューヨーク在住のマークは、兄は数学の天才で、ウォール街が無法地帯のようだったころから市場に熟達していたと語る。マークによると、ジェフリーはいかにたやすく投資家を操れるかをよく口にしていたそうだ。「兄は、ウォール街の中でおこなわれていることを世間の人が知ったら、革命が起こるだろうと言ってました。その腐れっぷりにショックを受けるだろうと」

エプスタインにとって最大の征服物は、アパレルブランドの〈リミテッド〉や〈ヴィクトリアズ・シークレット〉を傘下にもつエル・ブランズ社の創業者でCEOのレス・ウェクスナーだった。ウェクスナーとエプスタインの出会いは1980年代、エプスタインがまだ投資銀行ベアー・スターンズに在籍していたころだ。顧客をどれだけ儲けさせられるかを自慢する、変わり者で人を惹きつける魅力のある若い資産運用家《フィナンシアー》に、ウェクスナーはすぐに好感をもった。そのころ、ウェクスナーの店舗の業績はショッピングモールのブームを受けて急上昇していた。1985年には、〝フォーブス400〟に選ばれ、資産価値は10億ドルを超えていた。その額はのちに70億ドル以上に増大する。[5]

〈リミテッド〉の元副会長ロバート・モロスキーは、ニューヨーク・タイムズの取材に対し、「ウェクスナーがなぜ大学中退者に財産を託すのか、ほとんどの人が不思議に思っていた」と述べている。「エプスタインが高校の数学教師からどうやって富豪の個人アドバイザーになったのか、自分でも調べてみたが、これというものは見つからなかった[6]」

ウェクスナーとの関係は、ウェクスナーがエプスタインに資産の管理をほぼ完全に任せ、委任状まで与えるほどに深まっていった。またウェクスナーは、自分が創設した慈善事業団体〈ウェクスナー財団〉の理事に、ウェクスナーの実母の後任としてエプスタインを据えている。[7]

エプスタインは、ウェクスナーの税金と彼の会社の株式の一部を管理し、不動産取引をおこない、慈善活動を運営したほか、この小売業界の大立者ウェクスナーに代わって金を借り入れたり、契約を結んだりする権限も与えられていた。

だがエプスタインはたんなる資産管理アドバイザーではなかった。ウェクスナーの316フィート〔約100メートル〕のスーパーヨット、〈リミットレス〉号の建造を監督し、ウェクスナーの社用機やマンハッタンに所有していた巨大な邸宅を自分が買い取り、1993年に結婚したウェクスナーと妻アビゲイルとの婚前契約書を作成した。一時期は、オハイオ州ニューアルバニーにウェクスナーが所有する広大な敷地内に350万ドルの家を購入して自分も住んでいた。[8]

エプスタインは、ウェクスナーのよろず屋的資産管理人として、取引業者やスタッフの契約を打ち切ったり、訴えたり、家族間の争いに介入したりすることがよくあった。ウェクスナーの財産の一部を手に入れ、それが彼を大金持ちにした。

　２００３年時点のウェクスナーは、ジャーナリストのビッキー・ウォードのインタビューで、いつどんなふうに戦いを仕掛けるかを見きわめるエプスタインの能力はすばらしいと述べている。「世のなかには勝利と敗北を混同している人が多い。ジェフリー（エプスタイン）は、自分が勝っている時を察知するずば抜けた能力をもっている。なにげない会話でもタフな交渉でも、彼はいつも一歩下がって、相手に会話や交渉のスタイルと進め方を主導させる。そして、相手のスタイルに合わせて対応する。ジェフリーにとってそれは騎士道精神なのだ。自分から喧嘩を吹っかけたりはしないし、もし喧嘩になっても、相手に武器を選ばせる」[9]

　のちにウェクスナーは、エプスタインとの長い親密な関係が厳しい監視の目にさらされることになり、エプスタインに「莫大な金」をだまし取られたと非難している。だがウェクスナーは当局に盗難の報告をしておらず、エプスタインにどれだけの金をもち逃げされたかも明らかにしていない。

　エプスタインの名前はウェクスナーをはじめ、この資産運用家《フィナンシアー》と関係をもった多くの有力者にとって、汚点となった。

　エプスタインの異常な性行動を知っていたかどうかについては、ウェクスナーは、何も知らなかったし、ましてやその場にいたことなどないと否定している。だが、エプスタインの被害者のひとり、家庭に問題を抱えていた17歳のバージニア・ロバーツ・ジュフリーは、エプスタインとマクスウェルの指示で、アンドルー王子、大物弁護士ダーショウィッツ、ウェクスナーなど著名な男性と性行為をもったと主張した。名の挙がったこの３人の男性は、バージニアに会ったことも、ましてや性行為をもったことなど断じてないと強く否定している。

83歳になったウェクスナーは、長年にわたる共和党の献金者であり、イスラエルとユダヤ人の活動も支援してきた。エプスタインは共和党員とのつながりも築いてはいたが、寄付の大半は民主党の候補者やその慈善団体に向かっていた。

ビル・クリントンがエプスタインと知り合ったのは再選キャンペーン中の1995年にフロリダを訪れた際、パームビーチでレブロンのロン・ペレルマン会長と妻が開いた個人的な夕食会に出席したときだ。手配をまとめたのは、クリントンの大学時代の友人アーノルド・ポール・プロスペリだった。この3時間の夕食会のことを当時のパームビーチ・ポストは、民主党全国委員会にひとり当たり10万ドルの寄付をした「選び抜かれた人たち」の集まりと報じている。ゲストリストに載っていたのは、俳優ドン・ジョンソン、歌手ジミー・バフェット、エプスタインなど、わずか15人だった。[10]

エプスタインがクリントン元大統領とどれほど親しかったかは定かでないが、元大統領側はその友情を小さく扱おうとしてきた。

クリントンは、2002年と2003年にエプスタインの自家用機に二十数回搭乗し、ヨーロッパ、アフリカ、アジアを訪れている。クリントンは、自身の財団に関連した人道的活動の一環だったと主張する。

だが、裁判記録のなかにある、エプスタイン側の弁護士だったジェラルド・レフコートからの書簡には、〈クリントン財団〉のプロジェクト〈クリントン・グローバル・イニシアティブ〉の一環としてアフリカを訪問した際にエプスタインがクリントンと1カ月間行動をともにしたことが記されている。

クリントンは、エプスタインの飛行機での訪問は4回だけと主張しているが、さまざまな旅程をひとつの大きな遠征旅行にまとめてカウントしている可能性がある。エプスタイン機の飛行記録によると、クリントンは少なくとも6回は搭乗している。アフリカ訪問に加えて、クリントンが2002年にエプスタイン機でマイアミからニューヨークへ、ニューヨークからロンドンへ、日本から香港へ、そこから中国とシンガポールへ、モロッコからアゾレス諸島へ、そこからニューヨークへと飛んだ記録が残っているのだ。2003年には、別のエイズ予防活動の一環としてブリュッセル、ノルウェー、香港、中国へ飛んでいた。

エプスタインは被害者の少女たちに自分を大物に見せ、おそらくは怯えさせるために、クリントンやその他の重要人物との人脈をよく自慢した。ジェットに一緒に乗った少女に、親しい友だちのビル・クリントンの席にきみはいま座っているねと言ったそうだ。その少女、ジェーン・ドウ15が2019年に起こした訴訟のなかで証言している。

エプスタインのジェットのベッドルームにはカーペットが敷かれ、マットレスのような柔らかさだったと彼女は説明した。エプスタインは、きみたちがぼくのベッドのそばで寝られるように床をこうしたと言ったという。

ほかの被害者たちも、エプスタインの所有するさまざまな家で、クリントンや重要人物と一緒に彼が写っている写真が額装されているのを見たと述べている。2019年、デイリー・メールは、エプスタインの自宅に飾られた、モニカ・ルインスキーの悪名高いサファイアブルーのドレスで女装したビル・クリントンの絵を掲載した。

それを描いたアーティストのペトリーナ・ライアン＝クライドは、その絵が2012年のトライベッカ・ボール〔芸術学校主催のチャリティーイベント〕で売れた、ジョージ・Ｗ・ブッシュなどの政治家を風刺した一連の作品のひとつだったことを憶えている。買い手が誰なのかは知らされていなかった。[11]

１９９８年の初日、大統領専用機《エアフォースワン》に乗ったビル・クリントン大統領とファーストレディのヒラリー・クリントンは、午後5時ごろに米領ヴァージン諸島にあるシリル・Ｅ・キング空港に到着した。車列に護られて着いた先は個人宅で、大統領の公式日程表には記載されていない場所だった。公式日程表ではその日は夜まで休みとなっていた。

その夜、クリントン大統領の警護にあたっていた税関・国境取締局の係官3名がヴァージン諸島で激しいボート事故に巻き込まれた。政府関係者によると、20時30分ごろ、パトロールを終えようとしていた37フィート〔約11メートル〕のスピードボートがセント・トーマス島沖の岩礁に衝突した。係官のマニュエル・ズリタはそのときの怪我《けが》がもとで5日後に病院で死亡し、[12]ほかのふたりの係官も重傷を負った。ＡＰ通信によると、係官たちは、セント・トーマス島のシリル・Ｅ・キング空港に到着するエアフォースワンの飛行経路を監視するために派遣された先遣隊だった。衝突事故が起こったとき、大統領とその家族は、ヴァージン諸島のどこかで4日間の休暇を過ごすためにすでに車を連ねて空港を出発していた。ＡＰ通信の報道では、場所については言及していない。

当時、エプスタインは、パームビーチの投資家アーチ・カミンが所有する近くの島、リトル・セント・ジェームズ島を頻繁に訪れていた。カミンはエプスタインとどこで出会ったかは憶えていないが、１９９７年にこのミステリアスな資産運用家《フィナンシアー》が島の購入に興味を示し、しかも本気で考えているようだったので、カミンは島に招いて滞在させたのだという。

カミン邸のハウスキーパーは、エプスタインの訪問に同行してくる若い女性たちについて、何度か苦情を言っていた。

あるときカミンのもとに、島内の従業員から、連邦政府のチームが島に入ってきて敷地内を点検させるように命じられたとの連絡が入った。

「彼らは歩き回り、すべてを見て、そして去っていった」そうだ。カミンの記憶は曖昧で、具体的に何がおこなわれたのか、正確な日付はいつだったか、税関・国境取締局の係官だったのか、ほかの機関の者だったのか、などは思い出せないという。

エプスタインがこの土地を正式に購入したのは、ボートの死亡事故から数カ月後のことだったが、私がのちに話を聞いた地元の人たちのあいだでは事故のことが長く噂になっていた。新年に大統領の周囲で任務に就いていた係官たちがなぜ、岩場の多い危険な場所をあれほどのスピードで走行していたのか、それも、のちにエプスタインの「児童性愛の島」と呼ばれるようになる島から遠くない沖で、と。

12 正義の味方

２００６年７月19日、午前９時になる少しまえに、ジョー・リカレー刑事はエプスタイン事件の大陪審で証言するため、パームビーチ郡の裁判所に到着した。スーツにネクタイを締め、報告書や資料の詰まった分厚いバインダーを抱えていた。何週間もかけて事件ファイルを読み直し、未成年の被害者一人ひとりの詳細と、彼らの話を裏づける証拠についてなんでも話せる準備をととのえていた。

４Ａ号室に到着してまず目に入ったのは、ドアのすぐ外に座っている、エプスタインの弁護士ジャック・ゴールドバーガーの姿だった。

「非常に奇妙だった。被告側弁護士なのに、大陪審の部屋のすぐ外に座って、誰が入ってくるかを監視できる状態だったからだ。彼はそこでただ監視していた」とリカレーは回想する。被告人やその弁護士が入口にいると、大陪審室に入ろうとする証人たちを威嚇することになりかねないので、通常は検察局は許可しないはずなのだ。

のちにリカレーは、ランナ・ベロフラーベク検察官が、エプスタイン側弁護士を審問室の外に座る許可を出し、さらには大陪審に先立って証言と証拠提出のためにエプスタインを呼んでいたと知った。

「貴殿と貴殿の依頼人に、大陪審よりまえにご足労いただきたい」旨のことが、2月9日付けでベロフラーベク検察官からエプスタイン側弁護士ガイ・フロンスティンに宛てた書状のなかに書いてあった。「本提案には、貴殿が適切と判断される個人的な証言を貴殿の依頼人がおこなう機会を提供することも含まれます。ただし、ご承知のことと存じますが、貴殿の依頼人が証言したことは、今後の刑事訴追において依頼人の不利に作用する可能性があります」

ベロフラーベク検察官はさらに、物的証拠を提出するよう弁護人に求め、少女たちのマイスペースのページのプリントアウトを大陪審で使用する道を開いた。

リカレーはベロフラーベクが何をするつもりなのかもわからないまま、証人台に立った。事前の練習もしておらず、被害者と面談してもいない彼女が、法廷でどのように論を進めるつもりなのか疑問だった。

ベロフラーベクはどうでもいいような質問をしてきた。

「彼女からは、大陪審に事件の全体像を伝えようとしていないという印象を受けた。エプスタインの犯罪を軽く見せたがっているようだった。彼女が私にしてきた質問から、この印象をもった」とリカレーは振り返った。

「私に許されていたのはただ質問に答えるだけで、こちらから情報を出すことはできなかった。彼女の質問を聞けば、大陪審に事件の全体像が届いていないことは明らかだった」

証言を求められた被害者はリカレーの知るかぎりひとりしかいなかった。ベロフラーベクは、事件全体を、エプスタインから性的虐待を受けたその少女ひとりに負わせようとしているらしい。検察は大陪審に、エプスタインが少なくとも5、6人の少女をレイプしていたことや、ほかに20人以上の被害者がいることを言わなかった。

「検察が陪審員に提示したものは罪の重さと釣り合っていなかった。陪審員は提示されたものでしか重さを量ることができない。検察がストーリーの一部しか話さないのなら、ストーリーの一部でしか告発する気がないということだ」

2006年7月26日の水曜日、エプスタインは第2級の軽犯罪である売春勧誘の罪で逮捕され、これはつまり、エプスタインは刑務所には行かずにすむことを意味した。未成年者を巻き込んだ罪も、暴行罪も、性犯罪も入っていなかった。エプスタインの完勝と言える。エプスタインは自ら出頭し、保釈された。

そのころ、リカレー刑事とライター署長はすでに、州検察局がなんらかの理由で事件を放り投げ、エプスタインを起訴しない決定を正当化する手法として大陪審を利用しているのではないかと疑っていた。

「検察官たちがいかにエプスタインの弁護チームに骨抜きにされているかが見えて、まずいことになっていると思った」。リカレーは、FBIへの通報を決断する。

とくに重要なエプスタインのコンピューターをはじめ、証拠品の数々が消失し、州検察がその召喚状を発行しようとしなかったこともリカレーの疑念を深めた。

「この事件で消えた証拠や、破壊されたり隠蔽されたりした証拠の多さには啞然とさせられる」と、刑事は私に言った。

リカレーは、マイアミ連邦検察局の重大犯罪課にかつて所属したのち、ウェストパームビーチの支局に異動して児童搾取事件を担当していたアン・マリー・ビラファーニャ検事補とこの事件を検討するようになった。検事補は、児童虐待や人身売買を撲滅するための連邦政府の取り組み〈プロジェクト・セイフ・チャイルドフッド〉のコーディネーターでもあった。

リカレー刑事はビラファーニャ検事補に、エプスタインが私立探偵を雇ってライター署長と彼を尾行させていたことや、クリッシャー州検事の行動が捜査を妨害していたように見えることを話した。ただし、のちのフロリダ州法執行局の調査では、クリッシャーが不法行為を働いた証拠は見つからなかった。

ＦＢＩ捜査官がパームビーチ警察署に大型トラックで乗りつけたのは２００６年９月、暑い地方特有の雨が激しく降る日のことだった。エプスタインに関する警察の全記録を求める召喚状を示されたので、リカレーは自分のメモも含めてすべてを提出した。

「ＦＢＩが乗り出してくれた。彼らだって、もっと重い罪状を追わない州検察を訝《いぶか》しく思っていたんだ」と、リカレーはエプスタインを収監するための助けが現れたことで安堵《あんど》した。

エプスタインの告発後、彼の名前は全国ニュースになった。エプスタインは「自分の言い分を伝える」ためとして、ニューヨーク、ロサンゼルス、フロリダに広報担当者を雇う。ニューヨーク・ポストは、エプスタインのニューヨークの弁護士のひとり、ジェラルド・レフコートが言ったとおりに、エプスタインが狙われているのは「警察署長の馬鹿げた思い込みのせい」と記事に載せ、パームビーチの弁護士、ジャック・ゴールドバーガーはパームビーチ・ポストの取材に対し、警察は、嘘つきでずるく立ち回っているだけの女性の話を真に受けて、ありふれた売春犯罪を卑劣な大犯罪に仕立てあげ、立派な一市民の名誉を毀損《きそん》していると語った。

「パームビーチ警察の幼稚なパフォーマンスにすぎません」[1]

エプスタイン側弁護士は依頼人を護るための合理的な範囲を超えて、ライター署長とリカレー刑事への人格攻撃を始めた。ライターの警察官としての人事記録をすべて入手し、子ども時代から彼を知っている人物を探した。小学校時代の教師のひとりはライターの兄に、私立探偵からライターのことを訊かれたことをライターに伝えてほしいと電話している。警察関係の知り合いからも、エプスタイン陣営から接触されているとの知らせが届く。

ライターは、無傷でここまで来た長いキャリアを護るだけでなく、私生活も護らなければならない状況に陥った。

円満な協議離婚だったのに離婚歴を掘り返され、ユダヤ系のエプスタインを迫害するのは反ユダヤ主義者だからだと非難された。

リカレー刑事もターゲットになった。エプスタイン側弁護士は、リカレーのバッジを外させるべく、フロリダ州法執行局のコンプライアンス部門に苦情を申し立てた。リカレーが本件の事実を故意に歪め、警察の内部情報をメディアにリークしたという、虚偽の申告だった。

数カ月にわたり、エプスタインの私立探偵がリカレーを尾行した。映画のようなその光景は、ライターとリカレーがエプスタインに強大な力があるとわかっていなかったら茶番に思えたかもしれない。だがふたりは、エプスタインが告発の信憑性《しんぴょう》を落とすために、自分たちを中傷しようとしていることがわかっていた――それがうまくいきつつあることも。さらにエプスタインは手下をつうじ、口をつぐんでいたほうが身のためだと被害者に思わせた。なかには命の危険を感じる被害者もいた。

リカレーは警察の報告書に、ジェーン・ドウ１の父親から、見知らぬ男が家族を撮影したり、自宅への訪問者を追いかけたりしていると電話があったことを記している。ナンバーを照会したところ、エプスタインに雇われた私立探偵の車だった。

リカレーは自分のことは心配していなかったが、子どもたちのことは心配だった。

「ある警察官が自宅のゴミを捨てたとしよう。前の晩はゴミ箱が満杯だったのに、翌朝になってみると、よその家のゴミ箱は満杯のままで、自分のゴミ箱は空になっている。こうなったら、その警官は何が起きているのか警戒しなければならないし、周囲の車や人にも同じパターンが現れていないか観察しなければならない」

リカレーは尾行されていることを知っていた。夜中に、追跡できない発信元から電話がかかり、すぐ切られるのもたびたびだった。

ジェーン・ドウ１の弁護士スペンサー・クービンは、ウェストパームビーチのスターバックスでリカレーと初めて会ったときのことをよく憶えている。リカレーは、ドア近くの、窓に背を向けた席に座っていた。

「彼は監視されている、尾けられていると言いつづけ、何度も肩越しに振り返っていた。見ていてぞっとした」

被害妄想ではなく、リカレーは本当に尾行されていたのだ。

「子どもたちのところへ行くのにも、毎回ちがうルートを使うようになった。車も変えた。こちらが右に曲がれば、エプスタインの探偵も右に曲がる。あるときから、いたちごっこのゲームのようになった。私は疲れ果てた。家族の安全が心配でたまらなかった」

2018年の春、私はライター元署長とリカレー元刑事からエプスタイン事件の細かい聴き取りを重ねていた。ふたりともようやく打ち解けてきてくれたので、まえからエミリーと計画していた、被害者へのインタビューが中心の、新たな切り口から事件の本質に迫るドキュメンタリー3部作について明かしてみた。だがカメラに映ることにはライターからもリカレーからも色よい返事はなかった。

ところが4月下旬になってついに、ライターがドキュメンタリーに参加することを承諾してくれた。

「あなたの努力がこの事件の過ちを正す機会になることを期待し、私はそのドキュメンタリーの構想に〝全面的に〟参加すべきであると思います」と、ライターからのメールに書いてあった。

飛びあがって喜んだが、リカレーのほうは依然として説得できなかった。それでもリカレーはエミリーと私との別のインタビューに応じてくれた。

エミリーがいつものようにカメラ機材を車から降ろしはじめたとき、リカレーはパームビーチの彼の職場のある建物の外で待っていた。なんとかリカレーを説得してビデオインタビューに応えてもらう希望を捨てていなかったのだが、エミリーの機材を見た彼はかぶりを振って笑い、こちらの見え透いた手には乗るつもりがないことを優しく知らしめた。

殺風景な地下の会議室の中で、私はリカレーが警察官時代を懐かしんでいるのではないかと思わずにはいられなかった。エミリーの夫ウォルトが報道フォトグラファーだった現役時代さながら、いまはコンピューター化された警察無線傍受装置に聞き耳を立てているのと同じように。

リカレーはビデオ撮影については断固ノーだったが、写真は何枚か許してくれた。緊張してぎこちないので、彼にリラックスしてもらうためにタバコ休憩を設け、エミリーとふたりでさかんに場を盛りあげた。

インタビューは2時間ほどかかった。被害者のことや、想定どおりに進まなかったこの事件が彼にとっていかにむずかしかったかを丁寧に語ってくれた。

インタビューのあと、ドキュメンタリーに参加してほしいとの希望が捨てられず、私は翌月もリカレーを説得しつづけた。

ところが5月にライターからメールが届いた。真夜中にリカレーが呼吸不全に陥り、昏睡《こんすい》状態で入院していると。手の施しようのない臓器障害を起こしており、助かる見込みはほぼないとのことだった。

そして数日後、彼は旅立った。

被害女性たちに正義が訪れるところを彼に見てほしかったし、何よりも、彼の仕事が無駄でなかったことを知ってほしいと思っていたから、その死はつらすぎた。

リカレーの妻は、夫はエプスタインの被害者たちのことを自分の娘のように思っていたと語った。

「夫にとっては、2、3年後の娘の姿と重なっていたのでしょう。ジョー（リカレー）はいつも弱い人の味方だったから、エプスタインの弁護士が少女たちにつきまとうことに憤《いきどお》っていました。その怒りが、少女たちのために正義を見いだそうという気持ちをいっそう強めたんです」

私は、彼からの最後のメールを探した。

内容は次のインタビューについての打ち合わせだった。

彼の心にはラジオで聴いたある曲が鳴っていた。カントリー歌手ヴィンス・ギルが歌う《フォーエバー・チェンジド》だ。

「これを聴いたとき、被害者のことが頭に浮かんだ」とリカレーは書いている。「冒頭の歌詞はこう。〝おまえが余計なことに手を出したせいで／あの娘《こ》の純真さは死んでしまった／……／おまえのせいで彼女は永遠に変わってしまった〟」

私は朝のランニングのときなどにこの曲を聴きながら、リカレーとライターのことをよく思い出す。彼らは最初からずっと、エプスタインの被害者のために闘いつづけた人たちだった。

13 うるう年作戦《リープイヤー》

連邦検察局のアン・マリー・ビラファーニャ検事補は、ジェフリー・エプスタインを知らなかった。

下調べをするうちに、その人物が大金持ちで、政界に強力なコネをもち、敵対者には苛烈な攻撃を仕掛けていることを知った。リカレーと同様、エプスタインと弁護団がバリー・クリッシャー州検事を操っているのではないかと疑い、同じ圧力を連邦検察にかけてくる可能性があると考えた。

そんなことがあってはならない。そこで上司たち――トップであるマイアミ連邦検事アレックス・アコスタと、マイアミの刑事部門を担当するジェフ・スローマンに面談を願い出た。この事件には多くの時間とリソースが必要であること、捜査には政治的圧力がかかる可能性のあることを彼らに伝えた。ふたりは、ロビイストのジャック・エイブラモフのような、政界とのつながりの深い有名人をこれまでも起訴してきたので、そのような圧力については心配していないと言った。

2006年にエプスタイン事件を引き継いだ時点で被害者が29人だったことから、FBIはこの事件に「うるう年作戦《リープイヤー》」と名づけた。警察と州検察局の事件ファイルを確認してすぐの10月、

ＦＢＩはニューヨークとフロリダで連邦大陪審の召喚状を作成しはじめた。記録によると、ＦＢＩはエプスタインのパームビーチでの性犯罪だけでなく、彼の家がある他の都市でも少女を虐待していないかを捜査していた。また、つねに謎に包まれていたエプスタインの資産状況も調べており、報告書の「没収に関する一般事項」という項目に資産の一部を押収する可能性を探っていたことが書かれている。彼らはエプスタインの家があるニューヨーク、ニューメキシコ州サンタフェ、米領ヴァージン諸島のセント・トーマス島に実際に出向き、目撃者や被害者の話を聞いている。

そのころエプスタインは弁護団を再編成し、当時ジョージ・Ｗ・ブッシュが主《あるじ》だったホワイトハウスとも政治的につながりのある強者弁護士を新たに加えていた。すでにガイ・フロンスティンは外していたが、ロイ・ブラックと、難事件を担当することで定評のあるニューヨークの著名な刑事弁護士ジェラルド・レフコートは残していた。さらに、元マイアミ連邦検事でアコスタの前任者ガイ・ルイス、連邦検察のパームビーチ刑事部門の副部長職を辞したばかりのリリー・アン・サンチェス、ジョージ・Ｗ・ブッシュ大統領の顧問であり、アコスタがキャリアの初期に勤務していた有力法律事務所〈カークランド＆エリス〉の弁護士であるジェイ・レフコウィッツを加えた。また、かつてクリントンのホワイトウォーター疑惑を追及した検事で、〈カークランド＆エリス〉に所属するケネス・スターも呼び寄せた。スターもレフコウィッツも、アコスタの助言者《メンター》であるサミュエル・アリートを含む６人の最高裁判事を輩出した保守派の法曹団体〈フェデラリスト・ソサエティ〉のメンバーだった。

アラン・ダーショウィッツはうしろに引いたが、これは一時的なことだった。

連邦検察側には、アコスタ、スローマン、ビラファーニャのほかに、スローマンが次席検事に昇進したあと、マイアミ連邦検察の刑事部門を率いることになるマシュー・メンチェル、ブッシュ政権でのちに司法省の要職に就くアンドルー・ローリーがいた。

事件を担当したＦＢＩ捜査官はティモシー・スレーター、ジェイソン・リチャーズ、ネスビット・カーケンダルの３人で、ＦＢＩのウェストパームビーチ支局に勤務していた。

エプスタインはパームビーチ警察の動きを早くから知っていたように、ＦＢＩが捜査を開始したこともすぐに知った。そして、州検察の段階にあったときにもそうしたように、事件が連邦検察に移ったときには連邦検察と関係の深い弁護士を雇った。連邦検察に10年勤めていた弁護士のガイ・ルイスは、いまもそこにいるアンドルー・ローリーと仲のいい友人だったし、リリー・アン・サンチェスは退職前、連邦検察でマシュー・メンチェルの副官だった――交際していた時期もあった。

ＦＢＩの資料によると、２００６年にエプスタインの性犯罪容疑について捜査を進めていた際、フロリダの連邦捜査官たちはふたつの指針に沿って動いていた。ひとつは、証拠を確立すること（最終的に53ページの起訴状の土台となった）、もうひとつは、事件が全国的なスキャンダルとなって民主党・共和党両陣営にいるエプスタインの友人たちの政治的目標を危うくするまえに、和解交渉の道を探ることだった。ホワイトハウスにジョージ・Ｗ・ブッシュがいた２００６年11月、民主党が上下両院の多数党の座に復帰している。もし、クリントン元大統領と交遊のある民主党の大口献金者がセックス・スキャンダルで糾弾されれば、ホワイトハウスの奪還を目指す民主党の計画を頓挫させかねない。クリントン元大統領の妻ヒラリーが当時、２００８年大統領選の民主党の最有力候補であったことを考え合わせればなおのことだ。この大統領選は、２期目だったブッシュ大統領が任期制限により出馬できなかったため、両党とも現職の大統領と副大統領が立候補しない1952年以来初めての選挙となった。

エプスタインはFBIの捜査を受けていた2006年にも、〈クリントン財団〉に2万5000ドルを寄付している。

だが、資金を上手に分散させる彼は、直近の2、3年のあいだに共和党のジョージ・H・W・ブッシュ（ブッシュ・シニア）や上院の元多数党院内総務のボブ・ドールにも献金していた。

2007年秋、ジョージ・W・ブッシュ（ブッシュ・ジュニア）政権下の司法省は混乱に陥った。政治的な理由で検察官を雇ったり解雇したりしていたことが非難された司法長官アルバート・R・ゴンザレスが辞任したのだ。ブッシュ大統領は、ゴンザレスの後任として、元連邦裁判所判事のマイケル・ミュケイジーを指名し、司法省の騒ぎを沈静化しようとした[1]。

法と秩序を重んじる保守派のミュケイジーは、ロナルド・レーガン元大統領に連邦地方裁判所判事に任命され、テロリストの「ダーティーボマー」ことホセ・パディーヤのニューヨークでの勾留審問を担当したことで知られる。ダーティーボマーはアメリカへの放射能爆弾攻撃を企て、海外のテロリストを支援した容疑で2007年、マイアミで起訴された。

ジェイ・レフコウィッツを弁護団の持ち駒に加えることで、エプスタインは新司法長官との直接の接点を得ることができた。レフコウィッツはミュケイジーと親しく、どちらも、マンハッタンのアッパー・イーストサイドにある〈ケヒラスイェシュルン〉というユダヤ教会堂《シナゴーグ》の正統派信徒団に属していた。ミュケイジーを司法省のその地位に推したのはレフコウィッツだと噂されていたので、レフコウィッツの影響力はエプスタインにもアコスタにも引けをとらない。レフコウィッツはアコスタのキャリアを助けられる人物であり、エプスタインは人の弱みを突く達人だった。

司法省内の関係者も、当時、強い弁護士を雇える金持ちの被告人たちが有利な扱いを受けることがあったと認めている。そのころ、エプスタイン側のケネス・スターが、司法省刑事局のアリス・S・フィッシャー局長に、この事件を取り下げるように働きかけていたことが電子メールなどの記録に残っている。しかしフィッシャーは関与を否定し、ケネス・スターの要請で行動したことはないと述べた。


ライターとリカレーは、事件がFBIに渡った時点では、ビラファーニャ検事補に安心して任せられると感じていた。

マイアミ連邦検察で数少ない女性検察官のビラファーニャは、自分の力を証明するために人の2倍努力しなければならなかった。仕事に情熱を注ぎ、高い評価も受けていた。

エプスタイン側弁護士は、ビラファーニャが事件を積極的に追及しようとするのを知って、彼女の押さえつけにかかる。

ガイ・ルイスやリリー・アン・サンチェスのように、検察内に友人がいる者にとってはたやすいことだった。サンチェスは、アンドルー・ローリーに電話をかけ、会う約束をした。ローリーはこれをまちがった行動だとは思わず、のちに連邦捜査官に対し、弁護側の戦略を知ることは「われわれ検察にとって有益」であり、目的のひとつは弁護側に「自分たちの意見を聞いてもらえた」と思わせるためだったと語っている。

ビラファーニャは、検察官と弁護側とのあいだでおこなわれたこうした面談やその他の接触に反対だった。エプスタイン側弁護士は手の内を隠すのがうまく、一方でローリーやマシュー・メンチェルは、連邦検察の戦略が相手に漏れることをたいして気に留めていなかったからだ。

私の調査全般をつうじてさまざまな記録を読むたび、ビラファーニャは良心に従う人物であり、検察内でエプスタインの被害者に共感を示したほとんど唯一の人物だと感じた。一方、これとは逆に、彼女は屈服してはならないときに屈服したのだと感じている者もいた。また、信頼できる筋から、もし彼女がエプスタインを告発したら、解雇されるか、法曹資格を失う危険性があったとの話も聞いた。あたかもエプスタインから彼女へのメッセージであるかのように、エプスタイン側弁護士は少なくとも1回、連邦検察官の査察を担当する司法省専門職倫理局に彼女への苦情を申し立てている。こうした査察の結果が公表されることはほとんどない。

だが、公開された記録を読んでいくと、彼女は、エプスタイン事件を消滅させるように上から圧力を受けていたことがわかる。

エプスタインの司法取引の交渉中、ビラファーニャはエプスタイン側弁護士に宛てた書状のなかでこう書いている。「私はこの司法取引がミスター・エプスタインに及ぼす影響を念頭に置いて、自分を納得させようと努めています」

彼女は起訴を進めようと何度か談判したが、メンチェルやローリーなど上司たちはそのつど彼女を批判し、弱らせていったことが文書や電子メールの記録に残っている。

ビラファーニャは、エプスタインを起訴しようとする姿勢が攻撃的だとして何度も叱責された。彼女に相談なく、メンチェルがエプスタイン側弁護士のリリー・アン・サンチェス――メンチェルの元ガールフレンド——に司法取引を提案したと聞いたときにはビラファーニャは激怒した。メンチェルは、抱えている事件についてビラファーニャから相談を受けたときに彼女のプロ意識に疑問を呈している——当時の彼女は53ページの起訴状を作成していたのだが。

「あなたはこの（エプスタインの）事件で起訴を求める権限を誰からも与えられていない」とメンチェルは書いた。

それでもビラファーニャの電子メールからは、この事件が大げさに取り沙汰されないように腐心していたことが見てとれる。

エプスタインへの判決をメディアや一般市民、被害者に知られないようにするため、世間の注目を集めるパームビーチではなくマイアミでおこなうことを提案したのもそのひとつだ。のちに彼女は州検察に対し、判事の目を意識して事件をどう組み立てるかを指導し、その際、エプスタインが何人の未成年者に性的虐待を加えていたかを「強調しないように」との指示も出している。被害者の多さを判事に知られないことも、エプスタインのひとつの勝利だったと言える。

交渉が続くなか、FBI捜査官は刑事事件としての立件を進めていた。2007年のはじめ、FBIはエプスタインがかつて、深入りしていたらしい16歳の少女と一緒に世界各地のエプスタインの邸宅や景勝地を訪れていた情報をつかんだ。捜査の時点では夫とオーストラリアに住んでいたバージニア・ジュフリーにもすぐにたどり着いた。スレーター捜査官とカーケンダル捜査官が、彼女に電話でインタビューする計画を立てた。

だが、FBIが計画していた日の数日前、ジュフリーに2本の電話がかかってきた。最初にエプスタインの元恋人ギレーヌ・マクスウェルから、次にエプスタインとその弁護士からだ。ジュフリーにとってエプスタインもマクスウェルも5年ぶりに聞く声だった。5年経ってようやく彼らの支配から解放されたと思っていたが、そうではなかった。

マクスウェルには、警察かＦＢＩから連絡がなかったどうかを訊かれた。

「私たちのことを誰かに話した？」

「いいえ、ここで静かに暮らしているだけです。かかわりたくないです」

「オーケイ、それでいい。いまのまま静かにしていてね」。ジュフリーはマクスウェルにこう言われたそうだ。

まさにその翌日、今度はエプスタインが弁護士を伴って電話してきた。エプスタインも自分との時間のことを誰かに話したかどうか、マクスウェルと同じ質問をした。

「どうしていまごろ？　何が起こっているの？」ジュフリーは尋ねた。

「ああ、何も心配することはない。ただ誰にも話してほしくないんだ。それだけ。わかってくれたかな？」

その数日後、ＦＢＩから電話があった。スレーター捜査官だった。

「いきなり馴《な》れ馴《な》れしく言ってきたの。『きみはジェフリー・エプスタインにフェラチオ《ブロウジョブ》をしたことがありますか？　一緒にシャワーを浴びたことは？　女の子たちをジェフリー・エプスタインの家に連れていったことはある？』だから言ってやった。『あなたが誰かも知らないのに。しかも電話なんかで。ここへ来て、ＦＢＩの身分を証明する正式な文書を私に見せないかぎり、もうひとことだってしゃべる気はありません』って」

そのとき第2子を妊娠中だったジュフリーは、電話を切ったあとで、もしかしたら相手はFBIではなく、エプスタインの息のかかった者かもしれないと思い至った。恐ろしくてたまらなくなり、夫と一緒に自宅を離れ、出産まで義母の家に身を寄せることにした。

「わたしや家族を追いかけてくるのではないかと心配だった」とジュフリーは当時の心境を語る。「エプスタインはよく言ってた。警察には定期的に金を渡してる、自分が支配している、思いどおりに動かせるって。だから、もしわたしが誰かに何かを言ったら、警察からすぐに報告が来るし、わたしや家族がどうなるかは神のみぞ知るだなって」

のちにスレーター捜査官は、ジュフリーとの会話を報告書で説明している。

「私はミズ・ジュフリーにフロリダ州マイアミにあるFBI支局の電話番号を伝え、電話を切って番号を確認してもいいと言った。だが彼女はその必要はないと答えた」

スレーターは、質問を始めてよいか確認をとったそうで、報告書には「彼女はすぐに落ち着かなく」なり、「過去のことはそっとしておいて」と言ったと書かれている。

「この件でもう連絡してこないでほしいと頼まれた」と報告書にあり、スレーターは彼女の気が変わったときのために連絡先を教えた。ジュフリーの気が変わるまでには4年かかることになる。

一方でFBIはほかの証人も確保していた。エプスタイン邸の元従業員アルフレド・ロドリゲスで、彼は以前リカレー刑事に話したことすべてをFBIにも供述した。その多くは、エプスタインの意を受けて少女がらみの雑事をこなしたり、密会後の部屋を掃除したり、毎回のマッサージのあとに金を払う「人間ATM」になったりなど、エプスタインの容疑を裏づけるものだった。

ビラファーニャ検事補は、刑事告発の法的根拠を説明する82ページの覚書をまとめた。未成年者の性売買を含む多くの連邦犯罪でエプスタインを告発する起訴状を作成し、捜査官が集めた容疑の裏づけとなる証拠のすべてを詳細に記した。

すぐにアンドルー・ローリーから抵抗に遭い、証人の信憑性や、ビラファーニャの法的主張が通る見込みについて疑問を投げかけられた。

彼はその覚書をメールに添付してメンチェルに送った。

メールの文面にはこうあった。このメールはのちに、エプスタインの事件で司法省が検察の対応を調査したときの資料に含まれることになる。「ターゲットが国のトップクラスの富豪という重大事件です。弁護団にはダーショウィッツやブラック、レフコート、ルイス、サンチェスら大物が名を連ねています。州が大陪審を意図的に失敗させたので、うち（連邦検察）にもち込まれることになりました」

ローリーとメンチェルはすぐには腰をあげない。

そのころ、FBI捜査官はジュフリー以外の被害者からも抵抗を受けていた。エプスタインの威嚇戦術が功を奏し、彼女たちは怯えていた。

ビラファーニャとFBI捜査官たちは、わずかな被害者からしか聴取できない状態で本件を裁判にもち込むのは現実的でないと考えはじめた。

「エプスタインを起訴すべきだと強く主張する被害者はいなかった」と、カーケンダル捜査官はのちに報告書に書いている。FBIが頭を抱えたのは、エプスタインに忠誠をもちつづける少女たちがいたことだ。また、エプスタインは、被害者の勧誘や虐待を手伝わせるために雇った女性アシスタントにも弁護士をつけていた。屋敷の従業員、運転手、自家用機のパイロットにも同様だった。

2007年5月、ローリーは、エプスタインに起訴をちらつかせたうえで、罪状を軽くする司法取引に応じる意向があるかどうかを見きわめてはどうかと提案した。この戦術だと、ただ起訴するよりも、司法取引への検察側の影響力を強めることができる。起訴してしまうと、司法取引を優先して起訴を取り下げるには判事の承認を得なければならなくなる。

司法省の報告書によると、6月のあいだじゅう、メンチェルとローリーはエプスタイン側弁護士と何度も会い、この件について話し合った。意図的に孤立させられたビラファーニャは、ローリー、メンチェル、スローマンに宛てて、自分の作成した最新の起訴資料への回答を受け取っていないと不満を述べた。

だがそのころには、メンチェルとローリーは、連邦検事アコスタの了解を得て、パームビーチの州検事であるクリッシャーに事件を戻そうとしていた。

被害者側の弁護士たちは、連邦検察は、権力と金をもった人物がかかわるデリケートな訴訟をどうやって展開していくべきかを理解していないようだったと振り返る。

そのうちのひとり、スペンサー・クービン弁護士は、「検察は2ダースの少女の証言は必要ない、ひとりかふたりいればいいと考えていた」と言った。

クービンは、FBIがインタビューしたのは依頼人のなかのひとりだけだったが、裁判に有利な証言のできる被害者が依頼人のなかにほかにふたりいたと語っている。

「少女たちが本当に求めていたのは、刑事司法制度が本来そうすべき役割を果たすことだった。依頼人の全員がエプスタインを刑務所に入れたいと願っていた」

被害者のなかには、FBI捜査官や検察官からまるで悪人であるかのように扱われ、怯えている者もいた。検察官たちは被害者に対して、こうした派手な事件では被害者や家族に注目が集まりやすく、エプスタインに不利な証言をすると困難が降りかかるかもしれないと指摘するばかりで、被害者の不安を和らげようとはしなかった。結局、被害者のほとんどはFBIからも連邦検察からも正式な事情聴取を受けていない。エプスタインから受けた虐待を細かいところまで人に話すのは恥ずかしくてとてもできないと言う被害者もいた。

「すべてが語られたわけではないことはわかっていた」と、被害者側の民事担当弁護士、アダム・ホロウィッツは言う。「弁護士に相談してもいない被害者がほかにもたくさんいる」

ペンシルベニア大学の法学部教授で、子どもに対する犯罪の専門家であるマーシー・ハミルトンは語る。「本件の検察官に、性犯罪の被害者にどう対処すべきかについての知識がなかったのは明らかだ。性売買がどのように始まり、どのように広がるのかの認識も足りていない。エプスタインは、個々の性的虐待を実行していたのではなく、システム全体を構築していたのだ」。FBI捜査官の投げかける質問は通り一遍で、犯罪の深さや誰が関与しているのかを知りたくないかのようだった。

「FBI捜査官は被害者に、『われわれは事実だけを知りたい。噂や意見はいらない』と言い放った」とクービン弁護士は述べた。

被害者側弁護士ジェフリー・ハーマンに雇われた若手弁護士のジェシカ・アーバーは、昼夜を問わずかかってくる被害者からの電話に忙殺されたという。被害者と年齢が近かった彼女は、被害者と法制度の橋渡しをしたいと考えていた。

アーバーによると、いきなり自宅に現れて両親や配偶者のまえで質問をぶつけてくるＦＢＩに被害者は強い不信感を抱いていた。捜査官が政府のために働いているのか、エプスタインから送り込まれたのかすらわからないこともあったそうだ。

「エプスタインの操り方があまりにも巧みで、彼女たちは誰を信じていいのかわからなくなった。被害者を困らせ、こわがらせるために司法制度を悪用するという、異様な人体実験だった。彼女たちは日々、命の危険を感じていた」

14 大甘の司法取引

エプスタインが売春勧誘の容疑でパームビーチ郡で逮捕されてからかなりの時間が経過し、司法取引が近いとの噂が流れていた。

ＦＢＩの記録によると、２００７年５月15日に予定されたエプスタインの起訴に備え、ＦＢＩのギャング・組織犯罪を担当するチームに応援を依頼し、事件の補強に役立つマネーロンダリング容疑の可能性も検討しはじめていた。

エプスタインが所有する会社２社に召喚状を出し、全従業員の納税記録と源泉徴収票、および両社の取締役、役員、株主のリストを要求した。

ビラファーニャ検事補は、起訴状の原稿はできているとして毅然《きぜん》とした態度を崩さず、もし双方が取引に合意できなければ、起訴するつもりでいた。だが、５月の期日は過ぎてしまった。

７月、エプスタイン側弁護士のレフコートとダーショウィッツは依頼人のために新たな論陣を張り、ビラファーニャの上司のスローマンとローリーに宛てて23ページに及ぶ文書を送った。

この文書には連邦法と、その難解な法律用語を説明する定義文がびっしりと書き込まれていた。複雑な判例法を彩りに添え、さらにはハーバード大学の心理学教授で言語学の専門家スティーブン・ピンカーを雇って言語面から州法を解釈してみせた。エプスタインはもともと言語学にも関心があり、ピンカーとも友人だった。

だがさらに注目すべきなのは、エプスタイン側弁護士は、自己中心的なこの依頼人をあたかも、多くの金と時間を崇高な目的に捧げた、たたきあげの努力家で寛容な人物であるかのように表現し、エプスタインの人生をホレイショ・アルジャー〔1899年没の作家。貧しい生まれでもアメリカンドリームを実現できるというテーマで多くの小説を書いた〕的なサクセスストーリーに仕立てたことだ。

弁護士たちは、2歳の息子が網膜芽細胞腫と診断された従業員にエプスタインが無期限の休暇を与え、眼科疾患に詳しいワシントン大学の著名な研究者に紹介したうえ、その子と5人のきょうだいの私立学校の学費を負担したことを美談として紹介している。

23ページの文書のうち4ページ分は、エプスタインが過去におこなってきた善行の羅列に割かれていた――アスリートの健康増進プログラムや地域社会の建設プロジェクト、平和使節団の後援、貧しい子どもたちへの支援、科学的発見と研究への投資、バレエダンサーへのマッサージセラピストの手配など。

エプスタインの事業や資産管理や私的な人脈についても記述があり、そのひとりがビル・クリントンであることを指摘している。彼らは、エプスタインを「熱心な慈善家」と評した元大統領の雑誌記事を引用し、エプスタインがクリントンと一緒に1カ月間のアフリカ旅行をしたことと、エプスタインが〈クリントン・グローバル・イニシアティブ〉を構想した初代グループの一員であることもつけ加えた。

パームビーチ・ファースト銀行の創設者であり、ブレイカーズ・リゾート・クラブのメンバーであり、パームビーチの豪邸、ジェット機2機、自動車12台、ボート1隻の所有者であるなど、エプスタインとフロリダのビジネスおよび金融がいかに深く結びついているかを強調した。

「ミスター・エプスタインを知る人は、彼のことを、たしかに風変わりなところはあるがけっして不道徳ではなく、親切で寛大で心温かい人だと評するだろう」とある。

その数週間後、エプスタインが自家用機に搭乗中、長年のガールフレンド、ナディア・マルシンコワの顔を怒りのあまり平手打ちしたことがFBI捜査官の知るところとなり、弁護士たちが丁寧につくりあげようとした「心温かい」エプスタイン像は空《むな》しく消え去った。2007年8月21日、ニューヨークに向かっていたエプスタインは、急遽パイロットに方向転換するよう命じた。着陸予定だったニュージャージー州のテターボロ空港で、FBIがマルシンコワへの召喚状と捜査対象になる可能性の通知書《ターゲット・レター》を携えて待機しているとの密告が入ったからだった。

新たな行き先はセント・トーマス島沖に所有する自分の島で、行き先をめぐる口論のなかでマルシンコワの顔を平手打ちしたことがFBIと裁判所の記録に残っている。

その日、ニューヨークでエプスタインの個人秘書を務めるレスリー・グロフの自宅へ、FBI捜査官が連邦大陪審への召喚状を渡すために出向いている。密告の電話が来たのはその直後のことだった。グロフは捜査官を家に入れてすぐに、2階で眠っている子どもを見てくると言ってその場を離れた。FBIの報告書によると、彼女は2階に行ってエプスタインにこっそり電話したのだ。エプスタインはジェット機の中から、FBIに何かを渡したり、大陪審のための証言を約束したりしたら後悔することになると警告し、彼女を黙らせた。

「ミスター・エプスタインは、ミズ・グロフが捜査官から渡された大陪審の召喚状に従わないように圧力をかけた。とくに、召喚状に対応して書類や電子的な証拠を差し出さないよう厳しく言い渡し、フロリダ州南部地区の大陪審への出廷をできるだけ延ばせと命じた」とFBIの報告書にある。

2007年の夏の終わりから秋にかけて、エプスタイン側と連邦検察とのあいだで大量の書状がやり取りされた。書状の多くはアレックス・アコスタ連邦検事に写しが送られ、両陣営間での会議に関する文言がしばしば登場していた。

司法取引の条件をまとめる作業は、弁護士と検察間でいったん合意ができかけても、エプスタインが首肯せず、何度も振り出しに戻っている。

すべての検察官の汚点を探すようにとの指示を受け、エプスタインの私立探偵は検察官の立場を弱めることにつながりそうなら、どんな些細《ささい》なことでも調べあげた。たとえば、ある検察官が泥棒が入られて法廷で証言していたことを理由に、ほかの犯罪にも中立性を保てないおそれがあるとして事件から外そうとした。

パームビーチの連邦検察がエプスタイン側弁護士と交渉を続けるなか、11年間勤めた連邦検察を去る決意を固めた幹部検察官が、2007年10月23日にある行動に出た。

その日、ブルース・ラインハート連邦検事補は、刑事事件の弁護活動を進める新たな場所として有限責任会社《LLC》をフロリダ州に設立した。州の登録情報によると、会社所在地はエプスタイン側の主任弁護士ジャック・ゴールドバーガーの事務所と同じだった――サウスオーストラリアン・アベニュー250／1400号室。同年の終わりにラインハートは連邦検察の職を辞し、直後の2008

年1月2日には、エプスタイン側に雇われ、エプスタインと同様にのちに免責を受けることになる共犯者数人の弁護を担当することになった。

被害者側弁護士のひとり、ポール・カッセルは、ラインハートの件を司法省専門職倫理局に申し立てたが、調査がおこなわれたどうかの記録はない。

宣誓供述書のなかでラインハートは、倫理に背くことやまちがったことはしていないと疑惑を否定している。偽証があれば偽証罪によって罰せられる条件のもとで、自分は連邦検察ではエプスタインの捜査チームのメンバーではなく、したがって、この事件に関するいかなる機密情報にも触れていないと主張した。だが、連邦検察の元上司は、2013年に連邦裁判所に提出した申立書の中で、ラインハートは「エプスタインの件に関する機密情報、非公開情報を知っていた」と述べている。

ラインハートは2018年5月に連邦治安判事に任命され、2007年時点で同じくパームビーチの連邦検事補だった妻のキャロリン・ベルも、2018年5月の同じ週に当時のフロリダ州知事リック・スコットによってパームビーチの巡回裁判所の判事に任命された。

2007年の夏から秋にかけて、アレックス・アコスタ連邦検事がエプスタイン側弁護士と直接交渉していたことが電子メールから明らかになっている。

しかも、交渉のたびに司法取引の内容が骨抜きになっているのがわかる。

ビラファーニャ検事補は、エプスタイン側弁護士のレフコウィッツに宛てて「タイトル18(刑法)で軽罪を探すことに時間を費やしています」と書いている。

司法取引の草稿は両陣営のあいだで何度もやり取りされ、いくつかはビラファーニャの個人アドレスにメールで送られた。彼女はレフコウィッツに個人の携帯番号を教え、検察からの新しい提案についての意見を週末に電話で教えてほしいと伝えている。

やり取りされた草稿は一部が公開されている。それを読んで気になるのは、エプスタイン邸の家宅捜索に先立って消えていたコンピューターについて、両陣営ともほとんど言及していないことだ。なぜFBIがこの件を追わなかったのかは不明だ。

草稿のひとつにはこう書かれていた。「エプスタインと弁護団は、現在●●●（塗りつぶされていて読めない）の状況にあるコンピューターを、取引条件が満足されるまで、弁護団が現状のまま安全に保護することに同意する」

2007年9月19日、司法取引は暫定的な合意に達した。ゴールドバーガー弁護士は、パームビーチの州裁判所でおこなわれるエプスタインの認否手続きの事前調整のためにバリー・クリッシャー州検事に電話をかけ、アコスタ連邦検事と直接連絡をとって詳細を詰めてほしいと伝えた。

「バリー（クリッシャー）、アコスタの電話番号を知らせておきます。最終決着させるにはジェイ・レフコウィッツが彼に電話をかけてフォローアップしなければならないので、アコスタが何を言うか知っておきたい」とゴールドバーガーはクリッシャーに宛てて書いている。

ところがその1日後、交渉は再び決裂した。

「司法取引の交渉が捗々《はかばか》しくないため、明日の午後までに署名入りの合意書を提出するよう弁護側に要求しました」と、ビラファーニャはクリッシャーに宛ててメールしている。「このまま合意に到達できない場合、本件を火曜日には起訴しなければならなくなります。ミスター・エプスタインは、刑務所で過ごす日々や少女たちへの賠償金についてきっと再考中であろうと考えます」

被害者への賠償金の支払いについては交渉のなかで議論されていたが、司法省を通して実施するかについては意見がまとまっていなかった。

不一致点としてもうひとつ、アコスタがエプスタインに性犯罪者としての登録を求めていたこともある。これに登録すると、エプスタインは新しい州に移動するたびに所定の手続きをとらねばならず、一生ついて回る不名誉な称号だった。

レフコウィッツ弁護士はアコスタに宛てたメールで、州検察のクリッシャーとベロフラーベクが依頼人を性犯罪者として登録する必要はないと断言したことを伝え、次のように書いた。「性犯罪者の登録は生涯続きます。ミスター・エプスタインの容疑に比べてあまりに厳しいと言わざるをえません」

9月24日には、エプスタインが他州で、あるいは他国で未成年の少女を勧誘して金銭授受を伴う性行為をさせたことなど、連邦法に違反した5つの罪状を列挙した、訴追免除の合意をまとめるための新しい文書が作成された。

ところが連邦検察は、エプスタインが州の大陪審が起訴した軽微な罪（売春勧誘の1件のみ）を認めるのと引き換えに、これらの連邦犯罪の起訴を猶予することに合意した。ただし州に対し、性犯罪者登録の要件を満たす、未成年者への売春勧誘という罪状を追加するように求めた。

エプスタイン側弁護士は、依頼人が性犯罪者としての登録にけっして同意しないとわかっていた。

だが彼らは、あとあと性犯罪者登録の要件を引き下げたり、登録への同意を文書から削除したりできるし、時間を稼ぐあいだに、彼の家がある複数の司法管轄区域で最も厳しい性犯罪者法の要件をくぐり抜ける方法を必ず見つけると言って、エプスタインを説得した。

エプスタイン側弁護士はまた、エプスタインのもとで働いていた女性4人、ケレン、グロフ、マルシンコワ、もうひとりのアシスタントのアドリアナ・ロスを含み、ただしこれらに限定されない潜在的な共犯者を免責するという、あまり知られていない条項を取引の文言に滑り込ませた。ここにギレーヌ・マクスウェルの名がないのは奇妙だが、曖昧な文言にすることで、あとで誰が出てきてもカバーできる余地を残したのだろう。

エプスタインは合意書にサインしたものの、レフコウィッツ弁護士に、賠償額の交渉を続けると同時に、性犯罪者の要件を削除させるように命じた。

検察側のスローマンとビラファーニャは、連邦犯罪被害者権利法に基づいて検察は司法取引の合意内容を事前に被害者に通知する法的義務があると主張していた。だが、通知のための書状を準備しようとすると必ず、レフコウィッツや他のエプスタイン側弁護士が激しい抵抗を示し、合意が壊れることになると警告した。検察がエプスタインにサインを強制することはなく、交渉の各段階でつねに引き下がってきたことからして、なんらかの理由でエプスタインのほうが優位にいるのはまちがいなかった。

ついに10月12日、交渉がいまだ難航するなか、アコスタ連邦検事はウェストパームビーチに車を走らせ、オキチョビー大通り沿いのマリオットホテルでレフコウィッツ弁護士と直接会うことになった。アコスタには正午にパームビーチ弁護士会で講演する予定が入っていたが、エプスタインとの交渉がいつまでもまとまらないため、この件を全面的に片づける方策を見つけたかったのだ。

レフコウィッツはこの会談に先立って、アコスタ宛てに6ページの書状を提出している。ファーストネームの「アレックス」で呼びかけるところから始まり、合意書のいくつかの条項についていまだわれわれとビラファーニャ検事補とのあいだで「深刻な意見の相違」があると指摘した。

レフコウィッツはマリオットホテルでの会談の場でアコスタが約束した内容を歓迎し、後日、次のように書き送っている。「10月12日の会合において、この問題に関して真の最終的な解決を貴殿が約束されたことに、また、連邦検察局がこの問題に関して州検察局に干渉せず、いかなる個人、潜在的な証人、潜在的な民事上の原告者、およびそれらの弁護人とも接触しないと約束されたことに、感謝を申し述べたいと存じます」

アコスタは、エプスタインの要求がほぼすべて反映された合意書に署名した。

だが、エプスタインはこの時点でも、容疑そのものをなかったことにできる道があると考えていた。

ここでケネス・スターが登場する。

15 怪物を追って

150人の人員を抱え、南フロリダでとくに権威のある法律事務所〈ロススタイン・ローゼンフェルト・アンド・アドラー〉に加わったばかりの新参弁護士集団のなかに、ブラッド・エドワーズがいた。

2008年、エドワーズはエプスタインの被害者のうち、個別の民事訴訟を起こした少人数のグループの代理人を務めていた。だが、フロリダ州ハリウッドを拠点に個人で弁護活動をしていたエドワーズは、エプスタイン側の強大な法律兵器に圧倒され、ロススタインの事務所に入れば対抗する力をもっと得られるのではないかと期待した。まもなくエドワーズは7人の被害者を担当することになったが、知らぬ間《ま》にこの事務所は連邦当局の監視下に置かれていた。翌2009年、派手な言動が目立っていたシニアパートナーのスコット・ロススタインが大規模な出資金詐欺《ポンジ・スキーム》を首謀していたとして逮捕され、事務所は崩壊した。エドワーズはのちに、ロススタインが自分や同事務所の多くの弁護士を当人が知らないうちに駒として使い、事件をでっちあげ、何も疑わない投資家たちに訴訟和解金を売りつけて儲けていたことを知る。

エドワーズは再び独立し、軍資金をたっぷりもつエプスタインとの勝ち目の薄い闘いに挑んでいった。

エドワーズは若くて背が高く、自信に満ち、〈ブルックス・ブラザーズ〉を着た法律家、のイメージそのままだ。フロリダ州のテニスの代表選手だった経験をもち、かつては州の検察官でもあった彼は、社交的で成功に飢えていた。1年にわたる警察の捜査記録を読み直すことにし、警察官が被害者におこなった聴取を数カ月かけて読んだ彼は怒りを募らせた。

この事件への司法の取り組み方には大きな誤りがあった。

2017年7月に私がエドワーズに連絡をとり、プロジェクトを説明した時点では、彼はあまり乗り気ではなかった。私はすでに20人以上の被害者を特定していたが、話をしてもらうのはまだむずかしい状況にあり、エドワーズや、被害者のほかの弁護士たちが、被害者と私のあいだをつなぐ手助けをしてくれることを期待していた。

エドワーズは少なくとも一度、メディアに振り回されたことがある。2015年、当時代理人を務めていたバージニア・ジュフリーと一緒にニューヨークへ赴き、ABCニュースのインタビューを受けた。新しい白いスーツに身を包んだジュフリーは、リッツ・カールトン・ホテルでエイミー・ローバック記者のインタビューを受け、初めてテレビ出演を前提として過去の事件について話した。

だがこのインタビューが日の目を見ることはなかった。ABCは、「内容の一部に当社の放送基準を満たさないところがあった」と説明し、いったんは棚上げするものの、いずれ放送する意図をもって調査を続けていくと述べた。実際には、ダーショウィッツやアンドルー王子の代理人など多くの有力者が放送に反対し、ＡＢＣが葬ったのだった。

当時の私は、こうした重要な題材を圧力に負けて無視したり潰したりするメディアがあるとは思っていなかった。どのニュースにどれだけのリソースを割くかは現場で日々決定されることなので、たまたまそうなったのだと自分に言い聞かせていた。だがその考えは甘かったし、まちがっていた。

のちに私は、ハーベイ・ワインスタインの件を報道しようとしたジャーナリストのローナン・ファローがＮＢＣニュースから断られ、ザ・ニューヨーカー誌に記事を掲載するしかなかったことを知った。この記事はその後、ハリウッド映画界の大物による女性への性的虐待を暴いたとして、ニューヨーク・タイムズと共同でピューリッツァー賞に輝いている。

こうして私は、とくに性的な虐待や嫌がらせに関して権力者側につく報道機関があることを知った。社会の隅で生きている被害者のことばは、大金のかかった役員室に座る男性のことばほど重要ではないのだ。ジャーナリストがその価値のために闘ってきたはずの透明性と説明責任は、簡単に脇へ追いやられる程度のものだったらしい。ニュース番組『トゥデイ』の共同アンカー、マット・ラウアー、『ＣＢＳディス・モーニング』のアンカー、チャーリー・ローズ、映画界のハーベイ・ワインスタインなど、性的な不品行で告発された男性がどのように護られたかを見た私は、苦しいがこれが現実なのだと思い知らされた。私の属する報道界を含めて多くの人たちが、話が性犯罪やレイプ、虐待の疑いになったとたんにあらぬ方向に目を逸らすのは恐ろしい光景だった。

２０１７年８月８日、エドワーズと私はフォートローダーデールの彼の法律事務所で初めて会った。アンドリュース・アベニュー沿いにあり、「古きフロリダ」から変わりつつある、活気に満ちた地区の端に位置していた。錆《さび》の浮いた倉庫の並ぶ区域には都会的な若い実業家が集まり、通りの片側にはまばゆい高層コンドミニアムが、反対側にはぼろぼろの質店（やがて流行のビーガンカフェになる）が見える。事務所の入った建物は天井が高く吹き抜けになっていて、パイプやダクト、梁《はり》がむき出しの、工場に似せたモダンな建築様式を取り入れていた。彼の法律事務所そのものは、きわめて小さい個室が迷路のようにつながり、照明は薄暗く、クラフトビール・バーのような雰囲気に包まれていた。事務所のパートナーのうち3人はミレニアル世代の子どもがいてもおかしくないほどの年齢だったのだが。

40代前半のエドワーズは、その法律事務所〈ファーマー・ジャッフェ・ワイシング・エドワーズ・フィストス&ラーマン〉のなかで最年少だった。この事務所は全員が〈ロススタイン・ローゼンフェルト・アンド・アドラー〉の出身だ。

事件ファイルや宣誓供述書を読んでいた私は、エドワーズが頭の切れる弁護士であることは会うまえからわかっていた。エプスタインの被害者11人が個別に弁護士を雇って起こした民事訴訟を調べた記憶がある。彼女たちはジェーン・ドウの名で記録され、最初は別々に訴えていたが、最終的にはひとつの事件にまとめられていた。

エプスタインの民事弁護士、ロバート・デウィース・クリトン・ジュニア、マイケル・テイン、ジェームズ・パイクはみな冷酷で、目を背けたくなるほど醜悪な手を使っていた。この民事訴訟を担当したリネア・R・ジョンソン判事がなぜ、これらの民事弁護士がエプスタインの被害者を痛めつけるままにしているのか、私は納得いかなかった。

なかでもひどかったのは、エプスタイン側弁護士がある被害者の両親を証人台に立たせ、中絶に関する宗教的信念について問いただしたことだ。何回か中絶を経験していたその被害者は、敬虔なカトリック教徒である両親に中絶を打ち明けていなかった。彼女とその両親の宣誓証言は、私がこれまで読んだなかで最も胸が痛むもののひとつだ。

一方、被害者側弁護士のエドワーズも攻撃的に戦い、相手方弁護士のいいようにはさせなかった。エドワーズが最初にとった効果的な戦術は、エプスタインの資産を管理し明細を報告する管財人の任命を裁判所に求めたことだった。その時点で、25人の被害者がエプスタインに対して損害賠償を求める訴訟を起こしていた。エドワーズは、エプスタインが自分の財産を民事訴訟から護るために不正に海外に送金していると主張したのだ。

もうひとつの見事な作戦は、エプスタインとその弁護士に、2006年から2008年にかけての刑事事件に関するすべての資料を提出させることだった。この資料には、エプスタインに関して州と連邦が捜査情報を交換した内容も含まれる。つまり、検察官がこの刑事事件で収集したすべての文書、証拠、情報をやり取りした履歴が、エプスタインに対する民事訴訟に組み込まれるということだった。

エプスタインはもちろん、連邦検察官も、収集した証拠を被害者には知られたくない。そのため、この動きをきっかけに、エプスタインの刑事弁護士が民事訴訟にも参加することになった。

いまやこの民事訴訟は、たんに損害賠償の額を争うのではなく、エプスタインの犯罪にどれほどの広がりがあって、それを隠すために政府がどれほど深くかかわったのかを明らかにする場となった。

エプスタインは、おもにエドワーズの手腕のせいで、民事裁判で非常に危険な立場に立たされることになった。

初めて会った時点では、エドワーズには自分の手の内を明かす気はなかった。私も訊くつもりはなく、ただ、彼の依頼人の何人かにインタビューさせてはしいと頼み、私が目指すのは被害者の立場から記事を書くことだと伝えた。このとき私はすでに、エプスタインに対して民事訴訟を起こした事件関係者の弁護士たちにインタビューをおこなっていた。

だがエドワーズは、依頼人を護るためにインタビューの許可は出さなかった。私もその意図を理解した。

強力なコネと底なしの銀行口座で重武装した敵エプスタインとの、長く気の滅入《めい》る戦争について彼はじっくり語ってくれた。エプスタインとの10年にわたる戦いの話を聞くうち、私は映画『羊たちの沈黙』を思い出した。エプスタインはハンニバル・レクターのような人物で、優れた頭脳と巧妙な心理ゲームを駆使し、狙った生《い》け贄《にえ》に子ども時代の心の傷を思い出させ、その弱みにつけ込んで混乱させて支配することに歪んだ喜びを感じるのだ。

エドワーズはこの映画のクラリス・スターリングであり、常人とはちがう敵の思考を探り、仕掛けてくる心理的な罠《わな》を避けながら、人喰《ひとく》いの怪物に最後は勝つことを目指して、世界を飛び回る彼の足跡を追っていた。

エドワーズの話には部外者には信じがたいところがある。エプスタインが金をエサのようにばらまき、弁護士でも私立探偵でも女性の少女スカウト係にでも、彼が望むとおりのことをなんでもさせているというのはつくりものめいて聞こえる。エドワーズは、エプスタインがある者には儲かる仕事を与え、ある者には手を引っ込めないと過去をばらしてやると脅すなど、事件にかかわった人のほとんどに対して買収したり、恐喝しようとしたのではないかと疑っていた。

さらに悪いことに、州検察も連邦検察も彼の脅迫戦術を止めようとしなかったので、自分たちが担当する刑事事件のほうにも、強力な刑事訴追の遂行に欠かせない被害者からの信頼を欠くという悪影響を生んでしまった。

エプスタインの性的人身売買に関する情報をカリフォルニアからスロバキアのブラチスラバまで追いかけながら、エドワーズは自分の家族の安全を心配していた。エプスタインのボディーガードのイゴールは、手を引くようにとエドワーズに何度も警告している。エプスタインの力を示す例としてイゴールが挙げたのは、２００８年にボスが刑務所に入ったとき、ＣＩＡの訓練プログラムにイゴールの席をひとつ用意させたことだ。イゴールはボディーガードとしての技量向上の名目でそのプログラムをワシントンで受け、彼のそこでの役割は学んだことや漏れ聞いたことを刑務所のエプスタインに届けることだったそうだ。エドワーズは、イゴールの言うことを信じるべきかどうか迷った。エプスタインがイゴールを使って脅しをかけただけという可能性もある。

ほかにも、エプスタインとつながりのある某夫婦が、小児性愛者のために子どもを調達するサービスを経営していたという、嘘か本当かわからない、陰謀めいた逸話もあった。

エドワーズは、こうした極端な話は措《お》くとしても、政府あるいは司法機関のなかの誰かが、手の込んだ恐喝を受けて、あるいは共謀して、エプスタインの起訴に待ったをかけた痕跡は発見できなかったと述べた。

それでも彼は、エプスタインが脅迫材料を握っている人物が、おもに有力者のなかに多数いることを認めている。
「私が思うにジェフリー・エプスタインの哲学の根幹は、適切な人を知っていて充分な金があれば、何をしても許される、なのだろう」とエドワーズは言った。

エドワーズは、2008年にコートニー・ワイルドと会い、14歳のときからエプスタインに性的暴行を受けていたと明かされた日のことを鮮明に憶えている。

自分の役割は、彼女がFBIの聴取を受けたときに代理人として助け、その後、いずれ来るであろう刑事裁判の場で彼女がエプスタインに不利な証言をするときに支えることだと考えた。

ワイルドは、FBIがエプスタインに対する強力な証拠をすでに握っていて、刑事告発が間近に迫っていると信じ込まされていた。エプスタインのそばで5年を過ごしたので、ほかの被害者やエプスタインのアシスタントの多くを知っており、価値の高い証人だった。しかも自身が被害者100人ほどをスカウトしたので、エプスタインの性虐待システムの仕組みもよく知っていた。

彼女は頭がよく、簡単には動じない性格だった。この訴訟の厳しい道のりを予想し、エプスタインと弁護士たちに立ち向かう覚悟を決めていた。

だが、エプスタインの犯罪について多くの情報をFBIに渡したのに、その後、FBIからも連邦検察からも何も言ってこないことに不安を感じていた。

ベーグル店での仕事中にエプスタインの私立探偵が嫌がらせをしてくることや、検察の冷淡な態度に危機感を募らせていた。エプスタインがまだ自由に歩き回っている以上、命の危険も考えずにはいられなかった。

ワイルドはエドワーズ弁護士に言った。「政府に話を聞いてほしい。わたしは被害者で、護られていて、あの恐ろしい男がちゃんと起訴されるってことを確かめたいの。何が起こっているの？いつがそのときで、何を待っていればいいの？　わたしは知りたい」

そのころ19歳だった彼女はトラウマのなかであがいていて、不安を和らげる薬を服用していた。

エドワーズは、連邦検察でこの件を担当するビラファーニャ検事補に連絡をとることにした。

「めぼしい進展があるとは思っていなかった。それでも、コートニー（ワイルド）が私のところに来たのはもともと政府と話をしたかったからなので、その気持ちに応えてやりたかった」。エドワーズは振り返る。

翌日、エドワーズはビラファーニャに電話した。会話は和やかだったが、連邦検察官という立場であるにしても彼女の警戒心が尋常でないと感じた。

「そちらに情報を渡すことはできません。でもあなたがおっしゃりたいことはお聞きしましょう」とビラファーニャは言った。

「私の依頼人は未成年のときに、この人物から何度も性的虐待を受けました。彼女はほかにも100人の未成年者が同じ目に遭ったことを知っています」

「私たちもこの件がどれほど大きいかはわかっています。これまでのところ、当方の把握していない情報はお話しになっていませんね」

「できるかぎり協力します。じつは近々、依頼人の友人と会う予定になっています。彼女から新しい情報が得られるかもしれません」

ビラファーニャはその被害者の名前も知っていた。

「その女性には問題があります。彼女の代理人は、エプスタインから報酬を受けている弁護士で、彼女の話した内容が真実でないことはすでにわかっています。うちにとって事件の決着への助けとなる人物ではありません」

「それでも私は彼女に会うつもりです」とエドワーズは言った。「何が起こったのか話してもらいます」

それから数週間、エドワーズは新たに依頼人となったその女性に、当局に協力するよう説得を続けた。そうしながらも、エドワーズは連邦検察の動向に不安を募らせていた。

後日、ビデオカメラのまえでおこなったインタビューの際、彼はエミリーと私に言った。「何かがひどくおかしかった。巨大な検察当局の中心で業務をこなす連邦検事補にこちらから大量の情報を渡していて、これ以上捜査が簡単な事件はないだろうと思えるほどなのに、なぜか邪魔ばかり入る」

エドワーズは、本当はビラファーニャは話をしたいのに、連邦検察局の上司に沈黙を強いられているのではないかと感じた。

「被告側と政府が結託して被害者に対抗しているのではないかという疑いが湧いてきた。とはいえ、そうした陰謀論は突飛すぎて信じたくなかった」

16 コートニー

エミリーと私が刑務所の取材を続けてきたことが奏功し、フロリダ州矯正局のお役所仕事を突破してコートニー・ワイルドとのインタビューを実現できた。彼女はエプスタインとその強力な弁護団と連邦政府を相手に、州刑務所の監房の中から戦っているのだ。

フロリダ州の刑務所はほとんどが空港から遠く離れた辺鄙《へんぴ》な場所にあるので、たどり着くのは簡単ではない。2018年1月29日にコートニーと面会する許可を得て、エミリーと私はまずタラハシーに飛び、そこから60キロ離れた、州境に近いクインシーまでレンタカーを運転し、同じ日にタラハシーまで戻ることにした。

それまでガズデン矯正施設に行ったことはなかったが、そこに収容されている1500人の女性たちが、フロリダ州のほかの刑務所の女性たちと同じように過酷な扱いに耐えていることは知っていた。

設立後22年のガズデンは民間が運営する数少ない州刑務所のひとつで、マイアミ・ヘラルドは受刑者への暴力行為や不衛生な環境について多くの記事を書いてきた。ガズデンはローウェル矯正施設に比べればカントリークラブに見えるが、まともな環境というわけではない。私たちが行くまえの数カ月間、ガズデンの受刑者には湯も暖房もなく、トイレには排泄物《はいせつ》があふれかえっていた。浄化槽は壊れ、給水制限がおこなわれていた。

コートニーの人生は、エプスタイン以前とエプスタイン以後でまったく異なっていた。エプスタイン以前は、レイクワース中学校でチアリーディングチームのキャプテンを務め、音楽クラブで第1トランペットを吹いていた。家族に問題を抱えてはいたが、成績はオールA、文章を書くのもうまかった。

エプスタイン以後は、学校に行かなくなり、ティーンエイジャーでありながらエプスタインの少女スカウト係になり、ドラッグに手を出し、ストリッパーとして働いたのち、地元の〈ウォルマート〉の敷地でドラッグを売って刑務所に送られた。

コートニーの母親エバ・フォードは、コートニーの兄のジャスティンも含めた一家をひとりで支えていた。彼らはウェストパームビーチ郊外のトレーラーパークに住み、食べていくために母親はウェイトレスの仕事をふたつ、かけもちしていた。シングルワイドで2ベッドルームのトレーラーハウスの家賃は毎月600ドルだった。だが母親自身もクラック・コカインの常用者で薬物問題と縁が切れず、ついにはトレーラーから追い出され、一家はホームレスになった。

30歳になり、息子が小学校に通うようになったコートニーは、いまは中毒から脱している。息子は、やはり14年前から薬物を断っている祖母、つまりコートニーの母親と一緒に暮らしている。ガズデン矯正施設は州の反対側にあり、パームビーチからはフロリダ州を縦断するのと同じくらい離れているため、コートニーが息子に会う機会はほとんどなかった。

フロリダ北西部の気温が14度と肌寒かったその朝、エミリーと私はガズデンに向かった。ドライブがどんなふうだったかはふたりとも憶えていないが、インタビューの様子はきのうのことのように憶えている。

コートニーはエプスタインの周りにいたほかの少女たちと似ていた――ライトブラウンの髪、大きな青い目、色白で小柄な身体つき。最初に会ったとき、彼女は顔色が悪く、少し弱々しい感じで、青い囚人服もぶかぶかだった。まもなく彼女が変身することになる闘士の面影はそこにはなかった。

私が話を聞いたほかの被害者たちと同様に、彼女も私たちの動機を疑っていた。だが、もう10年以上、手弁当で彼女の支援にあたってきたエドワーズを信頼し、彼のためならなんでもするつもりのコートニーは、エドワーズから私たちと話すようにと諭されたことでこの面談を受けてくれたのだった。ほとんど誰も彼女を信じないなか、エドワーズだけは彼女を信じた。

こうして彼女は、犯罪被害者権利法に基づく訴訟の場で、匿名の声なきジェーン・ドウとしてではなく、性的暴力のサバイバーから犯罪被害者権利の闘士へと姿を変えたコートニー・エリザベス・ワイルドとして発言することに同意した。

私が会ったときには、コートニーは正義のためにすでに何年も闘っていた。FBIや連邦検察からの際限のない聴取に耐え、民事裁判でエプスタインおよびその弁護団と向き合い、被害者を黙らせる作戦の一環としてエプスタインが犯罪被害者権利の審問の場に出廷したとき、間接的にだが彼と相対《あいたい》している。コートニーの代理人を務めるエドワーズは、彼女なしでエプスタインとの闘いを有利に進めることはできなかっただろう。

コートニーは感情の起伏が穏やかで警戒心が強く、話し方は淡々としていた。人生を左右するような15年間の試練に耐えてきたとは思えず、むしろ、金を賭けた拳闘試合に備えて覚悟を決めているかのようだった。

14歳のときのコートニーは、エプスタインのような人物に出会うのはまだだいぶ先だったが、その時点ですでに、もっと弱い少女だったら人生から転落してもおかしくないほどの障害を乗り越えていた。

私は刑務所のコートニーを訪ねるまえに、彼女の母親エバ・フォードにインタビューをしたことがあり、彼女は自分のしでかした失敗を痛々しいほどの正直さで語ってくれた。彼女はコートニーが2歳のときにコートニーの父親と離婚した。その直後、ヘルナンド郡保安官事務所は父親が幼児期のコートニーを性的に虐待していたのではないかの調査を開始している。このときは起訴には至らなかったが、コートニーの両親に対する児童虐待の多数の申し立てをフロリダ州児童家庭保護局が長期にわたって調査した記録が残っている。

家族歴を見ると、母親は朝8時半からレストランでウェイトレスとして働き、昼ごろにいったん家に戻り、夕方になると別のレストランで働いていた。運のいい週には400ドルのチップを稼げた。ほかの人がゴミと一緒に縁石あたりに捨てるようなガラクタを拾っては、週末に地元のフリーマーケットに場所代を払って参加し、そのガラクタを売って小銭を稼いだりしていた。

「クリスマスの時期にはとんでもない長時間労働をしなければならなかった」と母親は振り返る。「家族で一緒にクリスマスを過ごしたことはないの。前もって、その日がクリスマスの振りをしてお祝いしたものよ。『さあ、キーウェストまでドライブしてキャンプをするわよ』とか『〈ラピッズ・ウォーターパーク〉で1日じゅう遊んでピザを食べるよ』とか言って」

これを聞いて私は、自分の母が、クリスマスイブの夜遅くまで待って無料《ただ》になったツリーをもらってきていたことを思い出した。エバと同じく私の母も、複数の仕事をかけもちして働き、古着屋での昔ながらの取り置き方式や教会のバザーを利用して子どもたちの服を買っていた。コートニーのように私も、学校から帰っても家に誰もいないことがどんな感じか、時間をもて余した、親の目の届かないティーンエイジャーがどんな誘惑にさらされるかをよく知っている。

「子をもつ親としては当然の犠牲よ。金を稼ぐ方法はいつだってあるけれど、そのために真面目に働くかどうかが問題なの」とエバは言った。

コートニーが小学生のころ、ワシントンＤＣに招待されたことがあったが、当時ワシントンＤＣに行くには５００ドルかかり、その費用を母親のエバはどうしても払えなかった。クラスの担任に分割払いが可能かどうか相談したことを思い出す。

「担任の先生は私を見て言ったの。『コートニーは行きますよ』。私が『そのお金がないんです』って言ったら、『コートニーは作文コンテストで優勝したから、無名戦士のために花輪を手向《たむ》ける係に選ばれたのよ』って」

中学校でもコートニーは優秀だった。Ａより低い成績をとったことがない。

そのころ、ロードアイランド州の介護施設にいたエバの父親が倒れた。エバは父親の世話をしにいかなければならないと思ったが、ロードアイランドに行く金がなくて困っていたところに、夏のあいだ、ニューヨークで父親の世話をしてくれる人が必要な友人からの申し出があった。その友人は、エバに給料を払って父親の世話をしてもらい、休みの日にはニューヨークからほど近いロードアイランドのエバの父親に会いにいけるようにしてくれるという。

エバはその仕事を引き受け、まだティーンエイジャーだった息子に少し年下の娘を任せて、その夏はニューヨークとロードアイランドに行った。

「うちの息子は場を仕切ろうとする性格で、コートニーは兄の言うことを聞かない。ふたりはよく喧嘩していた。妹にとってはつらい巡り合わせだったと思う」とエバは振り返る。

母親が不在だったその時期、コートニーは反抗的になり、夜遅くまで出歩くようになった。夏の終わりに自宅に戻ったエバは、娘がもう小さなかわいい子ではなくなっていることを知った。コートニーが鼻ピアスをして帰宅したことがあり、エバは怒りのあまり娘を叩いたことを認めている。ふたりの諍いを見た誰かに警察に通報された。

エバの話では、自分がドラッグを始めたきっかけは、ウェイトレスの仕事で翌週の食べ物が買えるだけのチップが入るかどうかが不安でたまらなかったことだという。

「私は娘の心の支えになれなかった。あの子は隙間に滑り落ちてしまった。自分を許せるかって？　たぶん無理」

エバはまもなく家賃を払えなくなり、再婚相手と一緒にワンルームの小さなアパートメントに引っ越し、コートニーと兄は自活することになった。

兄はガールフレンドと住みはじめ、コートニーは同じトレーラーパークに住む友人の家族のところに住まわせてもらった。

その友人はコートニーにとって姉のような存在で、ふたりは一緒に出歩いては酒を飲んだり、マリファナを吸ったりした。

２００２年の夏ごろには、コートニーは学校をさぼってパーティーに出かけることが多くなった。ある少女から、大人の男性にマッサージをして２００ドル稼ぐ気はないかと声をかけられた。コートニーと同い年のその少女は犯罪じゃないと請け合ったが、服を脱ぐことはあるかもしれないとほのめかした。

なんだかいやな気持ちになって断ったとコートニーは振り返る。

「わたしはそんなふうに育てられていないし、変なことはしたくなかった」

だがコートニーの友人のほうは行くことを承諾し、数日後、１００ドル札を2枚もって帰ってきた。

「実際にお金を見たら、わたしも行ってみたくなったの」とコートニーは認める。「わたしはホームレスみたいで、自分のものは何ももっていなかった。中学から高校にあがる境目のころなのに、学校で必要なものを何も買えなくて」

最初は友人と一緒に行ったが、緊張のあまり、トレーラーパークからパームビーチ・アイランドまで車で40分ほどかかった道のりのことはほとんど憶えていない。屋敷で彼女を出迎えたのは、その後の4年間エプスタインとの接点となるサラ・ケレンだった。

コートニーはすぐにエプスタインの優秀な少女スカウト係になった。

「お酒を飲んだり、クスリをやったりしていい気分で過ごすのも、自分の治療《セルフメディケーション》っていう感じだったから、何をしようとどうでもよかった。手っ取り早くお金が手に入るのも大きかった。必要なのにそれまで買えなかったものをなんでも買えたし、もう誰かに何かを頼んだりしないでやりたいことをなんでもできるようになったから。でもこんな14歳って……クレイジーだよね」。コートニーは言った。

彼女がエプスタインにもっていた印象は金持ちの脳外科医だった。実際に彼は何人かの少女には自分は医者だと言い、別の少女たちには、モデル業界に太いコネがあり、モデルになる夢をかなえてやれる力があると思わせていた。

コートニーは、エプスタインがどんなふうに金を稼いでいるのかはあまり気にせず、豪華なライフスタイルに魅了された。彼のウォーターフロントの屋敷は、コートニーが育ったトレーラーパークとはかけ離れていた。

1回の訪問が2回になり、4回になり、さらに何度も屋敷を訪れることになった。

私はコートニーに、ティーンエイジャーだったころ、エプスタインや屋敷にいたほかの女の人から何回ぐらい性的虐待を受けたのか尋ねた。

「数えきれないほど」と彼女は答えた。

「最初のときに、あの男に言われた。『服は脱いでもらうが、全部でなくていい。ブラは外して、パンティはつけたままでいい』。そう聞いて少し安心したのだけど、あとで、どういう理由でだったか、結局は全部脱ぐように丸め込まれた。さらにその先のことまで圧力をかけてきた。

レイプされた正確な回数や頭のなかで何を考えていたのかは憶えていないけど、何もかもわけがわからない感じ。屋敷を出たとき、恥ずかしさと罪悪感とで汚れた気分だった。お金が手に入ったんだからいいじゃないって、自分の気持ちに蓋をしようとしてた」

屋敷に連れてこられたほかの被害者と同様に、コートニーも、彼が興味を示すような若い新しい女の子をあてがえば、自分は虐待から逃れられると考えた。そこで、朝でも昼でも夜でも彼のところにせっせと被害者を運ぶようになった。

　学校をやめ、エプスタインのもとで定期的に働きはじめた彼女は、16歳になるころには小さなアパートメントを手に入れるほどの収入を得ていた。いっときは、レイクワースのすさんだディキシー・ハイウェイ沿いで、年上のボーイフレンドと一緒にワンルームのアパートメントに住んでいた。その通りは、タバコの臭いが染みついた部屋を1泊50ドルで売るアールデコ調のみすぼらしいモーテル街のそばにあった。ボーイフレンドは麻薬依存症で、ドラッグを買う金は彼女が出した。そのころは、彼女がひとり連れていくたびにエプスタインから400ドルをもらうようになっていた。

「わたしが稼いでそれをボーイフレンドに渡す生活が1年半ぐらい続いた」

　ふたりが喧嘩別れしてから6カ月ほど経ったころ、そのボーイフレンドは母親のところへ戻り、寝室から銃を取り出し、母親の立っている部屋に歩いていって「ごめん、ママ」と言ってから、裏庭へ行き、頭を撃った。

　悲しいが、よく聞く話だった。

　エプスタインの別の被害者が、喧嘩したボーイフレンドを彼女の両親が住むトレーラーハウスのまえの道路で追っていたら、そこで彼が頭に銃を押し当てて引き金を引き、自殺したという話はすでに資料で読んでいた。

　被害者の人生にはこうした人たちが多くかかわっていることをエプスタインも知っていた。彼女たちの抱える問題と自分の金を絡ませ、言うとおりにすれば不幸の連鎖から逃れられるという希望をもたせたのだ。

「ジェフリー（エプスタイン）はわたしたちの救い主だったの」とコートニーはのちのインタビュ

ーで語っている。「つらくてたまらない時期に助けてくれた。こんなふうに思わないようになるまでには長い時間がかかった。だって考えてみて。あのころわたしはホームレスじゃなかった。ちゃんとアパートメントに住めた。だから、長いあいだ、本当に長いあいだ、自分が被害者だとは思いもしなかった」

コートニーは母親にはレストランで働いていると話したが、母親は、何かちがうことが起こっているのではないかと心配していた。

母親のエバは、「私は自分が懸命に働いているとわかっている。でも、あの子はそんなふうに見えないのにたくさんお金を稼いでいるから、おかしいと感じていた」と言った。

コートニーは、抱えているトラウマを心のなかで別区画にしまい込むというパターンに陥っていた。

「彼を30分ほどマッサージしたら階下《した》に行って、ほかの女の子たちが来るのを待つの。この流れがいったんできて、彼とセックスしなくてよくなると、自分が何をしているのかわからなくなってしまった。もう充分、ということはけっしてなかった。連れていける女の子がいたら、朝、昼、晩と日に何回も屋敷に連れていった。彼はとにかくたくさんの女の子をほしがった」

コートニーが17歳になるころには、エプスタインは彼女を性的には求めなくなった。彼からすれば年をとりすぎていたし、彼女自身も13や14、15歳の女の子とつるむことはなくなっていた。屋敷に連れていく女の子を見つけるのに苦労するようになった。

「彼が私に怒りをぶつけるものだから、つき合うのが頭痛の種になってきたの」

コートニーはストリップクラブで踊りはじめ、エプスタインのもとで働いていたときよりも稼げるようになったので、屋敷へ行く回数はしだいに減っていった。

貯金はしていたが、彼女の人生にかかわる男たちはだいたいが依存症なので、よりハードなドラッグに手を出しはじめるのに時間はかからなかった。最初に軽微な窃盗で逮捕されて以来、20歳になるころには長い前科がついていた。

「酔っていれば、生きていたくないっていう気持ちを忘れられた。つらい気持ちも痛みも、もう感じたくなかった」

2007年8月にFBIがドアをノックしたとき、コートニーは軽微な窃盗からコカインの所持まで、さまざまな罪状で10回逮捕されていた。新しいボーイフレンドがいて、彼女は麻薬を断とうと努力しているところだった。

「物事を真面目に考えるようになって、ダンサーの仕事はやめ、ふたつの仕事をかけもちして働くようになったの」

FBIから質問を受けたのは2007年8月14日だった。

「悪いことをしたかのような扱いをされて、こわかった」という。

コートニーは、エプスタインのもとで働いていた4年間に、少なくとも25人から30人の女の子を屋敷に連れていったと告白した。実際にはもっと多かった。

彼女はFBIに、未成年のときにエプスタインと性交渉をもった回数や、マルシンコワなどほかの女性や少女たちとの性行為をどんなふうにエプスタインから強制されたかを話した。

「女の子を連れていかないと、彼に怒られた」ことも捜査官に話している。

「彼が気に入るのは、背が低くて華奢《きゃしゃ》な白人の女の子だった。あるとき別の女の子がアフリカ系の子を連れていったら、彼は怒り、その子を屋敷に入れなかった。アフリカ系の子やタトゥーを入れた子は彼の好みじゃなかったから」

まもなくエプスタインから電話がかかりはじめ、FBIが何を知りたがっているのかを彼女に質《ただ》すようになった。

「誰に相談すればいいのか、相談してはいけないのかもわからなかった。弁護士さんに片っ端から電話をかけた」

コートニーはブラッド・エドワーズ弁護士に、自分の望みはエプスタインを刑務所に送って、女の子をもう傷つけられないようにすることだけだと言った。

2週間後、エプスタインが司法取引に応じたことを知る。

「そのときのショックは忘れられない」

彼女にとって、それは司法の裏切りだった。

「わたしにわかるのは、連邦政府がジェフリー・エプスタインのおこなったことすべてを隠そうとしたことだけ。わたしにとっての正義は――ほかの被害者全員にとっての正義は、彼らがあの取引に合意した時点で消え去った」

コートニーは、ビラファーニャ検事補が涙を浮かべながらエプスタインを起訴すると約束してくれたことを思い出す。

「彼らは私たちを暗い場所に閉じ込めた。わたしたちには声がない。文字で表現することもできない……」

コートニーは刑務所で過ごす長い時間のなかで、何が起こったのかを考えた。刑期が残り8カ月になったころから、更生の道をしっかりと歩みはじめ、読書と神に安らぎを見いだした。

映画プロデューサー、ハーベイ・ワインスタインの事件や、チームドクターに繰り返し性的虐待を受けていた体操のオリンピック出場選手の告白がニュースをにぎわせていたが、コートニーは、性的虐待に蓋をしないという、全米で巻き起こった文化的な覚醒から慰めを得ることはできなかった。

「ジェフリー・エプスタインは、ホームレスやドラッグ依存症の少女たちを食い物にしていた。彼が狙ったのは、オリンピックのスター選手やハリウッド女優ではなく、誰からも話を聞いてもらえないような女の子たちだった。彼の狙いはたしかだった」


エミリーと私はその日の午後、車でタラハシーに戻った。ふたりとも身体は疲れきっていたが、神経は昂《たか》ぶっていた。以前、タラハシーに来たときに入ったことのある、ショッピングセンターの小さなインド料理店で夕食をとった。そのあと、地元の映画館に行った。家庭のことや仕事で忙しく、ふたりとももう何年も映画を観ていなかった。

その晩に上映された作品のなかに、スティーブン・スピルバーグ監督の『ペンタゴン・ペーパーズ　最高機密文書』があった。

歴史的に見てもとくに大規模な政府の隠蔽工作といわれる、国防総省の最高機密文書にまつわるスキャンダルを、ワシントン・ポストの記者がいかに暴いたかを追った映画だ。

そのときの私たちに似つかわしい映画に思えた。

17 バージニア

2018年2月14日、半自動式ライフル銃で武装した19歳の学生が、フロリダ州パークランドのマージョリー・ストーンマン・ダグラス高校に入り込み、17人を殺害し、17人を負傷させた。死亡者の大半は生徒で、この事件はアメリカ史上、とくに被害の大きい学校銃乱射事件に挙げられる。

その日の午後、一報を聞いたときの私は気管支炎で家にいて、ベッドの中でエプスタインの訴訟記録を読んでいた。声があまり出なかったが、すぐにエディターのケイシーに電話し、必要なことはなんでもすると申し出た。

それからの数日間はその記事に没頭した。紙面の縦の段の高さが総計1・8メートルになる量の記事を日曜版に書き、この悲劇をさまざまな角度から調べつづけた。

数日間から数週間にわたってこの事件はアメリカじゅうの注目を集めた。

3月の下旬になって、エプスタインのプロジェクトに戻ることができた。そのころ、エプスタインの被害者で、オーストラリアに住むバージニア・ロバーツ・ジュフリーが、彼女の代理人を務める、アメリカでも有数の知名度を誇る法律事務所〈ボイス・シラー・フレクスナー〉のシグリッド・マコーレー弁護士と面談するためにフロリダに来ることになった。

同事務所をマコーレーと共同で創立したデイビッド・ボイスは、2016年にバージニアが、自分を勧誘し虐待したとしてエプスタインの元恋人ギレーヌ・マクスウェルを相手取って起こした民事訴訟の代理人を務めていた。この裁判では、エプスタインの性売買システムの新たな証拠が初めて明らかになるのではないか、関与した疑いのある他の著名人の名前も明らかになるのではないかと、大きな期待が集まっていた。この時点でのエプスタインはすでに被害者たちとの数十件の民事訴訟を解決し、刑務所から出て7年が経っていた。

それでもバージニアは、エプスタインとマクスウェルのふたりを刑務所に送ることを決意する。だが2017年はじめに非公開の金額で和解がおこなわれ、裁判は開かれなかった。訴訟のほぼすべての部分が連邦裁判所判事によって封印されたため、誰かが判事の決定に異議を唱えないかぎり、関係した著名人の名前や、エプスタインとマクスウェルの関与の範囲を知ることはできない。

ボイスとマコーレー両弁護士は、そのときの訴訟にどのような証拠があったかを把握していたが、判事による封印を破ることは禁じられていた。2018年2月23日、私はボカラトンにある事務所でボイスとマコーレーに会い、進めているエプスタイン・プロジェクトについて話し合った。3月にフロリダを訪れる予定のバージニア・ジュフリーへのインタビューについてはすでに打ち合わせ済みだった。

私は、マイアミ・ヘラルドがギレーヌ・マクスウェルの事件ファイルの封印を解くように裁判を起こすことについて、彼らがどう思うのかも知りたかった。性的な被害に関係することなので、バージニアが記録の一部は隠しておきたいのではないかと心配だったのだ。ところが驚いたことに、ボイス弁護士は、彼らも私と同じように真実を明らかにしたいのだと言った。私は、カリフォルニア州にある親会社マクラッチー社の経理担当者をどう説得するか、頭のなかで計画を練りはじめた。文書の開示を求める裁判には多額の費用がかかるため、なぜこうしなければならないのかを上司に説明する必要があった。

デイビッド・ボイスは、アメリカ全体でもとくに強い力をもつ弁護士だ。2000年、ブッシュ対ゴアの大統領選で票の数え直しが裁判になったときにアル・ゴア側の代理人を務めたり、ウィリアム・C・ウェストモーランド将軍が名誉毀損でCBSニュースを訴えた際に米国憲法修正第1条〔信教・表現・報道の自由〕を擁護したり、訴訟を起こしてカリフォルニア州で同性婚に権利を認めさせたりなど、リベラル派とメディアの注目を集める事件に多くかかわってきた。

だが、2018年はじめに私が彼に会ったときには、訴訟に強いスーパー弁護士としての威光はいくつかの失策のせいで陰っていた。対外イメージは災害並みの打撃を受けたと指摘する評論家もいた。ニューヨーク・タイムズの顧問弁護士だったボイス弁護士は、利益が相反するハーベイ・ワインスタインの代理人も務めていたと明らかにされたのだ。

ジャーナリストのローナン・ファローはザ・ニューヨーカー誌への寄稿のなかで、ボイスがイスラエルの情報機関傘下の会社を雇い、映画界の大立者《ワインスタイン》の被害者を脅して黙らせ、ファローの記事やニューヨーク・タイムズの記事の掲載を妨害していたことを明らかにした。

ボイスの関与を知ったタイムズ社はすぐに契約を解除したが、その後、大規模な投資詐欺で告発されたシリコンバレーの血液検査会社セラノスにもボイスがかかわっていたことが判明し、メディアは大騒ぎになった。

ボイスは、自身の法律事務所がセラノス社の弁護を担当していたのと同時期に、同社の株主であり、取締役会のメンバーでもあった。ウォール・ストリート・ジャーナルのジョン・キャリールー記者は、セラノス社のオーナー、エリザベス・ホームズが投資家をだまして、効果のない技術に何億ドルも集めていることを暴露する記事を書いた。ボイスは強力な弁護団を結成し、まず同社の内部告発者の信用を失墜させ、次に、訴訟をちらつかせてウォール・ストリート・ジャーナルに圧力をかけた。

ボイスは判断ミスだったことを認めているが、ジョン・キャリールー記者が2018年に出版したセラノス社についての本『Bad Blood シリコンバレー最大の捏造《ねつぞう》スキャンダル 全真相』〔集英社刊〕がベストセラーになったこともあって、悪評はその後もボイスにつきまとった。

イリノイ州ののどかな農業地帯で育った79歳のボイス弁護士は、法廷で敵に襲いかかる獰猛《どうもう》さとは裏腹に、中西部の鷹揚《おうよう》な気質をもつ。2018年のはじめごろ、すでにマスコミの悪評にさらされていたにもかかわらず、大手企業からの顧問弁護士のオファーや、有名な事件の弁護依頼は止まっていなかった。私が初めて会ったとき、ボイス弁護士はホロコーストの時期にナチスに略奪された貴重な絵画をめぐる事件を担当していた。

第二次大戦中にカミーユ・ピサロの絵を手放したユダヤ人女性の曾孫《ひまご》が、家宝の返還を求めてスペインの美術館と争っており、ボイスはその女性の家族の代理人として活動していた。

絵の価値を3000万ドル以上と査定していた美術館側は、ドイツの実業家から正当に買い取ったもので、歴史についてはほとんど関知していないと主張した。その年の後半にロサンゼルスで開かれる裁判を控え、ボイスは準備に奔走していた。

彼が忙しいのはわかっていたが、私は彼の広報担当ドーン・シュナイダーと会い、書こうと思っているエプスタインの記事について時間をかけて説明した。ボイスとマコーレーが、サラ・ランサムというエプスタインの別の被害者の代理人であることを知っていたので、できれば彼女にもインタビューしたかった。

シグリッド・マコーレーは4人の子どもの母親でもある敏腕弁護士で、産休から復帰した直後に、マクスウェル事件の主任弁護士となった。

42歳の彼女はおもに企業法務畑を歩いてきたが、フロリダ大学のロースクール時代に、虐待を受けた女性のためのシェルターで働いた経験があり、のちにはフォートローダーデールに拠点のある、親から遺棄された子どもや虐待を受けた子どもを支援する非営利団体〈チャイルドネット〉の会長を務めた。

ボイスは、マコーレーの経歴と法律家としての弾力性の高さが、マクスウェルに対する、ひいてはエプスタインに対する訴訟を展開するのに役立つと見抜いていた。

現在30代のバージニア・ジュフリーは、自分を嘘つきと繰り返し非難してくるイギリスの〝貴婦人〟マクスウェルを名誉毀損で訴えていた。マクスウェルによってエプスタインの性売買システムのなかに誘い込まれ、エプスタインやマクスウェル、アラン・ダーショウィッツ弁護士やアンドルー王子などの著名人たちのために性奴隷として育てられたと主張している。

根本は名誉毀損の民事訴訟とはいえ、マコーレーはバージニアがエプスタインとマクスウェルから性的虐待を受けたという主張が真実である証拠を提出する必要があった。このためマコーレーは、エプスタイン邸の従業員数名を含む多くの人たちから証言を集めた。

この事件ではあらゆる局面でマコーレーの気概が試された。マクスウェル側弁護士からはもちろん、エプスタインとその強力な弁護団を相手に戦うことはマコーレーの将来のキャリアを狭めると警告する他の弁護士たちからも、彼女は批判を浴びた。

「これほど懸命に働いたことも、これほど深く事件に入れ込んだこともなかった」とマコーレーは言う。「途方もなく熾烈《しれつ》な戦いだった」

自身も訴えられていたダーショウィッツ弁護士は、訴訟の過程で出た証言や証拠を利用して、自分への疑いを晴らそうと考えていた。原告のバージニアを追及するだけでなく、原告側弁護士を攻撃するのも戦略の一部だった。彼はボイスとマコーレー両弁護士の倫理的不正行為を並べて苦情を申し立てたが、該当する事実はないとして却下された。

「嫌がらせは私の弁護士資格に影響するレベルにまで悪化した。卑劣だったし、事件の本質から注意を逸らそうとする狙いもあった——そしてかなり成功していた」

そのころマコーレーは連邦判事の空席に応募したが、不首尾に終わった。彼女はのちに、判事職に就けなかった裏にはエプスタイン側弁護士の暗躍があったと聞かされた。

だが、約500万ドルでバージニア側に有利な和解が成立し、最後に笑ったのはマコーレーだった。

「向こうにできる最善の手段が私を排除することだったのはたしかね」と、マコーレーは当時を振り返る。

バージニア・ジュフリーはかつて公の場で発言したことがある。2011年、ロンドンのデイリー・メールの記者、シャロン・チャーチャーとのインタビューで、17歳のときにエプスタインとマクスウェルに命じられてアンドルー王子と性行為をもったことなどを述べている。バージニアがアメリカのジャーナリストの取材を長いあいだ受けなかったのは、デイリー・メールとのあいだで独占契約を結んでいたからだ。

2018年3月、エミリーと私がバージニアに会った日、私は体調が悪く、インタビューのあいだずっと咳《せ》き込んでいた。エドワーズとマコーレー両弁護士が同席し、さらに、エドワーズに代理人になってほしいと接触してきていたイェナ・リサ・ジョーンズという若い女性もいた。彼女は15歳のとき、友だちの友だちに連れられてエプスタイン邸に一度行ったことがある。そのときの苦しい体験を誰にも話したことがなかった。だからバージニアとはちがって、生々しい感情が残っていた。30代前半でありながら、少なくとも10歳は若く見えた。エプスタインに出会ったときの彼女は11歳ぐらいに見えたのではないかと思う。

彼女の話がほかの被害者のそれと同じだと言うつもりはない。なぜなら私は、サバイバーのトラウマはそれが起こった日と同じように新鮮なまま残ることがよくあり、傷を癒やす道のりも一人ひとりちがうと知ったからだ。イェナ・リサはつらい人生を送ってきていて、かつて起こったことに対して自分を許せずにいた。私がエプスタインのプロジェクトのなかで最もつらかったのは、彼女たちが何年経っても恥を抱えて生きているのを見ることだった。

その日話したふたりの女性の対照的な姿に私は驚かされた。年齢は同じくらいなのに、ひとりは虐待を受けた日とほぼ同じまま子どものように迷い、もうひとりはエプスタインをはじめ自分を傷つけた者すべてを刑務所に入れるためならなんでもすると決意した強いサバイバーに成長していた。「この被害者全員が正義を得るまで、わたしはやめない」。最初のインタビューをバージニア・ジュフリーはこう締めくくった。

1983年8月9日にカリフォルニア州サクラメントで生まれ、ジェナの愛称で呼ばれていたバージニアは、両親のリン・トルード・キャベルとスカイ・ウィリアム・ロバーツとともにカリフォルニアで暮らしていた。両親はどちらも以前に結婚歴があり、彼女には年下のスカイと2歳上のダニエルというふたりの義理の兄弟がいた。

父親は、カリフォルニアのさまざまなアパートメントやコンドミニアムで補修作業を担当していた。

「なんでも屋みたいな人だった」とバージニアは振り返る。両親とも子どもは体罰で躾《しつ》けるとの考えだったので、彼女は小さいころから何かへまをするたびに殴られていた。

小学生のころ、一家は州をいくつも飛び越えたフロリダ州ロクサハッチーに引っ越し、奥まったところにある0・8ヘクタールの敷地に建つ平屋の家で暮らした。馬や鶏、ヤギを飼っていた。家は池のほとりにあり、バージニアはそこで泳いだり、泥道を馬に乗って駆けたりしたものだった。

「母はわたしにドレスを着せて髪にリボンを結んでた。そのころの学校の写真を見ると、本当に恥ずかしい」

ロクサハッチーの名は、先住のセミノール族の「亀の棲《す》む小川」を意味する語に由来する。住民は往々にして、広大な馬牧場や苗木畑の中で、外の世界の常識とは離れた自分たちだけの価値観に沿った暮らしを送っていた。深い森の中のトレーラーに住む者も多く、有刺鉄線のゲートを設置したり、「侵入禁止」「入るな」「猛犬注意」の看板を掲げる者もいた。

バージニアがロクサハッチー・グローブス小学校に通っていた時代には、いちばん近いガソリンスタンドまで8キロ、地元の食料品店まで15キロも離れていた。果物を売る屋台が1軒とヌーディストキャンプがあり、1980年には白人至上主義団体KKKが十字架を燃やす集会を開いたこともある。[1]

なんの心配もない幸せな生活は、家族の友人と称する人物に性的虐待を受けた7歳のときに終わった。

「はじめは寝るまえのおまじないみたいなものとして始まり、だんだん、身体をすり寄せられるようになって……」。彼女の声はそこで途切れた。いまでも話すことがむずかしいのだ。虐待した人物の名は明かさなかったが、長いあいだ続いたという。

馬のブランビーは、頻繁に虐待を受けていたころの親友であり、相棒だった。年齢を重ねたバージニアは虐待を拒否するようになったが、抵抗すると、おとなしくさせるために鎮静剤が与えられた。

「わたしの人生はあの虐待ですっかり変わってしまった。すべてが変わった。幸せいっぱいの子どもだったのに、まったく別の人間になってしまった。学校の写真を見たら、幼稚園から2年生になるまでのあいだにわたしの目つきが大きく変わっているのがわかると思う」

当時の子どもたちは、あたりが暗くなるまで自由に走り回っていた。携帯電話もなかったので、バージニアはなるべく外にいて、家に帰るのを遅くしようとした。

「年上の子どもたちと一緒にいるようになった。みんなマリファナを吸っていて、つまりわたしは不良グループの仲間になってしまったの」

彼女は家出を繰り返し、友人の家を転々とした。

「あるとき両親が、わたしが外に出ないように窓にアラームをとりつけた。で、わたしは、『冒険野郎マクガイバー』を真似てみた」。諜報員《ちょうほう》がボーイスカウト的なちょっとした技術で生きるか死ぬかの危機を切り抜ける、1980年代にテレビで放送されていた人気番組だ。「赤いワイヤーのあいだにアルミホイルを挟んで光線を跳ね返らせて、アラームを無効にしようとしたんだけど、うまくいかなかった」と笑いながら話してくれた。

強い者にも向かっていこうとするバージニアの気質はおそらく、母方の祖母シェリー・ルイーズ・ウォルターズから受け継いだのだろう。祖母はシカゴ郊外で育ち、テニスチームで活躍したバッサー・カレッジを1954年に卒業、その後、アメリカプロテニス協会のメンバーに40年間名を連ね、一時は事務長を務めた気骨ある女性だ。

「若いころの祖母はけっこうな有名人だった。フロリダのテニストーナメントとか、いろんな大会で優勝してた。ほかの女性たちのために闘い、自分の運命を自分で切り開く人だった」

バージニアは、祖母がいわゆる母親らしい母親ではなく、娘ふたりを自分の両親のもとに住まわせてテニスのキャリアを高めていったことを思い出す。社会生活も大忙しで、1976年に一緒にフロリダに引っ越したフランク・ウォルターズは5番目の夫だった。

「祖母としての彼女はすごく変わってた。朝起きたら一方の手にブラッディ・マリー、もう一方の手にタバコ。男社会のなかでのしあがるには獰猛でなければならなかったの。くだらないことに割ける時間なんかないっていうパイオニア的存在」

バージニアが11歳のとき、両親は彼女をカリフォルニア州サリナスの親戚のもとに送り、叔母のキャロルがじゃじゃじゃ馬娘の行儀をよくしてくれることを期待した。

バージニアはそこでカルチャーショックを受ける。トラクターやピックアップトラックが行き交う白人だけの町から、アフリカ系やヒスパニック系が多く通う、不良グループがしじゅう暴力沙汰を起こしている都会の中学校にやってきたのだ。田舎の少女だったバージニアはひどく目立った。白人の生徒は数えるほどしかおらず、ブロンドの長い髪の彼女はよく不良グループにいじめられたという。

「学校は好きじゃなかった。不良グループに脅されるから学校に行かなかった時期もあった」

1年も経たないうちに逃亡計画を練りはじめた。この時期の苦労については、私との複数回のインタビューのほか、2011年に彼女が書いた未発表の手記のなかで説明されている（この手記はマクスウェルとの裁判のなかで資料として提出され、2020年に封印が解かれた）。

復活祭の日、家族が集まり、にぎやかにパーティーが開かれるなか、バージニアはわずかな荷物をまとめ、シャワーを浴びて服を着替え、部屋の窓から外に出た。ヒッチハイクでサンフランシスコに向かい、1960年代にヒッピー文化の中心地として知られていたヘイト・アシュベリーを目指した。この地区のことは本で知り、バージニアにとって自由、自律、自由恋愛主義の詰まった憧れの砦《とりで》のような場所だった。

「ヒッピーの町に住みたかった。自由恋愛とか、もう全部が輝いて見えた。でも実際に行ってみたら、金のかかったエリアにお高くとまった人たちが住んでいるだけだった。ああ、とんでもないことをしてしまった、と思った。寒くてお金もなかった。結局、フロリダの仲のいい友だちに電話して、うちの父親に伝えてもらった」と手記にある。

24時間後には父親のスカイがバージニアを迎えにカリフォルニア行きの飛行機に乗り、フロリダに連れて帰った。

その年の夏のいっときは、ほとんどふつうの生活に見えた。一家は父方の親戚家族と一緒にクロスカントリー・キャンプに出かけた。だが手記によると、滞在していたキャンプ地で男の子と一緒にいるところを父親に見つかったために、再び家族の雰囲気は悪くなった。

「父はその男の子を死にたいのかと言って脅した。わたしをすごい勢いで殴り、キャンピングカーに放り込んだけど、わたしは父の股間を蹴ってその子を逃がした。父はわたしを殴りつづけた」

バージニアの両親は、問題を抱えたティーンエイジャーのための学校に彼女を入れることにした。

「子どもの刑務所みたいなところだった。夜は養護施設で寝泊まりするの。逃げ出すのは簡単だったけど、もし捕まったら、ベッドのない真っ白な部屋に入れられる。何週間も」

ある日、彼女は施設を抜け出してヒッチハイクでボイントンビーチへ向かった。最寄り駅まで乗せてくれた男性にせがんで20ドルをもらい、マイアミまでの片道切符を買ったのだ。

1998年の夏にマイアミビーチにたどり着いたとき、彼女は14歳だった。

近くのバス停のあたりをぶらぶらし、食べ物を買う金を誰かにもらおうとしたが、誰も助けてくれなかった。ついには縁石に座って泣き出してしまった。

そのとき、車体の長い黒いリムジンがそばに停《と》まり、頭髪の薄い、でっぷりした男がドアを開けた。彼の隣には赤いミニドレスを着た若く美しい女性が座っていた。こんなところでひとりで泣いてどうしたのかと男に訊かれ、家出してきてお腹《なか》が空《す》いていて食べ物を買うためのお金を少し出してもらえないかと答えた。男はロン・エッピンガーと名乗り、自分は〈パーフェクト10〉というモデル事務所のオーナーで、隣の女性はチェコ共和国出身のモデルだと紹介した。バージニアの目にはその女性は10代に見えた。

その男は、娘を交通事故で亡くし、いまもその悲しみのなかにいると言った。話をしながらバージニアの髪を撫で、「きみの新しいパパになって面倒をみてあげよう。これからはぼくの新しい子どもだ」と言って、彼女を引き取ると申し出た。

男はバージニアを食事に連れていき、〈GAPキッズ〉で新しい服を買い与えたが、彼が選んだショートパンツやブラウスは小柄な彼女にもタイトすぎるものだった。

エッピンガーは、いくつかコンドミニアムを所有している、ビスケーン湾に面したきらびやかな高層ビル「ザ・グランド」にバージニアを案内した。彼の部屋は、窓が床から天井まであり、床は大理石で、海とマイアミのダウンタウンを一望できた。女の子が何人か住んでいて、裸かそれに近い格好で部屋の中でくつろいでいた。バージニアは彼女たちが、ヨットや豪邸をもつ裕福な男性がパーティーや催しに参加する際に金で雇って連れ歩くエスコートだと知った。

外国から来た子もいて、服や宝石を買ってくれる金持ちで顔の広い男性と知り合えて人生がいかに変わったかを語っていた。

バージニアは、彼女たちが仕事に示すあからさまな熱意に頭がクラクラし、このライフスタイルは刺激的なだけではなく、生計を立てる手段として悪くはないのではないかと考えはじめた。

　エッピンガーは、バージニアをバスルームに連れていき、コップに水を入れ、青い錠剤をふたつ渡して、飲むように言った。すぐに身体の上にのしかかられたが、薬のせいでもうろうとしていた彼女は、レイプされたことを思い出せなかった。目覚めたとき、裸でベッドの中にいて、頭がうずき、離れた場所で複数の男のささやき声が聞こえた。

　エッピンガーはビジネスパートナーに新しい征服物を白慢していた。彼女に一緒に来るように命じて外に連れ出し、ヘアサロンでブロンドの髪をもっと明るい金色に染め、露出の多い服を買い、その日の終わりにまたレイプした。男を悦《よろこ》ばせる方法を教えてやる、従わなければ路上に放り出すと脅した。

　バージニアはエスコートの訓練を受けることになった――14歳で。


　そのころ、エッピンガーのマイアミの事業は崩れはじめていた。FBIは彼が少女の性売買に関与している情報をつかんでいたが、行動を起こすまえに、エッピンガーはバージニアを含めた少女全員に急いで荷物をまとめさせ、中央フロリダのオカラにある牧場に移動させた。

　だがバージニアは幼なじみのトニー・フィゲロアにこっそり電話して、わが身に起こっていることを話した。電話のあいだじゅう、彼女は泣いていたが、両親に電話することはいやがり、親と話したってどうせまた追い出されるだけだからとトニーに言った。両親から再び見捨てられるかもしれないと思うと耐えられなかった。

　ある日、エッピンガーは彼女の寝室に押し入り、のどをつかんで壁に投げ飛ばし、家に電話したことを口汚く罵った。

「おれから遠く離れたところへ飛ばしてやる。今度の男にはもっと行儀よくふるまえ。そいつはもっとこわいぞ。おい、聞いてるのか、このアマ！」バージニアの耳に男のわめき声が残っている。

さよならを言うためにほかの女の子たちが集まってきた。わたしたちみんなを破滅させるかもしれないのに、なぜあんな電話をしたのかと問う者もいた。だがバージニアには説明する時間はなかった。猶予は5分しかなく、シュシュの内側に隠しもっていた数百ドルの現金と、バッグに詰め込んだわずかな身の回りの品だけで放り出されることになった。

どんな恐怖が待ち受けているのか知らないまま、あわただしく車に乗せられた。

18 ミスター・エプスタインに会いに

シリーズ記事が掲載されるまえの数ヵ月間、私はエプスタインの自家用機の動きをずっと追っていた。自動で調べてくれる民間飛行追跡会社のインターネットサイトもあるが、飛行機の所有者は運航情報の遮断を要求することができ、大半はそれを尊重している。エプスタインのジェットがそうした要求をしていたとしても不思議ではない。

性犯罪者登録の一環として彼につけられた追跡番号と登録情報を見つけた。私はある民間飛行追跡会社に彼の追跡番号を書いた電子メールを送り、何か運航情報を知る方法はないかと尋ねた。

「あの児童性愛者？」と応対者が訊いてきた。応対者の名前はジェームズ・スタンフォードといい、情報を遮断しない、数少ない独立系飛行追跡会社のひとつ、〈ADSBエクスチェンジ〉を運営していた。私は進行中のプロジェクトについて説明し、彼は支援に同意してくれた。ジェットを追跡するうち、未成年者を食い物にするこの男が誰からも搭乗者をチェックされないまま、いかに大陸をまたぎ、国を出入りしていたかを知って愕然《がくぜん》とした。ヨーロッパや中東から若い女性を違法に入国させている可能性など誰も気に留めていないようだった。

それに引き換え私は、フォートローダーデール空港で国土安全保障省の検査で引っかかり、肌の保湿剤を押収されたというのに。

自家用機で海外から到着した人をチェックするのはどの機関なのかを調べようとしたところ、国土安全保障省へ誘導されたのだが、問い合わせてもたいして有効な回答は得られなかった。ようやく、海外から着陸する際に記入しなければならない用紙からエプスタイン機のパイロットの名前がわかり、それを手がかりにエプスタイン機の情報開示請求を出した。だが、そうやって入手した記録は、ジェット機に搭乗していたのが誰だったのかが読み取れないほどあちこちが塗りつぶされていた。エプスタインの名前だけではなく、他の乗客の名前も削除されていた。ここでまた私は行き詰まった。

それでも、ロンドンやパリを中心に、ときにはブラスチラバ〔スロバキアの首都〕やドバイに降り立つなど、エプスタインがどこを旅しているのかといった様子を知ることはできた。ほかにも気づいたことがある。彼がポルトガルなどから大陸をまたいでアメリカに戻る場合、まずセント・トーマス島の空港に入ることが多く、ニューヨークの空港ならおこなわれるはずの厳しい入国・税関検査を免れていた。

セント・トーマス島の腐敗は有名で、係官にあれこれ質問されることなく、かなり簡単に国を出入りできる。空港は小さく、エプスタインのジェットが駐機する場所は奥まったところにあった。エプスタインはこの空港に着陸したあと、すぐにヘリコプターに乗り換えて自分の島に向かうのがつねだった。足止めされたり問いただされたりすることはまずない。空港で働く管制官たちは、公に話すことをこわがっていた。

エミリーと私が調査と並行してドキュメンタリー番組の制作をしていたころ、情報源のひとりから、エプスタインがパームビーチに戻ってきたとの連絡が入った。

私たちはすぐに機材をまとめて、マイアミからパームビーチ国際空港に向かった。着くまでにジェット機とエプスタインが消えていないことを祈りながら、大渋滞の州間高速道路95号線を走った。ゆうに2時間かかって、週末にパームビーチ・アイランドに小旅行にやってくる世界の大富豪たちが自機を駐める、空港の個人所有機エリアに到着した。エプスタインのジェットは、不吉な顔をしたダークブルーのガルフストリームⅣだ。

「立入禁止」の看板にエミリーがひるむのではないかと思いきや、彼女は車を飛び出してカメラをつかみ、駐機場を囲む金網のフェンスに近づいていった。離れたところにエプスタインのジェットがあり、機体番号N212JEが尾翼にはっきりと見える。

すぐに警備員に見咎《みとが》められたが、そのときにはエミリーはすでに必要なものを手に入れていた。すぐに車でエプスタイン邸に向かった。

それまで何度も私はここを訪れていた。2、3カ月前には、ドローン撮影の訓練を受けたヘラルドのフォトグラファー、ペドロ・ポータルが一緒だった。彼はエプスタイン邸の上空にドローンを飛ばし、地上から屋敷を空撮した。

屋敷はかつてのピンク色ではなく、風格のある白に塗られ、敷地には木製の門がふたつあった。奥側の門が開いていたので、カメラを肩にかけたエミリーと私はそこから中に入った。玄関のドアに近づきベルを鳴らすと、ほどなく通用口から女性が出てきた。

マイアミ・ヘラルドの記者だと名乗り、ミスター・エプスタインと話がしたいと伝えた。エプスタインの弁護士ジャック・ゴールドバーガーに何度か連絡したことがあったので、エプスタインは私たちが動いていることを知っていたはずだ。

ジェフリー・エプスタイン事件にまつわる犯罪被害者権利法の訴訟をテーマにした記事を書いていることを、1カ月前の4月にゴールドバーガーに宛ててメールしていた。

「このプロジェクトの一環として、ミスター・エプスタインの被害者数名へのインタビューを組み込んだドキュメンタリー映像を制作しています。情報の大半は裁判記録に基づくものですが、事件に関する新しい報道も加えます。

そのために、貴殿にインタビューをさせていただきたいと考えています。ご事情が許すようでしたら、ミスター・エプスタインにもインタビューの機会を頂戴できれば……」

ゴールドバーガー弁護士からの返事はなかった。いまにして思えば、もし私がニューヨーク・タイムズやワシントン・ポストの記者だったら、エプスタイン側弁護士はこちらの動きに神経を尖《とが》らせただろう。記事を全力で潰しにかかってきたかもしれない。

でも結局は、誰にも読まれない記事を書いている地方紙の取るに足らない記者として、彼らは私のことを警戒しなかったのだと思う。


通用口から出てきた女性はこのまま外で待つようにと言った。何分か経って戻ってきた彼女はミスター・エプスタインは家にいないと言った。

私はバッグの中を掻き回したが、本当に必要なときにかぎってなぜか名刺をもっていない自分を呪った。

「エミリー、名刺もってる?」

彼女は私を変な目で見た。

「お願い、1枚ちょうだい」と私は懇願した。

彼女はしぶしぶカメラバッグを探り、1枚取り出した。エミリーの名刺の裏面に私の名前と電話番号を書いた。

「ああもう、私が狙われる羽目になった！」エミリーは帰りの車で嘆き、その夜に悪党が家に来て家族に嫌がらせをするのではないかと延々と愚痴をこぼした。ふたりで笑ったが、私はエミリーのことをよく知っている。ジョークに見せかけた裏で彼女は本当にこわがっていた。

あとになって、彼女の危惧は正しかったことがわかる。

私自身も不安は感じていたようで、学校にいるふたりの子どもに電話をかけ、周りに注意しなさい、とくに夜は人気《ひとけ》のない場所をひとりで歩かないようにと念押しした。いまや10代後半になっていた彼らはこうした成り行きには慣れていた。子どもたちはきっと、母親の仕事が何かなどたいして関心もなく、やれやれと呆れ顔になっただけだったろう。私はかつて担当した事件でも脅迫電話を受けたことがあったし、何人かの警察官の友人からは、刑務所を取材していた時期などはとくに、銃の携帯許可証を取得して使い方を学んでおくべきだと助言されていた。

腐れ縁の私のボーイフレンド、ミスター・ビッグも少し神経質になっていた。つき合いが長いので、数年前に私がフィラデルフィア・マフィアのまえのボス、〝痩《スキニー》せっぽちジョーイ〟・メルリーノにインタビューしたときのことを彼は憶えていた。メルリーノは恐喝罪で連邦刑務所に12年間服役したあと、フロリダ州ボカラトン市の40万ドルのコンドミニアムに住むことにした。メルリーノの仲間が起訴されているフィラデルフィアではＦＢＩの捜査熱がまだ続いていたため、メルリーノはその熱気を避けて代わりに南フロリダの熱気のなかにやってきたのだ。

ミスター・ビッグと私がめずらしく週末旅行に出かけた日、日曜版の一面に私の記事「隣のギャングスター」の見出しが躍った。

一面をフルに使ったギャングの記事と血の滴《したた》る銃のグラフィックを見た彼は、「ぼくたちは殺されてしまうんじゃないか」と言った。私からすれば、その記事も見出しも非常に出来がよかったので、額に入れて飾っておきたいほどだったのだが。

「どうやっておれを見つけた？」メルリーノは、強い南フィラデルフィア訛《なま》りで訊いてきた。私が彼の玄関をノックしたとき、上から声が聞こえた。彼は肌着姿でバルコニーに立っていた。

身長１６０センチのメルリーノは、当時、最も冷酷なギャングと言われていた人物には見えなかった。フィラデルフィアでは誰もが知る存在だったが、高級住宅地のボカラトンでは誰からも注意を払われなかった。「パスユンク・アベニュー〔フィラデルフィアの通り〕のジョン・ゴッティ〔ニューヨークを本拠地とするガンビーノ一家の大ボス、２００２年没〕」との異名をもつ彼は、故郷ではロックスターだったし、どこに行ってもＶＩＰ待遇を受けていたので、フィラデルフィアそのものや、とくにチーズステーキやカラマリ〔輪切りにしたイカを揚げた料理〕などの名物料理を懐かしんでいるにちがいない。私は以前に彼と会ったことがあった。フィラデルフィア・デイリーニュースで働いていたころ、恵まれない子どもたちのためにメルリーノが毎年開いていたクリスマスパーティーを記事にしたのだ。そのころは、６週間ごとぐらいにギャングの抗争で死人が出ていて、メディアは彼の周りに集まり、次は彼だと待ち構えていた。実際、１９９３年のジョン・スタンファとの縄張り争い、通称「メルリーノ・スタンファ戦争」のときには殺される寸前までいった。南フィラデルフィアの通りで白昼堂々と相手方軍勢が銃を抜き、メルリーノの尻を撃ち、仲間のマイケル・チャンカリーニを撃ち殺したのだ。フィラデルフィア・デイリーニュース時代の私は、マフィア関連の記事をいくつか書いたが、なかには、まさに映画『グッドフェローズ』の場面から切り取ったような殺人事件の裁判もあった。

私がフィラデルフィア出身であることを伝えると、メルリーノは同郷人に会えたことを喜んだようにに感じた。すでに取材していた近隣の人たちから、彼がWi－Fi接続に、「Pine Barrens」という名前をつけていることを聞いていた。アトランティックシティ近郊にある、ギャングたちが死体の始末によく利用していた「松の荒れ地《パインバレンズ》」と呼ばれる森林地帯のことだ。

どこへ行くにも取り巻きを引き連れ、大金をばらまき、人を買収し、検察官を脅して怯えさせるエプスタインは、メルリーノと似たところがある。敵対者の弱点を見つけ、最も弱っているときに攻撃するところもギャングとそっくりだった。

エミリーと私は、フロリダマフィア御用達《ごようたし》のゴミ捨て場、エバーグレーズのワニ沼に捨てられることのないようにと願った。

19 マー・ア・ラゴ

バージニア・ジュフリーは南フロリダの別の場所に連れていかれ、新しい「飼い主」であるデイビッドという男に引き合わされた。50代後半の彼は、彼女からすれば祖父ほどの年齢だったが、その年齢差は最初の夜から彼女に暴力を振るう歯止めにはならなかった。逃げようとしたところで、エッピンガーに追われて殺されるだけと思った彼女は、これが自分の運命だとあきらめ、性奴隷の生活に身を投じた。

「逃げることを考えた夜はたくさんある」と彼女は手記に書いている。「でも、どこに逃げればいい？　あちこちにいるロン（エッピンガー）の情報屋に見つかって送り返されるだけ。わたしはひたすら、いつか溝の中で発見される行方不明の少女のリストに加えられないことだけを祈っていた」

バージニアは、自分の動向が数週間前からFBIに追跡されていたことを知らなかった。オカラにあったエッピンガーの牧場にいたころから、デイビッドと一緒に住んでいるウィルトン・マナーズのタウンハウスまで、ずっと尾行されていたのだ。

1999年6月11日、朝6時ごろ、FBIと地元警察がデイビッドの家に突入した。彼らは軍服調の黒いユニフォームにヘルメットをかぶり、ライフルで武装していた。

バージニアは服を着るように指示されたあと警察署に連れていかれ、そこでFBI捜査官から尋問を受けた。エッピンガーとその人身売買について知っていることを全部話した。FBIが彼女を発見したのは、友人のトニーがバージニアの窮状をあちこちに電話で伝えるうち、FBIの盗聴に捕捉されたからだということも知った。

エッピンガーは、人身売買の少女を調達するために定期的に訪れていたチェコ共和国に逃亡したのち、FBIに逮捕された。その後マイアミに送還され、2001年に売春目的の外国人密入国斡旋、売春目的の州間移動、マネーロンダリングの罪状を認めた。ふたりのチェコ人女性もニューヨークからマイアミに広がる売春事業に関与したとして起訴された。

エッピンガーは21カ月の実刑判決を受けたが、獄中で死亡した。


3時間に及ぶFBIの取り調べのあと、バージニアは警察本部の取調室を出て、迎えの車を待つことになった。まえと同じ非行少年施設に送られるのだと思い、激しい喧嘩や身体検査、窓のない部屋、唐辛子スプレーを携帯した係員に囲まれる生活を覚悟した。懐かしいわが家。

警察署の椅子をくるくる回しながら座っていたら、廊下を歩いてくる父親の姿が目に入った。心の奥底には、小さいころにしじゅう殴られた痛みへの怒りがまだ強く残っていたから、どう反応していいかわからなかった。父親は彼女を抱き締めるのではなく、ただかぶりを振った。何があったのかを自分の口から父親に話さなければならないと思い――彼女が話さなくてもどうせFBIが同じことをする――、父親が涙を浮かべてもうやめてくれと頼むまで話しつづけた。だがバージニアにとって彼の嗚咽《おえつ》は、また親を失望させてしまったしるしにしか見えなかった。

これからのことに話が移り、彼女は、別の監禁施設の話が出るまえに、もしまたそういう施設に送るのだったら、街に逃げ出し、二度と会うことはないと牽制した。

父親は頭を抱えた。

「母さんはおまえに帰ってほしくないんだ」と告白した。「おまえが帰ってくるかもしれないとほのめかしただけで、おれに当たり散らしてまともじゃなくなる」

バージニアは手記のなかで、母と最後に会ったときのことに触れている。目の感染症に罹っていたバージニアを母親が車に乗せて眼科に連れていくことになった。ところが、母親が車を駐めたありふれた青い建物の中に一緒に入っていくと、制服を着た人たちがクリップボードを手に待っていたことにバージニアはショックを受けた。窓のない部屋に連れていかれ、ドアには鍵がかかっていた。彼女はひとり取り残され、母は自分を裏切ったのだと思って何日も泣いたのだった。

そしていま、警察署に迎えにきた父親は、妻のリンを説得して家に連れ帰るのに1、2週間かかるだろうが、必ずなんとかすると娘に約束した。バージニアはしかたがないとわかっていたが、長くは待てないと父親に言った。彼は立ちあがって、ようやく彼女を抱き締めた。

「1週間経ったら、わたしは消えるからね」

こうして彼女は手錠をかけられ、1年以上前に脱走した少年施設に連れていかれた。どちらに転んでも1週間の辛抱なのだから、トラブルに巻き込まれないようにおとなしくしていようと誓った。

1週間経っても父親は現れず、彼女は脱出計画を立てた。薬物の検査のために頻繁に敷地外の研究施設に連れていかれていたので、それを利用することにした。その夏のある日、ボランティアの人の迎えの車が駐車場に入ってくるのを見て、バージニアは深呼吸をした。ドアのロックを解除した運転手の横をいきなり駆け出した。一瞬、運転手の手が彼女のシャツにかかったが、そのまま全速力で走り去った。

シュシュに隠していた金を取り出し、ジーンズ、シャツ、セーターを買い、〈ダンキンドーナツ〉でチョコレートのかかったドーナツを食べた。それから家に電話するため公衆電話に向かった。

父親が電話に出た。

「ちょうど電話するところだったんだ。いまから迎えに行くよって。おまえのための里親が見つかった。同じ年ごろの娘さんたちのいる女性のところでね、母さんも書類にサインするところだ」

バージニアは、母親がやはり自分とかかわろうとしないことを知って、怒りが身体に噴きあがるのを感じた。父親に自分が施設から逃げてきたことを打ち明けた。迎えに来てもらい、よその家庭に移るまえに最後に母に会うことができた。

家の中は以前と同じではなかった。彼女の不在を幸いに両親がすっかり改装してしまったため、彼女にはもう寝室すらない。子どものころに使っていたスペースは事務室になっていて、自分の持ち物はすべてなくなっていた。

「もちろん、ママは門や玄関で出迎えたりはしなかった。裏でタバコを喫《す》ったりビールを飲んだりしながら、わたしに見つかるのを待っていた。彼女は椅子を立ち、憎しみと嫌悪のこもった目でこちらを斜めに見て、黙ったままわたしの頬を張った」と手記にある。

母親も娘も怒っていてとげとげしかった、とバージニアは言う。1時間後、母親は泣き崩れ、娘にここにいていいと言った——少なくとも当面のあいだは。

それからの数週間は、家族でバーベキューをしたり、焚《た》き火をしたり、ゲームをしたり、映画を観にいったりした。バージニアも日常生活に溶け込み、学校に戻った。

バージニアはファストフード店で働きはじめ、のちにペットショップに移った。ジェームズというボーイフレンドができ、その年に彼女の家に引っ越してきて、みなで一緒に住むことになった。彼女はまだ16歳だったが、実年齢よりもずっと大人だと感じていた。ふたりは結婚するつもりがあり、バージニアは自分の将来や人生で何をしたいのかを考えるようになった。

2000年6月、バージニアが16歳のとき、父親から、ドナルド・トランプがパームビーチに所有するカントリークラブ、マー・ア・ラゴでの夏の仕事を紹介された（バージニアは当初、マー・ア・ラゴで働いていたのは15歳のときだと思い込んでいたが、のちに彼女の弁護士が入手した雇用記録に照らすと16歳だったと判明した）。

父親は長年にわたってそこのメンテナンスを担当しており、スパの案内係として娘を雇ってもらえるよう雇用主に頼んだのだ。

彼女はスパのマッサージ師を見て、自活するのにちょうどいい仕事かもしれないと思った。図書館で人体構造図の本を借り、仕事が暇なときにスパのロッカールームで勉強しはじめた。

ある日、本を読んでいると、イギリス訛りの女性が近寄ってきて、何を読んでいるのかと訊いてきた。

「あなたもマッサージをするの？」とその女性が重ねて尋ねた。

「いいえ、でもいつか、そうなるためのちゃんとした勉強をしたいです」

「私はギレーヌ・マクスウェル」と女性は言った。

バージニアはニックネームのジェナで自己紹介し、30代に見えるその女性に何か飲み物をおもちしますと言った。

女性は紅茶を受け取り、マッサージセラピストを雇いたいと考えている裕福な男性のところで働いてみる気はないかと話しはじめ、その男性に会って仕事に応募してみてはどうかと提案した。バージニアは、きちんとしたトレーニングを受けていないからと尻込みした。

マクスウェルは、付箋があちこちからのぞいている人体構造図の本に目をやり、彼女がこの仕事に真面目に取り組んでいるのを感じ、仕事をしながらでも学べると請け合った。

マクスウェルはバージニアに自分の住所と電話番号を伝えた。

「ここの仕事が終わってから来てみない?」

マクスウェルの声には人を元気づける響きがあり、ほとんど慈母のような優しさで別れの挨拶をして去っていき、バージニアは父親のところに走っていってこの新しいチャンスを伝えた。

その日の夕方、父親に連れられてパームビーチ・アイランドのエル・ブリロ・ウェイ358番地にある屋敷に向かった。ピンク色に塗られ、巨大な塀に囲まれたその家を、彼女は鮮明に覚えている。父親のあとについて大きな玄関へと歩いた。

制服を着た執事ふうの男性が応対し、すぐにふたりを中に迎え入れた。長い螺旋階段を優雅に下りてきたマクスウェルがバージニアの頬にキスをし、父親と短く話したあと、ここの主《あるじ》がバージニアとの面談を待っているからと理由をつけてあわただしく父親をドアの外へ追いやった。

バージニアは、クリスタルシャンデリア、パネル張りの壁、大理石の床などを見回し、屋敷の荘厳さに畏れ敬う気持ちを抱いた。マクスウェルに案内されて螺旋階段をのぼると、薄明かりの部屋にキングサイズのベッドが置かれ、ベッドのすぐ向こうには、真ん中に青緑色のマッサージ台が置かれた広い部屋が続き、びっくりしたことにマッサージ台の上に裸の男性がいた。

バージニアは静かに自分を納得させた。この穏やかで上品なイギリス人女性が、マッサージセラピストとしての新しい生活を始めるのを応援してくれているのだから大丈夫だと。

マクスウェルは、バージニアもその男性が誰かを知っていて当然というふうに、ジェフリー・エプスタインだと簡単に紹介した。彼は顔を横に向けて「ジェフリーと呼んでいいよ」と言って温かい笑顔を見せ、少なくともその場ではバージニアを安心させた。

こわい人じゃないみたい、と彼女は思った。

マクスウェルは、これは適性試験みたいなものだと彼女を激励した。

「もしうまくできたら、ジェフリーの出張に同行するマッサージセラピストとして世界を回り、たくさんお給料をもらえるようになるかも」

はじめのうちは、どこにもおかしいところはなかった。マクスウェルが手本を示しながら、エプスタインの足先から始めて、ふくらはぎへ移り、下から上に力をかけて血流をよくするのだといくつかコツを伝授した。ふたり一緒にマッサージを続けるうち、エプスタインとマクスウェルはバージニアの暮らしについて質問しはじめた。

エッピンガーとデイビッドにひどい目に遭わされてから1年しか経っておらず、彼女は自分が経験したトラウマと折り合いをつけるのにまだ努力が必要だった。

エプスタインたちは彼女から子ども時代の話や、すでに家出も経験済みなことを上手に聞き出した。どんな経験をしてきたのか想像できたにちがいなく、家出時代についてのエプスタインたちの質問はだんだんあからさまになっていき、バージニアはどの質問にも正直に答えた。

彼らは何を聞いても呆れる様子はなく、「いけない子だったんだね」などとからかった。「そんなことないです」。バージニアはむきになって言い返した。「わたしはちゃんとした子です。ただ、いつもまちがった場所にいただけなの」

「いまのままでいいんだよ。ぼくはいけない子が好きなんだ」とエプスタインは言って仰向けになり、勃起したペニスを見せた。

助けを求めてマクスウェルを見たら、上品なイギリス人女性はトップレスになっていた。エプスタインが自分で男性自身を刺激しているあいだに、マクスウェルはバージニアの服を脱がせはじめた。スカートと下着を外し、身体をまさぐってきた。

胸がむかむかし、エッピンガーとの記憶がよみがえり、彼女の身体は石になった。子どものころからいろいろな男に教えられてきた動きを機械的にこなしていった。

わたしにはなんの価値もない。こうすることが、わたしにとっていいことなのかもしれない。

しばらくして、マクスウェルはその場を離れ、エプスタインはバージニアを連れてサウナルームに入った。彼は、マッサージは体内の毒素を流すのにいい、などの蘊蓄《うんちく》を語りながら、彼女に足を揉ませた。

もったいぶった気取り屋だなとバージニアは思ったが、彼にはその賢さを人に見せつけて悦に入るままにさせておいた。

エプスタインは彼女に、自分はかつて教師だったが、頭脳を活《い》かして億万長者たちの資産アドバイザーになり、何十億ドルも稼いできたと話した。身体を乾かしたあと、エプスタインは100ドル札の分厚い束を取り出し、2枚を抜いてバージニアに手渡した。

「マー・ア・ラゴでの1週間の稼ぎよりも多いんじゃない？」と笑いながら言った。

その夜、バージニアは恥ずかしさとショックに打ちのめされたまま家に帰った。どうして自分は、あれほどたやすくああいう行為を許してしまったのか。

シャワーを浴びて身体をできるだけ強くこすり、あのふたりの匂いと感触を身体から消そうとした。屋敷で起こったことは、ボーイフレンドにも誰にも話さなかった。バージニアがなぜ無口なのかボーイフレンドは不思議そうだった。

翌日も仕事が終わったら、また屋敷に行って別のレッスンを受けることになっていた。朝、父親の車でマー・ア・ラゴに向かうあいだ、彼女は黙っていた。到着の直前、とうとう父親は何かあったのかと尋ねたが、彼女はその問いを無視し、仕事先のスパに入っていった。その日1日、彼女の頭のなかはふたつの両極端のあいだを、つまりこれはまちがったことだからやめなくてはという考えと、この新しい仕事は自由と安全と幸せに続く道かもしれないという考えのあいだを行きつ戻りつした。

最後には、女子大生がストリッパーになって稼ぐことができるのなら、あと少しのあいだだけ自分の身体を自分の将来のために捧げて、路上で寝泊まりせずにすむような本当の職業を見つけるまでのつなぎにしてもいいのではないかと納得させた。スパの同僚の女性にマッサージを学びながら仕事をすることになったと話したが、心のなかには不安と緊張のしこりが詰まっていた。

その日の午後、再び父親が彼女をエプスタイン邸まで送った。従業員のファン・アレッシィが彼女を迎え入れ、すぐにマクスウェルが来ると言ってひとまずキッチンに案内した。若い女性がひとり、書類の山に埋もれて座っていた。

「こんにちは、わたしはジェナです」とバージニアは自己紹介した。「ジェフリー（エプスタイン）専属のマッサージセラピストになる採用試験を受けにきたんです」

相手の表情から、採用試験に来た女の子はこれが初めてではないのかもしれないと思った。

マッサージは前日と同じで、エプスタインとマクスウェルが流れを主導した。バージニアは、兵士のようにひたすら上官の命令に従った。バージニアとマクスウェルは互いに愛撫し合い、やがて3人でのセックスが始まった。

バージニアはすぐに、エプスタインが病的なほどの貪欲さを抱え、ひとりの人間では、たとえそれがマクスウェルであっても満たすことができないのだと悟った。

「ジェフリーはわたしたち女の子を、きょう着て翌日には脱ぎ捨てる服のように扱った」とのちに手記に書いている。

昼間はマー・ア・ラゴのスパで、午後遅くから夜にかけてはエプスタイン邸で、という生活が数週間続いた。マクスウェルとエプスタインは、彼女がマッサージのコツを習得しつつあると褒め、マッサージセラピストになるための正式なカリキュラムを受講できるよう支援を申し出た。

ほかの女の子たちとも仲良くなり、友だちのようにおしゃべりをすることもあった。だが彼女の話では、マクスウェルには「鬼上司」のようなところがあり、仕事以外のことに気をとられているとよく睨《にら》まれたという。

バージニアから見て、マクスウェルがエプスタインを愛していることは明らかだった。だがエプスタインとマクスウェルは、一緒に眠ることも、手をつないだりキスをしたりして親密な時間を過ごすこともほとんどなかった。バージニアの考えでは、それはエプスタインの尽きることのない欲求をマクスウェルが満たせなかったからだという。マクスウェルは、純粋に性的な関係であるかぎり、彼の少女への執着を受け入れるようになった。

それでも快楽主義なところはふたりとも同類だった、とバージニアは言う。

「ギレーヌ（マクスウェル）は彼に女の子を連れてきて、彼はギレーヌに彼女が慣れ親しんできた何不自由のない気ままな暮らしを続けさせる、という取り決めだったの」

ただしマクスウェルは、バージニアと性的関係をもったことを繰り返し否定している。

20 貴婦人ギレーヌ

1991年11月5日の午後、イギリス出版界でとくに力をもつロバート・マクスウェルの遺体が、カナリア諸島沖の大西洋に裸で浮かんでいるのが発見された。でっぷりした体格だったこの億万長者が最後に目撃されたのは、その日の夜明け前、9人の子どもたちの末っ子の名前を冠した180フィート〔約55メートル〕のヨット〈レディ・ギレーヌ〉のデッキだった。14ノットで航行していた午前4時25分、乗組員たちが右舷側に主《あるじ》がいたのを見ている。早朝まで起きていることはめずらしくないとはいえ、風邪気味だった彼にとって、外に出るには時間がかなり遅く、風も冷たかった。その少しあと、マクスウェルは管理室に電話をかけ、船室のエアコンを弱めるように頼んでいる[1]。

前日の夕方、68歳のこの主は、翌日に予定されているイングランド銀行副総裁との会談をめぐって、息子のケビンを電話で怒鳴っている。チェコ生まれのユダヤ系移民であるマクスウェルは頑固さで知られる。息子があとで説明したところによると、海に残りたがって銀行との会談をぎりぎりまで先延ばしにしていた。マクスウェルは、何十億ドルもの融資の返済が滞っているなど財政問題が深刻化し、気重な日を送っていた。

スペイン領カナリア諸島のテネリフェ島にヨットが停泊した朝9時半ごろには、イギリスのメディアが「キャプテン・ボブ」の愛称で呼んでいたマクスウェルの姿が消えていた。

船長も乗組員も、マクスウェルが海に落ちるとは考えられないと当惑した。2時間ほど彼の名を呼びながら船内を捜し回ったあと、これはもう主の身に何かよくないことが起こったと認めなければならないとして当局に通報し、捜索と救助を要請している。[2]

数時間後、両腕を広げ、顔を空に向けて漂う彼の遺体を漁師が発見した。左肩に小さな擦り傷がある以外、外傷は見当たらなかった。

億万長者の死を調査したスペインの検死官は、心臓発作を起こして海に落ちたと断定したが、彼の家族は自然死でも事故死でも溺死でもないとして納得しなかった。

彼の死にまつわる疑問がいまも続いているのには、ロバート・マクスウェルが金と権力と驕《おご》りに彩られた、謎に満ちた人生を送っていたことへの世間の反感が映し出されている。

翌日、いち早くヨットに乗り込んだ家族のなかに末娘のギレーヌもいた。29歳になってもギレーヌは父親にとって掌中の珠《たま》であり、最も信頼できる相談相手だった。目撃者の話によると、黒髪の娘はひどくあわてた様子で戸棚や抽斗《ひきだし》から書類をつかんでは床に投げつけていたという。「床の書類は全部すぐにシュレッダーにかけて」と乗組員に命じている。[3]

彼女はこれらの行為を事実ではないと否定したが、数カ月かけて父親の金融犯罪の全容が明らかになるにつれ、メディア王の不正なビジネス行為を隠す動機が彼女には充分にあったはずだと見なされるようになった。

噂だが、ギレーヌは分厚い取引記録のなかから父親が国外の口座に金を隠していることを発見し、その手助けをしていた資産運用家《フィナンシアー》の名がジェフリー・エプスタインだと知ったという。

一族の資産は危機に瀕《ひん》し、ギレーヌの兄、35歳のイアンと32歳のケビンは、イギリス第2位の新聞デイリー・ミラー紙、ニューヨークのデイリーニューズ紙、ニューヨークの出版社マクミランなど、父親の遺《のこ》した帝国の崩壊を食い止めようとダメージコントロールに奔走した。[4]

やがて、マクスウェルが生前、事業を護るために、20億ドルの債務を意図的に焦げつかせ、会社の退職年金基金から数百万ポンドを抜き取って、株主と年金受給者の両方をなぎ倒そうとしていたことが明らかになった。

のちの調査でさらに、銀行を遠ざけて事業を存続させるために、ペーパーカンパニーを多数つくって迷路のように入り組ませ、違法な株取引に手を染めていたことも判明している。

当時、マクスウェルの事業の損失が膨らむにつれて銀行も神経を尖らせるようになっていた。銀行はより大きな担保を要求し、マクスウェルは、所有する公開会社の年金基金から奪った金を元手に高リスクの外国為替市場に手を出したのだった。[5]

マクスウェルの死後、イギリスのタブロイド紙は家族を執拗《しつよう》に追い回し、彼らはどこへ行ってもカメラのレンズに狙われた。

マクスウェルの妻エリザベス・メイナールは、フランスの改革派教会「ユグノー」の血を引くフランス人プロテスタントで、夫の事業を手助けした。ソルボンヌ大学で法律を学び、１９４４年に解放されたあとのパリで、将来の夫となるロバート・マクスウェルと出会っている。このハンサムなイギリス陸軍軍曹は１９２３年、チェコスロバキアのルテニア地方にあるカルパティア山脈に住む貧しいユダヤ正統派の家に生まれた。第二次大戦中、故郷がハンガリーに併合されたあと、家族のほとんどはアウシュビッツで亡くなっている。1944年、ドイツ軍がハンガリーに侵攻したときには彼はすでにフランスに逃れており、国外にいたチェコスロバキア軍に加わった[6]。

チェコ軍内部での暴動をきっかけに、イギリス王立開拓団に転属し、その後もヨーロッパのさまざまな連隊に所属し、大尉の地位を得ている。エリザベスと結婚した1945年に、英雄的行為により戦功十字勲章を授与され、その後すぐにイギリスに帰化した。マクスウェル夫婦の子どもであるマイケル、フィリップ、アン、双子のクリスティンとイザベル、カリーヌ（3歳のときに白血病で死亡）、イアン、ケビン、ギレーヌは私立学校に通い、乗馬やテニスを習い、豪華な誕生日パーティーを開くなど、裕福に育てられた[7]。

戦後、マクスウェルは軍や政府とのつながりを巨大な出版事業に結実させた。イギリスの情報機関で働いた時期もあったので、技術研究が戦争にいかに重要であるかをいち早く理解しており、ドイツで作成された科学論文を集め、英語に翻訳してイギリスで出版する道筋をつけた。学術出版を利益の出る新しいビジネスモデルとして確立したのだ。公的資金の援助も得ながら世界の情報を集め、研究の詳細を翻訳して科学雑誌に掲載し、定期購読料で収入を得る。マクスウェルの秘策は、多種類の定期刊行物《ジャーナル》を出し、先に定着したジャーナルで後発のジャーナルを支えていくものだった。発行部数は予想を上回ることがよくあり、事業の拡大に伴って他の出版社や印刷会社の買収を迅速に進め、10年間で一大帝国を築きあげた[8]。

政治にも積極的にかかわり、1964年にはイギリス議会の議員に労働党から立候補して当選し、1966年に再選されている。そのころ世界で最も売れていた英語の新聞で、有名人のゴシップや性的なスキャンダルを前面に出したタブロイド紙、ニュース・オブ・ザ・ワールドを買収しようとした試みは失敗に終わった。オーストラリアのメディア王ルパート・マードックも入札に参加しており、マードックは、チェコ系で社会主義の信奉者であることを公言している人物（マクスウェル）に買われたくなかった同紙のオーナーを説得したのだった。[9]

マクスウェルは、売上や利益を膨らませて会社の株式ポートフォリオを操作するようになり、1969年の監査で財務諸表の不正が発覚した。その後、設立が最も早く最もだいじにしてきた出版社、ペルガモン・プレス社の経営権を失ってしまう。[10]

ペテン師と非難されてもマクスウェルはあきらめず、ペルガモン・プレス社を買い戻すための努力を続け、ついに1974年、借入金で会社を取り戻した。

その後10年にわたり、印刷会社のブリティッシュ・プリンティングや、6種の定期刊行物を発行するミラー・グループ・ニュースペーパーズなど、次々と企業を買収していった。熱に浮かされたように、国内外の新聞社や製薬会社、テレビ局などを買い漁ったが、元手の大半は銀行からの融資によるものだった。[11]

ミラー・グループを買収したことが、ルパート・マードックとの伝説的なライバル関係の始まりとなり、ふたりのメディア王は10年近くにわたって激烈な部数競争を繰り広げた。

マクスウェルはマードックを倒すことに情熱を捧げた。争いの舞台はその後、アメリカにも及び、マードックはニューヨーク・ポスト、マクスウェルはニューヨークのデイリーニューズを買収する。

帝国が巨大化するにつれてマクスウェルの暮らしぶりは派手になり、ロンドンからオックスフォードにある53部屋の豪邸へディントン・ヒル・ホールへは自前のヘリコプターで飛び、ギャツビーふうの贅沢《ぜいたく》なパーティーをよく開いた。子どもたちには最高の学校で最高の教育を与え、年齢があがったら、所有する会社で高給の仕事に就かせた。

だがマクスウェルの裏の顔は、病的なほどの自己陶酔者で、妻や子を支配する暴君だった。息子たちの結婚を認めず、ギレーヌのボーイフレンドたちにも嫉妬して遠ざけようとしたのは、結婚や恋愛は子どもたちが家族の務めを果たす邪魔になると思っていたからだ。[12]

かわいがっていたギレーヌも含めて子どもたち全員を殴っていて、おそらくそのせいで、ギレーヌは子どものころに摂食障害を起こしている。家族の友人であるエレノア・ベリーによると、ギレーヌはわずか9歳のころから使用人をあれこれとこき使い、実際にはそうでなくても父親からの指示だと言って従わせていたという。[13]

出版した回想録のなかでベリーは、父親に「鞭打《むち》ち」の罰を受けているとギレーヌから聞かされ、乗馬用の鞭、物差し、細長い棒、杖《つえ》、靴べらなどの道具がテーブルに並んだ専用の部屋を見せられたと書いている。

父親が娘に道具を選ばせ、ズボンの上から尻を打っていたとギレーヌから聞いたそうだ。

マクスウェルの妻エリザベスは自叙伝のなかで、人生でいちばんつらかった時期は、自分と子どもたちがいつも恐怖にさらされていた1981年から夫が亡くなる1991年までだったと語っている。彼は、人前でも非常に汚いことばで妻子を罵ることで有名で、教養のある妻をとくに邪険に扱った。

彼には大量に食べずにはいられない衝動があり、かなりの巨体だったが、人を惹きつける魅力もあって、複数の愛人を囲っていた。女性を周りに置いて仕事をすることが好きだったが、女性には秘書的な仕事以外はできないと考えていた。
ギレーヌは1961年に生まれ落ちたほぼそのときから、父親に溺愛されはじめた。数日後に15歳の兄マイケルが恐ろしい交通事故に遭い昏睡状態に陥ったあと、1967年に死去している。[14]
1980年代、ギレーヌはロンドンの社交界で活躍する。18世紀のロンドンにあったクラブにちなんで名づけた女性のための社交サロン〈キットキャットクラブ〉を設立し、ふさわしい男性との出会いの場にしていった。ゴージャスなパーティーは、父親がニューヨークにたびたび運ばせていたヨットの上でおこなわれ、ゲストはシャンパンを干し、パリから空輸されたキャビアを楽しんだ。1989年のある日の船上パーティーには、ドナルド・トランプや、元上院議員、大使館関係者、出版業界の重鎮たちがいた。[15]
1991年3月、ニューヨークのデイリーニューズを買収する最終合意書にサインしたマクスウェルは、20週間に及ぶストライキに見舞われてぼろぼろだったこのニューヨーク最大のタブロイド紙を救うと誓った。同じころニューヨーク・タイムズに掲載されたプロフィールには、「弱みを見つけたら、そこを突かずにいられない」という彼のことばが引用されている。[16]
ロンドンではその巨大なエゴを嗤われたマクスウェルだったが、ニューヨークでは、組合潰しの手口を使ったにもかかわらず、デイリーニューズの救世主として賛辞を浴びた。負債を補うためにペルガモン・プレス社を売却し、さらにミラー・グループ・ニュースペーパーズを上場させるために会社から身を引く計画を立てた。
しかし実際には、融資金の返済に追われつづけていた。1991年5月、マクスウェルはミラー・グループの株式の49パーセントを売却して2億2800万ドルを調達し、負債を軽減すると発表した。[17]

一方、マクスウェルとマードックのニューズ・コーポレーションとのあいだでは、新聞の主要な収入源であるクーポンをめぐって出版界の二大巨頭が一歩も引かず、激しい争いが続いていた。銀行も割り込んでさらなる担保を求め、彼の公開会社、マクスウェル・コミュニケーション社の株式2200万ドル相当が売られたため、株価はさらに落ちていった。[18]

1991年10月31日、マクスウェルはヘリコプターでロンドン郊外のルートン空港に飛び、プライベートジェットのガルフストリーム機に乗り換え、ヨットが停泊しているジブラルタルを訪れた。そこからポルトガル領マデイラ島のフンシャルまでヨットで移動した。さらに南下し、11月4日にはカナリア諸島のテネリフェ島に到着し、夜8時ごろに上陸している。報道によれば、港町の丘にある〈ホテル・メンセイ〉で、アサリやマッシュルームと煮たタラ料理を食べ、ビールを数杯飲んだという。タクシーを呼び、途中でブランデー入りコーヒーを飲んでから、携帯無線を使って乗組員にまもなく戻ると連絡している。

船長のアンガス・ランキンが出迎えたのは夜の10時ごろだったと報道は伝えている。マクスウェルは当初、ランキン船長にサンタクルスに数日滞在すると伝えたが、気が変わり、テネリフェ島の北端に向かうように命じた。マクスウェルはそわそわしていて、夜のあいだ、しょっちゅう自室を出たり入ったりしていたそうだ。[19]

ヨットはテネリフェ島の南岸にあるロス・クリスティアーノス港に向かった。午前9時30分ごろ、海岸から約180メートルあたりで碇《いかり》を下ろした直後にマクスウェルの姿が見えないことに乗組員が気づいた。ヨット内の捜索を始め、当局に通報するまでに少なくとも4回は隅から隅まで確認している。もしかしたら泳ぎにいったのではという意見も出たが、岸まではオリンピックサイズのプールふたつ分の距離があり、体重140キロのマクスウェルが泳ぎ着けたとは考えにくかった。[20]「オーナーが海に落ちたかもしれない」との連絡が午前11時30分ごろ、ロス・クリスティアーノスの海事当局に入った。

捜索関係者や記者のあいだでは、ほとんど瞬時にさまざまな説が飛び交った。手すりの上から小便しようとして滑ったのでは？　心臓発作か？　金策がどうにもこうにもうまくいかず自死を決意したのかも？

当初の検死では心臓発作による自然死とされていたが、疑問を抱いた遺族は独自の調査に乗り出し、さらに踏み込んだ法医学的な検査を実施するように要求した。暫定的に防腐処理を施し、遺体をイスラエルに運ぶことになったが、彼の棺《ひつぎ》は家族が所有していた小型ジェットには大きすぎるため、翌日、より大型のジェット機をチャーターして長さ2メートルの棺をエルサレムに運んだ。[21]

マクスウェルの息子のフィリップと娘のギレーヌは、彼の死後何日間かはヨットに残った。マクスウェルの遺体を見たと言っている人たちのなかに、マクスウェルの妻エリザベスをカナリア諸島に送り届けるために派遣されたミラー紙のチーフ・フォトグラファー、ケン・レノックスもいた。レノックスは、彼女が水に浸《つ》かった死体を見ずにすむように、身元確認を引き受けたのだという。

そのころには、マクスウェルの死は他殺であり、おそらくイスラエルの諜報機関モサドが手を下したのではないかという情報が流れていた。[22]

マクスウェルの亡骸《なきがら》は、3年前に妻とオリーブ山を訪れた際に自分で選んでおいたエルサレムの墓地に埋葬された。第二次大戦中にナチスに殺害された600万人のユダヤ人を追悼する記念碑の近くにある。

葬儀には、イスラエルの情報機関の現職および元職のトップ陣6名が参列した。イスラエルの首相イツハク・シャミルは、故人を「イスラエルの経済に大きな関心を寄せ、イスラエルに多大な投資をおこない、国際社会での幅広い人脈をイスラエルのために役立てた人物」として高く称《たた》えた。[23]

実際にマクスウェルは、イスラエルの日刊紙マアリヴの過半数の株式を保有するなど、イスラエルを舞台に巨額の金融取引をおこなっていた。[24]

モスクワからロンドンまで、政財界の有力者に働きかけて工場を新設して雇用を生み、イスラエルが世界で利益を得るための道筋をつけたことも称賛されている。ヘンリー・キッシンジャー元国務長官やミハイル・ゴルバチョフ元ロシア大統領とも親交があった。

2003年に出版された『*The Assassination of Robert Maxwell*（ロバート・マクスウェルの暗殺）』のなかで共著者のゴードン・トーマスとマーティン・ディロンは、マクスウェルが20年間にわたってモサドのスパイであり、イスラエルが製作した情報収集用コンピューター・ソフトウェアをロシアやアメリカ、イギリスその他の国に拡散させて利益を得ていたと、根拠を挙げて論じた。このソフトウェアには、世界トップレベルの情報機関が集めた機密情報にモサドが密かに侵入できる裏口が仕込まれていたのだと。共著者ふたりは、この出版王は自分の財産を護ろうと必死になりすぎ、モサドに対して、いまの財政的破滅の淵《ふち》から救い出してくれなければ彼らのスパイ活動を暴露すると脅したために殺害されたのだと推理した。[25]

マクスウェルの死の数週間前、イスラエルの核兵器計画について出版された本のなかで、著者のニューヨーク・タイムズの元記者シーモア・ハーシュは、マクスウェルとミラーの外信エディター、ニコラス・デイビスが、イスラエルの核情報をミラーを含む複数の新聞社に売ろうとしていたイスラエルの元核研究者で反体制派のモルデハイ・バヌヌの逮捕計画に加担した疑いに言及している。[26]また、イスラエルの仲介者によるイランへの武器密売にニコラス・デイビスが協力していたことや、デイビスとマクスウェルが共謀して、バヌヌを詐欺師と名指しして信用を落とすために偽情報を流していたことも書かれている。アメリカ生まれのモサドの女性工作員がアメリカ人観光客を装ってバヌヌをイタリアに誘い、バヌヌはその地でモサドに捕らえられ、国家反逆罪で18年の懲役刑を宣告された。

マクスウェルは、この本に書かれていることはでたらめだとして、著者ハーシュを訴えている。[27]マクスウェルの正確な死因は謎のままだ。別の検死官によって3回の検死がおこなわれたが、結論はまとまっていない。そのために陰謀説が幅を利かせることになったのだが、その大半を家族は否定している。

マクスウェルの死後、相続人たちは彼のスキャンダルにあまりにひどく翻弄され、経済的に生き残ろうとするのに必死だったので、彼がなんの理由でどんなふうに死んだのかにはかまっていられなかった。

だが夫の死から3年後、妻エリザベスは、スペイン当局による最初の検死はまったく不充分であり、疑わしいとさえ考えていると述べ、当局が徹底的な調査をおこなわなかったことに強い不満と後悔、怒りを表明した[28]。

その後、保険会社がイスラエルの法医学検査官に依頼しておこなった検死でも、ヨットから転落したときについた傷からは事故死が示唆されるものの、自殺なのか事故なのか殺人なのかは断定できないと結論づけられた。最初の検死時に彼の心臓がかなり細かく解剖されていたため、いまとなっては、心臓発作があったかどうかを調べることもできない。

「わたくしがそのときに申しましたとおり、ボブ（マクスウェル）は自殺などしておりませんし、これからもこの考えを改めることはありません」。エリザベスは1994年発行の自叙伝のなかで書いている[29]。

マクスウェルの死後、ロンドンにあった自宅フラットはサザビーズのオークションにかけられた。父の会社の役員だった息子のイアンとケビンは、刑事訴追という脅しをかけられて庶民院での証言を余儀なくされた。こうしてマクスウェル帝国は債権者によって切り刻まれていき、エリザベスには金がなく、融資を受けることもできなかった。夫が妻や子の将来のために蓄えを取り分けておかなかったから、こんなに困窮する羽目になったと嘆いた。

そんななか、経済面で支えとなってくれる人物が現れた。エリザベスがフランスに所有していた家に抵当権をつけて金を貸してくれたのだ。

「わたくしたち家族のなかで、いちばん困難な状況にあったのはおそらくギレーヌでしょう。裕福に暮らす若い女性と人々には噂されていましたが、実際には過大な銀行ローンや不動産市場が下落するなかで巨大な住宅ローンを抱え、ひとりで人生を仕切り直さなければなりませんでした」とエリザベスは書いている[30]。

何十年も家族で暮らしてきたヘディントン・ヒル・ホールも競売にかけられ、1992年にはマクスウェルの息子ふたりが逮捕された。いち早く情報をつかんだマスコミがカメラを手に大挙して押し寄せた。次には破産が待っていた。

エリザベスはフランスの家をそのまま所有していたが、会社がらみの細々したことを片づけ、子どもたちのそばにいるためには、ロンドンに残る必要があった。だが彼女は無一文で、イギリスには帰る家もなかった。

彼女が「救済者《ホワイトナイト》」と呼ぶ、ある友人に連絡をとったところ、2ベッドルームの家を提供してくれたそうだ。のちに彼女はこのホワイトナイトのことを、夫がニューヨークのデイリーニューズを短期間だけ所有していたときに紹介してくれたアメリカ人ビジネスパーソンだと説明している。そのビジネスパーソンは、夫がイスラエルを支援していることを評価していたと彼女は言った。

「以来、彼はわたくしに、変わらぬ寛大さを示しつづけています」[31]

彼女を助けたそのビジネスパーソンの名前は公にされていない。

一方、マクスウェルの死から約3週間後、〈YIVOユダヤ調査研究所〉がロバート・マクスウェルと妻両名の慈善活動を称え、敬意を表するイベントを催した。

これは生前から計画されていたもので、エリザベスは11月24日にニューヨークの〈プラザホテル〉で開催されたこのイベントに出席することにした。

そのイベントでエリザベスとギレーヌの隣に座っていたのは、当時は無名だったカーリーヘアのあか抜けない男性だった。

彼こそがジェフリー・エプスタイン――[32]

21　王子様と勧誘者

1992年、イギリスのメディアは、父親の会社で要職に就いていたイアン&ケビン・マクスウェル兄弟を追い回していた。捜査当局は、兄弟が公開企業の年金基金から9100万ドルを不正に送金し、破綻しかけていた事業を立て直すために父親がその金で株を買っていたと主張した。[1]

マクスウェル家の帝国が崩壊したとき、怒り心頭の年金受給者や銀行、債権者は金の返還を求めて押しかけた。ニューヨークのデイリーニューズが破産を申請し、マクスウェル家の資産は凍結された。清算人が介入し、現金化できるものはなんでも現金化して回収しようとした。

ギレーヌ・マクスウェルはスキャンダルを嫌ってニューヨークに移住し、アッパー・イーストサイドに1ベッドルームのアパートメントを借り、フリーマーケットで家具を買った。

母親が一家は破産したと公言していたにもかかわらず、ギレーヌには、父親が遺した信託基金から年間10万ドルを受け取っているという噂がつきまとった。[2]

父親の金を追跡するためにどこかの組織に雇われた調査員は、ギレーヌが本当に無一文なのかを疑っていた。

「マクスウェルがオーナーを務める会社はアメリカだけで400あったから、そのうちの何社かから彼女に不正に金が回るように操作していた可能性は充分にあるが、調べるためのリソースがなかった」とある調査員は語っている。[3]

ギレーヌは29歳のときにニューヨークの社交界に足を踏み入れ、ファッションショーやレストランの開店イベントなどに登場するようになった。彼女にとって幸いだったのは、ニューヨークではロンドンと異なり、マクスウェル家のスキャンダルを気にする人がほとんどいなかったことだ。父親の金融詐欺事件の被害者がいまも怒りに燃えている大西洋の反対側ではできなかった、自身の人生の再構築を始めた。ロンドンを訪れる際には、プラチナブロンドのかつらをかぶり、メディアに気づかれないように変装した。[4]

ギレーヌの姉で双子のクリスティンとイザベルはサンフランシスコに移り住み、公の場からはほぼ姿を消していた。ふたりとも良縁に恵まれて結婚し、1990年代のシリコンバレーのインターネットブームで財を成した。設立した会社のひとつはインターネット検索エンジン〈マゼラン〉を開発し、のちに数百万ドルで売却している。[5]

オックスフォード大学で教育を受けたにもかかわらず、ギレーヌは事業を起こそうとかキャリアを築こうという意欲をほとんど見せなかった。裕福な家に生まれ育った彼女は、遊びや社交の場、買い物が好きなことで知られる。1992年11月、コンコルドでロンドンに乗りつけて派手な買い物をした彼女はタブロイド紙に察知され、「ザ・ショッパー」と呼ばれるようになった。ギレーヌは父親が人から盗んだ金で暮らし、被害者を気の毒とも思っていないという噂が流れた。[6]

ニューヨークへの帰途、彼女は、有名でない、白髪交じりで太り気味のビジネスパーソンと一緒にいるところを目撃されている。このころのジェフリー・エプスタインは、「一匹狼のように行動する謎めいたニューヨークの不動産デベロッパー」と描写され、ギレーヌをマンハッタンの社交界に紹介した人物と言われていた。[7]
ふたりの絆《きずな》は厚く深くなり、数カ月もしないうちに、彼女が謎の資産運用家《フィナンシアー》と恋に落ちたと噂されるようになった。彼の友人たちはこう考えていた。エプスタインがマンハッタン社交界で成功していったのは、彼の交際相手にニューヨークのトーク番組の元司会者や多額の遺産を相続した女性たちが並ぶことからもわかるように、「豊富な人脈をもつ金持ちで美しい女性に惹かれ、ぐいぐい迫るから」だと。エプスタインは、自分はＣＩＡやモサドで働いたことがあり、企業スパイだった時期もあり、コンサートピアニストでもあると周囲に話していた。
彼は底なしの金持ちで、派手な車や服に惜しみなく金を使う。ギレーヌにとってエプスタインの存在には違和感がなかった。父親と同じく、魅力と知性で男性も女性もとりこにする、催眠術師スベンガリのような人物だった。一方、やはり父親と同じく、自分の役に立たない者や知性の輝きがない者は容赦なく切り捨てる嗜虐《しぎゃく》的で支配的で陰険な一面もあった。
１９９９年、妻のセーラ・ファーガソンと離婚して間もないイギリスのアンドルー王子が、ギレーヌ・マクスウェルの招きでマンハッタンを訪れた。王子は、ギレーヌと彼女の家族を昔からよく知っていた。彼もまた、人生の再構築を迫られているところだった。離婚スキャンダルに疲れていた王子はしばらくアメリカに逃れ、アッパー・イーストサイドにあるエプスタインの邸宅でギレーヌと一緒に過ごすことになった。[8]
王子はすぐにギレーヌを連れてマンハッタンのあちこちで開かれる社交界のイベントやディナーパーティーに参加するようになった。おおぜいのモデルとつき合い、遊び人ぶりを発揮し、ハワイのバンガローでは持ち主の39歳の既婚女性と一緒にいるところを撮られている。[9]

アンドルー王子が外で浮き名を流していても、ギレーヌ・マクスウェルは王子の最も忠実な相談相手として彼のそばにいた。

2000年、ギレーヌはエプスタインの邸宅から13ブロックほど離れたところにある、自身の豪華なタウンハウスに引っ越した。エプスタインとのロマンチックな関係があったとしても、どうやら終わりを迎えたようだった。ニューヨークのタブロイド紙は、エプスタインをギレーヌの「疎遠になったパートナー」と呼んだ。

ロマンスは過去のことになっても、エプスタインはギレーヌを会社の給与名簿に載せ、家政の取り仕切りやパーティーの計画、社交のスケジュール管理、インテリアデザイナーや建築家を指揮しての不動産物件の改装などで彼を補佐してくれるように頼んだ。

やがて、アンドルーと元妻のセーラ・ファーガソンは、アメリカに来るたびにエプスタイン邸の常連客となった。エプスタインはセーラの借金返済のために2万ドルを貸したこともある。同時に、王族との友情を活かして、政財界の著名なリーダーたちのあいだで自身の立場を上昇させていった。[10]

ギレーヌは、ニューヨークの流行《はや》りのレストランでアンドルー王子と手を握り合って親しげにランチをとっているところを目撃され、婚約間近だと噂された。同じ年に、王子は彼女の40歳の誕生日に2万ポンドの大パーティーを開いている。[11]

アンドルーはその後もタイのプーケット島でトップレスの女性たちと一緒にいるところを撮られたり、マー・ア・ラゴで、趣味で星占いもしていて性具やバイアグラのような薬を売ってもいるブロンドのモデルと親しくしている姿が目撃されたりした。[12]

エプスタインとギレーヌはアンドルー王子が楽しく過ごせるように取り計らい、マイアミやロサンゼルスのナイトクラブでVIP待遇を受けられるように手配した。ギレーヌは2000年にニューヨークでおこなわれたあまり上品でない仮装パーティーにアンドルーを連れていき、イギリスにいる彼の家族をぞっとさせた。〔13〕

裁判記録によると、ギレーヌはこのころから、少女や若い女性をエプスタインのために勧誘しはじめたとされる。複数の女性が訴訟のなかで、ギレーヌが、自分はある裕福な男性のために働いていて、その人はキャリアや教育の面で支援が必要な女性をアシスタントとして雇いたいと考えていると言ったと主張している。

被害者のひとり、バージニア・ジュフリーは2001年の時点ではまだエプスタインのもとで働いていた。エプスタインと一緒に国内のさまざまな場所にある彼の住まいを訪れるようになり、エプスタインから彼の友人たちにもマッサージをしたり、性行為をしたりするようにとの指示を受けた。その年の春、エプスタインとギレーヌは、バージニアをロンドンの高級住宅街にある由緒正しいミューズハウス〔馬小屋を改装した家〕のギレーヌ邸——おそらくエプスタインがギレーヌのために購入したと思われる——に招き、しばらく一緒に過ごした。

「今夜、あなたは王子様に会うのよ」とギレーヌがバージニアに言った。

それからふたりで新しい服を買いに出かけた。

その夜、バージニアはアンドルー王子に紹介された。ギレーヌは王子にバージニアの年齢を当てさせようとした。バージニアがこれほど若いことをギレーヌは喜んでいるようだった。エプスタイン、ギレーヌ、アンドルー、バージニアの4人は夕食をともにし、食後にバージニアは王子に、家族に送りたいから一緒に写真を撮ってもらえるように頼んだ。写真には、アンドルーがバージニアの腰のあたり、肌が露出しているところに腕を回し、ギレーヌがうしろで微笑む姿が写っている。

それから彼らはロンドンの会員制ナイトクラブ〈トランプ〉に出かけた。バージニアは、汗だくの王子と一緒に踊り、彼が酒を渡してくれたことや、身体じゅうに彼の手が伸びてきたことを憶えている。

帰りの車の中で、ギレーヌから「あなたがジェフリー（エプスタイン）にしていることをアンドルーにもしてあげてほしい」と言われた。

バージニアはちょっといやだったが、結局言われたとおりにした。ギレーヌ邸に戻ったあと、バージニアは王子を2階の寝室に案内し、浴槽を温めて服を脱いだ。このときのことを彼女は手記している。ふたりでバスタブに入ると、アンドルーは彼女のつま先を舐め回し、彼女の身体を愛撫しながらささやいた。「きれいな脚だね。ずっと触っていたい」

それからベッドをともにした。「終わったあとの彼は、それまでの数時間とはちがって、気配りのある男性ではなくなっていた」と手記にある。「あわただしく服を着て、別れの挨拶もそこそこに寝室から出ていった」

バージニアの話では、王子とのこの出会いにエプスタインから彼女に1万5000ドルの支払いがあったという。その後、彼女は王子に2回会っている。1回目はマンハッタンのエプスタイン邸で、やはり性行為があり、2回目はエプスタインの島で、自分を含む9人の若い女性たちと王子がグループセックスをしたと彼女は主張している。

王子は、彼女の申し立てをすべて否定している。２０１９年11月におこなわれたＢＢＣのインタビューで、アンドルー王子はバージニアと会った「記憶はまったくない」と述べている。[14]ギレーヌ・マクスウェルもこうした出来事があったことを否定した。

アンドルー王子の友人や家族は、ギレーヌやエプスタインとの友情は危険だと考えるようになっていた。

「あの人たちは彼の名前と人脈を利用したいだけなのに、彼は無邪気で世間知らずだから、向こうの下心がわからないのだ」と、ある友人はメール・オン・サンデー紙に語っている。[15]

このころになると、ギレーヌ・マクスウェルは首尾よくマンハッタン社交界のトップに立っていた。クリントン夫妻をはじめとするニューヨークのエリートたちと親しくなり、クリントンの大統領図書館の資金を集めるためにＶＩＰの夜会を主催したのもギレーヌだった。２００４年には、ロンドンのイブニング・スタンダード紙で、「お行儀のよくない《ノーティ》女相続人《エアレス》トップ10」に選ばれている。[16]パーティーでは、コロンビアで軍用ヘリコプター〈ブラックホーク〉を操縦した話や、ある過激グループのキャンプでロケット弾を発射した話などで場を盛りあげた。[17]また、チャールズ皇太子の恋人（当時）カミラ・パーカー・ボウルズのことをジョークにしたり、簡単には招待状を入手できない、上流層だけに限定したパーティーを開いたりしていた。

友人たちによると、ギレーヌは、経済的な安定を与えてくれたエプスタインを崇拝している。反対にギレーヌはエプスタインに人脈と上流の身分を与えた。ふたりは著名人や政治家、ビジネス界や科学技術界の大物たちをもてなしつづけた。ただしエプスタインは、おおぜいの人が集まる場所には顔を出さないことが多く、注目を集めるのはたいていギレーヌだった。華やかで率直で、とくに性的な話になると淫らですらあった。社交界の人たちを集め、各席に張り形《ディルド》を置いた、フェラチオの極意を語るディナーパーティーを開いたこともある。

だが彼女のパーティーでの奇抜なふるまいには、贅沢な生活を維持するための黒い意図が隠されていた。安定した生活を失うまいと、エプスタインを支え、彼のマダムの役割を担い、彼の並外れた性欲を満たすために若い女性たちを誘い込んでいた。ギレーヌに雇われた女性のなかには、彼女がしばしば性的に露骨な写真を撮り、エプスタインや他の人物との性行為を無理強いしたと主張する者もいる。ギレーヌはすべてを繰り返し否定している。

パームビーチ警察がエプスタインの捜査を開始した２００５年ごろには、ギレーヌはコンピューターメーカー、ゲートウェイ社の創業者で億万長者のテッド・ウェイトという新しい恋人と交際していた[18]。

だが裁判の書類には、彼女がエプスタインのために若い女性の勧誘を続けていたと書かれている。訴訟で「プリシラ・ドウ」と名乗る女性は、20歳だった２００６年に、エプスタインに性的な悦びを与える方法をギレーヌから教わったと述べている。

２００７年、エプスタインの犯罪が人に知られはじめると、イギリスのメディアは不祥事を起こしたこの資産運用家《フィナンシアー》が、ギレーヌとアンドルー王子とどんな関係だったのかに注目するようになった。

だがアメリカでは、イギリスでの騒ぎをよそに、ギレーヌ・マクスウェルはセレブやＣＥＯたちと一緒に華やかなパーティーを渡り歩き、人生を謳歌《おうか》していた。

22 ケネス・スターの力

ジェフリー・エプスタインが、自分の代理人にこの弁護士を雇うというのは、ちぐはぐに見える。なぜならこの弁護士は、エプスタインの友人ビル・クリントンに対して、生々しい性描写をちりばめ、大げさな物言いでモラルを説き、200ページを超える力のこもった大作「スター・レポート」を突きつけた当人として有名だからだ。

ケネス・スター弁護士がかつて独立検察官として、別荘地開発業のホワイトウォーター社とクリントンのあいだでおこなわれた金融取引や、ホワイトハウスの元インターン、モニカ・ルインスキーとクリントンとの性的関係を調査したことが、1998年のクリントン弾劾裁判の原動力となった。

だが、スター自身を神にも近い高みにのぼらせ、クリントンを恥辱の海に沈めた清教徒の聖なる羅針盤は、歴史上最も裕福な性捕食者のひとりで、非常に多くの被害者を生んだ人物の弁護を引き受けたとき、彼の銀行口座のなかに消え去ったにちがいない。

スターも、そしてエプスタイン側弁護士の誰ひとりとして、特権的な男の自由を追求するために採った戦術に罪悪感を抱いていたようには見えない。

エプスタインがスターを雇ったのは、道徳心に感服したからではなく、彼がワシントンにもつ、ブッシュ政権とのコネのためだった。

2007年春、スターは計算し尽くした法廷戦略の一環として、エプスタインの容疑は連邦法の対象外であり、司法省が起訴するべきではないとの論を張り、この舞台の主役に立つ。

スターは、ほかのエプスタイン側弁護士ジェイ・レフコウィッツとリリー・サンチェスとともに、連邦検察のアレックス・アコスタ、ジェフ・スローマン、アン・マリー・ビラファーニャ、FBI捜査官複数名、司法省児童搾取わいせつ課のドリュー・オスターバーンと面会した。弁護側の主張はシンプルで、エプスタインが州境を越えて罪を犯したという証拠はないのだから、彼が訴えられている犯罪と連邦政府とは切り離すべきというものだった。だが連邦政府側は、管轄範囲を突くこの議論には乗らなかった。連邦政府がそれまで、インターネットを使って児童ポルノを売る何百人もの売人に適用して成功してきた「州際通商の施設または媒体」の考え方をエプスタインの事件にも当てはめ、州境を越えた犯罪があったと見なしたのだ。エプスタインの事件では、その媒体はコンピューターではなく電話であり、エプスタインや使用人たちは電話を使って少女たちを性行為に勧誘していた。連邦政府はまた、エプスタインとその共謀者が被害者を商業的性行為に誘い込むために詐欺あるいは強要をおこなったと指摘した。どちらも連邦犯罪に相当する。

それでもスター弁護士は、連邦政府の司法管轄はせいぜい薄弱なものでしかなく、当該の罪を仮にエプスタインが犯したのだとしても、その訴追の判断は州に委ねるべきだと主張した。

2008年の春になるころには、ケネス・スター弁護士がワシントンの有力者を動かそうとしていることがあからさまになってきた。当時の電子メールや書状を見ると、スターとレフコウィッツは、訴訟を取り下げるように司法省に圧力をかける運動を展開していたことがわかる。

そして5月15日、ついに司法省が決定を下す。司法省児童搾取わいせつ課のドリュー・オスターバーンは、アコスタが連邦裁判所でエプスタインを起訴する権利があることをエプスタイン側弁護士に通告したのだ。

オスターバーンは書状にこう書いている。「説得力のある議論が数多く提起されましたが、連邦裁判所の管轄事件にするべきでないと断固として決定させるだけの材料はありません。アコスタ連邦検事がミスター・エプスタインの連邦訴追を許可しても、検察官としての訴追裁量権の濫用には当たりません」

4日後、スター弁護士は、法律事務所〈カークランド&エリス〉の元同僚で、当時は司法副長官に就任が決まったばかりのマーク・フィリップに宛てて、最後の抵抗となる書状を送った。

冒頭でマイケル・ミュケイジー司法長官に言及し、クリントンを責めたときの「スター・レポート」を彷彿《ほうふつ》とさせるドラマチックなことばを使い、自身のもつありったけの情熱を注ぎ、法律を舞台にせつせつと独白したのだ。

「昨年秋、司法長官指名承認の公聴会にて、ミュケイジー判事は司法省の輝かしい伝統を掲げ、上院とアメリカ国民に対し、司法行政の公正さと高潔さを堅持する厳粛な意志を堂々と表明されました」とスターは書きはじめる。

「……そうした考察のもと、私どもは、当方の依頼人であるジェフリー・エプスタインがかかわったとされる、本質的に州の事案である問題に連邦政府が関与することを再検討していただきたく、謹んでお願い申しあげる次第です」

８ページに及ぶ書状には弁護団のこれまでの主張が列挙されたが、それだけでなく、検察官の不正行為の疑惑という痛烈なパンチが加わっていた。具体的には、エプスタイン側弁護団が連邦検察と交わした暫定的な司法取引は、事件にかかわる検察官と個人的な関係のある弁護士の利益になるように仕組まれたものだと主張したのだ。スターが指しているのは、マイアミの連邦次席検事ジェフリー（ジェフ）・スローマンのことで、エプスタインに対する民事訴訟で複数名の被害者の代理人を務めるジェフリー・ハーマンと以前に法律事務所でパートナーだったことを問題視した。

スローマンが法律事務所でハーマンのパートナーだったのは事実だが、それはエプスタイン事件よりずっとまえの２００１年、しかもわずか４カ月間だけのことだった。また、ハーマンは、カトリック神父による虐待の被害者のために数百万ドルの和解金を勝ち取り、性暴力事件を扱う個人弁護士としての評判もすでに得ていた。

エプスタイン側弁護団は、次にビラファーニャ検事補を槍玉《やりだま》に挙げ、自分の交際相手と友人関係にある弁護士に賠償金の取り決めで有利な役回りを与えるように画策したと主張した。ただしビラファーニャは反論している。

「これほど徹底した弁護活動は過去に見たことがない」と、この事件にかかわったある検察官は語っている。「マリー（ビラファーニャ）は骨身を削って正しいことをしようとしていたが、誰かにいつも手を引けと言われていた。それが誰なのかはわからないが、私たちはとても奇妙なことだと感じていた」

この検察官は、ワシントンの誰かがこの事件を動かしているのは明らかだったと言う。ビラファーニャは、エプスタインがいまだに若い女性や少女を虐待している可能性が高いと同僚に懸念を示したときにも、どこかからそれについての反発を受けていた。

「誰かが彼女のうしろを嗅ぎ回っているような感じがした」とその検察官は言った。

ビラファーニャは、重大犯罪の担当部署にいたアンドルー・ローリーに起訴状提出のサインをもらおうとしたが、断られる。

くだんの検察官は言った。「エプスタインを起訴しないという決定がすでになされていたため、彼女は取引をまとめる方法を見つけなければならなかった」

最終的に検察は、エプスタインの被害者の代理人となって和解金交渉をまとめる弁護士を選任するよう判事に求めた。ただしここでの大きな問題は、選任されたロバート・ヨーゼフスベルク弁護士の報酬がエプスタインから出ることだった。このことは、今日まで議論の的となっている深刻な利益相反を生むことになった。ヨーゼフスベルクが代理人となった被害者たちは、ほとんどの場合、自分で弁護士を雇った被害者たちよりも少ない和解金しか受け取っていない。だが、自分で弁護士を雇った被害者たちが受けた拷問に近い嫌がらせをある程度免れることができた。

ビラファーニャはこの事態を明らかに予測していなかった。というのも交渉中の司法取引では、エプスタインが人身売買の罪で有罪を宣告されたのを前提に、被害者を扱うことが求められていたからだ。言い換えれば、エプスタインは、身元を明らかにした被害者からの民事請求を、彼らを攻撃したり信用を貶《おとし》めたりすることなく解決しなければならないはずだった。だがこれは、取り決めを無視するというエプスタインお決まりの事態にすぎず、検察はエプスタイン側弁護士の威嚇戦術の責任をエプスタインに問うことはできなかった。

6月2日、検察によるエプスタイン調査を擁護する文書の案が司法副長官マーク・フィリップに送られ、また同じ週に、フィリップから事件の進行を許可してもらうべく大陪審の追加の召喚状が準備された。エプスタイン側弁護士はフィリップに介入を求めたが、介入したかどうかの記録はない。

だが私が話を聞いた複数の司法省関係者によると、フィリップはとくにコメントをつけずに、この件をアコスタに送り返したそうだ。アコスタはエプスタインの起訴に進むゴーサインを得たわけだ。

ところが連邦検察は、そのまま裁判にもち込むのではなく、エプスタインとの司法取引の交渉を再開する。

数週間後の2008年6月27日、被害者側弁護士のブラッド・エドワーズはビラファーニャからの電話をとった。

「金曜だった。マリー（ビラファーニャ）から電話があって、エプスタインが月曜に州裁判所で罪状認否に臨むとのことだった。だから私は、『そう、で、どの事案で？』と返した」

州の法廷で申し立てがおこなわれたからといって、必ずしも連邦検察の捜査の終了を意味しない。エドワーズはビラファーニャに、連邦裁判に関係している彼の依頼人たちが、その月曜日の認否の場に記名されている被害者なのかどうかを尋ねた。

ビラファーニャは「いいえ、これは連邦の性的人身売買容疑の事案じゃない」と言ってエドワーズの質問をかわした。

エドワーズは連邦検察のほうで起訴の準備が進んでいると信じていたので、月曜日の州裁判所での審問は、州が捜査している他の被害者のものだろうと考え、傍聴には同僚に行ってもらった。

その日、同僚から電話があった。

「わけがわからない。売春勧誘容疑がどうとか、エプスタインがどこの監獄に入るかとか、そういう話をしてるぞ。それなのに被害者も被害者側弁護士も法廷にいない」

エドワーズがすぐさまビラファーニャに電話をしたところ、これで連邦検察の事案も落着したと言われた。詳細は語られなかったが、エドワーズは彼女が苛立っているのを感じた。ビラファーニャ検事補は異議があれば書面で申し立てることができるとエドワーズに伝えた。

これでエドワーズはまだ終わっていないとの希望をもった。7月7日、エドワーズはウェストパームビーチにある連邦裁判所の書記官室に緊急上申書を提出する。

「これは民事ですか、刑事ですか？」と書記官が尋ねてきた。

連邦裁判所に上申書を提出したことのなかったエドワーズにはすぐにはわからなかった。ともかく、上申書のなかでエドワーズは、検察が犯罪被害者権利法の要件を満たすまで、エプスタインの刑の宣告を保留すべきだと主張した。犯罪被害者権利法の要件には、被害者は司法取引について知らされる権利があること、被害者には加害者に判決が下される場に出廷する機会を与えなければならないことなどがある。被害者は今回の司法取引や判決について知らされていなかったため、エドワーズは検察が法を破ったと考えたのだ。

「きょう、審問《ヒアリング》に進みたいのだが」とエドワーズは書記官に言った。

「ですが、これには緊急と書いてありませんので」

「書類をいったんこちらへ戻して」とエドワーズは言って、表紙にくっきり「緊急」と書き足した。

この上申書は、ウェストパームビーチを拠点とする、連邦地方裁判所のケネス・A・マーラ判事が担当することになった。判事はその日のうちに、エドワーズの上申書に対する回答を2日以内に提出するように連邦検察局に命じた。

アコスタ検事は、連邦検事補デクスター・A・リーに回答を指示した。この事件では多くの文書が封印されることになるが、2日後の7月9日にリーが提出した文書はその第1号となる。

リーは、連邦検察が被害者に知らせる義務を負うのは連邦の司法取引についてのみであって、州の司法取引については知らせる義務はないと主張した。連邦検察は州の司法取引を封印し、その公開を拒否したのだった。


エドワーズが司法取引の内容を見ることができるまでに2カ月かかった。時すでに遅く、エプスタインはすでに刑務所に入っていた。

政府がエプスタインと共犯者たちをかばうためにどのような策を使ったのかは、被害者たち、メディア、世間も含めて、ほぼ1年間誰も知ることはなかった。

2008年、2009年、2010年に被害者側弁護士がエプスタインを相手取って個別の民事訴訟を次々に起こしたため、犯罪被害者の権利に関する議論はさらに何年も放置されてしまった。けれども、エドワーズが民事訴訟のために手を尽くして数百ページに及ぶ書簡等の資料を政府から入手したことは大きな成果だった。

これらの電子メールや書状は、連邦検察官とエプスタイン側弁護士との協力関係をつぶさに示しており、のちに連邦検察官を窮地に追い込むことになった。

エプスタイン事件にかかわった検察官や捜査官のほとんどが、その後の数年間で昇進していることがすぐにわかった。ただし少数だが例外もあり、とくに注目すべきなのはビラファーニャ検事補で、彼女は南フロリダの連邦検察局に残っていた。ＦＢＩのチーフ捜査官だったカーケンダルは、他部署に異動したのち退職した。

全員ではないが多くの連邦検察官がすることは、職務で得た人脈をそのまま金に換えることだ。独立開業したり、銀行の役員になったり、コンサルタントやロビイスト、政治工作員、あるいはフィクサーとして力を振るったりする。ケネス・スター弁護士がホワイトハウスとの政治的人脈を利用して、司法省にエプスタイン事件の再調査をさせたように。

そうすれば、エプスタインのような、悪行を揉み消したがっている大金持ちから莫大な金を稼ぐことができる。

もちろん、どれも違法ではない。

23 駆け引き

2008年6月30日の朝、ジェフリー・エプスタインは、弁護士のジャック・ゴールドバーガーを従えて、パームビーチ郡の裁判所に入っていった。だがその日、判事席にいたのは1年前にこの事件を担当した人物ではなく、引退した主席判事が代理を務めていた。

ジェフリー・エプスタイン事件の大きな謎のひとつは、エプスタインの刑事事件を担当していたサンドラ・マクソーリー判事が、エプスタインが司法取引に入り、量刑が決まるまさにその日に、なぜ不在だったのかということだ。

注目を集めるこのような事件が、刑事事件の経験が豊富で司法取引を厳しく吟味してきた判事から、充分な説明を受けていない別の判事に移されたのだ。これはおそらく偶然ではなく、エプスタインにとって新たな転換点となった。

10年以上経ったいまでも、この事件は司法の政治力学や手続き、倫理面について疑問を投げかけている。

事件ファイルを見てみると、司法取引の審問の日程はわずか3日前の金曜日に決まっていた。しかも当日は月曜なので、マクソーリー判事が通常は手一杯の訴訟を抱えている日だった。提出された通知書の署名は判読できず、パームビーチ郡の書記官はいまでも、誰が審問の通知を提出したのかわからないという。

一連の電子メールのなかに、審問に先立ってビラファーニャ連邦検事補が、バリー・クリッシャー州検事とランナ・ベロフラーベク検察官に宛てて、判事にできるだけ詳細を伝えないようにと連絡していた履歴が残っている。実際の書類は封印されるので、ベロフラーベクの仕事は検察官と被害者全員が、エプスタインの司法取引に同意していると裁判官に納得させることだった。

マクソーリー判事には、検察官とも弁護士とも対立してきた歴史がある。彼女はタフな判事であり、弁護士協会の評価もそれを反映していた。郡の弁護士協会が会員を対象におこなった調査では、彼女の評価は最低レベルだった。

2008年2月、マクソーリーはある事件で被告の司法取引を拒否し、事件の担当を降ろされている。22歳のチャールズ・タイソン被告は、生後9カ月の息子を殺害した第1級殺人の罪に問われており、有罪ならば死刑になるところだった。

彼はベロフラーベク検察官が提示した司法取引を受けることにした。

ベロフラーベクによると、タイソンの家族の何人かは裁判のストレスを避けたくてこの取引に同意するよう彼を促していたという。

だがマクソーリーは、被告が父親として「自身の行動に責任をもとうとしていない」ことを不安視し、被害者の家族（この事件では加害者の家族と同一）を考慮することはたいせつではあるが、それでも最終的な決定は判事あるいは陪審員団に委ねられると述べ、乳児の死を「許されない非道」とした。[1]

その1年前にもマクソーリーは、ウェストパームビーチの男が危険運転致死罪で起訴された事件で司法取引を却下した。バキュームカーを運転していたこの男は、赤信号を無視して突っ込み、高齢者入所施設の13人が乗ったマイクロバスに衝突してふたりを死に至らしめた[2]。

2007年には、妊娠中の女性に飲酒運転で衝突し、胎児の生命を奪った事件の司法取引をしぶしぶながら認めたものの、マクソーリーは審問の場で、飲酒／麻薬の影響下の運転では通常の過失致死よりも長い懲役刑になることを考えるとこの司法取引は甘すぎるとして、危険運転致死傷罪を郡で長く担当してきた検察官を厳しく追及した。このときの被告側弁護士はほかならぬジャック・ゴールドバーガーで、司法取引を成立させるために法律的な曲芸技を決めなければならなかった[3]。

ゴールドバーガーは過去の経験から、マクソーリーがエプスタインの司法取引に対して深刻な疑念を抱く可能性があり、もし彼女が取引を却下した場合、その判断は広範囲に物議を醸し、メディアの熱狂的な注目を集める可能性があることを知っていた。

「エプスタインはこの司法取引に賭けていた。マクソーリーに任せるなど、そんな大きすぎるリスクのある道を選ぶはずがなかった」。すでにリタイアした、パームビーチ郡の元判事は匿名を条件にこう語った。

元州検事補で、刑事事件畑の経験が長く、現在はエプスタインの被害者の代理人を務めるジャック・スカローラは、判事の訴訟日程が操作された可能性もありえなくはないと言う。

「サンドラ・マクソーリーはタフな判事として知られていた。特定の状況で特定の判事がどう反応するかを気にしている弁護人が、司法取引の手続きに入るときにその判事に当たらないようになんらかの手を打つことは考えられる」とスカローラは言った。

「手続きとしては、弁護人と検察官が判事に、司法取引を考えているので提出したいと伝えるだけでいい。別の判事に提出する機会を狙うのはめずらしくなく、検察側の協力があればそれも可能だ」

マクソーリーはあるインタビューのなかで、あの日の朝、エプスタインの審問を自分が担当しなかった正確な理由は思い出せないと答えている。

パームビーチ警察のライター署長は、マクソーリーから病欠の電話が入ったことを州検察局から聞いたそうだ。マクソーリーは事件の記憶が曖昧であることを認めているが、そのうえで、当日は法廷にいたと確信しているという。

「ほかのことで忙しくしていて、誰かが来て、空いているかどうかを私に訊いたような気がする。正確には憶えていないが、ほかの判事に回すように言ったかもしれない」。現在はリタイアしているマクソーリーは言った。

ただし彼女は、担当を交替するのはよくあることだとつけ加えた。判事は互いに助け合いながら仕事をさばくのだから、と。

午前8時40分、代役のデボラ・デイル・プッチーロが判事席に着いた。

「おはようございます、裁判長。ジェフリー・エプスタインの代理人を務めるジャック・ゴールドバーガーです」

「おはようございます」。プッチーロが返した。

「本日は司法取引のために参上しました」とゴールドバーグが言った。

エプスタインは宣誓した。

それからの20分間、判事は事務処理に触れたあと、エプスタインに向かって処罰の中身について説明した。

「よろしいですか、パームビーチ郡の刑務所で6カ月間勤めたのち、12カ月間、当局の監視下に置かれ、その後は、電子監視装置を足首に着けて地域社会監督《コミュニティコントロール》のもとに……」

ゴールドバーガーは話を遮り、エプスタインは足輪を着ける必要はないと判事に言った。

エプスタインは、性犯罪者の治療プログラムを免除され、嘘発見器による検査や、社会奉仕活動も科されることはなかった。

エプスタインの司法取引のリストからは、大半の性犯罪者に適用されるルールが一つひとつ消されていった。

「彼はすでに精神科医のもとで治療を受けています」と検察官のベロフラーベクが判事に伝えた。

「あなたは法律の学位はおもちでしょうが、心理学の博士号や精神医学の医学博士号もおもちでしたっけ？」と、判事は皮肉を隠さずに言った。「では、被告人がどこかの高級な精神科医や心理学者の治療を受ければ問題ない、というのはあなたが判断しているだけなのですね？」

「はい、そのとおりです」とベロフラーベクは答えた。

プッチーロは、エプスタインの収監に関する条項に戻り、この司法取引では郡の刑務所で18カ月服役することになっていることを指摘した。

「なぜ、パームビーチ郡の刑務所で6カ月プラス12カ月なのですか？　州刑務所でないのはなぜでしょう？」

ゴールドバーガー　当事者間の合意です、裁判長。満たすべき要件を満たすうえでこれが最適な方法であるとわれわれは判断しました。また、この刑期が全当事者の要求を満たしていると合意しました。

プッチーロ　パームビーチ郡の納税者は、この人物をフロリダ州矯正局ではなく郡に収容するために18カ月分の費用を払うのですか？

ベロフラーベク　そのとおりです。

判事はエプスタインに、この司法取引を受けるための誘因は与えられたかと尋ね、ゴールドバーガーは判事と弁護士だけで協議したい、と申し出た。

少し離れた場所へ移動し、ゴールドバーガーは声を低くして言った。「私がサイドバー《サイドバー》を申し出た理由は、この司法取引の結果として、連邦検察局とのあいだで不起訴合意が成立するからです。つまり、ミスター・エプスタインが本日の司法取引に成功した時点で、フロリダ州南部地区では彼のいかなる犯罪も起訴しないという文書に署名がなされています。当事者間が合意した機密文書です。慎重を期すために、裁判所にも知っておいていただきたいと考えました」

「司法取引を受け入れるうえで、それは被告にとって重大な誘因であると考えます」とプッチーロが言った。

サイドバーから元の席に戻ったプッチーロは審問の終了間際に、「本件の被害者は全員、この司法取引の条件に同意しているのですか？」と質問した。

「私自身が何人かと話しましたし、彼らの弁護士に話しました。ほかの被害者についても弁護士をつうじて話が届いていると考えます。答えはイエスです」とベロフラーベクは言った。

「18歳未満の被害者については、被害者の両親や保護者が司法取引に同意したということですね？」

「その被害者はもう未成年ではありません。だからこそ、彼女の弁護人と話したのです」とベロフラーベクは言った。

「その被害者は司法取引に同意しているのですね？」

「はい」


ベロフラーベクが判事に話したことは真実ではなく、州の司法取引の中心であるはずの被害者少女も彼女の弁護士も、取引のことを何も聞かされていなかった。

誰もがずっと、州の大陪審で証言した被害者――被害者のなかで唯一、証言台に立ったジェーン・ドウ1――が、司法取引のなかの被害者だと思っていた。彼女の弁護士スペンサー・クービンはその日、エプスタインが出廷すると聞き及び、彼女の民事訴訟を起こしたいと考えているときだったので、審問に出かけることにした。

クービンも、審問で言及された被害者のうち、少なくともひとりは自分の依頼人だと思っていたそうだ。実際には、エプスタイン側弁護士はどうにかして州の検察官を説得し、被害者を入れ替えたのだ。このことは何年ものあいだ誰も知らなかった。

ジェーン・ドウ1ではない、彼らが選んだ別の被害者のイニシャルが司法取引の書類に記載されている。だが書類が封印されていたため、その被害者が誰なのかは長くわからなかった。その被害者の弁護士ロバート・ヨーゼフスベルクは、司法取引に記載されているのが自分の依頼人であることを検察から聞かされることはなかったと主張している。

ではなぜ、被害者を入れ替えたのか。

被害に遭ったとき、司法取引に名前のあった被害者は17歳で、ジェーン・ドウ1は14歳だったからだ。14歳との性交は違法でも17歳となら合法の管轄区域があり、そこでならエプスタインを性犯罪者として登録せずにすむというわけだ。

のちにフロリダ州の法執行局は、州検察局のクリッシャーとベロフラーベクが不正をおこなった証拠はないと判断した。ベロフラーベクが審問の際に不正確な情報を与えられた可能性はあるが、法執行局がこの点について検討した形跡はない。ただし連邦政府の調査によると、クリッシャーとベロフラーベクのふたりは、連邦検察官から、州の司法取引に関係のある被害者に通知する役割を任されていたという。

戻ってきたマクソーリー判事は2週間後、エプスタインが足首に電子監視装置を着けないことを認めたプッチーロ判事の決定を覆し、新たな地域社会監督命令《コミュニティコントロール》を出した。エプスタインを電子装置で24時間監視し、社会奉仕活動を義務づける命令書に署名したのだ。

だがその1年後、エプスタインが釈放される直前に、エプスタイン側弁護士は法文解釈の「単純《スクリ》な書き誤り《ブナーズ・エラー》」問題をもち出して、マクソーリーの命令の無効化を狙った。この申し立てはタイミングを待って、ジェフリー・コルバスという別の判事に提出された。

24 刑務所釈放カード

パームビーチ郡刑務所の監房の入口に立つ全裸のジェフリー・エプスタインは怒っていた。「看守！ なぜ灯《あか》りが点《つ》いている？」夜分のことだった。ほとんどの受刑者は、よからぬことを企てていないか看守が見張れるように、就寝時でも監房の小さな灯りを点けておかなければならないが、エプスタインは真っ暗ななかでドアを開けたまま寝ることが許されていた。このことは刑務官にとって、とくに女性の刑務官にとって、性器を露出させたエプスタインが監房からいつ出てくるかわからないという、安全上の懸念となっていた。

刑務官のアンジェラ・ワトキンスは机から顔をあげた。この50代半ばの性犯罪者は、灯りを消して寝る許可は得ていると言い、彼女に上司を呼ぶように命じた。ワトキンスが動揺しながらも確認の電話をかけたところ、上司から灯りを消すようにと言われた。

苦情を申し立てたが、却下されたと私に話してくれた。だが、法執行機関の管理下にあった期間にエプスタインに対して出された苦情の記録を私が求めたところ、そんなものはないと言われた。

エプスタインは、その金と社会的地位にものを言わせ、刑務所内で多くの特典を得ていた。所内の売店で女性用5号サイズのパンティを2枚購入したほか、コーヒー800杯、歯磨き粉22本など

2000ドル分の商品を購入したことが台帳の記録に残っている。弁護団の弁護士補助員《パラリーガル》のひとりに「早期老化を防ぐ顔の運動」という本をもってくるよう依頼したこともあった。この本は禁制品として没収された[1]。

所長のマーク・チェンバレンは、エプスタインが刑務所での生活を不快に思っていることに同情しているようだった。

所長は部下に宛てたメールのなかで、「資産が莫大なせいで彼の身に被害が及ぶおそれがあるため、特別な管理下に置くことにした」と書いている。「刑務所の決まりごとに疎《うと》く、ほかの受刑者とはちがった反応を見せる可能性が高い。当分のあいだ、監房の扉には施錠せず、テレビが設置されている弁護士室に自由に出入りしてよいものとする」

さらに、コンピューターの利用も許可されていた。少なくとも1回は、スカイプの向こうで彼の女性アシスタントが全裸になるのを見ながら自慰行為をしているところを、副所長が目撃している。

パームビーチ・デイリーニュースが、エプスタインが入所後数週間で特別棟に移され、さらに日中だけ刑務所外の仕事場に出勤できる「ワークリリース」が与えられたことを報じたが、世間の反応は薄かった[2]。

以来、毎朝のように、エプスタインのボディーガード兼従者のイゴールが黒のSUVで刑務所に迎えにきた。保安官の護衛がつくなか、イゴールはウェストパームビーチのダウンタウンまで車を数キロ走らせ、きらめく沿岸内水路《ICW》を見晴らす、ゴールドバーガー弁護士の法律事務所の内側に構えたエプスタインのオフィスに彼を送り届けた。

エプスタインが「仕事場」に出勤する午前10時ごろから、遅ければ夜の10時過ぎに退勤するまで、週に6日、その仕事場で待機するというおいしい特別任務を与えられたのは、郡の刑務官ではなく保安官代理たちだった。

私は、エプスタインがほかにどんな特典を得たのか、また誰がそれを許可したのかを知りたかった。

だが保安官のリック・ブラッドショーは、今日に至るまでこの事件について私に話すことを拒んでいる。

パームビーチ保安官事務所は、パームビーチ郡最大の法執行機関で、十数ヵ所の自治体と郡内の非法人地域（自治体に所属していない地域）に住む住民に警察サービスを提供している。郡の刑務所機構を統轄しているのも保安官事務所だ。ただし、エプスタインの屋敷があったパームビーチ町は、パームビーチ警察署という独立した警察組織が取り締まっている。

記者たちは長年にわたってこのふたつの法執行機関を混同し、エプスタインに快適な刑務所暮らしの特権を与えたのはパームビーチ警察署だと――保安官事務所でなく――世間に誤解させてきた。

2004年に保安官となったブラッドショーは、パームビーチ郡で最も強力な政治家のひとりだと長く考えられてきた。エプスタインのワークリリースへの関与についても、悪いのは自分以外の誰かで自分は善人だと思わせるガスライティング・キャンペーンを何年にもわたって展開し、私の目から見てそれはかなり成功していた。保安官事務所が統轄する刑務所に、政財界に強大なコネをもつエプスタインが服役していたのに、ブラッドショーは、彼がどういうふうに処遇されていたかを何も知らなかったという立場を崩していない。

保安官の広報担当テリ・バーベラは、性犯罪者に関する同保安官事務所の方針を明確にしようと、ワークリリースのポリシーのコピーを私に渡してくれていた。だが彼女が私のシリーズ記事のために送ってくれたその文書には、有罪判決を受けた性犯罪者はパームビーチ郡ではワークリリースを受けることができないとはっきり記されていた。

ということは保安官事務所は自らの方針を破っていたのですねと私が指摘すると、バーベラは、エプスタインは釈放のときまで登録された性犯罪者ではなかった、この方針を適用するには正式に登録されている必要があったと強弁した。この主張の問題点は、パームビーチ保安官事務所は、有罪となった他の性犯罪者にワークリリースを与えたことが一度もなかったことだ。エプスタインだけだったのだ。

連邦検察局のビラファーニャ検事補は、エプスタインの司法取引が成立して刑が確定した数日後にワークリリースのことを知り、ブラッドショー直属のマイケル・ゴーガー主任保安官代理に宛てて、このワークリリースは当局の方針に違反しているように思われること、エプスタインがワークリリースの目的で設立した慈善団体について明らかに虚偽の説明をしていることなどを挙げ、強い調子の抗議文を送った。

「電話をかけたり、ネットをサーフィンしたり、食事を届けさせたりするのは、刑罰の目的に沿っていない」と、2008年7月3日にビラファーニャは書いている。

エプスタインの収監について詳しく調べたところ、彼の「ワークリリース・プログラム」の最初の条件では、緊急医療処置以外のいかなる理由でも「仕事場」から出ることが禁じられていた。

だが彼のために特別にプログラムの改訂がおこなわれている。「保安官事務所の代替収容課が許可した場合」には、エプスタインは仕事場を離れることができると書き換えられたのだ。

その後エプスタインは、6カ月間で少なくとも69回、医師の診察のために外出し、ときには1日に2回のこともあった。レイクワースにあるカイロプラクティックに週3回通っていた記録も残っている。

行き先の予定があまりにも多いため、交替で監視役を担当していた保安官代理たちは彼の動向を追うのに苦労した。

このワークリリースを手配したのは、エプスタインの長年の弁護士、ダレン・インダイクだった。インダイクはワークリリースの最初の書類を提出したほか、エプスタインが刑務所に入る直前に設立し、その後も「仕事場」から運営していた慈善団体〈フロリダ科学財団〉の副理事長にも名を連ねている。

「この許可はきわめて異例だと思う」と、保安官事務所のスティーブン・ティボドー主任補佐は、2008年10月23日、エプスタインのワークリリースの方針変更について打ち合わせたときの内部メールに書いている。「とはいえ、業務の内容はクライアントのニーズを満たすためや明確化を図るためにしばしば変更されるものだ。今回の許可が敏感な事案であることを考慮して、添付のように修正した業務明細書を検討していただきたい」

私はこれを読み、保安官事務所がエプスタインを受刑者ではなく「クライアント」と呼んでいたことに注目した。

エプスタインは保安官事務所に12万8000ドル以上を支払い、非番の特別任務チームの費用を負担していた。これらの事実はパームビーチ・デイリーニュースが長年にわたって報じてきたが、私は、ほかの人が見落としたものを見つけようとすべてを細かく検討し直した。その結果、新しい発見があった。

保安官の広報担当テリ・バーベラは保安官事務所ですでに10年の経験を積んでいるのに、私が何かを依頼するとその意味がわからないとか、私が文書を要求すると、おっしゃるような文書は存在しないとか、そうした的外れな主張をよくしていた。だが私には、意図的に言い逃れをしているように見えた。彼女の経歴書には、面会予約、収監者記録、ワークリリース、自宅軟禁者管理、矯正指導管理、非番時の雇用支援、人事、メディア対応の経験があると書かれている。保安官事務所のウェブサイトによると、バーベラは「政府機関とメディア間のコミュニケーションを改善し、プロフェッショナルな関係を構築する」ことを目的としたグループの委員長も務めていた。

私は、要求したものが得られるまで、少なくともその一部が得られるまでは、公文書請求を何度もおこなった。すべてを入手できたわけではない。

例を挙げると、2005年から2011年のあいだの、「エプスタイン」という名前を含む保安官の電子メールをすべて請求したのだが、返ってきたのは1通だけ、しかも冒頭の日付時刻「Thursday, March 31, 2005 9:04:35 a.m.」以外はすべて空白になっていた。

それでも私は、最初の被害者がパームビーチ警察署に名乗り出てから1週間ほどしか経っていないこの2005年3月の日付で、保安官のブラッドショーがエプスタインに関するメールを受け取ることになったのはなぜだろうと考えた。

あとになってわかったのだが、私が保安官事務所に公文書を請求していたころ、保安官事務所と取引のあるコンピューター業者とのあいだで会合が開かれ、特定の文書をシステムから消し去る方法はないかと保安官事務所側が尋ねていた。この会合のことを教えてくれた関係者は、意に沿わない者には嫌がらせをすることで悪名高いブラッドショーを恐れて、記録には残さなかったそうだ。ただしこの内部情報は、信頼できる筋に確認をとれてはいない。

エプスタインのワークリリースに同行する任務では、保安官代理たちは制服ではなくスーツとネクタイを着用するように指示されていた。また、この任務では時間外勤務がかなり多くなるため、エプスタインが規則を破っても、彼らはそれをわざわざ本人に指摘して自分の仕事を増やそうとは思わなかったようだ。それどころか、エプスタインがパームビーチの屋敷に立ち寄ることも黙認していた。エプスタインには足首に監視装置を着けることが義務づけられていたが、報告書には監視装置が「作動していなかった」と書かれていることがよくあった。

何度も公文書請求の書類を提出してようやく手に入れたのが、保安官代理たちが交替勤務の最初と最後に記入する用紙だった。ゆうに200枚はあった。保安官事務所から最初に届いたものはあまりにも編集箇所が多かったので、私はバーベラに宛て、この編集について説明を求めるメールを送った。フロリダ州の公文書法では、編集した理由を明確にしなければならない。幾度かのやり取りのあと、バーベラは編集部分を減らした新しい束を再送してくれた。ここは私の勝利だった。

その用紙は一般企業のタイムシートに似ていた。たとえば、その日の1番目の保安官代理が自分の到着時刻を記入したあと、訪問者の出入りを記録し、何か変わったことがないかどうかを記入する。2番目は、1番目と交替するときに用紙を引き継ぎ、同じように記入を続ける。

1日の終わりに、その用紙を束ねた業務日誌は、エプスタインが仕事場で管理している金庫に戻される。

私はバーベラに実際の業務日誌を閲覧したいと申し出たが、それはもう存在しないと言われた。エプスタインを警護していた保安官代理たちにそのときのことを訊こうとしたが、うまくいかなかった。業務日誌にはフルネームの記載がなく、彼らが誰なのかをまず調べなければならない。私は保安官事務所の全職員のリストを要求し、受け取った。

いまでは彼らの多くがすでに退職している。彼らは法執行官なので、電話番号は公開データベースには載っていない。個人情報を知られたくない、とくに記者には知られたくないと思っている保安官代理を捜すのにどれだけ自分の時間を割けるかを考えた。

保安官代理のひとりに短いインタビューをすることができた。彼は、自分の仕事はたんにエプスタインの仕事場の外に座って訪問者の出入りを記録することだったから、エプスタインが1日じゅう何をしていたのかまったく知らないし、尋ねたこともないと言った。

「エプスタインが法に外れることをしていないか確認しなかったのですか?」と私は訊いた。

「それは私の仕事ではない」が答えだった。

パームビーチ郡刑務所に出入りした訪問者の記録は残っていて、それを見ると、2009年の元日にエプスタインを訪問したアラン・ダーショウィッツ弁護士や、20回以上訪れた、ビル・クリントンの大学時代の友人アーノルド・プロスペリなど、名士録に載るような錚々《そうそう》たる人たちの名があった。そのなかで、最も多い100回以上の面会を果たしたのはストーリー・カウルズという人物で、彼は弁護士補助員《パラリーガル》と名乗っていたが、実際にはエプスタインの相手をさせるためにゴールドバーガー弁護士が雇ったベビーシッターのようだった。エプスタインの女性アシスタント、ケレンとマルシンコワも頻繁に訪れていた。ストーリー・カウルズと交際し、のちに一緒に暮らすようになったケレンは、2013年にレーシングカーのドライバー、ブライアン・ビッカーズと結婚するまでエプスタインのもとで働きつづけた。

エプスタインの服役状況について多くの疑問が寄せられたため、パームビーチ郡保安官事務所は2019年7月にネット上に説明動画を掲載している。動画のなかでマイケル・ゴーガー主任保安官代理は、エプスタインははじめ床掃除を担当し、品行が立派だったので雑役係《ハウスマン》という仕事に昇格してからは、監房を離れて他の受刑者の食事トレーを回収することが許されていたと説明した。「あれは汚職だとか、彼が裕福だからこうした特権を与えたのだとか考える人がいることを知って、残念に思います」とゴーガーは語った。

2009年7月に釈放されたあとの、エプスタインの地域社会監督《コミュニティコントロール》（自宅謹慎）の実態はどう見ても怪しいものだった。記録によると、フロリダ州矯正局のガイドラインでは認められていないにもかかわらず、エプスタインは〈ホーム・デポ〉で1日5時間を、〈スポーツオーソリティ〉でも長時間を過ごしていた。しかも、仕事上や法務上の理由から、カリブ海の自分の島や自宅のあるニューヨークに飛ぶことも許可されていた。州の保護観察官も懸念を示している様子はなかった。

エプスタインは、昼間にサウスオーシャン大通りを歩いているところをパームビーチ警察の警官に呼び止められたことがある。エプスタインは歩いて仕事場に行くところだと言ったが、そのルートは仕事場のあるウェストパームビーチのダウンタウン方面ではなかった。その場で逮捕されてもおかしくなかったが、運動する許可は得ていると言って保護観察官が仲裁に入った。

エプスタインの刑期が終わった2009年7月22日はめずらしい皆既日食の日で、エプスタインの暗闇の再来を告げていたのかもしれない。

25 靴をすり減らす

エプスタイン・プロジェクトでは、ヘラルドで連邦裁判所を担当するベテラン記者のジェイ・ウィーバーとよく相談した。当時、ジェイは自分の仕事で忙しく、金の採掘とその国際取引という獰猛な世界でうごめくマネーロンダリングや麻薬密売人のネットワークについて連載記事を書いているところだった。この記事は翌年、ピューリッツァー賞にノミネートされることになる。

彼はエプスタインの事件をよく知っていて、とくに、20年間取材で通い詰めた連邦検察局の関係者については熟知していた。私は彼の情報源にあたってもらい、記事の力になってくれるよう頼んだ。

彼は丁寧に応対してくれたが、情報源の誰かが話してくれるとは考えていなかった。私がなぜエプスタインの件をいまごろ追おうとしているのかを、彼は本当には理解していなかったと思う。彼は仕事上でアレックス・アコスタ連邦検事を知っており、アコスタの副官だった元連邦次席検事のスローマンとは親しいつき合いが続いていた。ジェイは、アコスタとスローマンは互いに忠誠を誓っているうえ、民主党員でありながら、アコスタの労働長官への指名を超党派で支援するために陣頭指揮をとっていたスローマンが、アコスタの不利になるかもしれない話をする可能性は低いと言っていた。

私がアコスタの過去を調べるきっかけとなったのは、労働長官として宣誓就任するときの1枚の写真だった。そばに彼の妻と娘たちも写っていて、誇らしいはずの瞬間に、彼の妻が浮かない顔、というより、不幸せそうな表情をしていたのが気になった。ケイシーにその写真を見せ、「夫を誇りに思う妻の顔に見える？」と訊いてみた。

「その日はたまたま体調が悪かったのかも」と軽くあしらわれた。

この写真のどこに引っかかったのかはわからない。だが、エプスタインがアコスタを含む検察官のなかの誰かの弱みを握っていた可能性もないわけではない。

連邦検察局には私の記事に協力する人はいないとのジェイの考えとは裏腹に、エプスタイン事件の際にマイアミ支局や司法省にいた何人かにオフレコで話を聞くことができた。アコスタは、幹部ではない一般職員からはあまり評価されていないことがわかった。彼はキャリア官僚であり、刑法についての知識は充分でないと思われていた。

「彼がワシントンからここに来たとき、みんな驚いた」。マイアミの元検事補のひとりが言った。「アコスタは事件を裁判にかけた経験がなく、〝立証責任〟のような刑法の基本概念すら理解していなかった。ここの検察局を最高裁判事になるための踏み台としか見ていない、影響力の薄い人物だと思われていた」

事件の捜査官や検察官は、エプスタインが自分たちを出し抜こうとするのではないかと危惧していた。事件に近いところにいた私の情報源のひとりは、出張の飛行機で、モデルのように美しい若い女性と隣り合わせになったときのことを話してくれた。彼はその女性から、昔の求婚者に脅されているという話を聞かされ、そのときは深く考えずに、力になれることがあれば手助けすると答えた。1日後、その美しい女性から情報源——既婚者——に電話がかかってきた。警察に相談するべきだと助言したあとも、その女性からは会いたいという電話が何度もかかってきた。情報源は不安を感じた。その女性が過去の悪縁に悩まされているただの被害者ではなく、エプスタインに雇われて情報源にハニートラップを仕掛け、危うい泥沼へ引きずり込もうとしているのではないかと。むろん、これを証明する方法はない。

アコスタがトラップに引っかかったとは思っていなかったが、少なくとも、エプスタインが何かを掘り起こしたかどうかを判断するためにもアコスタの経歴を調べてみようと思った。

そのためには昔ながらの、靴をすり減らして走り回る取材が必要だった。

まず、アコスタの秘書から始めた。秘書はなんでも知っているものだから。

連邦検察局を退任したあと、アコスタはフロリダ国際大学（FIU）ロースクールの学部長になった。FIUは公立大学なので彼の雇用記録を入手できる。

雇用記録をもとに、彼の秘書や事務補佐員の名前をたどるのは比較的簡単だった。というのも、有能な秘書の大半がそうしているように、忙しいボスの仕事のほぼすべては秘書たちが担っているからだ。

ハリケーンが多発するマイアミの湿った夏の日のことだった。そのころは毎晩、強い雨風がマイアミ南西部の交通をほぼストップさせていた。私はたいてい夜の8時ごろに会社を出ては、アコスタの下で、あるいはアコスタと一緒に働いていた人を探して、郊外の奥深くまで車を走らせていた。アコスタには何年も仕事をともにしたアシスタントが数人いた。ジェイの話では、連邦検察時代のアシスタントのひとりはまだそこにいるが、私とは絶対に話をしないだろうとのことで、私もおそらくそうだろうと思った。

けれども、アコスタはＦＩＵであまり好かれていないと聞いていたので、ＦＩＵだったらもしかしたら説得できる人が見つかるかもしれないという淡い期待ももっていた。

私は運転が下手なのでたいへんだったのだが、とにかくその夜、スマートフォンのＧＰＳを見ながら、車で詰まったマイアミの道路を進んだ。いくつかの住所に行ってみたが、なかには街灯すらない地域もあった。アコスタの元秘書の家を見つけるまで、何度か道に迷った。その元秘書は礼儀正しいヒスパニック系の女性だった。あちらは英語がうまくなく、こちらはスペイン語を話せないので、会話は短かった。彼女はアコスタのことを称えていたが、彼の仕事や私生活について深いところまで話そうとはしなかったので、私は辞去することにした。その後も、アコスタと仕事をしたことのある人を探して何ヵ所かに行ってみたが、こうした夜を数日重ねたあたりで、この道は行き止まりだと結論づけた。

毎夜の探索と失敗を聞いてジェイは私をねぎらってくれたが、きっと心のなかでは、よくやるよと呆れていたことだろう。

次に、アコスタの資産状況を調べることにした。労働長官に指名されたアコスタは、マイアミ・デイド郡コーラルゲーブルズの自宅を売りに出している。歴史があり、４ベッドルーム５バスの豪華な邸宅だ。
年収14万ドルの公務員の法曹家が、180万ドルの家をもてるほどの収入をどうやって得たのか——私は疑問を感じずにはいられなかった。
連邦検察局を退任したあとに就任したFIUロースクールの学部長としての年収も38万ドルにすぎない。
だが、学部長の一方で、ヒスパニック系のビジネスパーソンたちが2003年に設立した南フロリダの独立系金融機関センチュリー銀行の会長にも就任していたことがわかった。投資銀行で働いた経験といえば1990年にニューヨークのリーマン・ブラザーズでの1年しかないアコスタを会長に迎え入れたというのは、興味を惹かれる選択だ。
センチュリー銀行は2008年からの金融危機の影響で苦境に陥り、全米でとくに「資本不足」がはなはだしい銀行のひとつに挙げられていた。2009年には5000万ドルの税金も投入されている。アコスタが会長の職に就いたのは、税金での救済措置のあと、まだ1億3400万ドルの損失を抱えていたために、連邦政府がインサイダー融資を停止させていた時期だった。[1]
インサイダー融資とは、自行の役員や幹部を対象とした融資のことで、創業まもない銀行ではめずらしくない。だがセンチュリー銀行は何年にもわたってインサイダー融資を増やしつづけ、多くは投機的な不動産プロジェクトのためのものだった。2011年になっても連邦政府の監視下にあった同行は、翌年、インサイダー融資に疑問をもった株主から訴訟を起こされている。[2]
アコスタ会長のもと同行は、規制当局とのあいだで合意していた是正措置命令の撤廃に成功し、訴訟も終わらせることができた。2015年には6500万ドルを調達し、回復に向かっていた。

労働長官の指名を受けた時点のアコスタの資産明細を見ると、銀行株ファンドや証券取引や退職金の口座の総額が100万ドルに届いていなかった。また、銀行から支給される、5万ドルから15万ドルにのぼると見られる退職ボーナスを放棄することに同意している。ジェイは、アコスタがどこで金を手に入れたのかを解明するのは不可能だと断言した。アコスタの妻も弁護士で、妻自身の給料もあるはずだからだ。

指名承認のあと、アコスタとその家族は、ワシントンDCの近郊、バージニア州マクレーンの高級住宅地にある、広さ560平方メートル、ジョージ王朝様式の200万ドルの邸宅に引っ越した。

2018年の夏には、エプスタイン・シリーズの第1稿の下書きがほぼ完成していた。フォトグラファーのエミリーと私はドキュメンタリーの仕上げに迫われていた。

プロジェクトのラストスパートにかかっていたころ、トランプ大統領は、ジェフ・セッションズ司法長官が、大統領選挙の不正疑惑や大統領への司法妨害疑惑に関する調査から身を引くと決断したことに激怒していた。

セッションズ長官が辞任を申し出たとの噂が流れ、ふたりの関係がさらに悪化したことで、国家最高の法執行機関の長の後任としてアコスタの名がささやかれはじめる。

26 節目の年

2018年は大きな節目が重なった年だった。

1月、私は娘の大学の最後の授業料を支払い、バケツいっぱいの涙とシャンパンでこの偉業を祝った。娘の最後の奨学金と、私の「学部生の親のためのローン」の金が入ったからこそ払えたのだが、この「親のためのローン」のせいで私は、想像していたよりはるかにきつい借金を背負うことになった。子どもの教育について自分に充分な計画性があったとは言えないが、娘に4年間の私大生活を全うさせることができたのは、いまでも私の人生のなかで最も誇らしい成果となっている。

娘のアメリアによく、教育は誰からも奪われないと言って聞かせたものだ。高校でよい成績を収めれば、大学進学を全力で支えると早くから約束もしていた。娘は子ども時代を過ごしたフィラデルフィアに大学卒業後は戻りたいと言い出した。フィラデルフィアで育った人でなければ、その街がどれほど自分の魂の一部になっているかを真に理解することはむずかしい。私はいつもこう説明する。あなたが街のどこかの酒場に座っていて、フィラデルフィア・フィリーズの試合がテレビで放送され、カウンターの端に男がいて、もしその男がフィラデルフィア人なら、フィリーズの試合が終わるまでに、その男がどの地域で育ち、どこの学校に通い、どうやって妻と出会い、何人の孫がいて、どんなふうに運送会社で40年間働き、イーグルスがスーパーボウルで優勝したときやフライヤーズがスタンレー・カップで優勝した瞬間にどこにいたかを全部知ることになるだろう——それがフィラデルフィア人だと。

娘はフロリダをすぐに離れることはできなかった。

5月にフロリダ州メイトランドのセントジョセフ大学を優秀な成績で卒業した彼女は、本格的なアパートメント暮らしを始めた。雨漏りがして暖房もないような粗末な部屋で、ルームメイトひとり、犬、猫、ハリネズミ、そしてペットのネズミ5匹が一緒だった。彼女は、昼間は獣医のアシスタント、夜と週末は犬の散歩代行というふたつの仕事をして生計を立てていた。

翌6月には、息子のジェイクが、ここ数年父親と暮らしていたノースカロライナ州ヒルズボロの高校を卒業した。フロリダに戻って私の近くで大学に通ってほしいという私の願いはかない、2018年の後半に彼は戻ってきた。

卒業式、祝いのパーティー、旅行、そしてエプスタイン・プロジェクトを一度にこなさなければならない忙しい時期だった。この年、私には休暇はなかったが、子どもたちとの幸せな時間は私が切実に必要としていた休息を与えてくれた。この年の春は、健康で楽しそうで、将来に希望をもっている子どもたちの姿に、私は震えるような喜びを味わった。そのときどきのキャリアで目指していたことがなんであれ、子どもたちを誇りに思う気持ちのまえではかすんでしまうのだった。

春が過ぎて夏になり、ありがたいことに、さらにふたりの元司法省関係者から話を聞くことができた。ふたりはある方向性を示してくれたが、その方向に進むことで何に到達できるのかを明確にことばにされたわけではない。彼らは表に出るつもりはないから、匿名の話が本当に助けになるのかわからなかった。私は、どうしても必要でないかぎり、匿名の情報源は記事に使わないことに決めている。

そうはいっても、エプスタイン事件は資料も取材量も膨大なので、その履歴の山をかき分けて歩んでいくのに役立つ道しるべができたことはありがたかった。

一つひとつたどっていけば一生かかっても調べ終わらないほど多くの切り口を得た私は、そのなかから最も豊かな実を結びそうなものを選ばなければならない。親しい同僚たちに、このプロジェクトのために100万個のウサギの巣穴に飛び込むこともできたけど、どこかの時点で、どれを記事にするのか線引きをしなければならないと話したことがある。それに、エディターのケイシーはいつまでも待ってはくれなかった。

このころ、マイアミ・ヘラルドの元社員たちがときどき軽食堂《ダイナー》に集まって朝食をとりながら、最新のプロジェクトについて話し合ったり、編集室で起こっているジャーナリズム上のトラブルについてちょっとした噂話をしたりしていた。このグループには、ピューリッツァー賞受賞者でUSAトゥデイ紙の調査チームに当時所属していたマイク・サラ、ピューリッツァー賞最終候補者で現在はニューヨーク・タイムズに勤務するオードラ・D・S・バーチ、USAトゥデイの全国版のエディターだったセルジオ・バストスたちがいた。都合が合えば、ほかの元ヘラルド仲間《ヘラルディ》もときどき顔を出していた。ジャーナリストはタフな職業であり、業界外の人にはわかってもらいにくい悩みがたくさんあるので、こうしてたまに会っては仕事や生活について相談し合っていた。

ヘラルドの編集室後方の物置部屋にある隠れ場から、このグループのメンバーにこっそり電話したことが何回かあり、たいていはケイシーとの諍いにプレッシャーと疲労が重なった涙声の電話になった。聞いてくれるメンバーは4人いたので、私の愚痴で疲れさせないように、電話する相手を順繰りに変えることができた。

エミリーもまたドキュメンタリーを仕上げるのに苦労していた。私は自分の取材と執筆で手一杯だった。彼女が取り組んでいる仕事をすばらしいと思って横目で見ていたが、あとになってみると、私は本来そうすべきだったほどには彼女をサポートできていなかったと思う。25時間以上の映像を7分間のドキュメンタリーにまとめるのは本当にたいへんな作業だ。興味を惹く筋立てにするだけでなく、法的に問題のないものにしなければならない。エプスタインの周囲にいる有力者は、ちょっとしたしくじりを突いて訴えてくる可能性が高いので、法的な部分はとくにたいへんだった。

エミリーと私で注意深く脚本を書き、それからエミリーがナレーションを入れた。

エミリーはビジュアル・ジャーナリストとして際立った才能をもっていて、私が憶えてすらいなかった重要なポイントをインタビューのなかから拾い出す。私は彼女の仕事ぶりを見守り、インタビューから重要な断片を切り取って送ってもらい、それを記事に反映させることがよくあった。

プロジェクトが進み、インタビューや資料が増えてくると、すべてを把握するのがたいへんになってきた。さらに、業界用語で法務部チェック《ロイヤード》という試練に自分の記事を合格させるための準備もしておかなければならない。「どこでその情報を得たのか?」「どんなふうに知ったのか?」「それが書かれている文書はどこにあるのか?」などの質問が次々に飛んでくる。

記事の裏づけとなる文書はすべてクリップボードにまとめた。

掲載日が近づくにつれ、私はいっそう緊密にエミリーと連絡をとり、録音した音声を何度も聴き直し、映像を見直した。最終的に、シリーズ記事を要約した1分間の予告編映像、被害者と法律家とライター元署長にフォーカスした12分間の短編ドキュメンタリー、被害者のひとり、バージニア・ジュフリーにフォーカスした7分間の映像、エプスタイン事件にかかわったさまざまな人たちを簡潔に紹介した5分間の映像が完成した。

女性たちの声を聞き、彼女たちが泣いたり怒ったりまた泣いたりする姿を見て、私は謙虚な気持ちになった。立ちあがって叫びたくなることもあった。

その年の夏と秋は、エミリーと私にとって厳しい時期だった。親会社マクラッチー社はまたしても締めつけを強化し、勤続年数の長い記者に早期退職割増金を提示したため、同僚の多くがヘラルドを去った。若い記者の多くはベテラン記者の指導を受けたくてヘラルドに来たのに、ベテランがほとんど辞めてしまったので自分を根無し草のように感じていた。親会社が人員を減らしたいと考えている年齢層に私も入っていたにもかかわらず、私には退職割増金の提示はなかった。私の人生はいつだってカオスで、私は自分がヘラルドの年金制度に入っているのかどうかすら把握していなかった。何度か訊いてみたのだが、誰も答えてくれなかったし、仕事が忙しすぎて調べている時間がなかった。

エディターのケイシーはこのころ、アメリカでマクラッチー社の傘下にある他紙のプロジェクトも監督するようになっていたので、まるで全世界を追いかける調査報道エディターになったかのようだった。正直なところ、彼の肩にかかっている仕事のすべてを把握することはできなかったし、利己的なジャーナリストの私は、彼が多忙になって私のプロジェクトの進捗を厳しく監視できないことに少しほっとしていた。

ゴールは間近に迫っていた。そのため、エプスタイン本人からサラ・ケレン、ギレーヌ・マクスウェル、アコスタ、ビラファーニャまで、シリーズ記事に登場するほぼすべての人物に連絡をとった。メールや電話だけでなく、受け取るときにサインが必要な受取証明郵便で25〜30通の手紙を送った。ほとんどの受取証がサインされて私の手元に戻ってきた。

アコスタの労働省の報道官は、マイアミの連邦検察局宛てに送るように私に言ってきたが、アコスタはもう連邦検察には属していないのでこれは意味のないことだった。辛抱強く報道官に説明したが、自分の手に話しかけているみたいに無駄だった。

記事にコメントしてくる人はほとんどいなかった。

連絡をとった法律の専門家たちも、議論が巻き起こりそうな込み入った件にはコメントしたがらない。

エプスタインは、私からの問い合わせにはいっさい返答しなかった。

彼は法体制に勝ったと確信して、ジェット機で飛び回る生活に戻っていた。

だが２０１８年は、彼にとっても人生の節目となる。

彼はまだそれを知らない。

27　生みの苦しみ

ジャーナリストはよく、調査プロジェクトのつらさを生みの苦しみに例える。プロジェクトをかたちにして生み落とすまでの数カ月間は朝昼晩と吐き気に悩まされ、新たな発見に喜んだかと思えば、疲労と不安と絶望に打ちのめされ、何に対してもいらいらするばかり。ジャーナリズムのほぼすべての場所を経験してきた私だからこそ、調査報道というのは業界のなかでおそらく最も困難な道だと言える。同時に、最もやりがいの大きい道でもある。

シリーズ記事の準備作業はピースをどうつなげるかを考えて実際に書く段階に入っていたが、刑務所シリーズのほうもまだ続いていた。フロリダ州中北部にあるコロンビア矯正施設では殺人事件が、ハミルトン矯正施設では暴動が起こっていた。州内各地の受刑者やその家族からメールや手紙が毎日のように届き、彼らが受けている虐待から救い出してほしいと懇願された。すべての人を助けることはできないとわかっていたが、受け取ったメールのほとんどにこつこつと返信し、アメリカ自由人権協会、フロリダ障碍者《しょうがい》擁護協会、南部貧困法律センターなど、受刑者擁護に関係のある団体の連絡先を伝えた。問題点を文書にしておくことのほか、受刑者が動けなくなったときや独房に入れられたときに家族や友人に情報が伝わるようになっているかを確認しておくように助言した。こうしておかないと、受刑者はシステムのなかに消え去ってしまい、当人が死なないかぎり、家族は中の様子を何も知ることができない。

ほかの記事でエプスタイン・プロジェクトのリズムが乱れたあとは、おもに自宅で、プロジェクトの執筆を再開したものだった。やがて、マイアミ・ヘラルドの記者なら誰もが恐れる瞬間、紙面編集プログラム〈キュー〉に記事を入力しなければならない日がやってきた。私の手に余る、たいへんな根気と労力を要する作業なので、長いあいだ、ケイシーが私の代わりに入力してくれていた。私だと、記事が空中に消えてしまうこともあるのだ。

つまずくたびにヘルプデスクにしつこく電話をかけたから、「マイアミのクレイジーレディ」となんとか裏で呼ばれていたと思う。すべての記事を〈キュー〉に登録すると、今度は「編集」という本当の悪夢が始まる。

ケイシーのようなエディターと長く仕事をしてきてよかったことのひとつは、編集者という人たちが何を考えているかをほぼ予測できることだ。そして、ケイシーのようなエディターと長く仕事をしてきて悪かったことのひとつは……編集者という人たちが何を考えているかをほぼ予測できてしまうことだ。

私がヘラルドに来てから10年あまり、ケイシーとはほぼずっと一緒に仕事をしてきた。つねに直接のボスだったわけではないが、ガツンと来る記事をつくるのは何かということに似たような感覚をもっていた。彼はヘラルドの第一面のエディターだった時期もあるので、おおかたの記者と同様、自分の記事を第一面に載せたいといつも望んでいる私は、彼の能力を借りて自分の方向性が正しいかどうかを確認していた。

その後、彼は日曜版のエディターになった。記者にとって一面トップになるよりもうれしいのは日曜版の一面トップになることだ——大きな記事がインターネットではなく、まず紙面に掲載された時代の話だが。

ケイシーはだいたいいつも、冷静で穏やかで物腰が柔らかい。興奮しているときや激怒しているときでも、その感情は成層火山の地表の下に封じ込められ、手や脚や視線のちょっとした動きにかろうじて感じ取れるにすぎない。それでも彼のことばは溶岩のようにじわじわと漏れ出して、私のもつ仕事へのもろい自信をぐらつかせる新しい火口を開く。

エプスタイン・プロジェクトの掲載が近づくとこうした衝突が頻繁に起こり、私たちふたりの頑固さは双方にとって手に負えなくなりつつあった。元同僚のマイク・サラが言うように「プロジェクトの立ちあげには多くの血が流れる」ものなのだ。

濃密な調査プロジェクトに埋もれることをいとわず、記事に強烈なインパクトを込めるために、想像を絶するほど退屈な書類の山のすべてに目を通し、細部まで理解したうえで組み合わせ方を考えようとする、ケイシーにかなうエディターはそうはいない。

だが、どんな関係でもそうだが、パートナーシップを成功させるには多大な忍耐と努力が必要だ。私たちのその過程はきれい事だけでは片づかなかったが、理由の大半は、私自身が一緒に働きやすい記者ではないところにある。

私はキャリアのほとんどをつうじ、解雇されるのではないかという恐怖に囚われ、いつもあがいていたので、私ほどには解雇を心配していなさそうな人たちに対して自分がどれほど容赦がないか、気づけていなかった。

ケイシーからのコメントは、私が充分に仕事をしていない、とりわけ自宅にいるときや取材で外出しているときにはまったく仕事をしていないとほのめかしていることがよくあった。だから私は、気晴らしや休養に充てたすべての時間にうしろめたさを覚えていた。彼の意図したことではないのはわかっている。彼は周囲から多くを要求されていて、隠しきれないそのプレッシャーが私に流れてくるのを感じ取れた。

あるとき、長くて不快きわまる通勤時間に、エプスタイン事件についてベテラン記者のジェイ・ウィーバーと電話で話しながら運転していた。すると、その45分間ずっとケイシーが私に電話していたらしく、叱責されたことがあった。それに腹を立てた私は、それから数週間、トイレに行った時間も含めた数分単位の日報を彼に送りつけた。

改めて言っておきたい。物理的に記事を書いたり取材に出かけたりしていないときでも、私の頭のなかではつねに記事を書いていた。朝起きてから夜横になって寝入るまで、記事のことばかり考えていた。毎朝のランニングでも、頭を空っぽにしてすっきりさせようと思いつつも、実際には「誰に電話して取材しようか」「どうやって情報を引き出そうか」「そのあとどう動くべきか」ばかり考えていた。

ランニングのあと、ビーチにある気に入りのデリ〈フードキング〉でコーヒーを飲んでいても、すぐに手が電話に伸びていた。多くの人は記者と情報源とのこうしたかかわりのことを知らない。ときには何時間も話し、ときには何十回も電話をかけ、自分を信頼してもらい、心を開いてもらうことで、ようやく自分が本当に必要としているものにたどり着くことができるのだ。

だが、情報源が当人の結婚生活の悩みを延々と電話口で語り、延々と聞きつづけたその1時間を、エディターになんと説明すればいいのだろう。

結局私はケイシーの携帯電話番号に特別な着信音をつけ、彼からの電話は何を措いてもとるようにした。そのいまいましい着信音、トッド・ラングレンの曲のフレーズ「働きたくない／1日じゅうドラムを叩いていたい」が聞こえると、いまでもぎょっとする。

エプスタイン・プロジェクトでのケイシーと私は、進んではまた戻りを繰り返し、ときには大声で言い争った。彼が何かを変えると私が元に戻し、さらに彼が変える。最初の草案は何度も何度も書き直した。

編集工程はおそらく、ジャーナリズムの全工程のなかで最もつらい作業だろう。執筆者《ライター》はある特定の切り口や、ひとつの単語、ひとつのフレーズに強くこだわることがままある。編集者《エディター》は、ライターが何日も、あるいは何週間もかけて慎重に組み立ててきた文章をすぱっと削り、記事へのアプローチ全体をぶち壊す。

私は記事を耳で書く――書いている私に近寄れば、唇が動いているのがわかるだろう。文字をタイプしながらことばを自分の耳にささやくのだ。だから、少なくとも私の頭のなかでは記事には旋律的な構造がある。それなのにケイシーは単語や文章を動かしてその構造を崩してしまう。私はそれがいやでたまらない。

記事のタイトルや紙面での見出しを考える作業は編集全体の鍵だ。あざとすぎずにキャッチーであり、露骨すぎずにインパクトがあるものでなければならない。エディターの考えたタイトルを毎回気に入るわけではなく、ときには自分で考えた。いいアイデアが浮かぶまでに週単位の時間がかかったこともある。

だが今回のプロジェクトではかなり早い段階で、ケイシーにこのシリーズをどう呼ぶか尋ねたところ、即座に「*Perversion of Justice*（倒錯した正義）」の答えが返ってきた。

完璧だと思った。私たちは少なくとも同じ感覚を共有していた。


編集作業は続いた。ケイシーの指示する変更のうち、一部は受け入れたが、受け入れられないものもあった。たとえば、女性たちを「被害者とされる人たち」と呼ぶのは断固拒否した。強盗に遭った人を「強盗に遭ったとされる被害者」とは呼ばない。さらに今回の事件では、エプスタイン自身が署名した最終的な司法取引の文書のなかで、連邦検察局が「被害者」として列挙していたことも理由に挙げた。


最大の口論となったのは、ケイシーが外そうとし私がそれを拒否した、ひとつの言い回しだった。

「女性たち——すでに20代後半から30代前半——は、時間の流れによっては正されることのなかった、つかみどころのない正義のためにいまも闘っている」


ケイシーは、何が言いたいのかさっぱりわからない、とこの文章を消した。

私は抗《あらが》った。「わからないって何が？　物の考え方が時間とともに変わるのはよくあることでしょ。それなのにこの事件では時間が経っても関係者は口をつぐんだままよね」

彼が譲りそうもないのを見て、私はかっとなった。

そこでビル・コスビーの事件を例に出した。人気コメディアンだったコスビーが性犯罪事件でようやく裁判にかけられたのは、被害者たちが長年の苦悩の末に法廷に立つ決意をしたからだと。新しく選ばれた検事が不届きなコメディアンをついに告発し、それがあったからこそ有罪判決を勝ち取れたのだと、ケイシーに突きつけた。

　私たちの声はしだいに大きくなって編集室に響きわたり、人目が集まってきた。ついには会議室に場所を移し、記事の文章とは関係のないことまで叫び、怒鳴った。ふたりとも、いらいらと溜め込んでいたことをすべて吐き出した。私は、涙をこらえてバックナンバー保管庫にこもり、エミリーに電話した。

　2018年の秋、シリーズ記事をスタートさせるための週末の紙面の枠が見つからないまま、エミリーと私はほぼ毎日、ドキュメンタリーの最終調整を重ねていた。ときおり、写真・映像部門の誰かがプロジェクトに顔を出し、様子を尋ねてくることはあったが、自分の仕事があるからと言ってすぐに去っていった。映像作業に没頭していたあるとき、プロジェクトのことをまったく知らない映像プロデューサーが責任者になったと知らされた。エミリーは苛立っていたが、私は静かに励まし、もちろんすぐに自分たちの作業に戻った。この映像は、発表当時もいまもこのプロジェクトの最も重要な部分を占めている。

　ドキュメンタリー編集の最後は感謝祭の週末にかかっていた。エミリーは、おばさんやお姉さんとパイを焼く合間を縫って、私、ケイシー、ドキュメンタリーを吟味した弁護士たちと電話で会議をした。法的な問題から、何枚かの写真を削除することになった。ドキュメンタリー全体をつくり直さなければならないことを意味し、エミリーは感謝祭の日にナレーションを録《と》り直した。

「感謝祭の日に、コンピューターをシャットダウンし、すべてをいったん忘れ、家族と一緒に食卓を囲んだことを憶えている。私たちを信頼して打ち明けてくれた勇敢な若い女性たちに、感謝の気持ちを込めて静かに祈った」とエミリーはのちに話してくれた。

4人の女性が私たちと初めて共有した生《なま》の感情は、どのメディアもプロデューサーもジャーナリストもけっしてつかむことはできないだろう。

誇らしいことを成し遂げたと高揚する日があったり、目指していたことに完全に失敗したと消沈する日があったりしながら、時間は過ぎていった。

シリーズの公開が翌日に迫った11月27日、私たちはスティーブ・バーンズ弁護士と一緒に最後の編集作業をおこなった。ケイシーはテーブルに腰掛けて神経質そうに脚を動かしていた。それを見て私にも不安が移る。だがスティーブは落ち着いていて、いい仕事をしたんだという気持ちにさせてくれた。記事に法的な問題がないことも請け合ってくれた。

最後の数時間は、ドキュメンタリーの点検に費やした。エミリーは会議室を用意し、ケイシーをはじめ編集室の若い記者や、ツイッターやインスタグラム、フェイスブックで流す記事を書くソーシャルメディア担当者たちを招いた。

部屋を暗くしたなかで女性たちが画面に登場した。取り乱さずに最後まで映像を観ることに、私はわずかに残っていたエネルギーをすべて使った。ケイシーはいくつかの点を調整するように指示して突然去っていった。エミリーと私は、気持ちがへたるのを感じた。

その場にいた若い記者たちに感想を訊いてみた。彼らの表情や身振りから、サバイバーの声に心を動かされていることがわかった。

その日の午後、不意に記事の長さが気になってしかたなくなった。つなげれば何メートルにもなるような長い記事を3部に分けて掲載するのでは読者の注意を惹きつけられない。私は記事から大量の語句を削除しはじめた。やがて、ヘラルド最高の原稿整理編集者《コピーエディター》メアリー・ベーンがケイシーに何か言い、編集室の中央にある私の小個室にケイシーが突進してきた。彼が長身なのはうらやましい。身長が158センチしかない私は、自宅からもってきていたファイルボックスやら書類やらのうずたかい山の下にいると、もう誰からも見えなくなる。

「何をしてる？」ケイシーが尋ねた。

「こんなの、誰も読まない」と言いながら、私は削除《デリート》キーを押しつづけた。

「そのままでいい。全部、元に戻すんだ」。彼は言った。


オンライン版記事の公開時刻は何度も変更され、最終的に11月28日午前7時に決まった。

明日に控えたその夜は、帰宅してベッドに入ってもなかなか寝付けなかった。朝4時にとうとう眠ることはあきらめて起きあがり、5時にジムへ行ってクロストレーナーを漕《こ》いだ。そのあいだずっと、私の記事が、忘れ去られるまえにせめて1日だけでも気に留めてもらえますようにと祈っていた。

家に戻り、シャワーを浴び、ジーンズとTシャツをさっと着て、夜が明けたばかりの道をドラル市の編集室に向かった。途中で車を停め、銀行口座の残高が足りることを願いつつ、スタッフのために60ドル分のベーグルとコーヒーを買った。

編集室に入り、中央の大きなデジタルスクリーンを見た。その朝のヘラルドの記事が、閲覧数順に表示されている。

ボードのいちばん上にあったのは、1ドルショップでおならをした女性の話だった。

「女客、放屁《ほうひ》のあとでナイフ抜く」が見出しだった。

何千件ものアクセスがあった。

上位には私はほとんど注意を向けなかった。上位に来るのは、ヘラルドにしろほかの新聞社にしろ、本腰を入れて取材したもっと重要な記事に読者を誘い込むための「釣りタイトル《クリックベイト》」のことが多い。

午前8時前になってようやく、「トランプ政権の閣僚、常習的性犯罪者に一生の自由を与えた過去」の見出しで、3部に分かれた私の記事が、大きな写真、すべてのドキュメンタリー動画、年表、「記事の裏話」的な短い読み物とともに公開された。

私は記事のツイートを始めた。フォロワーはほとんどいないので、たいした時間はかけなかった。ソーシャルメディアの才能に恵まれたヘラルドのノエル・ゴンザレスとエイドリアン・ルーヒのふたりは、インターネットの世界をこの記事で埋め尽くそうと総攻撃を仕掛けていた。

ベーグルを食べながら、自分の記事がボードのいちばん下にあるのを見て、家に帰って寝るつもりで荷物をまとめはじめた。やるべき仕事を終えた安堵感があった。

出勤するスタッフが増え、編集室はにぎわってきた。記者のレネ・ロドリゲスがいきなり大声を出した。「ボード見た?」

近づいてみると、私の記事は3つとも急上昇していた。1番目の記事には数千件のアクセスがあった。

「でもまあ、おならのやつを抜くのは無理よね」と言って、自分の机に戻った。

コンピューターの電源を切るまえにツイッターのアカウントを見てみた。突然、フォロワーが数千人に増えていた。

そして信じられないことが起こった。

おならの話を抜いたのだ。

部屋に拍手が沸き起こった。

私の電話が鳴りはじめ、コンピューターのメールボックスに祝いのメッセージが積もっていった。最初にとった電話はマイケル・ライター元署長からだった。手放しで喜んでくれた。ついに、ついに、エプスタインの犯罪のひどさを、そんなエプスタインの逃亡を助けた検察の悪辣さを、世間の人にわかるように記事にまとめた人物が現れてくれたと。元署長のことばはこの上なく重かった。

サバイバーたちに電話をかけた。ミシェル・リカータと、2カ月前に出所したばかりのコートニー・ワイルドにはつながらなかった。オーストラリアは真夜中なのでバージニア・ジュフリーには電話できなかった。自分の話を祖父母がどう受け止めるかをずっと心配していたイェナ・リサ・ジョーンズとは話ができた。

彼女は泣いていた。

「これほどわたしを誇りに思ったことはないって、おばあちゃんが言ってくれたの」

パームビーチではその日の朝、亡くなったリカレー元刑事の妻ジェニファー・リカレーが息子ふたりと一緒に家にいた。ライターは彼女に電話をかけ、ヘラルドのウェブサイトに記事が掲載されたことを知らせた。記事を読み終えた彼女は一瞬、ジョー（リカレー）に電話しなくちゃと思って携帯電話に手を伸ばしたそうだ。

「あんなふうに、ジョーがまだ元気でいるつもりで身体が動いたのは久しぶりだった。とっさにそうなったの。記事が出てジョーがどれほど喜んだだろうって思う」とのちに話してくれた。

今日では、ほとんどの新聞記事は紙で売られるまえにインターネットで公開される。ネットに載ってから2日後、私は編集室に戻った。夜の8時ごろ、社屋の外にはすでに翌日の新聞を積むための配送トラックが駐まっている。輪転機オペレーターが機械の準備を始め、私は印刷前の新聞用紙の匂いを嗅ぎながら、自分が新人だったころを思い出し、40年経ったいまも、外で待機する配達トラックや回転する印刷機を見るのはなんと胸躍ることかと思った。エプスタインのドキュメンタリーを制作しているプロダクションのカメラチームが、ヘラルドに印刷の撮影の許可を求めてきた。私は、カメラのまえで記事の話をするには疲れすぎ、緊張もしすぎていたが、同行することを承諾した。印刷所に来ることはほとんどなくなっていたので、うなり声をあげて機械が回転しはじめ、私の記事が猛烈な勢いでラックを滑っていったときにはその場にいられた幸福にうっとりと包まれた。

大きなプロジェクトのあとには誰だって休息がほしいし、私もこれでようやく休みがとれると思った。だが、記事がうまくいった場合には簡単には休めない。

エミリーと私に何が迫っているのか、そのときは知らなかった。

その日、エミリーの家の外に1台のバンが駐まった。1日じゅうそこにいて、次の日もずっとそこにいた。ついに、夫のウォルトが警察に電話した。

28 余波

私はテレビのインタビューを受けるのが苦手だ。それでも、キャリアのなかでたくさんのインタビューを受けてきたのは、自分の記事がテレビに露出することで、それを見た人たちに変化を促し、リーダーに責任を負わせ、犯罪を解決し、記事に登場する、助けを必要とする人たちに助けを届けるのに大きな力を発揮するからだ。

そのときの私は疲れきっていたので、テレビは後回しにしたかった。だが逃げる間もなく、借り物の黒いブレザーと〈ウォルマート〉のドラル店で買った黒いTシャツを着て、編集室の真ん中に座り、メイクアップアーティストとカメラに顔を向けていた。その日の夕方には、この記事は全国ニュースになっていた。

ジャーナリスト仲間、性的虐待の被害者たち、弁護士、裁判官、被害者支援団体などから温かいことばをもらった。キャリアの初期に一緒に仕事をしていた人や、何十年も前に音信が途絶えていた旧友からも連絡が来た。

その日の夜遅くアパートメントに帰った。長い1日の終わりに車から降りるといつも顔にぶつかってくる塩辛い海風以外、何も感じないほど頭は空っぽだった。やはり自宅はいい。このアパートメントは、1980年代スタイルの、かつては美しかったであろうブラウンストーンの正面外観《ファサード》をもつ小さなブティックビルにあった。エレベーターはいつも故障しており、廊下は水浸しで、私の車はよく車上荒らしに遭っていた。それでも、沿岸内水路《ICW》の眺めがすばらしく、1ブロックでビーチに行ける。

その夜、見覚えのない番号からフェイスタイムの電話がひっきりなしにかかってきた。仕事用のメールアドレスには、意味不明のメールが殺到していた。私は携帯電話の電源を切り、眠りについた。

一方、エミリーの家の前に駐まっていたバンはまだ動いていなかった。地元の警察が到着し、車を取り囲んだ。運転席にいた男は、この地域で調査をしている私立探偵だと名乗った。

私の周囲でも怪しい動きは続いた。ドアをノックされてのぞき穴から見ると、知らない人たちがいた。エミリーから、知らない人には応答してはいけないと警告されていたが、これまでそんな事態に遭遇したことはなかった。ドアをノックした男のひとりはピザの配達だと言った。

「頼んでませんよ」とドア越しに言った。

「この番地なんですがね」と男が言った。

「とにかく注文してませんから」

男が立ち去ったあと、私は数時間待ってから、部屋を出た。そういうことがあってすぐに、ドアの外に監視カメラを設置した。それから数カ月のあいだに、見知らぬ人が来たことは何回かあった。そのうちのひとりは複数回現れ、アパートメントの外の廊下にある鏡で自撮りしていた。あれはなんだったのか、いまだにわからない。私を見つけた証拠を誰かに見せる必要があった？

誰かに見張られている気がした。バックミラーには同じ車がずっと映っている。私はこれは被害妄想だと自分に言い聞かせた。一方で、エプスタインの仲間たちが私の周囲を調べて、かつて犠牲者にそうしたように、私の過去の何かを暴こうとしているのだろうとも思った。恥ずかしい失態をさらしたことがないか、記憶をたどってみた。地元の〈ニックの店〉でビールを飲みすぎ、ビーチを歩いて帰るときにヒールが邪魔で、靴をどこかで脱いだままで帰宅したことがあった。駐車違反切符を切られたことはけっこうあるし、未払いの請求書はたくさんある。子どもたちが学童期でなくてよかった。

ボーイフレンドのミスター・ビッグは、私の記事が成功したことにも、それが彼と私の仕事を中心にして築いてきた静かな生活をどれほど揺るがしているかにも無頓着に見えた。私は時間の多くをプロジェクトに費やしていたので、彼と頻繁には会っていなかった。彼は私がほかの人とつき合っているのではないかと嫉妬を感じていたようだが、ふたりはもともと「あなたしか見えない」みたいな関係ではなかったし、とくに彼のほうがそうだったから、その嫉妬はナンセンスだった。ただ、彼は突然、愛情に飢えた人みたいになった。私に注目が集まることを喜ばなかった。

私がどれほどの犠牲を払い、どれほど懸命に働き、どれほど必死で金をかき集めて子どもたちを育ててきたかを、おそらく私の人生のなかで誰よりもよく知っている人なのに、私がキャリアのなかで最大の成功を収めつつあるとき、私のために喜ぶことができなかった。何年かをともに過ごしてきたなかで初めて、彼のためにくよくよする時間もその気持ちもないことに気づいた。

このときの私はまだ知らなかったのだが、記事が爆弾となったのは私の人生だけでなく、司法省の内部でも同様だった。ニューヨーク南部地区連邦検察局の汚職捜査部門のメンバーは記事が出た直後に、上席者のジェフリー・バーマンにそれを伝えた。長年、同検察局で検事を務め、トランプ大統領に罷免されたプリート・バララの後任として、その年のはじめに抜擢《ばってき》された人物だ。

マンハッタンにあるこの連邦検察局は、アメリカの検察局のなかで影響力の強さも独立性の高さも随一と言ってよく、非常に権威がある。ここで経験を積んだ検察官は大型法律事務所で莫大な年収の仕事に就いたり、政府の重要なポストに任命されたりしていく。

バーマンの前任のバララは、汚職やウォール街をめぐる事件を数多く担当したタフな独立検察官として知られていた。インサイダー取引や株式詐欺事件の訴追を成功させた、猪突猛進《ちょとつもうしん》の「十字軍」と評される一方で、権力者や政界に強いコネをもつ人物に対してはときに腰が引けるという批判もあった[1]。

私の記事が出た時点でテレビのコメンテーターとして活躍していたバララは、バージニア・ジュフリーがエプスタインのニューヨークの邸宅で、エプスタイン、ダーショウィッツ弁護士、アンドルー王子をはじめとする多くの著名な男性から虐待を受けたとの主張を公表したとき、ニューヨーク南部地区連邦検察局の責任者だった。エプスタインの被害者側弁護士はニューヨークでの起訴を目指して、ニューヨークの連邦検察官たちと何度も面会していた。

かつて、民主党上院議員チャック・シューマーの主任弁護士だったバララは、新しい証拠や目撃者が現れても、エプスタイン事件を取りあげなかった。バララはなぜ検察局が動かなかったのかを説明していない。この件に関する私からのメールや電話での問い合わせにもいっさい答えていない。

だが今回、バララの後任としてそこにいたジェフリー・バーマンはエプスタイン事件を放置しなかった。チームに調査の許可を与えた。

私の記事はエプスタインの目にも留まったようだった。公開の2日後、彼は共犯者のひとりに10万ドルを送金し、その3日後には別の共犯者に25万ドルを送金している。のちに関係者から聞いた話では、金の送り先はサラ・ケレンと、マンハッタンのエプスタインのオフィスを任されていたレスリー・グロフだったそうだ。記事の爆風は、一部の行員が以前からエプスタインの口座に警告を発していたドイツ銀行にも飛んだ。

長年にわたり、エプスタインはドイツ銀行に40の異なる口座を開き、数百万ドルの資金移動やその他の疑わしい取引をおこなっていて、彼の犯罪歴に照らせば当然、銀行内部で詳細な調査が入っているべきだった。

エプスタインが動かした金の宛先には、弁護士や被害者のほか、ロシア人モデル、授業料などがあり、「東欧系と思われる姓の女性」に直接宛てた小切手もあったことが、のちに連邦当局によって明らかにされた。

その後、エプスタインと被害者とのあいだで少なくとも17件の和解が成立し、和解金の総額は700万ドルを超えている。

ケレンとグロフへの送金があったのと同じころに、上院司法委員会のメンバーで共和党員、ネブラスカ州選出のベン・サッセ上院議員が司法省に宛て、アコスタ労働長官が連邦検事だったときのエプスタイン事件への対応について調査を要求する書状を出した。私の記事を引用し、検察当局の手続き全般の点検を求めた彼の声には、共和党・民主党の党派を超えた多くの議員の声が加わり、ひと月も経たないうちに大合唱になった。

ただし、私の記事は全方位から称賛されたわけではない。記事を批判した人たちはいくつかのカテゴリーに分けられる。事件を知っていて、何年かまえに記事にしたことがあり、私の記事は焼き直しにすぎないと考えるジャーナリスト。自分たちの描かれ方に不満のある検察当局者。エプスタインの共謀者や協力者、弁護士たち。

そのなかにあって、ニュースサイト〈デイリー・ビースト〉の元ライター、コンチータ・サーノフは、まったくちがう次元で記事を批判してきた。

彼女は当初、陽気な調子のメールで私のプロジェクトに祝意を送ってくれた。だが、記事が注目を集めるにつれて怒りを募らせ、「私はすでに2010年にエプスタインの記事を書いていた」と言って、私に電話してくるよう要求してきた。

彼女は個人的に知っているヘラルドのコラムニストに連絡をとり、そのコラムニストが彼女の言い分を、ヘラルドの編集局長から発行人《パブリッシャー》に昇進していたミンディ・マルケスに伝えた。

私はサーノフがエプスタインについて書いた記事をひとつ読んだことがあった。なぜそのひとつかというと、FBIのファイルにコピーがあったからだ。社交界の名士からジャーナリスト、人身売買防止運動家へと転身したサーノフは、ラジオ・コーポレーション・オブ・アメリカ（RCA）やNBCテレビを設立したデイビッド・サーノフを祖父にもつダニエル・サーノフと離婚していた。FBIのコピーを読んだあと、彼女が数年前にエプスタイン事件に関する本を自費出版していたことを知った。2018年1月の時点でサーノフは、人身売買の被害者のための非営利団体を運営していた。私は、そうか、人身売買の被害者を支援しているのなら、彼女にインタビューしてみようと考え、電話をかけた。

そのとき交わした会話の詳細は憶えていないが、こちらからことばを挟むのがむずかしいと感じたことはたしかだ。また、彼女はエプスタインのことを知っているのは自分だけだと思っているようだった。私はすぐに、複数の被害者にインタビュー済みだったことは言わないほうがいいと思った。電話を切ったときに、「あの人の書いた本は絶対に読まない」と決めた。今日に至るまでそれを貫いている。

記事が公開されたあと、彼女は私のエディター、新聞社、ピューリッツァー賞理事会に手紙を書いた。当初、彼女は自分がこの題材を最初に報道したのにそれが認められなかったことに憤っていると表現した。私たちは履歴を確認した。問題は、「最初に報道した」のは彼女ではなかったことだ。エプスタインについて最初に記事を書いたのは、2005年のパームビーチ・ポストだった。

今度は、彼女の成果を私が外側だけ書き直したと主張を変えてきた。彼女は、この題材に関する「優れた専門知識」の証拠として、何年かにわたってインタビューしたアコスタを含む関係者の名を列挙した。だが、彼女の記事のなかにはそのようなインタビューは見当たらない。彼女がエプスタインについて書いた最後の記事は、7年前の2011年のものだった。

彼女が「取材した」と主張する何人かの人に話を聞いたところ、社交界時代の人脈を利用してカクテルパーティーや慈善行事に出ていた彼女からその場で取材されたのだという。彼らの話によれば、サーノフに何かを言ったとしても、たいしたことは言ってないし、そもそもすべてオフレコだったそうだ。

ヘラルドの発行人《パブリッシャー》ミンディ・マルケスはサーノフに長文の手紙を書き、彼女の主張の一つひとつに反論した。

次にサーノフは、パームビーチ警察の元署長マイケル・ライターに電話をかけ、私と実際に話したかどうか質した。ライターも私も同様に困惑していた。彼はドキュメンタリー映像に映っているのだから。

その方法がうまくいかないとわかると、盗作だと言い出した。ケイシーは彼女の本を買って読む羽目になった。

ヘラルドは、私の記事全体を盗用検出プログラムにかけたが、何も見つからなかった。

やがて、私が登壇するイベントや出席する催しに彼女が現れるようになった。マイマミ・ヘラルド主催でコーラルゲーブルズで開いたタウンミーティングでは、立ちあがって自著をかざしながら、司会者に止められるまで事件について話しつづけた。ヘラルドが排除措置命令を検討しながら結局はそうしなかったのは、余計に彼女に注目が集まると考えたからだと思う。

サーノフはその後も主張を続けた。何人かの有力者に手紙を書いたのも方策のひとつで、受け取った人の一部はその手紙を私に見せてくれた。私はついに自分で弁護士を雇って、彼女に排除措置命令を通達した。

そのころワシントン・ポストは、エプスタインに関する記事のなかで、サーノフのことばを専門家として引用しはじめた。ジャーナリストのマーク・フィッシャーが書いたその記事は、マイアミ・ヘラルドの記事に触れるのを意図的に避けたような、アクロバティックな構成になっていた。

このことに気づいたのは私だけではない。

私がどういうテーマを追っていたか、ワシントン・ポストが知らなかったわけではない。取材段階にあったころ、ポストの調査チームのメンバーが被害者側弁護士ブラッド・エドワーズに電話をかけ、私が何を調べているのかを訊いてきたことがある。

「ポストが知りたがったのは、あなたが書こうとしている記事がドナルド・トランプと関係があるかどうかだった。ない、と答えたら、それで用件はほとんど終わりだった」とエドワーズが教えてくれた。

ジャーナリズムはそもそも対抗意識がぶつかり合う世界で、同僚であってもそれに変わりはない。この仕事を始めたときから、記者もエディターもみんな獰猛だから背中から撃たれないように気をつけなさいと警告された。ヘラルドでも何度か踏みつけにされたので、面の皮はそうとう厚くなった。

それでも、編集室での競争意識と緊張感は、力を注いだ記事が大きな成功を収めたあたりから徐々に薄れていくのがふつうだ。報道機関としての自分たちの仕事にスポットライトを当て、ポジティブな変化をもたらし、過ちを正し、生命を救うことの価値をスタッフのほとんどが共通して評価している。こうした価値観の共有はその報道機関にとってもジャーナリズム全体にとってもよいことだ。

だが、エプスタインの記事では見過ごせない例外が生じてしまった。例外のひとつはヘラルドのジェイ・ウィーバー記者だ。彼はこの事件について書いた古い記事をフェイスブックに投稿し、何年も前に自分がこの事件を報じていたことを強調した。もうひとつは、AP通信社南フロリダ支局の法務担当記者カート・アンダーソンで、彼もまたツイッターで私の記事を否定した。サバイバーの居場所を突き止め、彼女たちだけでなく、捜査を主導した警察官や警察署長に信頼してもらうために私が重ねた努力にはなんの値打ちもないと言われているようだった。私が事件をばらばらにして調査し、妨害したいと思うほどにエプスタイン側の人たちを怒らせながら事件を組み立て直したことは、取るに足らないことのようだった。これがジャーナリストの仕事じゃないの？

編集室のなかで平手打ちを食らったようだった。私はそうした批判をやり過ごそうとしたが、ジェイのコメントには彼の仕事を尊敬していただけにひどく傷ついた。後日、彼は私に謝った。

記者には自分のスクープだけでなく、情報源も護ろうとする気持ちがある。ジェイの長年の情報源である連邦検察局のジェフ・スローマンも記事を快く思っていなかった。そのときのスローマンは個人で弁護士事務所を開業していたが、アコスタの元部下であり元連邦次席検事であったため、まずジェイに不満をぶつけ、次にヘラルドの論説欄のエディターたちに苦情を申し立てた。スローマンは私の記事の評判を落とすために辛辣な意見を寄稿した（ヘラルドはそれを掲載した）。児童性愛者を見逃すための言い訳を並べるのは、私には正しいことだとは思えない。私からすれば、彼らがエプスタインの被害者に司法取引を秘密にしていたことに弁解の余地はなく、それが記事の肝《きも》でもあった。スローマンはこの点に触れていない。

スローマンは、アコスタを「傑出した公職者」と称え、「ワシントンで近ごろ激しさを増している二大政党間での争いの巻き添えになる危険性がある」と書いた。また、エプスタイン側弁護士の攻撃的な戦術は本件とは無関係であると主張し、「本質的には狭い場所で起こった性犯罪事件にすぎない」とつけ加えている。複数の被害者の代理人を務めていたジャック・スカローラ弁護士（パームビーチの元検察官でもある）は、スローマンのこの見方を「重大な誤認」とし、本件は地元の小さな性犯罪事件などではなく、未成年の少女を巻き込んだ、連邦事案の性的人身売買事件だと断じた。

私たちヘラルドは、翌週に予定されていたエプスタインと被害者側弁護士ブラッド・エドワーズとの裁判決戦に合わせて記事の発表時期を決めた。エドワーズは、連邦検察官が刑事裁判で証明できなかったこと、つまりエプスタインがおおぜいの少女を性的に虐待し、レイプし、人身売買していたことを民事裁判で証明しようとしたため、逆にエプスタインから訴えられ、訴訟は激化していた。

エミリーと私が、法廷内でのカメラの使用が許可されているかどうかを問い合わせたところ、パームビーチ・ポストが「共有」カメラと呼ばれるカメラをもち込むとのことだった。ひとりの映像撮影者が代表で法廷に入り、他の報道機関と映像を共有するというものだ。ところが、審理が始まっても、ポストの記者はいなかった。

幸運なことに、エプスタインをテーマにしたドキュメンタリーに取り組んでいたネットフリックスの制作会社のスタッフが法廷にいて、彼らが共有カメラの撮影を担当してくれることになった。

エプスタインは出廷しないようだという情報が入っていたが、スカローラ弁護士が被害者の何人かに証言台に立ってもらうつもりだったので、被害者はおそらく現れるだろうと思われていた。被害者がエプスタインの犯罪について法廷で証言するのは初めてだったため、報道陣が詰めかけた法廷は緊張感で満ちていた。

判事が法廷に入り、全員が着席したあと、エドワーズの弁護を請け負ったスカローラが発言した。判事に話しかけるのではなく、傍聴席のほうに顔を向けた。本件では和解がなされており、その合意事項の一環として、これからエプスタイン側弁護士がエプスタインの謝罪文を読みあげることになっていると彼は述べた。

謝罪文は短かった。

「私を訴えている原告の代理人であるエドワーズ弁護士に対し、私は訴訟を起こしました。その過程で私が彼の過ちを示す決定的な証拠があると主張したことは完全な誤りでした」とエプスタインは謝罪文のなかで述べている。「私が起こした訴訟は、エドワーズ弁護士の職務上の評判を貶め、結果として私に対する訴えを取り下げさせることを企図した理不尽な試みでした」

法廷は重い沈黙に包まれたのち、エドワーズへの祝福の声が飛び交いはじめた。私は被害者の姿を探した。ひとりもいなかった。

私にとって、エドワーズの正当性が証明されたこともちろんだいじだが、エプスタインのサバイバーたちはどうなるのかということがより重要だった。

「私たちの人生を台無しにし、一人ひとりから純真さを奪ったことへの謝罪を私はいまも待っています」と、ミシェル・リカータはあとで私に電話で言った。

閉廷後に裁判所の外で、エドワーズとスカローラが、「エプスタイン」と件名が書かれた裁判資料箱の山のまえで記者会見を開いていた。

カメラがひしめき合っていたので、私はレンズを遮らないように歩道に座っていた。何が起こったのかを頭のなかで整理し、メモをとっていると、エドワーズが突然私の名前を口にした。彼は、多くの記者のなかで私だけが接触してきたというような話をした。ほかの記者が書けなかった記事を私がついに書いたのだと言ったようだった。

その日の午後、私はスカローラにエドワーズのことばの意味を尋ねた。

スカローラは答えた。「この事件を書こうとした記者はたくさんいた。私たちはいつも同じことを言った。これが裁判資料です、読み終えたら連絡ください、と。実際に読み終えて連絡をくれたのはあなただけだった」

29 ダーショウィッツ乱心

ハーバード大学ロースクールの名誉教授であり、憲法の専門家であり、有識者としてテレビでも活躍するアラン・ダーショウィッツはどういうわけか、エプスタインについての私の記事がすべて自分についての話だと思ったようだった。

私は実際には、裁判記録のなかでダーショウィッツについて書かれている部分を忠実に拾い出すことに多くの労力を使った。追加の資料や取材で得た情報を飾りに使ったりはしていない。ただし、ダーショウィッツと直接話したあとで、性的虐待の被害を申し立てたバージニア・ジュフリーに疑義を唱えた彼のことばを数節追加したのはある。

私たちは検察の過ちに焦点を当てたかったので、記事のなかでダーショウィッツにはあまり触れないようにしていた。いま振り返れば、彼のことをもっと取りあげればよかったと思う。

たとえば、彼の宣誓証言に含まれる矛盾点や、ダーショウィッツがエプスタインの飛行機に何回乗ってどこに行ったかも、記事に載せようと思えば載せることができた。ダーショウィッツがエプスタインの屋敷でどんなふうに過ごしたかや、ダーショウィッツの著作の原稿をエプスタインに批評してもらうほど親しくしていたことも載せられた。

ジュフリー以外にも、エプスタインからダーショウィッツとの性行為を命じられたと主張する女性が少なくともひとりいたことを書き加えてもよかった。また、ダーショウィッツがかつて、「法的に罰せられるレイプ」という概念には意味がないとするコラムを書いていたと指摘することもできた。

ダーショウィッツがエプスタイン邸で大柄なロシア人女性にマッサージをしてもらったとき、下着はつけたままだったと言い添えてもよかったかもしれない。

こうしたことを書く代わりに私は、ダーショウィッツとエプスタインについては基本的に誰もがすでに知っていることを書いた。

だが、記事が公開されたあと、この80歳の法律家は、私とヘラルドに対して全面攻撃を仕掛けてきた。その度を越したヒステリックさに、私はダーショウィッツが世間の目をエプスタインから逸らすためにわざとやっているのではないかと思いはじめた。

法曹界の彼の知り合いからも、「いったいぜんたい、アランはどうしたんだ?」と私にツイッターが届くようになった。

ダーショウィッツがバージニア・ジュフリーともうひとりの告発者サラ・ランサムの主張を否定できるとして挙げた証拠については、丁寧な調査が必要なのではないかと感じた。ランサムは宣誓供述書のなかで、22歳だった2006年の夏にエプスタインと出会ったと述べており、それはダーショウィッツが、未成年者との性行為の告発を受けたエプスタインを弁護していたころだった。

ランサムは、エプスタインの島に連れていかれ、そこでパスポートを取りあげられ、エプスタインとその仲間たちとのセックスを強要されたと述べている。またあるときは、エプスタインのニューヨークの家で、エプスタインと彼のガールフレンドのひとり、ナディア・マルシンコワと一緒にベッドにいたときに、ダーショウィッツが入ってきたと言った。

「ダーショウィッツが部屋に入り、ジェフリー（エプスタイン）が部屋を出たあと、ナディアと私はダーショウィッツとセックスしました。この人物および性行為についての重要な情報を記憶にとどめ、必要が生じた場合には具体的かつ詳細に申し述べることができます」。ランサムは、２０１９年にバージニア・ジュフリーがダーショウィッツに対して起こした名誉毀損訴訟の一環として提出された宣誓供述書でこう述べている。

ダーショウィッツはどちらの女性とも性的関係をもったことはないと強く否定し、それを証明できると言う。すぐにわかったのだが、問題はダーショウィッツがその証拠を出さないことだ。証拠が存在しないからだと私は言いたいのではなく、彼はいまの時点では証拠の提出や公開を拒否しているということだ。

たとえば、ダーショウィッツは元ＦＢＩ長官のルイス・フリーに調査を依頼し、その結果、ダーショウィッツがジュフリーと性行為をした可能性はないと結論が出たと主張している。だが、ダーショウィッツもフリーも、「関係者各位」で始まる1ページの手紙を除いて、この調査について何も発表していない。報告書の全文を求めたところ、ダーショウィッツは自分はコピーをもっていないと言った。

次に起こったことは、実際に何があって何がなかったのかを明らかにするのではない、手数だけは多いが不毛な行為だった。ダーショウィッツはひたすら私に脅しのことばを送りつづけた。名誉毀損を告発するための弁護士を雇い、ヘラルドに対し、法に外れる行為をするのであれば裁判を起こす用意があると明確なメッセージを送ってきた。

私は、ダーショウィッツからのメールをヘラルドの弁護士サンディ・ボーラーに転送しはじめ、脅迫には返信しないことにした。

どんなときにも冷静さを失ったことのない、温厚な70代の弁護士サンディ・ボーラーがついに、ヘラルドの誰も見たことのないようなメールをダーショウィッツに送った。サンディはけっして怒らないし、どうしてそんなにいつも落ち着いていられるのかと傍目には不思議に見えるような人物だ。だから、彼がダーショウィッツに送った文面を見たとき、私の顎はがくんと落ちた。具体的な内容には触れないが、サンディは同じ弁護士としてダーショウィッツの品格を欠いたプロらしくないふるまいを強い調子で非難していた。その朝、サンディからダーショウィッツに宛てたメールを読んだあとで編集室に入っていったときのことを憶えている。ミンディ・マルケスのオフィスへまっすぐ歩いていったら、マルケスのほかにケイシーと、編集主幹リック・ハーシュが一緒に座っていた。彼らもメールを読んだばかりだった。

「何が起こったの？」私は言った。

みなが私と同じようにショックを受けているようだった。

教授の奇矯《ききょう》な行動は止まらなかった。私は彼のことをアランと呼ぶようになり、手間のかかる子どものように「はいはい、アラン」とか「ごめんね、それはだめよ、アラン」と心のなかで話しかけた。

彼は裁判所によって封印された文書に含まれている情報に言及しつづけた。そこに書かれている「事実」を報道しない新聞社を非難した。だがこの非難はおかしい。ダーショウィッツにも説明を試みたのだが、新聞社は、アラン・ダーショウィッツが「ある」と言い張る「事実」をそのまま記事にすることはできない。実際に「見る」必要があり、検証する必要があるのだ。すると今度は、私が「資料を見せろ」と言ったことは、裁判所が封印している文書の提出を求める犯罪行為にあたるとして、公然と私を非難してきた。

これがダーショウィッツのやり方だ。

ダーショウィッツがらみで私がいちばん不安に思うのは、少数の例外を除いて、メディアが批判的な目をもって彼に立ち向かわないことだ。ジャーナリストたちは、ドナルド・トランプとその陣営の人たちの言動は毎日のようにファクトチェックするのに、ダーショウィッツに関してはほとんどの場合、彼の言い分をそのまま受け入れているようだった。

バージニア・ジュフリーの主張によってダーショウィッツへの疑惑が初めて公になった2015年、彼はありとあらゆるテレビ番組に出演し、エプスタインのジェット機の航空記録が自分の容疑を晴らすと断言した。

「なぜそれがわかるのですか？」と訊かれた彼は、「バージニアがエプスタインとの接触があったころ、私はエプスタインの飛行機に断じて乗ったことがないからだ」と答えた。

だが、もしメディアが乗客名簿を確認していたら、ダーショウィッツがまさにその期間にたしかに乗っていたことがわかったはずだ。

さらに彼は宣誓供述書のなかで、妻を伴わずに飛行機で旅行したことはないと証言している。だが乗客名簿によると、妻の名がないときにも、ダーショウィッツが搭乗していたことが複数回ある。少なくともそのうちの1回では、タチアナというモデルも一緒に搭乗していた。だからといって、妻以外の誰かと性行為があったことの証明にはならないが、彼の記憶に疑問符がつくことはたしかだ。

ダーショウィッツはジュフリーとランサムを激しく攻撃していたので、テレビでそれを観て腹に据えかねた少なくとも3人の女性が、私に新しい情報を届けてくれた。そのうちのひとりから送られてきたのは、ダーショウィッツが14年間連れ添った最初の妻スー・バーラックと1976年に裁判の末に離婚した際の裁判書類のコピーだった。裁判所の事実認定によると、判事はダーショウィッツがバーラックに精神的な治療を要するほどの虐待を加えたと結論づけている。バーラックは裁判所に提出した書類のなかで、ダーショウィッツから虐待を受けたため、3人目の子どもを産むのをあきらめて中絶したと述べている。

当初、子どもふたりの親権は彼女に与えられたが、その後、養育費や扶養手当をめぐる争いの果て、取り乱した妻との電話を密かに録音していたことが有利に働き、ダーショウィッツが完全な親権を奪い返した。裁判所に提出された録音からは、彼女が壊れつつある様子がうかがえる。判事は、彼女がダーショウィッツを軽蔑的なことばで呼び、子どもたちとの面会を妨害していると指摘した。

数年後、バーラックは自殺するが、方法は正確にはわかっていない。ダーショウィッツは、インターネット上で広まった、1983年の大晦日《おおみそか》にブルックリン橋から飛び降りたという噂はまちがいであり、「自殺と推定される状況でイーストリバーで溺れた」と主張している。

ニューヨークでは検死報告書は公開されておらず、ニューヨークの検死官はバーラックの検死報告書の公開要請を拒否している。

バーラックについては、墓標も含めてほとんど何もわからない。ダーショウィッツの弟ネイサンと結婚したバーラックの妹マリリンについては、〈レガシー・ドット・コム〉に項目があり、墓標や死亡記事を読むことができる。マリリン・バーラックは2011年、マンハッタンを夫と自転車で走っているときに郵便配達車にはねられて死亡した。

ケイシーと私は2019年のエイプリルフールに――偶然とはいえ、まさにぴったりの日――マイアミビーチのダーショウィッツの自宅で5時間にわたって面談した。私たちはダーショウィッツに、彼がもっていると主張する潔白の証拠を私たちに見せる機会を与えたかったのだ。ビーチフロントの豪華なコンドミニアムに入ると、テーブルの上に人量の書類が積みあげてあった。ジュフリーが彼から虐待を受けていたという時期のカレンダーや予定表のコピーとのことだった。インタビューのあと、彼は言った。「では、ここに座って私の記録を見てくれ。時間はどれだけかかってもいいから、気の済むまでどうぞ」

私のキャリアのなかで、エディターに頼んでインタビューに同行してもらったのは初めてのことだった。発言はケイシーがほとんど担ってくれたことがうれしかった。彼はこの著名な教授に、カレンダーや書類を確認するためにはコピーが必要だとプロらしく冷静に説明した。

「いいや、そんなことはない。ここに座って手書きで写せばいい。時間はあるんだから」とダーショウィッツは言った。

テーブルに積まれた書類に改めて目をやると、5つの山のそれぞれに少なくとも70センチほどの高さがあった。手書きで写すとしたら何日かかるだろう。

ダーショウィッツは、カレンダーのなかには秘匿特権にかかわる情報が含まれているのでコピーを渡すことはできないと言った。ケイシーは、ダーショウィッツに秘密情報を塗りつぶすなどの編集をしてもらってからコピーを預かる方法を提案した。

ダーショウィッツは話題を変えた。

次に彼は、バージニア・ジュフリーの代理人を務めるデイビッド・ボイス弁護士と2015年に電話でやり取りしたときの録音テープを再生し、ハーバード大の教授（ダーショウィッツ）とセックスしたというのはジュフリーの嘘だとボイスが認めていると主張した。

だがその録音は雑音が多く、数カ所で途切れていたため、ボイスの発言を聞き取るのはむずかしかった。ダーショウィッツは私たちが聞き取りやすいように発言を書き起こした台本を用意していたが、音声の一部がひどく不明瞭だったため、その台本がそのテープを正確に書き起こしたものかどうかは確認できなかった。

後日、私はボイス弁護士に、彼がダーショウィッツと交わした会話の録音について尋ねた。ボイスは、この会話は知らないうちに録音されており、法的な倫理規範に違反している可能性があるうえ、一方の当事者の同意だけで録音が許されるニューヨークではなく、フロリダのように、両方の当事者の同意が必要なカリフォルニアでの電話だったため、違法の可能性すらあると言った。一方、ダーショウィッツはニューヨークにいるときに録音したものだから合法だと主張している。

ボイスは、ダーショウィッツとの電話のなかで、もしジュフリーが嘘をついている、あるいは勘違いをしていたことが判明したならば、ダーショウィッツに関する発言を訂正するよう彼女に指示する、と言ったことは認めている。つまり、ボイスの見解では、あの電話では仮定の状況について話していたのだ。

その後ボイスは、ジュフリーの主張を独自に調査し、彼女の話が真実であることを確認した。彼女は嘘発見器のテストにも合格している。ボイスとバージニア・ジュフリーはその後、ダーショウィッツに対して名誉毀損の民事訴訟を起こし、ダーショウィッツも訴え返した。これらの訴訟はまだ係争中だ。

私たちがダーショウィッツと会った2日後――ピューリッツァー賞が発表される2日前――に、彼は「フェイクニュースに賞を与えてはならない」と題した公開書簡をピューリッツァー賞理事会に送り、私の記事を「粗悪なジャーナリズム」と決めつけ、審査対象から外すように要求した。

ダーショウィッツは、「ジュリー・ブラウン記者は、偏った情報源から与えられた大半が虚偽の物語に安易に頼り、その物語の価値が失われるのを恐れて、信憑性の高い情報を調査・公表することを拒否した」と主張した。

さらに、「私がブラウンに提供してきた資料・情報の大半を、彼女は報道するのではなく葬ることを選んだ」とつけ足した。

はっきりさせておきたい。ダーショウィッツは今日に至るまで、雑音だらけの録音テープの台本と、すでに公表してあった元FBI長官ルイス・フリーの1ページの手紙以外には、文書1枚たりとも私に提供していない。

私はプロらしい態度でいようと努力したが、彼に立ち向かわずにいることはむずかしかった。私は反撃する性分なのだ。

そんなとき、いじめっ子に立ち向かうときの心構えとしてつねづね言い聞かせていたことばを子どもが思い出させてくれた。

正しい道を行きなさい――正道をゆけ。

子どもたちのほうが私に「正道をゆけ」と言った何回かのうちの1回がこのときだった。

私はそうした。そして次に進んだ。

30 連邦捜査

２０１９年１月には、トランプ政権の労働長官アレックス・アコスタへの辞任の圧力が高まっていた

ＦＢＩとニューヨークの連邦検察がエプスタインの犯罪捜査を始めたという話が、未確認情報ながら漏れ聞こえてきた。

被害者側弁護士のブラッド・エドワーズは、何年も前からニューヨークの検察官に関心をもってもらおうと努力してきた。だが私の記事が公開されるまで、司法当局にエプスタイン事件を取りあげさせることに成功してはいなかった。

確証はなかったものの、捜査が始まったのではないかとうすうす感じた大きな理由は、エドワーズがどういうわけか私からの電話やメールに返信しなくなったからだった。

世界的な大事件の中心にいる、非常に人気のある弁護士となり、押し寄せた依頼人たちの仕事でたんに忙しかったという解釈も成り立つだろうが。

新しく捜査が始まったどうかの確認をとろうとする一方で、記事の公開以来、山のように送られてきた内密情報《タレコミ》の整理に追われていた。

そのなかに、セント・トーマス島の空港で管制官をしている友人から聞いた話として、エプスタインが頻繁に自家用機でやってきて若い女性と一緒に降りてきた、というものがあった。私はこの情報提供者に連絡をとり、友人の管制官に私と話す気があるかどうかを確認してもらうことにした。

同じころ私は、セント・トーマス島でのエプスタインの謀《はかりごと》をすでに調べあげていた。ある情報源から、エプスタインが数百万ドルの節税につながる有利な制度を不正に利用していたことを示す文書を入手したのだ。その情報源は、所得の80%を計上できる税金逃れ策を承認してもらうためにエプスタインが地元の役人を買収したと示唆していた。

記事を書くにはセント・トーマス島に行かなければならないが、ケイシーから指示された別の仕事があったので、すぐには行けなかった。ひとまず取材の現場に戻った。

そのひと月前、トランプ大統領は、新しい司法長官にウィリアム・バーを指名した。バーは、第41代大統領ジョージ・H・W・ブッシュ政権下で司法長官を務めた人物で、アコスタがかつて有力法律事務所〈カークランド&エリス〉に勤務していた時代の同僚でもあった。なお、この事務所には、エプスタイン側弁護士のケネス・スターとジェイ・レフコウィッツも所属していた。

ウィリアム・バーの指名承認公聴会で、ベン・サッセ上院議員は、就任のあかつきにはエプスタイン事件へのこれまでの司法省の取り組み方について「完全かつ徹底的な」調査をおこなうと確約するかどうかをバーに質問した。

バーは答えた。「上院議員、私は〈カークランド&エリス〉とは距離を置きますし、そのような助言も受けています。また、〈カークランド&エリス〉は本件にかかわりがある可能性があると考えており、まずは私の役割として何ができるのか整理する必要がありますが、えー、もし指名のご承認をいただけたら、この件に関しての貴殿の疑問に必ず答えられるようにします」

サッセ上院議員は、司法省がこの件を再び、どこかの隙間に押し込んで見ぬ振りをするのではないかと懸念していた。

サッセは続けた。「このフロリダの事件の失態に限らず、もっと広い視野に立った場合に、正義は銀行口座の額の大きさや雇える弁護士の人数とは関係ないということにご同意いただけますね？」

だがサッセもほかの議員も、本来するべきだった質問、ウィリアム・バーがエプスタインを知っていたかどうかは質問していない。

バーの父親がドルトン校の数学教師としてエプスタインを雇っていたことや、バーとエプスタインの年回りが近いことから、ふたりが当時から知り合いだった可能性はたしかにある。

2月初旬、司法省は、２００７年から２００８年にかけてエプスタインの事件を担当した、アコスタをはじめとする検察官が不正行為に加担していなかったかどうかの調査を、連邦として正式に開始した。この調査を担当した司法省専門職倫理局は、内部調査部門に似ているが、調査結果を秘密にすることが多く、不正行為で告発された連邦検察官の非を認めることはめったにない。

サッセ上院議員は、司法省の監察総監マイケル・ホロウィッツにこの件を任せたいと考えていた。監察総監室は専門職倫理局よりも独立性が高いとされるからだが、ホロウィッツには法的な権限がなかった。他の連邦政府機関とはちがい、司法省は自省の法曹家を議会や国民の監視から切り離している。

議会に宛てた書状のなかでホロウィッツは、司法省の調査プロセスについて、「法に定められた独立性をもつ監察総監室による調査から、検察官の不正行為を遮断している」と非難している。だが議会は、司法省の調査プロセスを変えることはできず、アコスタの調査には当初の予定どおり専門職倫理局があたった。


アコスタにとってこれ以上悪いニュースはないだろうと思える事態が1週間後に起こる。犯罪被害者権利法訴訟を担当していたパームビーチの連邦判事がついに裁決を下した。

連邦地方裁判所のケネス・A・マーラ判事は、33ページに及ぶ判決書のなかで、ブラッド・エドワーズとポール・カッセル両弁護士が何年にもわたって主張してきたとおり、連邦検察官が被害者に通知することなくエプスタインと起訴猶予に合意したのは違法であると正式に断じたのだ。

それを聞いたカッセル弁護士は、すぐに私に電話をかけてきた。ふだんは冷静な元判事が喜びを隠せずにいた。彼とエドワーズは、金銭面も含めて多大な犠牲を払いながら、11年近く闘ってきたのだ。

マーラ判事はこの司法取引が違法だと述べただけでなく、司法取引の「存在そのものを隠そう」とすることで、検察官がエプスタインの被害者を意図的に欺《あざむ》いたと強い調子で非難した。

「政府が被害者に情報を提供する際、誤解があってはならない。政府は、合意内容についてエプスタイン側弁護士とは膨大な時間をかけて交渉したのに、被害者にはほとんど何も知らせなかった」とマーラは書いている。

判事は、公開されていない宣誓供述書やその他の証拠を確認していたため、エプスタインが国をまたいで性売買事業をおこなっていたことを承知したうえで判断したことになる。「エプスタインは、自分の性的満足を求めるだけでなく、他者の性的欲求を満たすために、他者と共謀して未成年者を調達した」とある。

だが判事は、コートニー・ワイルドや他の被害者たちが本当に望んでいた、司法取引を無効にしてエプスタインを刑務所に送るなどの処罰に類することには踏み込まなかった。

それでも私にとって、この勝利はおおいに価値のあることだった。

この勝利がサバイバーにとってどういう意味をもつか知っていたから。

彼女たちがようやく、売春婦ではなく本当の被害者として扱われることを意味していた。

翌月、マイアミ・ヘラルドが約1年前にニューヨークの連邦裁判所に提出していた申立書の審理がおこなわれた。2016年にバージニア・ジュフリーがギレーヌ・マクスウェルに対して起こした名誉毀損訴訟にかかわる、封印された文書の開示を求めたものだ。

2016年の訴訟では、判事は、事件の証拠開示手続き中に集められた証人の証言や他の機密性の高い証拠を含めた膨大な文書の包括的な封印を認めた。とくに証言には、エプスタインの性売買事業について、関与していた著名な男性の名前など、新たな詳細が明らかになったと言われていた。

ダーショウィッツは、事件がまだ係争中だった2016年に一部の文書を公開しようとして失敗している。彼は、ジュフリーとデイリー・メールのシャロン・チャーチャー記者とのあいだでやり取りされた電子メールが、ジュフリーが自分について嘘をつくよう圧力をかけられていたことを証明しているとと主張した。ダーショウィッツはそれらのメールを公開したがった。

また、クリントン夫妻に攻撃的な保守系ブロガーのマイケル・セルノビッチも、同様の申し立てをおこない、夫妻に不利な情報を得ようとした。ロバート・W・スウィート判事は、それらの情報が公開されれば、潜在的な陪審員候補者たちを汚染する可能性があるとして、これらの申し立てを拒否した。

その後、ジュフリーとマクスウェルのあいだの訴訟が解決したことを受け、マイアミ・ヘラルドは2018年4月に、事件が解決したのだからすべての文書を公開すべきとして、広範囲に及ぶ開示申請をおこなった。スウィート判事は、私の記事が掲載される直前の2018年10月に、ヘラルドの申し立てを却下した。

私たちヘラルドは、ニューヨークの第2巡回区連邦控訴裁判所に上訴した。

このような重大犯罪について国民の知る権利のほうが、文書を封印した理由のひとつと思われるプライバシー保護よりも重いとヘラルドは主張した。

「当マイアミ・ヘラルドは、現在進行中の調査に関連して、エプスタインのスキャンダルに光を当て、重大な社会的関心事である疑問を解決するために、公開されている裁判資料の入手閲覧に努めてきた」と申立書にある。「こうした疑問には、エプスタイン事件が刑事司法制度のなかでどのように処理されたか、被害者が適切に処遇されたか、被害者の存在が不当に隠蔽されたか、エプスタインがその富と地位によって有利な処遇を与えられたか、要するに公共の利益にかなう処理がなされたのか、などがある」

私たちの主張は、憲法修正第1条により、情報公開を制限しようとする者に重い責任が課されるのにもかかわらず、ギレーヌ・マクスウェルの件ではその責任が果たされていないということだった。

その後、非営利団体〈報道の自由のための記者委員会〉と、ニューヨーク・タイムズ、ワシントン・ポスト、FOXニュース、USAトゥデイなどを発行するガネット社、ニュースメディア〈ポリティコ〉、ロサンゼルス・タイムズ紙などを発行するトリビューン・パブリッシング社などのメディア企業32社が、私たちの申し立てを支持する声明を発表した。

3月6日にニューヨークで公聴会が開かれ、ヘラルドの弁護士サンディ・ボーラーが、判事3人からなる控訴裁判所で弁論をおこなった。

バージニア・ジュフリーの代理人、ポール・カッセル弁護士は裁判所に向けて、この事件の他の証人たちの証言によって、エプスタインの性売買事業に著名な人物がかかわっていたことが示唆されていると述べた。「すべての記録が明るみに出れば、エプスタインとマクスウェルが、ダーショウィッツを含む友人の利益のために少女たちを人身売買していたことが判明するでしょう」

ダーショウィッツとブロガーのセルノビッチは、書類の一部を公開するよう再度申し立てをおこなった。一方、マクスウェルの弁護士は、封印を解くことはプライバシーの侵害にあたると反論した。

後日、法廷の外でダーショウィッツは、バージニア・ジュフリーの主張には裏があるとする手の込んだ陰謀説を提示した。ジュフリーが彼女の弁護士デイビッド・ボイスと手を組み、〈ヴィクトリアズ・シークレット〉や〈リミテッド〉の会長で大富豪、レス・ウェクスナーから金を脅し取るために、ダーショウィッツに対してありもしない性的虐待をでっちあげたというものだった。

ダーショウィッツは、ボイス弁護士がジュフリーにダーショウィッツの名を公表させたのは、ジュフリーが虐待者として内輪で名前を挙げたウェクスナーにメッセージを送るためだと主張した。ダーショウィッツの名を公表することでウェクスナーを揺さぶり、ダーショウィッツのように公表されたくなければ和解金を支払うようにと脅していたのだと。

この陰謀説には少なくともふたつの問題がある。第一に、ダーショウィッツの名を暴露したときのジュフリーの弁護士はボイスではなく、ブラッド・エドワーズだった。第二に、レス・ウェクスナーの弁護士はのちに、ジュフリーや彼女の弁護士がアパレル王の大富豪に対して金銭的な要求をしたことはないと宣誓証言している。

だが、ダーショウィッツの発言によってウェクスナーの評判は傷ついた。株主からの厳しい目にさらされ、エプスタインとの関係をめぐる悪評は会社の収益にも影響が及んでいた。ウェクスナーはエプスタインとかかわったことを陳謝する声明を出した。ジュフリーと会ったことはないとし、不正や違法行為についても否定しつづけている。その後、83歳のときにウェクスナーは会長を辞任し、役員からも退くことになった。

ニューヨークの控訴裁判所は公聴会の約1週間後に、マクスウェル事件の一部の封印を解く命令を出した。実際に文書を閲覧できるのは数カ月後になるが、それでもこれは大きな勝利だった。とはいえ、公開までに数カ月空くのは、すべての関係者に異議申し立てのための時間的余裕を与えるためだ。予想どおり、異議を申し立てる者は現れたが、不思議なグループだった。自分たちをジェイ・ドウとジョン・ドウと名乗り、文書の公開を阻止するための趣意書を提出した。ジェイ・ドウは身元を特定されたくない被害者のようだが、ジョン・ドウのほうはマクスウェルの訴訟の当事者ではないと主張しており、その身元はいまだに謎のままだ。

3月4日、エプスタイン側弁護士たちは、ニューヨーク・タイムズに掲載されたエプスタインに対して攻撃的な社説に対抗し、エプスタインの司法取引を擁護する書状を同紙に掲載するという大胆な行動に出た。彼らは、エプスタインが起訴されなかったのは、連邦犯罪容疑に相当する「信憑性のある決定的な証拠」がなかったからだと主張した。

「有罪答弁が連邦裁判所ではなく州の裁判所でおこなわれたという事実は、インターネットを利用し、違法な性行為を目的として自宅から離れた場所に移動し、女性を商品のように他人とのあいだで売買し、暴力あるいは偽計あるいは強要を行使し、自宅に来た若い女性に薬物やアルコールを摂取させて金銭と引き換えに性的マッサージをおこなわせ、児童ポルノを所持し、あるいはその他の連邦法に違反する行為を、ミスター・エプスタインが実行したとする証拠が欠如していたことを反映している」

この書状には、ケネス・スター、マーティン・ワインバーグ、ジャック・ゴールドバーガー、リリー・アン・サンチェスが署名している。

その年の春、ロバート・ミュラー特別顧問が発表した報告書で国じゅうが沸いた。

2016年の大統領選挙時のロシアによる干渉を調査するために司法省から任命されていたミュラーは、500ページを超える報告書をウィリアム・バー司法長官に提出した。予想されていたとおり、この報告書はロシアが選挙に干渉したことを裏づける内容だったが、調査を妨害しようとしたトランプ大統領に司法妨害の疑いのあることを示唆してはいるものの、大統領と違法行為を直接結びつけるまでには至っていなかった。

一方、アコスタの退任を求める声は日に日に大きくなっていった。トランプ政権の報道官サラ・ハッカビー・サンダースは、ホワイトハウスでの記者会見でエプスタインの件について訊かれたが、「われわれは調べているところです」としか答えなかった。

報道官がアコスタを支持する声明を出さないのは、攻撃の的になった政権中枢メンバーに往々にしてトランプ大統領がとってきた態度と同じだった。

その後の数カ月間、ニュースのかなりの部分をミュラーに関する話題が占め、民主党議員たちは選挙への外国の干渉の実態調査に総力を挙げていた。

ワシントンではエプスタインへの関心は再び衰えたようだった。

私は引き続き、エプスタインがどうやってひっそりと国を出入りできたのかを考えながら、エプスタインの旅程を分析していた。連邦政府機関に数えきれないほど電話をかけるうち、国土安全保障省への問い合わせがきっかけとなって、税関・国境取締局と接触することができた。問い合わせのなかで、エプスタインがセント・トーマス島の空港で若い女性と一緒に飛行機から降りるのを航空管制官が目撃した、との情報を私がもっていると言及したことで、それについて6月、連邦保安局の執行官がメールを送ってきたのだ。その執行官、ブラッド・ボーレンは詳しく知りたがり、私のほうも連邦保安局がどう動くつもりなのか知りたかったので、会って話すことを約束した。

フロリダ州ハリウッドにある1950年代ふうのダイナー〈ムーンライト〉は、古い映画のポスターが壁にびっしり貼られ、クロムめっきのカウンター、赤いビニールのボックス席という設えだった。私がジャーナリストの朝食仲間と会うときによく使う店で、ブロワード郡の中心に位置し、フォートローダーデールのすぐ南で、州間高速道路95号線に近いという抜群の立地にある。

ボーレンは別の執行官を連れていて、ふたりはバッジを提示した。彼らの話から、エプスタインが自家用機を使って未成年者を人身売買しているかどうか、税関・国境取締局が調査に乗り出したことがわかった。彼らは、エプスタインを目撃した航空管制官を私が知っていると思って、その情報を聞き出そうとしていた。私は管制官当人は知らないのだが、彼らの誤解を正さなかった。

ボーレンは、航空管制官や、エプスタインのセント・トーマス島やニューヨークでの動向について情報をもっている私の知る誰かと話をしたがった。

私は彼に、情報源と話してみるが何も約束できないと言った。じつのところ、管制官が誰なのかを私は知らないわけだし。私に連絡してきた、その管制官の友人が、彼（彼女かもしれない）に私と話すように説得してくれることを願っていた。

セント・トーマス島とエプスタインの児童性愛の島への取材旅行を計画しはじめた。

31 ジャーナリズムへこたれず

私は、エプスタインのサバイバーたちに正義をもたらす唯一の方法は、何か新しい事件が起こっても彼女たちが忘れられたりしないように、厳しい記事を書きつづけて世間の関心が離れないようにすることだと考えるようになっていた。

だが、テレビ出演などで表に出ることには、私の予想をはるかに超える影響が待ち受けていた。そのひとつは、世界じゅうの性的暴力の被害者から連絡が届きはじめたことだ。ジャーナリストが応援の手紙を受け取ることはめったにないので、男女を問わず、おおぜいの人たちから性的暴行や虐待の体験を語るカードや手紙、メールを受け取って、私は胸を打たれた。

ニューヨークの取材から戻ってくると、机の上は郵便物で埋め尽くされていた。美しく飾られた手紙、ギフトカードや花、手書きの礼状もあった。ある女性は、封筒の中に5枚の白紙のカードを入れ、切手を貼った返信用封筒を添えて送ってくれた。孫たちに渡したいから、カードにサインをして送り返してほしいとのことだった。

手紙を読んで泣いた。すべてのメッセージに返事をする時間はなかったが、全部読んだ。いまでももっている。

アメリカの大統領が記者たちを「国民の敵」と呼んでいたころ、私の仕事が突然、ローカルジャーナリズムの重要性を示す手本として引き合いに出されるようになった。その後1年間、マイアミ・ヘラルドのデジタル購読者数は増えつづけた。ハワイ州からメイン州まで国のあちこちに住む読者が、購読料を支払って新聞社の活動を支援し、さらには寄付までしてくれた。ヘラルドの記事に注目が集まることは過去にもあったが、今回は寄付の申し出があまりにも多かったため、ヘラルドと親会社のマクラッチー社は調査報道の資金調達のための非営利部門を設立した。

また、このシリーズ記事に触発されて、私のところにキャリアについて助言を求めてきた若いジャーナリストがたくさんいた。私も大学時代、迷路のように込み入った問題に決断を下さなければならなかったとき、尊敬できる指導者がおらず、自分を見失っていた過去を思い出した。だから、ジャーナリストの卵の学生たちと話す依頼を受けたときには、ほとんどすべてを受けていた。彼らの役に立ちたかっただけでなく、自分がどうやってここまで歩んできたかを振り返る助けにもなったと思う。

だが私は疲れきっていて、テレビに出るのもつらくなっていた。記事も書きたいし、子どもたちとの時間も必要だった。

エミリーと私が仕事でニューヨークに行っていたある日の夕方、娘のアメリアから電話がかかってきた。獣医科大学への入学願書の締切が迫り、パニック発作を起こしていた。願書を書きあげる気力もなかった。どこにも受からないと思い込み、不安の海で溺れかけていた。

困った。翌日のＡＢＣ放送の番組に出演することになっていて、ニューヨークのホテル代も出してもらっていたからだ。

翌朝、ＡＢＣに電話してキャンセルしなければならないことを伝え、フィラデルフィア行きの列車に飛び乗った。その週末、アメリアに会った私は、獣医という仕事について知っていることすべてと、なぜ獣医になりたいのかのすべてを話させた。

話し終わったら、いま話したことを紙に書き出すように言った。願書を完成させるのに週末まるまるかかったが、とにかく書きあげることができた。

一方、息子のジェイクは、フロリダ州立大学への進学を目指していた。出願の準備を手伝いながら、私はまた学費の捻出方法に頭を悩ませていた。

ちょうどそのころ、エミリーと私のもとに、経営トップである発行人《パブリッシャー》からできるだけ早く、別々にオフィスに来てほしいという秘密めいたメッセージが届いた。まずは秘書にアポイントをとった。記者がパブリッシャーのオフィスに呼ばれるなど、ひどい失態でも犯さないかぎり、ふつうはありえない。

もちろん私は最悪の事態を想定した。エミリーに、クビかレイオフか、あるいは無給の自宅待機の再来だろうと言った。考えられるなかで最良のシナリオは、経費の使いすぎに小言《こごと》を頂戴することだった。

エミリーを先に行かせた。

用件はなんと、親会社のマクラッチー社でＣＥＯを務めるクレイグ・フォアマンが、私たちにボーナスを支給してくれるということだった。

２週間おきにペイデイローンを借り換えながらカツカツで生活していた私は、この思いがけない朗報に心から安堵した。キャッシング店に頻繁に通っていたので、店員の女性に名前で呼ばれるほどの顔なじみになっていた。「娘さんはお元気？　獣医の学校に入ったの？」とよく訊かれたものだ。彼女にも娘がいるので、頭がよくて学校の成績もいいその娘さんについても短く話したりした。

しばらくまえにそのキャッシング店のまえを通ったら閉店していた。そこで働いていたあの感じのいい女性が、私にもようやくできたように、うまく困難を切り抜けてほしいと願わずにいられない。

ピューリッツァー賞の選考は厳格な保秘のもとで進められることになっているが、知られてはならない情報を掘り出すことを生業としている業界人たちに、ノミネート状況を秘密にしておくように頼むのは無理というものだ。

私のシリーズ記事「倒錯した正義」は調査報道部門とローカル報道部門のふたつにエントリーした。調査報道はまずまちがいなく最も受賞がむずかしい部門で、この2018年には、ニューヨーク・タイムズがエントリーした、トランプ大統領の事業に関する大当たり記事など、徹底的に調査した労作が並んでいた。この大当たり記事には勝てないだろうと思っていたが、自分の記事が少なくともノミネートされて、最終選考に進んでくれることを期待していた。

だがそこまで進めなかったことを3月に知った。

ヘラルドのジェイ・ウィーバーとカイラ・ガーニー記者、ジム・ウィス、ニコラス・ネハマスによるシリーズ「ダーティ・ゴールド」は、解説報道部門の最終選考に残った。

結果的には、解説報道部門に移動したニューヨーク・タイムズのトランプ・シリーズが受賞した。

調査報道部門でもニューヨーク・タイムズの同シリーズが最終選考に残ったが、受賞したのはロサンゼルス・タイムズによる、南カリフォルニア大学のクリニックに30年間勤務していた元婦人科医が、そのあいだ何百人もの学生に性的虐待を加えていたかどで告発された事件に関するシリーズだった。このシリーズは、地元だけでなく州や連邦政府も調査に乗り出し、大学の学長が辞任する事態にもなった。

ジャーナリズム業界の一部の人が私のシリーズを貶めようとしたことが、その年のピューリッツァー賞の選考に影響したかどうかはわからない。けれども、それは私にとってさほど重要ではなかった。私が目指していたのはピューリッツァー賞より大きなもの――正義だった。

32　ケイティ・ジョンソン

2019年の夏、私はマイアミ・ヘラルドのダグ・ハンクス記者とともに、リバティ大学の学長ジェリー・ファルエル・ジュニアに関する記事の調査と執筆を担当することになった。キリスト教右派のリーダーであるファルエルは妻ベッキーとともに、マイアミビーチを代表するホテル〈フォンテンブロー〉で知り合ったプールボーイと、謎のビジネス関係にあった。

ダグは、ファルエルの妻の裸の写真と、服を着たままプールボーイの膝の上に座っている写真が、渡ってはいけない人の手に渡っていることを知った。

嘘のような話だが、マイアミなら起こりうるのだ。世界で広く知られた福音派のリーダーが、妻とプールボーイと浮かれ騒げる場所がマイアミ以外にあるだろうか？

これだけでは物足りないなら、この話にはコメディアンのトム・アーノルドも顔を見せ、さらにはトランプのフィクサーであるマイケル・コーエン弁護士も出演している。アーノルドは、コーエンが裸の写真を見たと言っているのを録音していた。ダグの情報源によると、強いニューヨーク訛りの男から、例の写真のことを黙っていないと怪我をするぞと脅しの電話がかかったという。トランプの熱心な支持者であるファルエルは、違法なことも不道徳なこともいっさい起こっていないと否定した。

これらの写真が本物であることを確認するには、まず写真を見て、それからいつどこで撮られたものかを確かめなければならない。ファルエルのインスタグラムのアカウントから、夫妻が〈フォンテンブロー〉やフロリダ州南岸沖の珊瑚礁の群島フロリダキーズにあるイスラモラダ村のリゾートで多くの時間を過ごしていることがわかった。私たちが見せてもらった写真のなかに、妻ベッキー・ファルエルが裸でシャワーを浴びているものがあった。そのシャワーはフロリダキーズの高級リゾートのものだそうだ。

マイアミから車で2時間ほどのところにある、富裕層のための隠れ家的保養所《リトリート》〈チーカ・ロッジ〉への出張をケイシーに許可してもらった。

「部屋や敷地を見て写真と場所が一致するかどうかを確認するためには、ホテルに泊まらなければならないの。ああいうプライベートなリゾートは、記者に歩き回らせたりしないから」と言ってケイシーを説得した。

作戦はうまくいった。

6月のはじめには、私は別の調査にかかわっていたが、少なくともそちらの手を休めてキーズへ出かけることはできた。

ボディーガードとして友人をひとり連れていった。ロイスは81歳だが、体育の教師として60年を過ごしてきた人物で、当時もまだ高校生にエアロビクスや性教育の指導をしていた。彼女は自分の半分しかない年齢の人よりも身体を鍛えていて、遅れずに隣を歩こうとするだけで私にはひと苦労だ。

私たちは1泊用の荷物を用意した。私はジーンズとタンクトップを着て、ロイスはつばの広いフロッピーハットをかぶり、レイバンのサングラスをかけ、ヘッドライトに巨大な睫毛《まつげ》をつけているせいでいつも人目を集めている彼女の白いフォルクスワーゲン・ビートル・コンバーチブルに乗り込んだ。

今回の旅の目的はビーチに座ってシャンパンを飲むことではない——このリゾートでは、チェックインして最初に供されるのがこれだけれど。フロリダキーズへの週末旅行ではたいてい「寝具各自持参」の安いモーテルに泊まっていた私からすれば、たいした出世だ。

ふたつの大きなミクロネシアふうバーやふたつのプールなど、ふたりでリゾートの豪華なつくりを見て回った。もちろんビーチもあるが、その日はひどい臭いのする海藻に覆われていて、海に入りたくても入れない状態だった。周りの客は1泊600ドル以上の宿泊費を払っていると思うと、ヘラルドが勘定をもってくれることがありがたかった。

ファルエルのうしろに写っている橋や水辺の岩場にあるめずらしい椰子の木を特定し、ファルエル夫人の裸の写真の何枚かがホテルの浴室で撮影されたことを確認するのに1日もかからなかった。客室内の浴室には独特のタイルや備品があり、ファルエル夫妻の写真と完全に一致していた。

翌日の出発前、ロイスと私は大人専用のプールで泳ぐことにした。話題はエプスタイン事件のことになった。その直後、近くで泳いでいた女性が声をかけてきて、出身地を尋ね合うなどの短い会話のあと、その女性は、パームビーチでエプスタインの弁護士を務めるジャック・ゴールドバーガーに雇われている私立探偵だと名乗った。

私は偶然というものをあまり信じない。ゴールドバーガーが彼女に尾行させたのではないかと思った。ジャックによろしくね、私は1年近く前からジャックと話そうとしているってことを思い出してって言っといて、と彼女に伝言を頼んだ。

彼女は私に名刺を渡し、時間が来たのでロイスと私はリゾートを出た。

ファルエルの記事は、ダグと私が1週間かけて書きあげ、ヘラルドの第一面に掲載された。その1年後、ズボンのチャックを開けて、同じくズボンのチャックを開けた女性に腕を回しているいかがわしい写真が表に出たために、ファルエルは学長を退任することになった。あのプールボーイは、ファルエルに指示されて、彼の目のまえでその妻ベッキーとセックスしたと公にした。ファルエルはこの部分は否定している。

ツイッターでファルエルの記事を熱心に追いかけていたコメディアンのトム・アーノルドは、ファルウェルのプールボーイのことを知るだけでなく、ギレーヌ・マクスウェルの周辺にいる人物についても何人か知っていると言っていた。マクスウェルは、アーノルドのアイオワ時代からの友人、テッド・ウェイトと長く交際し、婚約していたそうだ。私は彼の知っていることを取材しようとアーノルドに連絡をとった。

彼の話では、マクスウェルとウェイトは11年近くつき合っていて、マクスウェルのことを誰よりもよく知るのがウェイトなのだという。恋人時代のときにマクスウェルは、世界の海を護ることを目的とした非営利の研究・環境保護団体〈テラマー・プロジェクト〉を立ちあげた。2014年には国連で講演し、TEDトークで、さらにワシントンDCの外交問題評議会でも演壇に立っている。納税記録に照らせば〈テラマー〉は助成金を出したことは一度もなく、ニューヨーク・タイムズの報道によると、高級寝具メーカーと提携し、「水をイメージした」シーツを商品開発している。[1]私が思うに、マクスウェルは海の汚染を防ぐための活動よりも、ゴージャスなヨットでくつろぐほうに海の上の時間を費やしていたのではないか。

この非営利活動は、エプスタインの人身売買事業との関係を取り沙汰されたマクスウェルが、自分の悪評を拭い去るためにつくりあげたものだと多くの人が疑った。

トム・アーノルドはその後もときおり私に電話やメールを送ってきて、私が調べるべきマクスウェルのちょっとした情報をもっていることをほのめかした。だがマクスウェルの関係者は、私が連絡をとろうとしても誰も返答してくれなかった。

アーノルドは、トランプがひとつ、あるいは複数のスキャンダルを揉み消すのを手伝ったとされるフィクサーのマイケル・コーエン弁護士とも話をしていた。アーノルドはツイッターで、コーエンにトランプの性的な問題行動を公にするよう促していた。

トランプの愛人とされるひとりに、ポルノスターのストーミー・ダニエルズがいた。ウォール・ストリート・ジャーナルは、コーエンが2016年10月、大統領選挙の1カ月前にダニエルズに13万ドルを支払い、彼女が2006年にトランプと関係をもったことを口止めしたと報じている。[2]この話は雪だるま式に膨らみ、連邦政府の調査が入る事態となり、2018年8月、コーエンは脱税、金融機関への虚偽の報告、連邦選挙運動違反など8つの犯罪容疑を認めた。彼は最終的に、トランプの指示で選挙前にダニエルズを黙らせるために金を支払ったことも認めた。[3]

トランプのスキャンダルを潰すためにコーエンが果たした役割を見て私は、2016年の選挙戦中にトランプとエプスタインの両方に対して声をあげた別の女性を黙らせるのにも、似たような手が使われたのではないかと思った。

2016年のはじめ、ある女性が「ケイティ・ジョンソン」という偽名で、カリフォルニア州の連邦裁判所に民事訴訟を起こした。13歳だった1994年6月から9月までの4カ月間、トランプとエプスタインから性的虐待を受け、レイプされたと主張した。

ジョンソンは、エプスタインに誘われてニューヨークの屋敷で複数回にわたって開催された「未成年者のセックスパーティー」でトランプと出会ったと語っている。金とモデルになれるチャンスをエサに、トランプと何度か性行為をもつように強要され、そのなかには彼女が「マリー・ドウ」と名づけた12歳の少女も含まれていたという。

トランプはオーラルセックスを要求し、その後、「性的技巧が下手だと怒り出し、叱責しながら未成年者ふたりを押しのけた」と、4月26日にカリフォルニア州中央地区連邦地方裁判所に起こされた訴訟資料に書かれている。

その後、トランプがジョンソンの処女を奪ったと知ったエプスタインは、自分ではなかったことに腹を立て、「拳で彼女の頭を殴ろうとした」そうだ。彼女は、トランプとエプスタインの両方から、ここでの出来事を外に漏らしたら、自分と家族に危害を加えると脅されたと主張している。

ジョンソンは、トランプが2016年の大統領選挙の有力候補として登場した直後に訴訟を起こし、1億ドルの損害賠償を求めた。

当初、アメリカの新聞はこの訴訟のことをほとんど取りあげなかった。トランプの代理人、アラン・ガーテン弁護士はマイアミ・ヘラルドに「明らかな虚偽」と述べた。

この訴訟は、ジョンソンが正しい法律に基づいて提訴しなかったこと、また、彼女が書類に記載した住所に住んでいたという証拠がないことから、のちに却下された。2016年6月、彼女はニューヨーク南部地区連邦地方裁判所に訴訟を再提起した。さらに、大統領選挙の1カ月前の9月に内容を修正した。

ジョンソンはこのとき、ジェーン・ドウという偽名を使い、トランプとエプスタインを性犯罪、脅迫暴行、不法監禁、名誉毀損で訴えた。トランプとエプスタインからの報復を恐れて保護命令も求めている。申し立てている事件についてより詳しい情報を提示していて、それによると、彼女はモデルになりたくて1994年にバスでニューヨークに向かった。複数のモデル事務所から過去の仕事の写真集《ポートフォリオ》を見せるように言われ、いったん帰郷することにした。チケットを買うためにポートオーソリティ・バスターミナルに行ったところ、ティファニーという女性に出会い、モデルになるのを後押ししてくれる有力者と出会えるパーティーがたくさんあることを教えてもらったという。パーティーに参加すれば金がもらえるとも言われ、そのパーティーの場所がエプスタインが使っていた屋敷だというのはあとになって知った。

ジョンソンは、その夏、屋敷で開かれたパーティーに少なくとも4回参加した。若い女性や、トランプを含む年配のゲストがおおぜいその場にいた。ジョンソンの宣誓供述書には、トランプとエプスタインから受けたという暴力的なレイプや身体的虐待についての記述など、先の訴訟と同様の詳細が記載されていた。

「私は大声でトランプにやめてくださいと言いました」と、トランプからレイプされたときの状況を訴訟のなかで述べている。「それを聞いたトランプは、平手で私の顔を強く張り、自分はなんでも思いどおりにできるんだと叫びました」

２０１６年11月の選挙のまえに投稿されたユーチューブの動画で、ケイティ・ジョンソンと思われる女性が、エプスタインの開いたセックスパーティーと彼らふたりとのかかわりについて話している（顔にはぼかしがかかっている）。

ジョンソンがしきりにトランプの名前を出して彼が大統領になることの恐怖を語っていたことから、政治的思惑があるように見える。

カーテンの向こうで、彼女はブロンドのウィッグをかぶり、ランプを置いたテーブルの横に座り、１９９４年にエプスタインのもとで働いていた「ティファニー」と出会ったときのことを語る。

「ティファニー・ドウ」と呼ばれるこの女性は、ジョンソンの訴訟に宣誓供述書を提出し、そのなかで22歳のときにエプスタインにパーティー企画係として雇われたと述べている。証言によると、思春期の少女を見つけてきてパーティーに参加させるように指示を受け、イースト71丁目９のエプスタインの巨大なタウンハウスでおこなわれるパーティーに送り込んでいた（このタウンハウスの当時の所有者は大富豪のレス・ウェクスナーで、のちに所有権がエプスタインに移る）。

ティファニーは、ポートオーソリティ・バスターミナルで女の子を探していた。ジョンソン（ジェーン・ドウ）に目を留めて勧誘し、いくつかのパーティーに参加させ、その場でジョンソンがトランプとエプスタインに性的なふるまいを強要されているのを自ら目撃したと述べている。

さらに、トランプとエプスタインがジョンソンをレイプするのを目撃し、エプスタインはほかの未成年の少女たちも屋敷内で性的および身体的に虐待したと主張した。

「２０００年にエプスタインのもとで働くのをやめたあと、彼から、エプスタインや彼のゲストから未成年の少女が性的および身体的に虐待されていたのを目撃したと口外すれば、私は殺され、私の家族も同じように殺されると脅迫されました」とティファニーは宣誓供述書で述べている。

ジョンソンは自身の訴訟のなかで、トランプが関与した性的事件に巻き込まれたという12歳のマリアについても言及した。

「ジョアン・ドウ」と名乗る3人目の女性は、「1994年から95年にかけての学年度」にジェーン・ドウ（ケイティ・ジョンソンのこと）からトランプとエプスタインから受けた虐待について話を聞いたとする申立書を提出した。

ケイティ・ジョンソンは動画のなかで、トランプとの出会いについて説明を追加し、エプスタインが彼女を含む少女たちを雇い、彼の屋敷で開かれるパーティーで金持ちをもてなし、楽しませる仕事をさせたと述べている。

エプスタインとトランプは1987年ごろに出会い、ニューヨークやパームビーチで開かれる同じパーティーや社交行事によく出席していたようだ。2019年7月、NBCニュースは、1992年に、ドナルド・トランプのパームビーチの別荘マー・ア・ラゴでエプスタインとトランプがにぎやかにパーティーを楽しんでいるフィルムを発掘したと報じた。NFLのバッファロー・ビルズとマイアミ・ドルフィンズのチアリーダーが演技を披露するなかで、トランプがエプスタインを歓迎する様子が映っている。映像の撮影当時、離婚していたトランプがエプスタインに何かをささやきながら女性のひとりを指し、エプスタインが身体を折って大笑いしている[4]。

被害者の代理人としてエプスタインを調査するなかでトランプにも言及したブラッド・エドワー

ズ弁護士は、トランプ側の言い分としては、エプスタインがマー・ア・ラゴのクラブメンバーの娘を口説いたことがきっかけで、ふたりは疎遠になっていったそうだ。トランプは怒ってエプスタインを出入り禁止にした。

だが、エプスタインの弟のマークは、エプスタインとトランプの関係についてちがう見方をしている。マーク・エプスタインは民事訴訟の宣誓供述書のなかで、トランプはエプスタインの自家用機で何度か一緒に飛んだことがあり、ふたりはよい友人だったと述べている。「トランプが距離を置こうとしているのは知っているが、ふたりは友人だった」とマークは言い、トランプがエプスタインの母親と叔母を、ニュージャージー州アトランティックシティにあるトランプのカジノによく招待していたとつけ加えた。[5]

エプスタインは、ブラックブックと呼んでいた要人電話帳にトランプの車載電話の番号や、トランプ邸の使用人、ボディーガード、さらには「ノーマ——緊急連絡先」とラベルのついた番号など20以上の電話番号を控えていた。ノーマとは、長年トランプの上席秘書を務めたノーマ・インファンテ・フォアダラーのことで、彼女は2013年に亡くなっている。

ブラックブックの一部はもちろん、やはりトランプの友人であり、トランプを将来の妻でありファーストレディであるメラニアに紹介したと報道されているギレーヌ・マクスウェルが作成したものだ。

2004年の不動産取引をめぐって、トランプとエプスタインの不和は本物になった。トランプは、エプスタインがパームビーチでも有数の豪邸に目をつけたのを知った。ウォール街の投資家が多く住むことで「乗っ取り屋通り《レイダース・ロウ》」のあだ名がついたオーシャンフロントの区画に建つ、７ベッドルームの物件だ。皮肉なことに、この物件はかつてエプスタインの最優良顧客だったレス・ウェクスナーが所有していた。ウェクスナーは１９８８年にこの物件を介護施設開発業者のエイブ・ゴスマンに１２１０万ドルで売却している。[6]

そのゴスマンは２００１年に破産したときにここを手放した。

競売にかけられることになったとき、エプスタインはトランプを入札から除こうとしたがうまくいかなかった。最後の入札が終わったとき、エプスタインはトランプの金額を上回れず、物件は４１００万ドルでトランプのものになった。[7]

トランプは建物を改装し、１億２５００万ドルで売りに出した。最終的には２００８年にロシアのビジネスパーソンに９５００万ドルで売却した。[8]

エプスタインの経理担当者が２０１０年、民事訴訟の宣誓供述書で、多くの有名モデルを発掘したフランス人モデルスカウト、ジャン・リュック・ブルネルと提携する、マイアミを拠点としたモデルエージェンシー〈Ｍｃ２〉にエプスタインが１００万ドルを投資したと証言したことで、エプスタインのモデル事業への進出が具体的に明らかになった。

この供述書は公開されていなかったので、情報のリークを受けた私が、エプスタインのシリーズ記事のなかで初めて報じた。

ジャン・リュック・ブルネルの経理担当者マリア・バスケスは、この取引のための書類を自分が手配したと述べた。バスケスは、エプスタインが〈Ｍｃ２〉をトランプのモデルエージェンシー

〈トランプ・モデル・マネジメント〉に匹敵するような会社に育てたいと明確に語っていたと、ブラッド・エドワーズが記録した宣誓供述書のなかで証言している。エプスタインは当初、モデルエージェンシーとの関係を明らかにしたがらなかったが、バスケスによると、エプスタインが資金を出しているのだからエプスタインの名で書類にサインすべきだと銀行がこだわったのだという。

自らを「スカウティング・ツナミ」と称したほど凄腕《すごうで》のスカウトだったブルネルには暗い過去があった。エプスタインと同様に、性的暴行――しかも多くは未成年者に対して――で何度も告発されていた。2005年から2006年にかけて警察の捜査が入ったときには、12歳の双子を調達してもらうことをほのめかしたブルネルからの電話メモが発見されている。

バスケスは1998年からブルネルのもとで働いていた。彼女の話では、外国からアメリカにやってくる若い女性や少女のために観光ビザの手配をするよう、エプスタインから頼まれたという。「多くの少女がはじめは、ちゃんとしたビザをもたずに、つまり就労ビザをもたずにやってきました。少女のほとんどは観光ビザでアメリカに入ったのです」

ブルネルは女性たちの収入から30％を徴収しており、税金や社会保障費は払っていなかったそうだ。

あとになってエプスタインは会社関係者が捕まるのではないかと心配になり、弁護士を雇って女性たちの就労ビザを取得した。

バスケスによると、そのモデルエージェンシーは合法的な仕事にモデルを派遣していたが、一方で、パーティーへの女性派遣ルートとしても利用されていた。非常に年若いモデルはとくに、ニューヨークやフロリダにあるエプスタインの屋敷や所有する島でのパーティーに派遣されたり、金を払った客に性的なサービスを提供することが求められる仕事に派遣されたりしていた。性行為に応じなかった場合には、報酬は支払われないことが多かったとバスケスは言う。

2016年にニュースサイト〈デイリー・ビースト〉でトランプの裏パーティーについて暴露したマイケル・グロスの記事によると、トランプも自社のモデルを使ったパーティーを開いており、参加者には未成年のモデルも交じっていたという[9]。

グロスがその記事のために取材したフォトグラファーは、パーティーには14歳ぐらいの女の子もいたと言っている。

「トランプは〝部屋から部屋へ〟移動していた。男がいて、若い女がいて、セックス、浴びるほどのセックス、浴びるほどのコカイン、上等な酒、ただし禁煙だった。トランプはタバコを許さなかった」。そのフォトグラファーはさらに、「(トランプが)よく2、3人の女の子を連れてふらふら歩いていた。実際にその姿を見た。セックスしまくっていた」と明かした。

トランプは、未成年の少女とかかわりをもったことはないと強く否定し、報道官はケイティ・ジョンソンの話を繰り返し非難している。

ジョンソンは訴訟資料やユーチューブの動画のなかで、エプスタインのパーティーもまともではなかったと語った。

彼女の話では、各パーティーの終わりにモデルたちはエプスタインと会い、そのパーティーでつき合った男性について、彼らがどういうことが好きでどういうことが嫌いかなど、いくつか質問され、それに答えたあとで報酬が支払われたという。

動画のなかでジョンソンは、パーティーでよくおこなわれていた乱交祭りにはトランプは参加していなかったと言っている。ただし見るのは好きだったそうだ。あるパーティーでは、ほかの人がセックスしているのを見たトランプが彼女を呼んで、手でしてほしいとねだった。潔癖症で知られるトランプは、別の日のパーティーで彼女がオーラルセックスをしたときにはコンドームをつけたままですることにこだわったという。

2018年、私はケイティ・ジョンソンの代理人のひとり、トーマス・F・マハー弁護士に連絡をとったが、弁護士・依頼者間の秘匿特権を理由に取材には応じてもらえなかった。ただし彼は、その事案の勝利に自信をもっており、依頼人が信頼できる人物であって真実を述べていると感じていると私に請け合った。

ジョンソンがそのタイミングで公表したのには明らかに政治的な動機がうかがえるが、だからといって嘘をついているとは限らない。おそらくは、彼女の話を政治的に利用しようとする人たちに乗せられてしまったのではないか。

ニューヨークでの訴訟が進み、公判前準備会議の日程が決まると、マハー弁護士は、性的な虐待やハラスメントの事案を多く扱い、とくに著名な男性から被害を受けたとする被害者の代理人を務めるロサンゼルスの弁護士リサ・ブルームに連絡をとった。

私自身も今回のシリーズ記事のまえにブルーム弁護士に話を聞こうとしたのだが、うまくいかなかった。最近のインタビューを見ると、ブルームはケイティ・ジョンソンを徹底的に調査し、彼女が正直に話していると確信したと語っている。

「マハー弁護士が連絡してきて、彼の仕事への協力を依頼された。ケイティ・ジョンソンがCNNの取材を受けることになっていて、彼はそれがジョンソンを狼の群れに放り込むことになるのではないかと恐れていた。初めてＣＮＮのインタビューに臨む、怯えた若い女性なのだから。マハーは彼女に準備をさせたかったし、話を聞いた私もできるかぎりの助力をすることが自分の義務だと感じた」。トランプの性的なハラスメントや暴行を告発した他の女性たちの代理人を務めるリサ・ブルーム弁護士はこう言った。

「絶対に確実と言い切ることは誰にもできないにせよ、人を信頼できるかどうかは私は自分で判断する。私は彼女が信頼できると思ったし、そのことがメディアで報道されるべきだと考えた。トランプ氏に不利な主張をする女性たちは報道されないという、もっと大きな懸念のなかにジョンソンも含まれる」

２０１６年６月、ブルームはオンラインメディア〈ハフィントンポスト〉〔現在は〈ハフポスト〉に改称〕に、主流メディアがジョンソンの訴訟を無視していることを非難する記事を書いた[10]。

市民権運動に強い弁護士グロリア・オールレッドを母にもつブルームは、ジャーナリストがなぜトランプのレイプ疑惑を無視してきたのかという疑問を投げかけ、同じく権力者側にいるコメディアンのビル・コスビーのレイプ疑惑もメディアは充分に報道しなかったと指摘した。

「ビル・コスビーの事件から学ぶことがあったとすれば、著名な男性のレイプ疑惑を軽視してはいけないということ。いま、歴史は繰り返されている」とブルームは過去の事例を挙げ、メディアはトランプに向けられたレイプ疑惑をもっと真摯に受け止めるべきだと明確に論じた。

とりわけ、大統領の椅子を目指している人物に対する疑惑としては、ただ無視するにはあまりに信憑性が高いと指摘する。

ブルームはケイティ・ジョンソンのＣＮＮでのインタビューに同行した。ただし、このインタビューは放送されていない。

「彼ら（CNN）はこれを報じないとはっきり言ったわけではないし、まだ検討を続けている印象をつねに受けていた。彼らからきっぱりと『ノー』を突きつけられた記憶はない」

だが選挙が近づくにつれ、ブルームはジョンソンの話を別の方法でアメリカ国民に伝えようと考え、選挙日の6日前の11月2日に記者会見を開くことにした。

「うちの事務所から車で2、3時間ほど走ったところにあるジョンソンの家の近くで、彼女と、彼女のチームのメンバー数人と会った」とブルームは振り返る。「記者会見当日、ヘアメイクの担当者を呼んでであり、私たちはうちの事務所に座って1時間か2時間、髪をととのえたりしていた」

そのころには、メディアの関心も高まっていた。ワシントン・ポストは、2005年にトランプがエンターテインメント業界のニュース番組『アクセス・ハリウッド』のインタビューを受けたときの様子について、動画を添えて記事を公開したばかりだった。動画のなかでトランプは司会のビリー・ブッシュに、既婚女性をよく口説いていたと話している。[11]

ブルームは、ケイティ・ジョンソンがトランプとエプスタインについて「沈黙を破る」記者会見は午後3時からと発表してあり、ロサンゼルスにあるブルームの事務所の会議室には数十人の報道陣が集まっていた。

だがいざそのときになって、ブルームは突然キャンセルする。

「悪い知らせをお伝えしなければなりません。ジェーン・ドウは、私が代理人を務めてきたトランプ大統領のほかの告発者と同様に、膨大な数の脅迫をきょう受けました。彼女はいま怯えています」とブルームは発表し、「記者会見の予定を変更させていただきます」とした。

ブルームによると、ジョンソンはその日、朝からずっと事務所に詰めて準備していたそうだ。「私は彼女の話を公にする方向で動いてきたが、こうしてキャンセルする事態となったことを恥ずかしく思う。彼女を裏の階段から連れ出したところ、この件は取り下げてほしいと言われた。彼女には一晩よく考えてみてと伝えた。翌日、彼女の気持ちに変わりはなく、この話はもうしたくないとのことだった」

以来、ジョンソンは姿を消したようだ。

「ジョンソンがいまどこにいるのか知らないし、2016年以降は話していない」とブルームは言った。

すぐに、トランプか周辺の誰かが金を払って訴えを取り下げさせたのではないかとの憶測が流れたが、ブルームはそうした憶測を一蹴した。

「トランプの関係者からはまったく連絡がなかった。トランプ側の誰とも、まったくコミュニケーションをとっていない」

私のシリーズ記事が出たあと、多くの意見が届いた。よく訊かれたのは、ケイティ・ジョンソンの訴訟や彼女がトランプに対して掲げた疑惑についてなぜ何も書かなかったのかというものだった。当時、私は、そしておそらくエディターのケイシーも、エプスタイン事件の報道の問題点は、ジャーナリストが政治家や有名人と事件を結びつけることに多くの時間を使いすぎて、刑事司法制度の過失や腐敗の可能性という、より大きな論点を見逃したことにあると感じていた。そのためにジョンソンの件は取りあげなかったのだが、いま振り返れば、ジョンソンの訴訟についても触れたほうがよかったと思う。

トランプとクリントンはどちらも、エプスタインが明らかに少女とかかわりをもっていたころにエプスタインの友人だった。だからこそ疑念を呼んだわけだが、それでもトランプとクリントンのどちらにも、未成年者と不適切な性的関係をもったという証拠はなかった。

被害者が名乗り出て自分のことばで話すまでは、不確かな中傷に加わって誰かを叩くことは、勇気をもって自分の話をしてくれた被害者にも害をなす行為となる。

33 打ちあげ花火

2019年7月6日、ジェフリー・エプスタインは、毎年恒例となっていた、パリの凱旋門《がいせん》に近い富裕層の区画、フォッシュ通りに建つ豪華アパルトマンでの夏休みを終え、自家用機のガルフストリームでニュージャージー州のテターボロ空港に向かっていた。

パリで過ごすこの休日のために、彼は特別なプレイリストをつくっていた。ヴァン・ヘイレンやビーチボーイズから、チャーリー・パーカーまで、さまざまなジャンルをスポティファイで編集し、繰り返し聴いていたという[1]。

テターボロ空港は、マンハッタンのダウンタウンから20キロほどのところにあり、いまも現役の空港としてはニューヨークで最も古い。湿地帯に囲まれた滑走路は、チャールズ・リンドバーグやアメリア・イアハートなど伝説の飛行士たちの離着陸を支えてきた。自家用機から待機中のリムジンへ、パパラッチや熱狂的なファンに悩まされることなくスムーズに移動できる駐機場の構造も、多くの富豪や有名人に愛されてきた所以《ゆえん》だ。

だがその日の午後、エプスタインの飛行経路はFBIに監視されていて、大西洋上を飛んでいるあいだにFBIはテターボロ空港に歓迎部隊を動員していた。

独立記念日の週末は、私は自宅でアラン・ダーショウィッツとデイビッド・ボイス両弁護士間の確執についての記事を書いていた。私はもともと独立記念日の7月4日にひとりでいるのがいやな性質《たち》で、とくにフロリダで住みはじめてからはそうだった。この年は息子のジェイクが一緒にいてくれたので、週末ずっとダーショウィッツの件で頭痛に悩まされていた私にはそれが心の支えだった。

祝日のほとんどをダーショウィッツからのメールの処理に費やし、メールを読んではヘラルドの弁護士サンディ・ボーラーに転送する作業を繰り返した。ダーショウィッツは、自分の名誉毀損訴訟で公開されている裁判資料の一部である、弁護士たちの宣誓供述書のコピーを送れと要求してきていた。

あるメールには「ほかの弁護士たちの名前を送ってくれ。こちらは彼らの宣誓供述書にアクセスできない」とあった。

サンディは、彼はアクセスできるはずだから、これは時間稼ぎの策かもしれないと訝しんだ。

ケイシーはこの輪から抜けていた。

「芝刈りに行ってくるから、しばらく連絡不通」とメールを寄越《よこ》してきた。

その日、ダーショウィッツとのあいだで何度もやり取りし、彼は私に法的措置をとると繰り返した。

私は書いた。「脅すのはやめてください。怯えてはいませんよ。お互いプロらしく行きましょう。あなたが困難な状況に対処しようとしている事実を尊重し、私は攻撃を受けながらも、あなたの意見に耳を傾け、好意的に解釈しようと努めています」

最終的に社に記事を提出し、その夜は海にあがる花火をジェイクと見て過ごした。

翌日の午後、ボイス弁護士の広報担当ドーン・シュナイダーから、月曜日にエミリーと私が予定していたアーカンソー州への出張について最終手配のメールが送られてきた。

エプスタインとマクスウェルに受けた虐待をずいぶんまえに公にしようとしたアニーとマリア・ファーマー姉妹に、私は2年ほど前から取材を試みていた。だが取材に至っていなかったのは、ひとつにはマリアが癌《がん》を患い、またアニーが私のプロジェクトに参加することに不安を感じていたからだった。私はいずれインタビューに応じてくれる日の来ることを願いつつ、姉妹の弁護士に連絡をとりつづけていた。

マリアは2019年5月に手術を受け、療養中だった。私は、マクスウェルに対する訴訟で封印された文書に対してヘラルドが勝ち取った開示の日が来るのを待ちながら、マリアとアニーをふたり一緒にインタビューできないか、6月に入ってボイスとシュナイダーと話し合っていた。

その当時、マリアはケンタッキー州パデューカに、アニーはテキサス州オースティンに住んでいた。一緒にインタビューする環境をととのえるのは簡単ではない。

ふたりが一緒にいる写真を撮りたかったし、マリアが抱えてきたトラウマが表れているかもしれない絵画作品の写真もほしかった。

マリアが写真をいやがっていると聞いて、私はシュナイダーに「姉妹の写真をなんとか1枚だけ撮らせてもらえませんか」と頼んだ。

「話してみます、としかいまは言えません……この地雷原で無理をすると、ふたりは去ってしまうかもしれません」とシュナイダーは答えた。

インタビューの日にちは7月8日、場所はアーカンソー州のリトルロック郊外に決まった。ボイスの法律事務所のパートナー、シグリッド・マコーレーはフォートローダーデールから、ドーン・シュナイダーはニューヨークから、エミリーと私はフォートローダーデールからそれぞれ飛行機で向かうことになった。ヘラルドがアニーの飛行機代を負担し、彼女を数日早く呼び寄せて、独立記念日の週末を姉マリアと一緒に過ごせるようにした。

ヘラルドから旅費を渋られるのではないかと覚悟していた。アーカンソーに行く簡単な方法はないし、祝日の週末だったので、エミリーと私はアトランタを経由しなければならなかった。私たちふたりの航空運賃と、アニーをアーカンソーに呼び寄せるための費用を合わせると、数千ドルになる。

それでも会社は承認してくれた。

「インタビュー開始は月曜日の午前10時の予定。場所はここ。ホットスプリングスは街じゅうが桁違いに蒸し暑いらしいから、髪型がたいへんなことになりそう！」とドーン・シュナイダーからメールが来た。

「オーケイ、きのうときょうはこの記事のことでずっと仕事をしていたから、メールを見る時間もなかった。まだシャワーも浴びてない」と私は書いた。

シュナイダーは私がいま取り組んでいる記事について訊いてきた。

ボイスとダーショウィッツの経歴を追いつつ、何年もくすぶりつづけてきたふたりの険悪な争いを書くのだと答えた。

シュナイダーは心配になったようだ。

「デイビッド（ボイス）は知ってるの？」

私はボイスに記事のことは話してあると答えた。

その日の夜、この記事はネット上に掲載され、私はシュナイダーにリンクを送った。

「ダーショウィッツ対ボイス、ジェフリー・エプスタイン事件が点火した法律の巨人ふたりの死闘」が見出しだ。

この記事では、国で最も強力な弁護士ふたりのあいだにほとばしる火花を詳しく書いた。強要罪の告発、密かな録音、非倫理的行為のほか、さらにダーショウィッツには未成年者との性交渉の疑惑も出てくる。

このころ80歳だったダーショウィッツは、ボイスとシグリッド・マコーレーを3つの州で訴え、78歳だったボイスは、エプスタインが自分たちをダーショウィッツに性的に売ったと主張する被害者の代理人を務めていた。

この記事をふたりとも快く思わないであろうことはわかっていた。ボイスはどういう文脈であれダーショウィッツと比較されることを嫌う。すぐに広報担当のシュナイダーから、ボイスが記事を喜んでいないと連絡が来た。

翌朝、ボイスと話した。ボイスはダーショウィッツとちがい、人をガラス窓に投げ飛ばさずに不快感を示す方法を知っている。

その後、翌日に控えたアーカンソー州への出張に向けて荷造りを始めた。

土曜日だったその夜の7時53分、ヘラルドのナイトデスクの誰かからニュースサイト〈デイリー・ビースト〉の見出しを添えてメールが届いた。「ジェフリー・エプスタイン、未成年者の性売買容疑で逮捕[2]」

何かのまちがいかと思った。だが携帯電話が鳴り出して止まない。

私がエミリーに電話をしたのか、エミリーからかかってきたのかも憶えていない。ふたりとも呆《ぼう》然《ぜん》としていた。

何人かの情報源に電話し、その日の夕方、テターボロ空港でエプスタインが逮捕されたのは事実だと知った。

正直なところ、エプスタインが責任を問われることはもうないだろうと思っていた。11年経って、ついに司法がエプスタインに追いついたのか？

逮捕直前の同日午後5時30分、捜査令状の発行を受けた約10人の連邦捜査官が、マンハッタンにあるエプスタイン邸のドアを壊して室内に入った。

アッパー・イーストサイドでこうした騒ぎはめずらしいので、近隣住民がそのときの様子を話してくれた。「大きな音がしたので行ってみたら、ＦＢＩ捜査官がドアを打ち壊しているところだった」

この日に逮捕されたということは、ニューヨークの連邦裁判所で月曜日に起訴状が公開されることになる。つまりは私たちの予定を変えなければならない。

ドーン・シュナイダーに電話し、マリア＆アニー姉妹とのインタビューをキャンセルしなければならないと伝えた。彼女は理解してくれた。日程をできるだけ早く再設定したいことも併せて伝えた。

　エプスタインがようやく鉄格子の向こうに行くことに加えて、もうひとつ喜びの感情が湧いてきた。マリア＆アニーのファーマー姉妹がいまアーカンソー州にいて、ふたり一緒にエプスタイン逮捕のニュースを聞いたとわかったからだ。


　翌日、エミリーと私はニューヨークへ飛び、夜遅くにホテルに着いた。エミリーにはたくさんの機材があるし、罪状認否の時刻が朝早いので、親会社のマクラッチー社には、マンハッタンのパール通りにある裁判所になるべく近いホテルを予約してくれるように頼んでおいた。

　ほかのホテルに空きがなかったからなのか、マクラッチーの気前がよかったからなのかはわからないが、そのホテルはこれまでに泊まったことのないようなしゃれたところだった。

　枕に頭をつけたと思ったらもう朝だった。日の出前だったが、エミリーはいい場所を確保するために早く裁判所に行きたがっていた。裁判所前がジャーナリズム用語でいうところの「クソひどい」状態になることを彼女はよく知っていた。私たちは機材を引っ張りながら裁判所までの1キロ弱の道のりを歩いた。すでに他社のカメラクルーの姿が見え、なかには一晩じゅうそこにいた者もいただろう。エミリーに準備を任せ、私はコーヒーを探しにいったが、早朝のニューヨークではそう簡単に見つからなかった。

　ほしかったカフェインを手に戻り、メディアの数が膨れあがるなか、エミリーと一緒に数時間待った。被害者側弁護士のブラッド・エドワーズに連絡をとろうとしたが、つながらなかった。コートニー・ワイルドと一緒にニューヨークに到着しているかもしれないし、ほかの被害者もこれから来るかもしれない。

連邦裁判所にカメラは入れないので、審問が始まると私は法廷内の椅子に座り、エミリーは外の階段に残った。

66歳のジェフリー・エプスタインは、青いつなぎの囚人服にオレンジ色のスニーカーを履いて現れた。人手不足で害虫がうごめく地獄のような場所と悪名高い連邦拘置所で2晩過ごした彼は、髭《ひげ》は剃《そ》っておらず、髪も乱れていた。法廷には私たちが取材したエプスタインの被害者、コートニー・ワイルドとミシェル・リカータもいた。ふたりがエプスタインの顔を見るのは10年ぶりのことだった。

私の席はエプスタインから1、2メートルしか離れていなかった。

難攻不落の壁のようだったエプスタインが、この日はとても小さく見えた。

判事が、未成年者の性売買の罪と、未成年者の性売買にかかわる共謀の罪を1件ずつ読みあげた。

エプスタインは認否を問われた。

「無罪です、裁判長」と答えた。

起訴状には、虐待を受けたときに未成年だった名前を明かしていない被害者ふたりと、エプスタインの少女勧誘を手伝ったもうひとりの被害者が書かれていた。だが検察は、さらに被害者を加えて事件を拡大する意向を明らかにした。

その後の記者会見で、ニューヨーク南部地区検察局のジェフリー・バーマン連邦検事が、エプスタインの被害者のために電話のホットラインを設けたことを発表し、被害者たちへの呼びかけをおこなった。

バーマンはエプスタインの行為がアメリカの「良心に衝撃を与えた」とし、10年前にエプスタインを起訴できなかったフロリダ州当局を暗に非難し、「当検察局は、この起訴をつうじて、被害者のために立ちあがることができたことを誇りに思います」と述べた。

記者会見では、なぜこれほど時間が経ってから事件を取りあげることになったのかと質問が飛んだ。

「優れた調査報道に助けられました」と、最前列に座る私にちらりと目をやって、バーマンは答えた。

その後、法廷を出た私の顔にカメラがいっせいに向けられた。

「ごめんなさい、みなさん。いまはまだお話しできません」。私の頭は事態を整理できていなかった。しかも私は締切に追われていて、いますぐ記事を書かなければならない。

エミリーは裁判所に残り、その場にいた被害者たちを撮影した。私はホテルに急いで戻り、キャリアのなかでもとくに重大な記事を書きはじめた。

世間の関心はエプスタインの保釈査問会とアレックス・アコスタに移り、アコスタの労働長官辞任を求める声が再び高まった。ナンシー・ペロシ下院議長は、アコスタとエプスタインの司法取引を「良心に照らして受け入れがたい」とし、辞任を要求した。労働省からはコメントは出ていない。

ホワイトハウスからも司法省からも出なかった。

エプスタインの逮捕は、ニューヨーク南部地区連邦検察局の汚職捜査部門が担当していたため、トランプ大統領にとって困難な状況になるのではないかとの懸念がささやかれた。トランプはただちに、何年も話していないと主張してエプスタインと距離を置こうとした。

ビル・クリントンもエプスタインとの関係についてようやく声明を出さざるをえなくなり、エプスタインが告発された犯罪について「何も知らない」と述べた。クリントンは広報担当の声明をつうじ、2002年と2003年にエプスタインの自家用機に4回搭乗したこと、2002年にクリントンのハーレムの事務所でエプスタインと1回会ったこと、同じ時期にニューヨークのエプスタイン邸を警護員と一緒に短時間訪問したことを認めた。

「エプスタインとは10年以上話をしておらず、リトル・セント・ジェームズ島にもニューメキシコ州のエプスタインの牧場にもフロリダ州のエプスタインの住居にも行ったことはない」と声明にある。

エプスタインの刑事弁護士リード・ワインガーテンは今回の新たな告発を、フロリダ州での訴訟を「なぞったにすぎない」とし、「古い話だ、古代の昔に終わった話だ」と述べた。

ウィリアム・バー司法長官は、エプスタインやアコスタ労働長官と関係の深い法律事務所〈カークランド&エリス〉に自身も関係があることから、利害の衝突を避けるためにこの事件から身を引いた。

もうひとつ、裏読みしたくなる展開は、エプスタインを起訴した汚職捜査部門に、2017年にトランプに解任されたジェームズ・コミー元FBI長官の娘モーリーン・コミー連邦検事補がいることだ。モーリーン・コミーは、この事件を担当するほかの検察官、アレックス・ロスミラーとアリソン・モーと共同で、エプスタインを裁判まで保釈なしで拘束するよう要請した。1回目の審問は翌週月曜日の7月15日に予定されていた。

突然、世界じゅうのあらゆるメディアがエプスタインについて報道するようになった。プレッシャーを感じたエディターのケイシーは、エプスタインがドルトン校で数学を教えていたころの話を書いてほしいと言ってきたが、すぐにはできないと私は思った。今回の逮捕劇にはまだ多くの欠落した部分があり、まずはそれを追わなければならないと感じたからだ。

ニューヨークにいるあいだに、ハドソン・ヤードにある、ハドソン川を見下ろす広い新オフィスでデイビッド・ボイス弁護士と会った。おがくずとペンキの匂いがまだ残るなか、マリアとアニー姉妹へのインタビューの日程などについて話し合った。エプスタイン逮捕後のメディアの騒ぎを思えば、いまはその時期ではないとボイスは言った。私は、時機が来たら教えてほしいと頼み、姉妹と話したい強い気持ちに変わりはないと言った。

だがその数週間後、彼は姉妹のことをニューヨーク・タイムズに話してしまった。私は落胆し、少なからず怒りも覚えたので、ボイス弁護士とドーン・シュナイダーのふたりに抗議を申し入れた。タイムズがボイスの口を開かせ、これを記事にできたのは、私が書いたデイビッド・ボイスとダーショウィッツのバトルの記事に、ボイスがじつは憤慨していたからかもしれない。また、映画プロデューサー、ハーベイ・ワインスタインのスキャンダルで壊れてしまったタイムズとの関係を修復したい気持ちがボイスに（おそらくはドーン・シュナイダーにも）あったからかもしれない。

エプスタインが逮捕された日、ニューヨーク・タイムズの記者がヘラルドの文献管理者《ライブラリアン》モニカ・リールに電話をかけてきて、私に連絡をとりたいと言った。

自分の記事の登場人物になりたがる記者はいない。私はもとの透明人間に戻りたかった。

「先方はあなたのところに出向くと言ってた。用事は1時間もかからないって」と、親会社のマクラッチーでメディアからの電話に対応していた、私の仲介役《フィクサー》のメラニー・ジェンセンに言われた。

私は、エミリーがいなければインタビューは受けないと答えた。

こうして、エミリーと私に関する記事が、ニューヨーク・タイムズのビジネス欄に掲載されることになった。

エミリーと私は翌日の朝、ホテルのレストランでティファニー・シュー記者と会った。白いテーブルクロスのかかったレストランで、ニューヨーク・タイムズの記者と一緒に朝食をとることになろうとは、人生にはおもしろいことが起こる。

タイムズのこの記事は、エミリーと私が報道界でぶち当たってきた困難をうまく表現してあった。当時、ジャーナリストは「国民の敵」と見なされ、マイアミ・ヘラルドのような地方紙はスタッフを減らしたり、会社そのものが消滅したりしていた。

ヘラルドでは女性のフォトグラファーはもうエミリーだけになったことや、旅費がかかるような挑戦しがいのある仕事が次に回ってこなくなるかもしれないという危惧から、仕事にかかった経費をすべては申告しないことがよくあるなどの話をした。

翌日、こうした正直な姿勢を会社側が快く思わなかったと知らされた。

私はエディターのケイシーに、優れた報道に贈られるジョージ・ポルク賞を私が2018年に受賞したあと、ジャーナリスト仲間数人と食事に行ったときの代金が会社のクレジットカードにつけられていたのを知ってその金額に恐れおののき、「個人的支出」と訂正し、自分のポケットから払ったことを思い出させた。

その週のニューヨーク・タイムズとのつながりにはまだ続きがあった。タイムズの記事が掲載された翌日の水曜日、タイムズの国内担当エディター、マーク・レイシーからツイッターでメッセージが届き、編集室で話をしないかと誘われた。

過去に一度だけタイムズのビルに行ったことがあるが、それは採用面接のためで散々な出来事だった。

ジャーナリストにとってニューヨーク・タイムズに足を踏み入れるときの畏怖の念は、聖職者が初めてバチカンに足を踏み入れたときの感じと例えればいいだろうか。タイムズタワーは40丁目と41丁目のあいだにあり、明るいオレンジ色のロビーに巨人な天井を構え、シダの絨毯の上に高さ15メートルの白樺《しらかば》の木が何本も立つ森を模した中庭を360度の方向から眺めることができる。

私は初対面の人と会ってもあまり緊張しない性質《たち》なので、マーク・レイシーが出迎えてくれたときも落ち着いていた。そのまままっすぐ教皇のところに連れていかれるまでは。

ニューヨーク・タイムズの編集局長ディーン・バケットだ。

正直に言って、ミスター・バケットが何を言ったのか、自分が何を言ったのかも憶えていない。あっという間の出来事で私は呆然としていた。

そのオフィスから廊下に出て、レイシーは私を先導しながら、大学生か高校生ぐらいに見える若者たちでいっぱいの会議室を通りかかった。レイシーはいったんその部屋に立ち寄り、「エプスタイン・シリーズを書いたジャーナリスト」と私を紹介した。若者たちから拍手喝采が湧き、私は身の置き所がなく感じた。

次に通り抜けたのが編集室だった。というか、編集室だったような気がする。ソファと会議テーブルが置かれた、社長とか外国高官のような要人のインタビューに使う、彼が「お偉いさん部屋《ディグニタリールーム》」と呼ぶ大きな部屋に促されて入ると、何人かの人たちがそれぞれのオフィスを出て私たちのあとをついてくるのがわかった。そうした人たちのなかに私が知っている、タイムズの編集主幹のひとりキャロリン・ライアンと、ワインスタイン事件の報道でミーガン・トゥーイーとともにピューリッツァー賞を受賞したジョディ・カンター記者がいた。

ほかにもエディターたちがいたが、名前は憶えきれなかった。彼らはみな、私のシリーズ記事についての質問を始め、まだ探索していない切り口があるのではないかと誘導尋問を仕掛けてきた。私はあまりにも舞いあがって油断していて、エプスタインがビル・ゲイツやジェフ・ベゾスといった世界の大富豪たちとともに秘密の「ビリオネアボーイズ・クラブ」に所属していることなど、うっかり口走ってしまった。彼らが何をしようとしているのか不意に気づいたのは、私のおしゃべりな口が開いたあとだった。しまった、ニューヨーク・タイムズにカモにされてしまった。

私は愛想よく微笑んで、その手には乗りませんわよと言った。あいにくですけど、手持ちの駒を明かすつもりはありませんの。

キャロリン・ライアンは、私の仕事を手伝ってくれる学生を何人か紹介すると申し出た。ありがたかったが、編集室を出てロビーに戻ったときの私はまだ少し自分にむかついていた。私を小さな地方紙のはなたれのように扱った彼らに腹を立てるべきだったかもしれないのに、腹が立たなかったから。

　私はタイムズの100万ドルの中庭を見下ろせる階段に座り、ヘラルドの編集室から見えるドラル市のくすんだ倉庫街のことを考えていた。かつてのマイアミ・ヘラルドがあったベイフロントの美しい建物からは数億キロかけ離れた光景だった。会社はマイアミのダウンタウンに構えていた自慢の社屋を売却し、伝統ある編集室は取り壊され、私たちはマイアミ空港と一体化したような2階建ての新社屋に追いやられたのだった。

　自分を哀れんでいる暇はなかった。アレックス・アコスタはとうとう沈黙を破ることを決意した。その日の午後に記者会見が開かれると決まった。

　ケイシーに電話した。数時間、連絡を入れていなかったので、私がいまどこにいるのかとやきもきしていたはずだ。

「ハイ、ブラウンよ。定時連絡です」。沈んだ声になってしまった。

「了解、お偉いさん部屋《ディグニタリールーム》はどうだった？」ケイシーが訊いた。

「えっ？」

「ニューヨーク・タイムズのディグニタリールーム」

「どうして知ってるの？」

「まあ、さる筋から知らせが来たとしておこう」

34 失職

アレックス・アコスタは、雇用統計にすばらしい数字が出て勝利を宣言するときの労働長官さながら、自信に満ちた表情で演壇に立った。

ワシントンにある労働省の年季の入った板張りの記者会見室には、20人以上の取材陣が集まった。マクラッチー社ワシントン支局のアレックス・ドーアティ記者は、「地味な官庁にしてはめずらしく注目度の高い出来事」と評した。

エプスタインの逮捕から4日後の7月10日だった。

アコスタは、チャコールグレーのスーツに、糊《のり》の利いた白いシャツと赤いネクタイを身に着け、資料の入った小型カバンと話すべきストーリーを用意していた。大統領に好印象を与え、職を追われずにすむことを願っていた。

「はじめに、ニューヨークの検察が前進していることに改めて喜びを表したく思います」。声は明るく、微笑んでいるように見えた。「彼らはジェフリー・エプスタインに対して新たな証拠に基づいて告発をおこないました。彼は現在、性犯罪者として登録されており、これは非常に、きわめて、賢明な措置です。彼の行為は卑劣であり、ニューヨークでの起訴は、エプスタイン事件により完全な正義をもたらす重要な機会となるでしょう」

続いて、アコスタが10年前にフロリダ州南部地区で連邦検事として事件を担当していたところ、彼と他の連邦検察官がとった手続きを、痛ましいほど長い時間をかけ、歪曲《わいきょく》して弁じた。

1時間近くにわたって主張したのは、州検察官から自分にカードが配られた時点で、すでにそのカードにはエプスタインを裁判なしで自由に歩き回らせる準備がなされていて、その状況のなかで自分はできるかぎりのことをした、というものだった。

「簡単に申しあげれば、パームビーチの州検察局は、収監も何もなしでエプスタインを放免するつもりだったのです」とアコスタは述べ、当時の州検事バリー・クリッシャーに言及した。続けて、事件が裁判にかけられるかどうかを「サイコロの目で決まる」賭けになぞらえ、検察を主導したアン・マリー・ビラファーニャ検事補とＦＢＩ捜査官ネスビット・カーケンダルの名をとくに重要な人物として挙げて、彼らの目論見《もくろみ》が成功するのかどうかを真剣に疑っていたとした。

アコスタは、ビラファーニャ検事補が、恐怖から、あるいはなんらかの理由で証言したがらない被害者のいることや、被害者のなかにはエプスタインを擁護する者がいること、また被害者の多くが自分の名前が明るみに出て家族に知られることを心配していることを話していたと言った。

彼はさらに、犯罪被害者権利法に基づく民事訴訟のなかで２０１７年にビラファーニャが提出した宣誓供述書をそのまま読みあげた。「事が済んだあとなら、一般の人たちは、エプスタインを簡単に起訴できたはずだと言うでしょう。捜査を担当した検察官として申し述べますと、こうした主張は当時の事実を見落としています」

だが、どの法律家もそうであるように、アコスタもビラファーニャの宣誓供述書の一部を切り取ったただけだったし、エプスタインを訴追しなかった決定に彼女が疑問を呈した箇所には触れなかった。

アコスタはまた、２０１７年に提出されたネスビット・カーケンダル捜査官の宣誓供述書も自分に都合よく曲げて伝えた。この供述書の大半は、捜査への協力を拒んだジェーン・ドウ２と呼ばれる被害者に関するものだった。カーケンダルは他の被害者にも聴き取りをおこない、その多くが証言することに難色を示していると認め、「エプスタインを起訴すべきだと強く主張する被害者はいない」と書いた。彼女としては、被害者が証言台に立ちたがらないことを伝えたつもりだったのを、アコスタは、被害者がエプスタインを起訴したがっていないと解釈できるように、この箇所を取りあげたのだ。

被害者が証言台に立ちたがらないことはたしかによくあるが、優秀な捜査官や検察官であれば、裁判に向けて証人の心構えを醸成する方法を知っている。

またアコスタは、検察はすべての被害者に協力してもらう必要はない、というあたりまえのことを忘れているようだった。ひとりかふたりいればよかったのだ。34人も被害者がいるなかで。

彼はさらに、フロリダ州での事件はずいぶん昔のことなので、２００７年当時の常識や風潮が、陪審員による事件の見方に被害者にとって不利ななんらかの影響を与える懸念があったとも言った。たとえば、被害者が被害に遭ったことを恥だと思わされたかもしれない、と。だがこの主張は、のちに事件を分析したどの検察官も肯定していない。

元検察官のミミ・ロカ、ジェニファー・ロジャーズ、ベリット・バーガーは、ニュースサイト〈デイリー・ビースト〉にこう書いた。[1]「１９５８年みたいな昔の話ではない。２００７年のことだ。

児童搾取や児童ポルノは、２００７年当時もいまと同じように忌まわしいものだと考えられていた。考えられる策のどれを選んだとしても、この事件は２００７年の時点で、今日と同じように起訴され、裁判にかけられ、判決が下されてしかるべきだった」

アコスタは、２００７年10月にエプスタイン側弁護士のジェイ・レフコウィッツと朝食会議を開いたときの交渉の状況がどうだったかについても、印象を操作しようとした。この会議は司法取引に署名したあとにおこなわれたと主張し、それ自体は事実なのだが、その後、エプスタインとその弁護士たちは、２００８年６月に有罪を認めて最終的な司法取引に合意するまでの８カ月間、司法取引の条項について検察側と協議しつづけていたことを認めたために、矛盾を露呈させた。朝食会議後にアコスタとレフコウィッツが交わした電子メールも、両者がパンケーキを食べるまえ、食べているあいだ、食べたあとも、取引のさまざまな部分について交渉が続いていたという事実を裏づけている。

レフコウィッツからの書状によると、朝食会議の場でアコスタはエプスタインの被害者に司法取引のことを知らせないと約束している。これはエプスタインと弁護士たちにとってもきわめて重要なことだった。

なんといっても、アコスタの記者会見でいちばん気になったのは、アコスタたちの行動によってエプスタインの被害者がどれほど裏切られたと感じたかを知っていながら、彼女たちへの謝罪や遺憾の意を示さなかったことだ。

ここでもアコスタは、司法取引を被害者に伝えることに懸念を示したのはビラファァーニャだったと言って、責任を彼女に押しつけているように見えた。

記者会見後、共和党の議員たちですらアコスタに冷ややかだった。

ミッチ・マコーネル上院多数党院内総務は、コメントの発表は大統領に委ねるとした。

「エプスタインは病んだ豚だ」と言い放ったのは、かつて労働長官の指名承認公聴会の場で、同じキューバ系アメリカ人としてアコスタを手放しで絶賛していた、フロリダ州選出の共和党上院議員マルコ・ルビオだ。

「当時の証拠や証人の人数などから、当時の検察当局としてはむずかしい判断を迫られた結果だったのでしょうか?」ルビオは問うた。「それとも、政治的な影響力に基づく決定だったのでしょうか? 今後、司法省の審査で明らかにされることを期待します」

2008年の司法取引後、沈黙を守っていたパームビーチの元州検事バリー・クリッシャーも、アコスタの記者会見を聞いて反論を公開した。

「この件に関するミスター・アコスタの記憶は完全にまちがっていると断言できる」と、クリッシャーは私や他の記者たちにメールを送ってきた。「州検察が州での訴追をどのように決定したとしても、連邦検察局はつねに、連邦独自の事案として起訴する力をもっている。ミスター・アコスタが州のこの事案に本当に関心をもち、自らの手で訴追に乗り出したいと考えたのであれば、連邦検察が起草した53ページの起訴状を葬ることなく、それを使って前進できていたはずだ。だがミスター・アコスタは秘密の司法取引を仲介し、犯罪被害者権利法に違反して不起訴処分としたのだ。ミスター・アコスタが歴史を都合よく書き換えるのを許してはいけない」

翌日、私はひとりでフロリダに戻ってきた。エミリーは、エプスタインのタウンハウスやドルトン校などエプスタインの人生にかかわりのある場所の写真を撮るためにあと何日かニューヨークに残ることになった。帰りの飛行機の中で、私はビラファーニャとカーケンダルのことを考え、アコスタが自分のキャリアを護るために彼らのことばを都合よく利用して事実を操作したことを考えた。連邦政府の事案の中心にいたふたりの女性、ビラファーニャとカーケンダルもまた、上司に口止めされて何も言えなかった。こうして、権力を握る男たちはエプスタインに都合のいい歴史を10年以上にわたって紡いできたのだ。

翌朝、私は走らずにはいられなかった。スニーカーを履いて、ランニング用のプレイリストをiPhoneで再生した。最初に流れてきたのはピンクの《ハッスル》で、いまの気持ちにぴったりだった。

海岸沿いを5キロほど走ったところで携帯電話が鳴った。ニューヨークの局番だったので、テレビのプロデューサーから新たな番組出演依頼が来たのだと思い、無視した。だがまた鳴る。そしてまた。

私のアパートメントから見てビーチの突き当たりにある〈ジョージの店〉に着き、コーヒーを買った。2日前のアコスタの記者会見がテレビで流れていた。

電話がまた鳴った。

思ったとおり、テレビのプロデューサーだった。

「アコスタが辞任した」と彼女が言った。

私は音がよく聞こえるようにテレビのそばに行った。

「ねえ、ジョアン、音を大きくしてもらえる？」毎朝のように愚痴をこぼし合っている友人でもある、カウンターの店員に頼んだ。

アコスタはホワイトハウスの南側の芝生に立ち、隣にトランプ大統領がいた。

「今朝、大統領に電話しました。私のとるべき行動はここで身を引くことだと伝えました。閣僚という職は一時的に預けられたものです。私がこの地位にとどまり、いまのすばらしい経済の話ではなく、12年前の件を話しつづけるのは自分の身勝手であると考えます。すでに辞表を大統領に提出しました。7日後に発効します[2]」

ホワイトハウスが都合の悪いニュースを金曜日の午後に発表することをフライデー・ニュース・ダンプと呼ぶ（土曜日の朝は誰も新聞を読まない）ように、これもまさに、ニューヨークでのエプスタインの保釈査問会を間近に控えた金曜の朝の辞任劇だった。

ケイシー、エミリーの順に電話した。ライター元署長からはすでにメールが来ていた。

私はヘッドフォンをかけ直して走った。

35 受刑者番号76318-054

腹痛が始まり、悪夢を見るようになった。ふだんは理性の代弁者であるエミリーですら、誰かが押し入ってくるかもしれないとの恐怖から、ホテルの部屋のドアのまえに家具を積みあげるようになったが、それを聞いても慰めにはならなかった。

誰かが、たいていはエプスタインが、ときにはマクスウェルが、私を崖から突き落とそうとする夢に何度もうなされた。いま注目されていることをつねに意識して、エミリーも私も周囲に細心の注意を払っていた。仕事に追われていたので、厳格な安全策を検討する時間はなく、iPhoneのアプリを使って互いの位置を監視することにした。

これまでに出席した催しで、この記事を書いて身の危険を感じたことはないかと何度か訊かれた。私はそのたびに「その質問をされたときだけ」と答えてきた。

月曜日、ロウアー・マンハッタンの連邦裁判所に前回よりもこざっぱりと身なりをととのえて現れたエプスタインは、裁判まで保釈を認めるようにとうったえる弁護士たちの横で、無表情で座っていた。弁護士はリチャード・バーマン判事に対し、エプスタインはもう更生していると述べた。エプスタインは性犯罪者登録の規定に従い、10年前にフロリダで逮捕されて以来、犯罪とは無縁な生活を送ってきたのだと。

その証拠として、エプスタインが未成年者を虐待したとする告発はもう何年も寄せられていないと指摘した。マーティン・ワインバーグ弁護士は、エプスタインの知名度の高さに照らせば、通報されずに虐待することはほぼ不可能だと述べている。

ワインバーグは、被害者とどのレベルの合意があったのかについてはいったん脇に置くように何度も判事にうったえた。

「彼は制御不能のレイピストなどではありません」とワインバーグは言った（1日に3～4回、少女と性的接触をもつのは制御不能なことではないかのように）。

2015年の「ボール空気抜き《デフレイト》」スキャンダルで、NFLチーム、ニューイングランド・ペイトリオッツのトム・ブレイディ選手に科された4試合出場停止処分を覆したとして知られるバーマン判事は、エプスタインが更生して生まれ変わったという話に納得しなかった。

バーマンは20年以上にわたって判事を務め、ソーシャルワーカーの資格をもち、その修士号も取得している。ニューヨーク・ロー・ジャーナル誌に「子どもを護るための7つのステップ」など児童虐待に関する記事を多数寄稿している。ニューヨーク州の「子どもの正義問題常設司法委員会」のメンバーでもあった。[1]

バーマンは、児童性愛者が性癖から脱却できるかどうかについて明確なエビデンスは挙がっていないと述べた。

「性犯罪は被害者が名乗り出ないことが多いため、再犯率などさまざまな指標に照らして更生の可能性を判断するのが最もむずかしいとする議論もある」とバーマンは指摘した。

また、その数日前にニューヨーク・ポストが報じた、判事がエプスタインに命じたニューヨーク市警への定期的な出頭を、８年以上が経ついままで履行したことがなかったという記事を挙げて、憂慮を示した。[2]

ニューヨーク市警は、判事の命令を遂行しなかったらしい。

過去の経緯を確認するためバーマン判事は、２０１１年にニューヨーク州高位裁判所のルース・ピックホルツ判事がエプスタインの性犯罪者レベルの引き下げを頑として認めなかったときの審問記録と判断根拠を読み直したと述べた。

特筆すべきは、そのときのエプスタインが執拗に法制度の隙間を突こうとしたことに加え、ニューヨークのサイ・バンス地方検事に協力を求めたことだ。ピックホルツ判事は、判事として長年勤めてきたなかで、性犯罪者レベルを軽くしようとする検察官をそれまで見たことがないと述べている。

バーマンも同意見だった。

「検察官と地方検察局と被告側弁護士が一体になってこのような申請をするのはきわめて異例だとピックホルツ判事は言いたかったのだと思う」とバーマンは言及した。

エプスタインの監視を担当していたニューヨーク市警の職員は、バンス地方検事が率いる検察の性犯罪課に、エプスタインが規則を順守していないと何度もうったえていた。[3]

だがバンスは、エプスタインが義務に違反しているとニューヨーク市警から知らされたことはないと全面否定し、むしろエプスタインが完全に順守していると聞いていたと反論した。

こうした自分のしたいとおりにするというエプスタインの頑固な姿勢が、ついに自身に跳ね返ってきたのだ。

エプスタイン側弁護士が提案した保釈は、王にふさわしいものだった。裁判の日まで、性犯罪で起訴されたほかの容疑者たちと一緒にメトロポリタン矯正センターに入る代わりに、マンハッタンにある7700万ドルの豪邸で蟄居《ちっきょ》することを望んだ。エプスタインは逃亡防止の保険として多額の保釈金を申し出た。また、GPSモニターを装着し、自家用機は飛ばさず、24時間態勢の武装警備員を雇い、連邦当局が監視できる監視カメラを屋敷に設置するとした。

保釈金に充てるために邸宅や自家用機も差し出すことも覚悟していた。だが検察側は、それらの資産はもともと連邦の没収法に基づいて押収する予定なので、担保代わりに使用することはできないと言い渡した。

続いてアレックス・ロスミラー連邦検事補が書面で爆弾を投下した。

「被告が反省も改心もしていないのではないかという疑念は、未成年者を巻き込んだ性犯罪で告発されてから10年以上が経った逮捕の夜、当局がマンハッタンの邸宅に踏み込んだときに若い女性の何千、何万枚ものセミヌード写真を発見したことで確信に変わった」と書いている。

さらにロスミラーは、エプスタインの金庫から多額の現金とオーストリアの偽パスポート、2・38カラットのものを含む数百万ドル相当のダイヤモンドが見つかったことも明らかにした。検察は、現在は失効している偽名のパスポートを使ってエプスタインが1980年代にフランス、サウジアラビア、スペインなどに入国していたこともつかんでいたそうだ。

加えて、エプスタインが最近になって、2008年当時の共謀者ふたりに金を送っていたことを指摘し、証人を買収した可能性を提起した。エプスタインがふたりの女性に口止めのメッセージを送ろうとしていたのは明らかだとロスミラーは指摘した。

だがエプスタイン側弁護士は、この取引が口止め料とする疑惑を一蹴した。

「ごくありふれた、従業員への支払いや友人への送金であって、証人の買収などではない。マイアミ・ヘラルドの暴露記事が最初に出たのは昨年11月のことだ」と、弁護士は検察に文書で回答している。

バーマン判事は、保釈の可否をひとまず保留した。

判事は、エプスタインが２００８年に連邦検察から受けた「大甘の司法取引」に興味を移した。

「提出書類のなかであなたは、司法省の上級職員複数名が不起訴合意を承認したと述べていますね」とバーマンが言った。

「はい、裁判長」とワインバーグ弁護士。

「それは誰ですか」

私は身を乗り出しすぎて椅子から落ちそうになった。政治の中心にいたいったい誰が、エプスタインに自由に歩ける通行証を与えたのか、ついに知ることができるのか？

ワインバーグはエプスタインの司法取引の軌跡を、彼の視点からではあるが、おそらく初めて明らかにした。

彼はまず、２００７年末、司法省刑事局のアリス・フィッシャー局長が、エプスタイン事件の検討を司法副次官補のシーガル・マンデルカーに委ねたと説明した。

エプスタインの弁護団は２００８年春に、起訴の取り下げを説得する目的で、司法省の当局者複数名とワシントンで面談している。

ワインバーグは、司法省当局者はこの事件の経緯が「斬新」であり「異例」なものであると認識していたが、最終的には、エプスタインを連邦犯罪の性的人身売買容疑で訴追するかどうかの裁量権は、フロリダ州南部地区の連邦検事アコスタにあると判断したと述べた。

ワインバーグの話によると、弁護団は次に当時の司法副長官マーク・フィリップのところに出向いた。

フィリップ副長官は、弁護団からの請願の対応者に首席補佐官のジョン・ロスを充てた。ここでも、ロスはエプスタインを起訴するかどうかはアコスタの判断であることを明言した。

バーマン判事が尋ねた。「ミスター・フィリップは司法省の最高幹部ですか」

ワインバーグが答えた。「はい、司法長官の次席者です」

ワインバーグは、エプスタインに訴追免除を与えて、事件を連邦から州に戻すことを決めたのはアコスタだと説明した。司法省は、州検事のバリー・クリッシャーに、エプスタインを性犯罪者として登録する要件となる未成年者勧誘の容疑を追加するように要請した。

誰がどう決定に関与したのか、おそらくこれまでで最も詳細な説明がなされた。

むろん、エプスタイン陣営の視点からではあるが。

エプスタインの保釈査問会で最も大きな力を発揮したのは、検察官でも判事でも高額料金をとる弁護人でも、そしてエプスタイン自身でもなかった。恐怖に負けずに立ちあがり、いまこそエプスタインの被害者たちにメッセージを送るときだと判事に申し述べたふたりの女性だった。

「ここニューヨークでエプスタインに不幸にも出会ってしまったとき、私は16歳でした」。ファーマー姉妹の妹アニーは、傍聴人のいる公開の場でバーマン判事に語りはじめた。

「その後、彼は私をニューメキシコ州に送り、そこでしばらく一緒に過ごしました。私がいま発言したのは、彼の保釈を許可すべきでないという意見に賛成の気持ちを表したかったからです」

数メートル離れたところに座っていたエプスタインは、頭を動かして女性たちをまっすぐ見た。

「ハイ、裁判長、私の名前はコートニー・ワイルドです。14歳のときからジェフリー・エプスタインに性的虐待を受けていました。彼には保釈を認めないでください。いま私が味わっている気持ちを同じように味わっているほかの女性たちの安全のために、彼を拘束しておいてほしいと強く願います。これは多くの人にかかわりのある事件で、彼のような恐ろしい人物が街を歩いてはいけないのです」

ワイルドとファーマーはふたりとも、もしエプスタインが保釈されたら、自分たちやエプスタインに虐待されたり脅されたりしてきた女性たちにとって脅威になると述べた。

保釈査問会のあと、ブラッド・エドワーズ弁護士はふたりの横で記者会見を開き、また新たな情報を投下した。

エプスタインは、ワークリリースの時間としてウェストパームビーチの快適な事務所にいたときに、たんに書類仕事をしていただけではなかった。彼には訪問客がいたのだ――それも何人も。

エドワーズは、ワークリリース中のエプスタインを事務所に訪ねていた女性が新しい依頼人になったと発表した。彼女は、保安官代理がドアの外に待機しているときに、エプスタインに性行為を複数回強要されたと主張している。

「エプスタインがワークリリースをほしがったのは、仕事上でそうする必要があったからではなく、え−、不適切な性的接触を図るためでした」

のちに名前を明かさずに起こした訴訟のなかでその女性は、エプスタインと出会ったのは17歳のときで、2008年に彼が逮捕される直前だったと述べている。エプスタインは、彼女が必要としていた高額な手術代の援助を申し出た。そしてパームビーチ郡の刑務所にいたときに、彼女に手紙を書いて、自分の事務所で働いてほしいと誘ったのだ。

その訴訟資料によると、「具体的には、ジェフリー・エプスタインの事務所にいるあいだ、原告はジェフリー・エプスタインとの性行為に従事させられ、女性は原告ひとりだったときもあれば、ほかの若い女性とともにエプスタインと性交したときもあった」とある。

私は以前から、証明はできないけれども疑っていた。エプスタインほどの金持ちでなんでも望みどおりのことができるなら、刑務所にいるあいだでも執着心を満足させる方法を見つけ出すのではないかと。

エプスタインのワークリリースを監督する立場にあった、選挙で選ばれてパームビーチの保安官になったリック・ブラッドショーはコメントを拒否した。

複数の若い女性がエプスタインの事務所に出入りしているのに、保安官代理の誰ひとりとして疑問を感じなかったのは理解しがたい――見て見ぬ振りをするようにと上から指示されていないかぎり。

ニューヨークでの保釈査問会の数日後、リック・ブラッドショー保安官はさらなる批判を食い止めるため、エプスタインの監視任務にあたっていた保安官代理たちに不正がなかったどうかの内部調査を命じた。

だがこれはブラッドショーが記録の公開を拒否するための策略とも言えた。フロリダ州では公的文書の開示が免除される状況のひとつに、進行中の犯罪捜査の一環である場合という項目があるからだ。

ブラッドショーはその後、マイアミのローカル放送局WLRNの番組で次のように語った。「われわれ保安官事務所の任務は彼に安全な居場所を提供することでした。ワークリリース中の行動基準を彼は満たしていました。彼は〝暴力的な〟性犯罪者として裁かれていたわけではなかったのですよ。それどころか、ふつうの性犯罪者としても認定されていませんでした」

だが、ブラッドショーの弁明とは裏腹に、エプスタインの判決文には彼が性犯罪者であることが明記されていた。実際にエプスタインも、フロリダ州で登録された性犯罪者として守らなければならない制限事項のすべてに同意のチェックを入れた多くの書類に署名している。

残念ながら、自家用機をもつ性犯罪者を監視する連邦法と同じく、フロリダ州の性犯罪者登録の要件は非常に混乱しており、エプスタインが何をしなければならないのか、エプスタインにそれを守らせるのが誰の責任なのか、誰もはっきりと知らないようだった。

保安官事務所はワークリリース後に彼を監視するのは州の仕事だと主張し、州のほうは保安官の仕事だと主張していた。エプスタインはその年、さまざまな時間帯にワークリリースを開始《チェックイン》していたが、本人が現れたのかどうかは定かではない。メールの履歴をたどると、彼はパームビーチ保安官事務所の何人かとファーストネームで親しく呼び合っていたことがわかる。

シリーズ記事の取材をしていたとき、私が保安官事務所にエプスタインの性犯罪登録について質問しはじめたら、エプスタインはただちにニューヨークからフロリダに飛び、その年のはじめにすでに登録していたにもかかわらず、再度登録したのだった。

保安官事務所の誰かがエプスタインの周囲に目を光らせていたのは明らかだった。ニューヨークとフロリダの当局は、どこまで腐敗が進んでいるのか気を揉んだはずだ。どのレベルで誰が関与していたのか？


保釈査問会のあと、連邦保安局のブラッド・ボーレン執行官から再び電話があった。私がセント・トーマス島の管制官と連絡をとったかどうかを知りたがっていた。

管制官の名前までは聞き出していた（女性だった）が、彼女は録音を前提としては話してくれなかった。その管制官に、連邦保安官が話したがっていることを伝えなかったのは、私自身が彼女に話してもらおうと努力している最中であり、連邦保安官が介入すれば機会を失うと思ったからだ。

保釈査問会の日の午後、私は再び彼女に電話をかけた。エプスタインが収監されたことで、彼女が積極的に話してくれるかもしれないと期待したが、そうはならなかった。私はボーレンとの約束を守り、セント・トーマス島の空港で見たことを連邦保安官に話す気があるかどうかを尋ねた。

彼女は、ボーレンに自分の電話番号を教えることに同意し、私はボーレンに伝えた。

数週間後、ボーレンが提出した報告書は、情報公開を促進する非営利団体〈マックロック・ドットコム〉が入手した、情報公開法に基づく大量の記録の一部として公開された。

その報告者を読んで私はみぞおちがキュッと痛くなった。最初にボーレンと会ったダイナーで、私が店に入って席に座り、すぐに航空管制官の名前と電話番号を彼に教えたと書いてあった。つまり、初対面の、よく知らない連邦保安官に、やすやすと情報源を明かした人物として私が描かれていたのだ。

すぐにボーレンに電話した。

「いったいどういうこと？　彼女の名前と番号を教えたのはダイナーから何週間も経って、彼女の了解が得られたあとのことだったでしょ。なんであんなふうに書いたの？」

納得できる説明はなかった。彼は上司に報告書の訂正を依頼すると言ったが、そんなことが起こらないのはわかりきっていた。

国土安全保障省は、エプスタインが自家用機で海外から若い女性を人身売買のために連れてきていたかどうかの調査を半年足らずで打ち切った。エプスタイン機のパイロットが飛行するたびに必ず記入していたはずの国土安全保障省指定の書類にあった乗客名簿は、今日に至るまで公開されていない。

36 児童性愛の島

セント・トーマス島に予約していたコテージを探すために、エミリーと私がレンタカーの青いジープで出発したのは夜の8時過ぎだった。所番地はわかっていたが、山奥に入り、道の傾斜が急になればなるほど、爪が膝に食い込んできた。携帯電話のGPSは役に立たなくなった。でこぼこの急坂の、しかも左側を走るなんて私だったらはじめから無理だ〔セント・トーマス島はアメリカ領だが車は左側通行〕。ふだんの右側通行のときですら運転が苦手なのに。

その夜はふだん沈着なエミリーでさえ、どこに向かっているのか、本当に着けるのか不安を表すようになった。

そのすばらしいアイデア――少なくともはじめはそう思っていた――を思いついたのは私だ。ありきたりなホテルなんかやめて、崖の上にあって大きな窓とテラスがついていてカリブ海を180度見晴らせるエアビーアンドビーの快適なコテージに泊まって、エミリーに喜んでもらおう、って。サイトの説明文は申し分ないし、写真は息を呑《の》むほど美しいし、値段も手ごろだった。うまくいかないわけある？

オーナーには何度か電話したが、道案内はこんな感じだった。「青い家のある突き当たりまで行ったら、郵便受けのまえを右に曲がり、牛のいるところをまた右に曲がって。白い壁が見えてきたら、そこにうちへの私道があるの」

セント・トーマス島の細い山道をとにかく進んでいくうち、アルフレッド・ヒッチコックの映画『泥棒成金』で、グレース・ケリーがパウダーブルーのコンバーチブルのハンドルを握り、海岸沿いのフレンチ・リビエラを全速力で駆けるカーチェイスのシーンが浮かんだ。一歩まちがえれば、山の斜面に飛び出してしまいそうだ。急な坂をのぼりきったら、目を閉じて息を止めなければならない。そこからの下り坂ではカリブ海に突っ込みそうな恐怖でダッシュボードをつかんでうめくしかなくなるから。

先導する車がなかったら、目的の家はおろか、町へ引き返す道もわからなかっただろう。島に住む情報源たちと数カ月前から話をするうち、そのなかのひとり、私が「島《アイランド》のマイク」と呼ぶ情報源が、私たちふたりでは崖の上にある家をうまく見つけ出せないだろうと予測して同行してくれたのだ。

道案内で聞いていた白い壁のところの私道にようやくたどり着いてからも、家の扉までは私には90度近くに見える傾斜をのぼらなければならなかった。あたりの地形に慣れていてSUVを運転するアイランド・マイクが、私たちを誘導して坂道をのぼっていった。

濃い赤のライトに照らされたコテージは、外観も内部もエアビーアンドビーの写真とはまったくちがっていた。エアコンはなく、窓にはカーテン代わりにシーツがかかっていた。エミリーは写真を撮り、この建物が広告にあったようなロマンチックな島の保養場所ではないことを突きつけた。だがもう夜も遅いので、なんとか一晩やり過ごして朝になったら新しい宿を探しにいこうと提案した。

　エミリーははねつけた。

「ふざけないで。こんなところにはいられない。殺されるのにぴったりの場所だよ！　何かあっても誰にもわからない」

　アイランド・マイクも、女性がふたりだけで泊まるような場所ではないと言った。町から離れすぎて携帯電話も使えない。彼は、ホテル探しがたいへんだろうから手伝うと申し出てくれた。セント・トーマス島は2017年9月にハリケーン・イルマで受けた壊滅的な打撃からまだ回復しておらず、多くのホテルがまだ修繕中だったり完全に閉鎖したりしていたのだ。私はその日の夜、ダウンタウンのバーで別の情報源と会うことになっていたので、言い争う時間はなかった。

　アイランド・マイクの案内で山を下りながら、反対側から車が突っ込んでこないようにと祈った。携帯電話が早くつながってほしい、そうすれば、私の神経を鎮めてくれるブルース・スプリングスティーンを聴けるのにとずっと思っていた。

　エミリーはそのときの島の、のどかな、コテージの写真をまだもっている。

「殺人ハウス」と名づけて。


　何カ月も前から、私はなんとか時間をつくってセント・トーマス島へ行き、エプスタインの「児童性愛の島」、ときに「乱交パーティーの島」と呼ばれる島を訪れたいと思っていた。セント・トーマス島の情報源からは、エプスタインが個人で所有するリトル・セント・ジェームズ島での彼のふるまいや、近くにあるより大きなグレート・セント・ジェームズ島を購入したときの資料が送られてきていた。

エプスタインの島が性的な人身売買に利用されているのではないかと疑う人は多かった。船かヘリコプターでしか行けない孤立した場所なので、ジュフリーやほかの女性がその島で被害に遭ったと主張する性的虐待を隠れておこなうには絶好の立地なのだ。

自らを「料理人ジェームズ」と名乗る情報源とも会う約束をしていた。メールによると、彼はエプスタインについてよく知っているようだった。たとえば、ワークリリースの期間中にエプスタインが事務所に運ばせたケータリング料理の代金は10万ドルを超えていたとか。その料理の多くは、エプスタインを1時間監視するごとに42ドル以上を稼いでいた保安官代理たちの腹に入ったそうだ。

料理人ジェームズはエプスタインのもとで働いていたのではないかと私は考えたが、調べるべき情報が雪崩のように押し寄せたので、彼が誰なのかを調べる時間はなかった。

料理人ジェームズとアイランド・マイクはそろって、証拠はないがと断ったうえで、エプスタインが米領ヴァージン諸島の前知事ジョン・デ・ヨンを買収し、さらにはその妻セシルを、セント・トーマス島を拠点とするデータマイニング会社という触れ込みのエプスタインのベンチャー企業、サザントラスト社に雇っていたという。

セント・トーマスは貧しい島なので、エプスタインの意に沿うように地元の政治家の目をつぶらせるのにさほど苦労はなかっただろう。

実際、セント・トーマス島はエプスタインにとって完璧な場所だった。米領ヴァージン諸島（USVI）は文字どおりアメリカの領土だ。セント・トーマスのほかにセント・クロイ島、セント・ジョン島、さらにエプスタインのリトル・セント・ジェームズ島など多くの小さな島々で構成される。カリブ海の東端に連なる小アンティル諸島のなかにあり、地理的にはプエルトリコの東、英領ヴァージン諸島の西に位置する。

首都はセント・トーマス島のシャーロット・アマリーで、2010年の国勢調査によると人口5万1634人だった。

エミリーと私がセント・トーマス島に到着したときには、FBIはすでにエプスタインの島の捜索を終えていた。その島で短期間働いていた女性と話してみたところ、その女性のボーイフレンドはエプスタインが逮捕されたときにはまだそこに雇われていたそうだ。

カップルふたりから話を聞くことができた。エプスタインが7月6日に逮捕されると、すぐに個人秘書のレスリー・グロフがニューヨークからやってきて、島のカメラシステムを取り外しはじめたのだという。エプスタインのコンピューターや、何が入っていたのかわからない大小の箱、オフィスにあった巨大なスチール製金庫もどこかへ運び去られた（なお、グロフの広報担当者は、エプスタインの逮捕後にグロフが島に行ったことはないし、島にカメラが設置されていることをグロフは知らなかったと述べた）。

このカップルはこわがっていて、録音器のまえでは話そうとしなかった。ふたりとも秘密保持契約を結ばされており、違反すれば100万ドルの罰金が科されるとのことだった。

この男性従業員によると、到着したFBI捜査官に従業員全員が退去を求められたそうだ。

「FBIが来たときには島内のカメラはすべてなくなっていた。島の捜索を始めるまでにあれほど長く時間を空けたことに驚いた」

セント・トーマス島の新たな到来者にはメディアの大群もいた。私が記事の方向性を見定めるまえに、ヴァニティ・フェア誌が、この性的人身売買犯はつい最近の2018年にも少女を連れてきていたと話す地元民の声を挙げ、島でエプスタインが重ねてきた悪事について強烈な記事を書きあげた。

セント・トーマス島の空港では、未成年と思われる女性が彼の自家用機に乗り込む姿がたびたび目撃されていた。

滑走路で働いていた地元民がヴァニティ・フェア誌の取材にこう話している。「高校生くらいの女の子たちがいた。とても若く見えた。いつも大学のスウェットシャツを着ていて、ショッピングバッグをもっていた」[1]

島の警察署長であるウィリアム・ハーベイは、自分はエプスタインが誰であるかさえ知らないと主張した。

1998年にリトル・セント・ジェームズ島を買ったあとエプスタインは、この30ヘクタール弱の楽園に数百万ドルを投じ、茂った森の大半をブルドーザーで破壊して道路や建物を建設した。メインの屋敷のほかに、映画館、図書館、ジム、音楽スタジオ、日本ふうの大浴場などがある。記録によると、野生動物を保護し外来植物の侵入を防ごうと、環境保護庁などが何度も島の開発を制限しようとしたが、不調に終わっている。指摘を受けるたびにエプスタインは、環境規制を回避するために罰金を支払ったり、罰金の代わりに慈善団体に寄付したりしていた。

1999年に島で雇われたデータ通信の専門家、スティーブ・スカリーの話では、エプスタインは世界じゅうの金融市場をつねに監視できるように、専用の電源を設けて光ファイバーケーブルを張り巡らせ、広域データサービスを引き入れるのに、尋常でない額を投入したという[2]。

わりしていた。

　エプスタインは、諸島の他の雇用主たちと同様に、従業員の子どもたちの私立学校の費用を肩代わりしていた。

　だが島ひとつでは足りなかった。エプスタインは２０１５年、海峡を挟んだ向かいにある、２倍以上広い65ヘクタールのグレート・セント・ジェームズ島を手に入れようとしはじめた。

　この島は１９７０年代からデンマーク人家族が所有していた。マイアミ・ドルフィンズのジェイソン・テイラー選手への売却をめぐって一悶着《ひともんちゃく》あったようだが２０１３年に決着し、その１年後にデンマーク人家族は島を売りに出した。

　だがその一家の相続人は、エプスタインの性的人身売買の経歴を理由に、彼には売りたがらなかった。

　そこでエプスタインはいつものように金と資源を使って望みのものを手に入れる道を見つけた。ダミー会社を設立し、真の買い手がドバイの王室とつながりのある裕福なビジネスパーソン、スルタン・アーメド・ビン・スライエムであるかのように見せかけたのだ。

　２２５０万ドルで売買契約が成立し、買い手が島をブルドーザーで壊しはじめたあとになって、労働許可証の記名から真の所有者がエプスタインであることが明らかになった。

　スライエムはマイアミ・ヘラルドの取材に対し、エプスタインからベンチャー企業に名前を使いたいと言われたが、自分は断ったと側近をつうじて回答した。

　エプスタインが性犯罪登録者の義務を果たしているかどうかについてＵＳＶＩの当局者に問い合わせたが、回答は得られなかった。

　２０１９年３月に私は、ＵＳＶＩの代表として連邦議会に出席していたステイシー・プラスケット下院代議員に接触を図り、エプスタインを誰が監視していたのか、彼が性犯罪者の法律に従っていたのかを調べるため、彼女のスタッフに協力を求めた。疑惑の例として、セント・トーマスの飛行場でエプスタインの飛行機から若い女性たちが降りてくる目撃情報があることを指摘した。

ブルックリン生まれで54歳のプラスケットは、チョート・ローズマリー・ホール寄宿制私立高校、ジョージタウン大学、アメリカン大学で学び、ブロンクスの地方検事補としてキャリアをスタートさせた。その後、ジョージ・W・ブッシュ大統領のもとで、共和党任命の法律家として司法省に勤務したが、2008年に民主党に鞍替《くらが》えしている。

両親の出身地であるセント・クロイ島に移住したのち、2012年にUSVIの代議員を決める選挙に出たが落選した。2014年に1期目の当選を果たし、2020年に4期目の当選を決めている。下院代議員としてプラスケットは地域を代表するが、下院での投票権はない。

連邦の選挙記録によると、エプスタインは2016年からプラスケットの政治活動資金に少なくとも8000ドルを寄付している。また、エプスタインの代理人を務める弁護士複数名も、2013年から2018年にかけてプラスケットに1万ドル以上を寄付していた。

2019年3月、プラスケットの広報担当マイク・マッケリーから聞いたところによると、プラスケットがエプスタインの性犯罪歴にもかかわらずエプスタインの資金を受け入れたのは、寄付の是非を判定するリトマス試験にエプスタインが合格したからで、その試験とは、「寄付者の富や資金が合法的に取得されたものであり、寄付に条件がつけられていないこと」だったそうだ。

マッケリーは、エプスタインがプラスケットに頼み事をしたことはなく、プラスケットも寄付を返すつもりはないと言った。

4カ月後、ニューヨークでエプスタインが再逮捕されたとき、当初プラスケットはエプスタインからの寄付はそのまま保持すると表明して信念を貫いたが、批判が殺到したためすぐに方針を転換し、女性と子どものためにUSVIで活動する慈善団体に寄付した。

政治家への寄付の例としては、エプスタインがパームビーチで逮捕されたあとの2006年、エプスタインから5万ドルの寄付を受け取っていた元ニューメキシコ州知事のビル・リチャードソンは、公職を目指す多くの候補者同様、エプスタインの政治献金を慈善団体に寄付すると発表した。

プラスケットは、エプスタインが90%の免税措置を受けていた2007年から2012年までヴァージン諸島経済開発局の法務顧問を務めており、エプスタインとは寄付以前からつながりがあった。

2012年にエプスタインが多額の超過利得税を請求された当時、USVIの知事はジョン・デ・ヨン、経済開発局の委員会会長は現知事のアルバート・ブライアンだった。記録によると、経済開発局の委員会はエプスタインが連邦法に違反した重罪犯であり、性犯罪者として登録されていることを知っていたにもかかわらず、彼の免税措置を再設定した。セント・トーマス島の住民としてエプスタインは20年以上にわたり、さまざまな会社をつうじて1億4400万ドル以上の免税を受けている。だが、USVIに居住することという免税要件を従業員の多くが満たしていなかったため、本来ならば免税の恩恵を受けられる資格はなかったことが証拠から明らかになっている。[3]

2020年1月、USVIの検事総長〔州の司法トップに相当〕デニス・ジョージは、エプスタインが自分の島を性的人身売買の拠点として利用し、何百人もの若い女性に被害を及ぼしたとして、エプスタインの資産に対して不正行為の賠償を求める民事訴訟を起こした。ジョージ総長は、エプスタインは島で受けた税制上の優遇措置を犯罪活動の資金源として利用し、次々と入れ替わる地元のヘルパーを装って若い女性たちを島に出入りさせ、逃げられないようにパスポートを取りあげることも多々あったと主張した。

エプスタインの長年の弁護士ダレン・インダイクと、会計士のリチャード・カーンも訴状に名を挙げられている。

島の元ファーストレディであるセシル・デ・ヨンがエプスタインのもとで20年以上働いていたにもかかわらず、ジョージ総長は、エプスタインがＵＳＶＩの政府当局者に虚偽の情報を渡して減税措置を得ていたと述べた。

エプスタインが長年うまくやってこられたのは、２００８年の司法取引で実質的な免責を勝ち取ったときと同じように、島の政財界トップたちの知恵を活用したからだろうか？

ジョージ総長は、これまでのところ、ＵＳＶＩの政治家が不正を働いたという証拠は見つかっていないとした。

セント・トーマス島に着いた夜、エミリーと私はアイランド・マイクの助けを借りてどうにか２部屋を確保し、町の小さなレストランで料理人ジェームズに会うために出かけた。

アイランド・マイクは私たちのことが心配だったのだろう、一緒に来てレストランの離れた席で見張ると申し出てくれた。私はとくに不安を感じていなかったが、いつものようにエミリーから質問攻めに遭った。

「その情報源ってどんな人？」

「どうやって知り合ったの？」

「じゃあ、はっきり言って、あなたもその人がどういう人物か知らないわけね？」

いまにして思えば、私はもっと下調べをしておくべきだった。

その日の夜、料理人ジェームズを待つあいだ、ローレン・ブックとメールのやり取りをしていた。彼女はフロリダ州選出の上院議員であり、エプスタインの抜け穴だらけのワークリリースと関連してパームビーチの保安官事務所に不正行為がなかったかどうかを再調査するよう指示したグループの一員であり、さらに自身が児童虐待のサバイバーでもある。

料理人ジェームズは、おそらくは島内のレストランでの仕事を終えたあと、夜10時ごろに合流することになっていた。

待つあいだ、エミリーはますます神経質になった。私はローレン・ブック上院議員にメールしながら、ホテルに戻って記事を書こうかと考えていた。長い1日の終わりで、エミリーと私が何か食べたかどうかも思い出せないほど疲れていた。

そのときブックから来たメールに、パームビーチのリック・ブラッドショー保安官にまつわることをほじくるな、と何度も脅迫を受けたことが書いてあった。私は興味を惹かれた。フロリダ州で強い力をもつロビイスト、ロン・ブックの娘を脅迫するとは大胆な。

その場でロン・ブックに電話して詳細を聞いた。彼は政治力を駆使して、誰が脅迫者なのかを突き止めようとしていた。

「しばらくまえに、ローレンにひどいメールを送りつづけたやつがいて、娘は命の危険すら感じていた。われわれは専門家を雇ってそいつが誰かを突き止めたんだ」とロンは言った。「料理人ジェームズと名乗ってた」

「料理人ジェームズ？　まさか、本当に？」怯えた声を誰にも聞かれないように、私はレストランの外に出た。

まさにその名前の人物がエミリーと私に会うためにここに来ようとしているとロンに伝えた。

「すぐ逃げろ」。ロンが言った。

私は席に戻り、料理人ジェームズのメールアドレスを白分のメール履歴のなかで検索してみた。信じられない。この人物は、私がエプスタインの記事を書くよりずっとまえの2016年から50回以上も私にメールを送ってきていた。最初は私の刑務所シリーズについてだった。彼はフロリダ州のスワニー矯正施設の元受刑者で、身に覚えのない性犯罪で25カ月服役させられたと主張していることがわかった。

10時をだいぶ過ぎても誰も私たちを捜しに来なかったので、よい兆候だと思った。だが私たちが席で会計を済ませていると、男性がふたり現れて私とエミリーをじっと見ながらカウンターに座った。ふたりにどこから来たのかを尋ねてみたら、中東と答えが返った。

セント・トーマス島の住民なら誰の顔でも知っているアイランド・マイクも彼らのことはわからず、私たちに退出するよう身振りで促した。私たちが立ちあがったのを見て、彼らは先にすっと出ていった。マイクのあとをついて外に出ると、男たちは立ったままタバコを吸っていた。マイクが「1本くれないか」と頼み、3人で雑談を始めた。

エミリーと私がホテルに向けて車を出したときもマイクはまだ彼らと話していた。私たちふたりは少し動揺していた。

部屋に着くと、隣のエミリーの部屋から、ドアのまえに椅子やらナイトテーブルやらを積んでいるらしき音が聞こえた。

寝間着に着替えてベッドに倒れ込んだとたんにぐっすりと眠ってしまい、夜中に電話が鳴ったのも、エミリーがドアをノックしたのも気づかなかった。

エプスタインがニューヨークの拘置所の監房で意識不明になっているところを発見されたとNBCが報じていたのだ。

翌朝目が覚めて、携帯電話の大量の新着メッセージを見た瞬間、このあとエミリーとアイランド・マイクと一緒にボートで島に渡るのは無理だと悟った。

速報は大まかな内容だったが、それでも7月23日火曜日に、首に傷を負い意識を失ったエプスタインが監房の床に倒れているところを発見されたことはわかった。自殺を図ったのか誰かに襲われたのかは不明。当初の報道では、彼は他の受刑者から脅迫を受けていたため、より安全に保護拘置できる房に移ったとされていた[4]。

記事によって見方は異なり、同房だった元汚職警官のニコラス・タルタリオーネがエプスタインを殺そうとしたという説がある一方で、逆に、エプスタインが首を吊《つ》ろうとしたのをタルタリオーネが助けたという説もある。

51歳のタルタリオーネは何も話さなかった。彼の弁護士によると、タルタリオーネはエプスタインと親しくしていたが、今回の事件とは無関係だと主張している。弁護士は、この元警官が拘置所の非人道的な環境について苦情を申し立てていたため、罠に嵌められたのではないかと考えている。

事件が起こったのは厳重警備の棟の房内だった。ふたりが収容された房に窓はなく、虫やネズミが動き回り、床には水たまりができていた。

今日まで説明されていないなんらかの理由で、メトロポリタン矯正センターは、4人殺しの容疑の大男と、卵形のペニスをもつひ弱な66歳でアメリカ一《いち》有名な児童虐待の容疑者を同じ房に押し込めたのだ。


その後も不審な出来事が続いた。まず、事件を撮影していたはずの監視カメラの映像が消えた。拘置所の関係者は誤って破棄したと言う。タルタリオーネは規則に反して携帯電話をもっていたが、当局はその事実を公表していなかった。今日に至るまで、当局は本件の調査報告書を公開していない。


エプスタインの怪我は深刻なものではなく、自殺警戒の監視下に置かれた、とされていた。

そのころ、フロリダ州タラハシーの州議会議事堂警察は、フロリダ州のロン・デサンティス知事に、ブラッドショー保安官のエプスタイン事件への対応を調査するよううったえていたフロリダ州上院議員のローレン・ブックが何者かから脅迫された件の捜査を進めていた。保安官の対応の調査をうったえた日の2日後、ブック議員は保安官の支持者たちから複数回の電話を受けている。うち1本は、「ヘイ、おじょうさん、自分が何に首を突っ込んだのかわかってないようだね」と言って切れたと報道されている。

その日の朝、早く記事を仕上げなければとホテルの部屋で焦って書いていたときに、ドアをノックする音が聞こえた。まだ午前11時20分だったし、レイトチェックアウトの手続きは済ませていた。フロントデスクに電話すると、レイトチェックアウトはない、いますぐ出ていってほしいと言われた。満室ではないのに、なぜそこまで強く言われるのか奇妙に感じた。

私はまだ寝間着姿でシャワーも浴びていなかったので、延長してくれるように懇願した。正午まで猶予をくれた。再び猛烈に書きつづけていると、またノックの音が、今度は苛立った様子のノックの音がした。正午になっていないのに。ドアを開けると、客室係とマネジャーが立っていた。

「すぐに退出していただかないと、警察を呼ぶことになります」とマネジャーが無愛想に言った。

ちぇっ、駆け引きは通用しないな、と私は思った。

急いでドアを閉め、史上最高の速さでシャワーを浴びた。こんなホテル、すぐに出ていってやる。

エミリーと私は、路地裏にある小さなホテルに部屋を見つけた。エレベーターはなく、スーツケースを抱えて急な階段をのぼらなければならない。部屋の窓には、ハリケーンの影響で古いベニヤ板が張られたままだ。エミリーは部屋を見回し、本物の殺人者ならば、夜、簡単に手斧《ておの》で押し入ってくるでしょうねとのたまった。彼女は夫のウォルトに電話をかけ、携帯電話のGPSを使って自分の居場所を把握してもらおうとしたが、セント・トーマス島ではその機種のGPSは使えなかった。


知事のアルバート・ブライアンに話を聞こうとしたが、時間がないそうだった。前知事のデ・ヨンもその妻セシルもだめだった。レッドフック町にあるエプスタインのサザントラスト社のオフィスにも誰もいなかったし、地元のバーに行ったらエプスタインの名前を言いかけただけで、文字どおり店じゅうが静まり返った。

それからの数日間は、リトル・セント・ジェームズ島で働いたことのある人を探した。録音しないという約束でふたりの人物に会ったが、基本的にはすでにもっていた情報の確認にとどまった。その日の朝、エミリーが船上から撮影した島の美しいドローン映像を除けば、今回の旅は失敗だったと言うほかない。

成果の乏しさに少し失望していることをアイランド・マイクに伝えたら、地元のラジオ番組に出て、インタビューに応じてくれる人を呼びかけたらどうかと提案してくれた。彼のコネをつうじて翌朝、セント・トーマス島で朝の運転時間にトーク番組をもっているレスリー・コミッションに会うことができた。彼女はラジオだけでなく、フェイスブックでも番組を配信していた。私たちは、エプスタインについて、また、彼がどうしてこれほど長いあいだＵＳＶＩで秘密裏に行動できたのかについて活発に議論した。番組にはリスナーから、２００８年にエプスタインがフロリダで逮捕されたあと地元の政治家が彼を監視しなかったことを批判する電話もかかってきた。だが島の住民の大半はこのスキャンダルをどうとも思っていなかった。島民の22％が貧困レベルより下の生活をしており、その半数がシングルマザーである現状を思うと、彼らには他人のスキャンダルよりもっと大きな心配事があるのだ。

セント・トーマスの人たちにとって、楽園に住む代償は破滅的に大きかった。ＵＳＶＩは世界でもとくに乳幼児死亡率の高い地域のひとつで、教育システムは何十年も前から弱体化していた。公立学校の11年生の60％以上が、その学年に見合う読解力をもっていない。つまり、学校を卒業しても、家庭を維持できる職にはなかなか就けないということだ。[5]

アイランド・マイクをはじめ島で取材した人たちの多くが、地域にはびこる腐敗を甘んじて受け入れているようだった。

「この島に比べれば、シカゴの政治家なんてかわいいもんでね」とマイクは言った。

翌日、マイクが新たに手配してくれたボートで、エミリーと私はエプスタインの乱交島を目指して出発した。エミリーはもっとドローンの映像や写真を撮りたがっていたし、私も自分の目で見たかった。夢のように美しいこの場所にこれほど邪悪な場所があるのが結びつかない。エプスタイン邸の巨大なアメリカ国旗が、島のいちばん高い場所にまだ掲げられたままだった。

彼はいま拘置所にいるのだとしても、彼の島で働く人たちは毎日フェリーで通いつづけている。浜辺で作業をしている彼らの姿がよく見えるようにできるだけ近づいてみた。

グレート・セント・ジェームズ島でも工事がおこなわれていた。噂では、エプスタインは島をいくつかに分割して、一部を売るつもりらしい。いまのところ、彼らはおもに土地を切り拓《ひら》く作業に従事している。その日は快晴で、エミリーが初めてドローンを飛ばしたときの灰色の空に比べれば、はるかにいい天気だった。

エプスタインのおもな施設はリトル・セント・ジェームズ島の一角に固まっていて、広大なインフィニティ・プールを囲むように青い屋根の建物が何棟か建っていた。ヘリポートがあり、メタリックな建造物が並ぶエリアには、奇妙なことに地上よりかなり高い場所に救急車が駐まっている。ビーチにほど近い、禅のような設えの庭を見渡す場所にベンチがあった。丘の上には、縞《しま》模様が描かれたエジプトふうの背の高い建物があり、大嵐にもぎ取られてしまったがかつては屋上に金色のドームがあったそうだ。陰謀論者のあいだでは、この建物の中にエプスタインが殺した人の遺体がすべて収められているとささやかれてきた。実際には、エプスタイン自身がよくピアノを弾いていたコンサートホールであることが従業員によって確認されている。ビーチ沿いの建物の足元には桟橋があった。

島の反対側は波が荒く、崖や岩ばかりだった。岩をくりぬいてつくった暗い地下牢《ダンジョン》のようなシェルターがあり、海の際《きわ》に向かって螺旋状の階段が続いていた。島のこちら側は危険で人気《ひとけ》がないので、誰かが逃げようとしても不可能だっただろう。


翌日、エミリーと私はレッドフック町を再び訪れ、インタビューに応えてくれる島民をもっと探そうとした。小さな中華料理店で昼食をとり、会計をしていると、ウェイトレスが私のところに来て、私にジュリー・ブラウンかと訊いてきた。電話がかかってきていた。

銀行からクレジットカードが使えないと言われるのだろうと思って電話に出たら、私が島に来ていると知った地元テレビのレポーターだった。なぜ私がこの店で昼食をとっているとわかったのだろう。壁に耳があるようだった。

エミリーはひどく気味悪がっていた。

さらに2日間、実りのない状態が続き、ようやく帰りの飛行機を予約することにした。

それでも私はまだあきらめきれずに、数時間早めにホテルを出発し、途中でエプスタインが使っていた滑走路を調べたり、空港の職員や管制官を探したりした。地元の消防署にも行ってみた。だが運には恵まれなかった。

空港は狭く暑く息苦しかった。水を買うこともできない。早く家に帰りたかった。

37 ハーバード、ＭＩＴ、億万長者クラブ

２０１１年12月、ジェフリー・エプスタインはアメリカ有数の才能をもつ科学者たちを、仲間うちではリトル・セント・ジェフ島と呼ばれていた彼の離れ小島に集めた。恵み深い自然に抱かれたこの地に国じゅうから駆けつけたゲストには、ゴージャスな料理がふるまわれたが、この会議の目的はまったく別のところにあった。同じ年に日本の東北地方に大地震と津波による甚大な被害が出たことを受けて、「将来の大災害に立ち向かう」テーマで知恵を集めることだった。

実質的には「世界終末会議」という名称のイメージに近い。

バイオテロや核戦争、核惨事、人口爆発、小惑星・隕石《いんせき》の衝突、破局噴火、巨大地震、マシンやコンピューターの暴走、報道資料に「宇宙の構造そのものを崩壊させうる高エネルギー連鎖反応」とある現象などさまざまな脅威のなかから、とくにどれが地球にとって致命的かを明らかにするように参加者は指示を受けた。

この会議の主催者は、マサチューセッツ工科大学（ＭＩＴ）の電気工学およびコンピューターサイエンスの教授で、ＭＩＴの人工知能研究所の共同設立者であるマービン・ミンスキーだった。

著名な科学者、作家、起業家など多彩な顔ぶれが集い、脅威のリストに優先順位をつけ、各分野

の専門家によるパネルを構成してリストについて議論し、それぞれの解決策を探ることを目的としていた。

参加者のなかには、エプスタインが進化ダイナミクス分野の研究に数百万ドルを支援してきた、ハーバード大学の生物学と数学の教授、マーティン・ノヴァクの姿もあった。

エプスタインはフロリダの刑務所を出て2年後には、科学に深い敬意を示す孤高の慈善家として、また地球を護るために全力を尽くす人物として自身のイメージを立て直し、世界的な頭脳を自家用機で国際会議や会合、ＴＥＤトークなどの場へ送り届けていた。高名な物理学者であるスティーブン・ホーキング博士も、エプスタインが関係を深めた科学者のひとりだ。２００６年、エプスタインは水中に潜ったことのないホーキング博士のために特別仕様の潜水艦を用意したと報じられており、博士がエプスタインの島で撮った写真が残っている[1]。

エプスタインは科学者に研究資金を寄付し、ほかにも寄付してくれそうな富裕層との人脈をちらつかせることで、自分の評判を高めていった。エプスタインにとって国際会議の場は、学術界の大物や慈善家たちと交流するだけでなく、泥にまみれた自分のイメージを清め、潜在顧客の投資家を見つけて、弁護士費用や未成年の被害者から起こされた民事訴訟の和解金など裁判にかかった数千万ドルを稼ぎ直す手段でもあった。

私はシリーズ記事の取材中に、エプスタインと彼の新しい慈善団体〈ジェフリー・エプスタインＶＩ財団〉が２０１２年以降にＰＲニューズワイヤーをつうじて発表したプレスリリースをすべて読んだ。題材《ネタ》になりそうだと思った。一部をケイシーに見せ、シリーズ記事でも財団のことを取りあげたものの分量がわずかだったので、この点を掘り下げてみようと考えた。エプスタインが派手なプレスリリースで約束した活動や資金提供を実行したかどうかを調べるには、かなりの時間が必要になるとわかっていた。

　エプスタインは、世界の平和を推進する国際的な非営利団体〈国際平和研究所〉に研究支援基金を設立したほか、さまざまな資金援助先を発表していた——地震で大きな被害を受けたハイチに最大規模の学校建設、都心近接地域の特別認可型公立校《チャーター・スクール》、未熟児のための音楽療法の研究、幼児のためのコンピューター・コーディング方法の開発、脳科学に関するオンライン学習プログラム〈ニューロTV〉の立ちあげ。

　エプスタインの新しい取り組みに関するプレスリリースは、「科学で社会に奉仕するジェフリー・エプスタイン」「教育をたいせつにするジェフリー・エプスタイン」「進化論者ジェフリー・エプスタイン」「科学の擁護者ジェフリー・エプスタイン」「孤高のヘッジファンダー、ジェフリー・エプスタイン」からの寄付を毎日のように発表していた。

　実際に、メラノーマや卵巣癌、多発性硬化症、アルツハイマー病、クローン病・潰瘍性大腸炎、パーキンソン病、糖尿病、乳癌、エイズなどの治療法を探究している大学や研究機関、非営利団体に寄付がおこなわれた。

　ヴァージン諸島でも、青少年向けサッカー訓練キャンプ、青少年オーケストラ、域内初の動物愛護協会、域内初のヘッドスタート・プログラム〔低所得家庭を対象にした多面的育児支援策〕、域内初の学生ラジオ局などを立ちあげている。

　さらに壮大な野心をもって、人工知能や自由な発想力をもつロボット、人間の思考を模したソフトウェア、ベルリンのロボット・ベンチャーにも資金を供与し、中国でのフカヒレ消費を規制する活動にもかかわっていた。

彼は、ロックフェラー大学、ニューヨーク科学アカデミー、ハーバード大学の〈心・脳・行動イニシアティブ〉の元理事であることもアピールしている。世界的な政治経済協力を推進するふたつのシンクタンク、外交問題評議会と三極委員会（銀行、財界、政府、学術、科学分野のリーダーが参加するフォーラム）の元メンバーでもあった。

ヴァージン諸島の出張から戻った私は、エプスタインの慈善活動の成果のほかに、〈エッジ財団〉が主催するという、科学者や知識人、エプスタインを含む金持ちの上流層など、各界を代表する名士たちが集う謎のサロン「億万長者《ビリオネアズ》のディナー」についても探る計画を立てた。このクラブは年に一度開催され、メンバーはその年によって異なるひとつの問いかけに答え、深遠なテーマについて議論を交わすことになっているらしい[2]。

ビリオネアズ・ディナーのホストは、〈エッジ財団〉を設立した、著作権エージェントで作家のジョン・ブロックマンだった。アマゾンのジェフ・ベゾス、テスラのイーロン・マスク、ユーチューブのサラー・カマンガーなどの著名な起業家をはじめ、おおぜいの小説家、著述家、ミュージシャン、メディア関係者、学者などが国じゅうから参加する。エプスタインは、〈エッジ財団〉のイベントの一部に資金を出したことで招待を受けることができた。

２０１９年７月31日、ニューヨーク・タイムズが私に先んじて記事を出した。エプスタインには、所有するニューメキシコ州の牧場内に新生児牧場をつくり、自身のDNAを人類に播種《はしゅ》する夢があったと報じたのだ。タイムズの記者がインタビューした、エプスタインの科学界や学術界の知人のなかには、彼が自宅で開いたディナーパーティーや、開催に彼がかかわったハーバードでのカンファレンスに出席していた者も何人かいた。[3]

このニューヨーク・タイムズの記事が、タイムズの社屋で挨拶したときに愚かにもビリオネアボーイズ・クラブについて口走ってしまったことがきっかけかもしれないというのは、私にとってあまりにもつらいことだった。本来ならば、タイムズで口を滑らせた直後に、ジョン・ブロックマンのサロンについて自分の記事を書きはじめるべきだった。だが、エプスタインについて書くべき記事の茂みはあまりに濃く、私にもヘラルドにもすべてに対応する余裕はなかった。

とはいえ、誰かが書いてくれてよかったと喜ぶ気持ちも少しあった。エプスタインのことだけでなく、エプスタインの資金を受け取った科学者や資産家、評論家、ハーバードやMITのような機関の倫理観についても露呈させた意義深い記事だったからだ。

自分のDNAを使ってヒトゲノムを完全にしたいというエプスタインの望みを書いたタイムズの記事からは、彼の計画に反発する科学者がいる一方で、全員から完全に否定されたわけではないことがうかがえた。多くの科学者は、エプスタインは多少うぬぼれてはいるが魅力のある人物だし、裸の王様だとしても金をもっているのだから、いい気持ちにさせておいて損はないと考えていた。

エプスタインはまた、凍らせた人間を未来で生き返らせる人体冷凍保存術《クライオニクス》や、人間の複製を可能とする考え方などの超人間主義《トランスヒューマニズム》の思想にも強く惹かれていた。彼の科学者サークルの何人かに、自分の精子を女性に注入して自分の子を産ませたいから脳と男性器を冷凍保存したいと話したことがあるそうだ。[4]

２０１９年末、世間の批判にさらされたハーバード大学はジェフリー・エプスタインとの関係の調査に着手した。パンデミックが拡大する２０２０年５月に結果が発表されたが、トランプが支配するメディア生態系のなかではたいした注目は得られなかった。

その調査は、理事会の上級メンバーや教職員など40名以上を対象にした聴き取りと、25万ページに及ぶ文書の再読をベースにおこなわれた。エプスタインとハーバードの教授たちとの品位を欠いたつき合い――何名かはエプスタインを刑務所に訪ねている――があったことや、自身のイメージアップのためにハーバードの名前を利用するエプスタインに関係者の多くが便宜を図っていたことが明らかになった。

エプスタインは、ハーバード大学の進化ダイナミクス講座が開かれる建物のカードキーとパスワードをもっていただけでなく、「ジェフリーのオフィス」と呼ばれるオフィスをその建物内に与えられ、２０１０年から２０１８年10月までのあいだに40回以上訪れていた。[5]

さらに、学部生の数学の授業に出席し、若い女性とよく一緒にいたが、大学の調査では彼がハーバードの学生たちとかかわりをもった証拠は見つからなかった。

報告書の脚注に――本文ではなく脚注に――聴き取り調査の結果、ニューヨーク、フロリダ、ニューメキシコ、ヴァージン諸島にあるエプスタインの屋敷を訪問したことがあると認めた教職員が、人数は明記されていないものの相当数にのぼることが明かされている。彼らはエプスタインの飛行機に乗り、彼の饗する食事を味わったのだ。

ラリー・サマーズ元学長とエプスタインとの交遊関係や、エプスタインの司法取引に尽力したアラン・ダーショウィッツ名誉教授については、報告書ではほとんど触れていない。

大学は、エプスタインから受けた資金のうち未使用だった20万937ドルを、性犯罪撲滅のために活動している団体に寄付することを決めた。

エプスタインとハーバード大学との関係は1990年代後半に始まった。遺伝学に数学の公式を適用し、将来的には癌などさまざまな病気の治療法の発見も期待できる進化ダイナミクス講座の創設に3000万ドルを寄付する用意があるとエプスタインが発表したときだ。講座の責任者となるマーティン・ノヴァクは、当時大学の心理学部長だったスティーヴン・M・コスリンからエプスタインに紹介された[6]。

いまはハーバード大学を離れたコスリンは、2005年に心理学部の客員研究員にエプスタインを指名している。この肩書きは通常、学術大学院に籍のある独立した研究員にのみ与えられる。のちに大学側は、エプスタインが学問的にも大学の方針の面からもこの講座に参加する資格がないと判断した[7]。

エプスタインが未成年者を相手にした性犯罪で有罪となるまえの1998年から2008年のあいだに、大学は彼から合計で910万ドルを受け取っていた。エプスタインが2006年に逮捕され、同年7月に学生新聞ハーバード・クリムゾンが大きく報じたあとも、エプスタインは大学で歓迎されていた。つまりハーバード大学は、エプスタインと彼のもつ金のために方針を曲げつづけたのだ。

エプスタインが釈放されたあとも状況は変わらず、大学はエプスタインの友人たちから数百万ドルを受け取っており、とくに、億万長者で資産運用家《フィナンシアー》、アポロ・グローバル・マネジメント社の会長レオン・ブラックとその妻デブラから、〈デブラ＆レオン・ブラック・ファミリー財団〉をつうじ、マーティン・ノヴァクと彼の進化ダイナミクス講座に２０１１年から２０１５年にかけて７００万ドルが寄付されたことがハーバードの記録から明らかになっている。[8]

ノヴァクは、ブラック家とのあいだに以前からの関係はなかったことを認めたが、レオン・ブラックはハーバード大学の卒業生であり、ほかにも大学に寄付をしてきたと主張した。ハーバード大学の調査では、エプスタインの釈放後、医科大学院の寄付推進室と教養課程の職員がノヴァクに対し、さらなる援助をブラック家とエプスタインから引き出してほしいと要請していたことが判明している。

一方でノヴァクらは、２００８年にエプスタインが有罪になって以来ハーバードが設けていた、エプスタインから直接には金を受け取らないという方針を見直すよう、理事会に圧力をかけようとしていた。

似た状況はＭＩＴにもあった。ザ・ニューヨーカー誌のローナン・ファローがのちに、ＭＩＴのメディアラボとエプスタインとの資金集めの関係を暴露している。メディアラボは、有罪判決後のエプスタインが大学の寄付者データベースから不適格として除かれたことを知りながら、エプスタインから寄付を受け、それを秘密にしようとしていたのだ。メディアラボと伊藤穰一《いとうじょういち》所長は、エプスタインと彼が指示した寄付者たちからの寄付を受け入れつづけ、そのなかにはマイクロソフトの共同創業者であるビル・ゲイツとブラック家からの数百万ドルも含まれていた。[9]

「メディアラボがエプスタインとの資金授受を隠そうとしているのは広く知られていたので、ラボの伊藤穰一所長のオフィスでは、一部のスタッフがエプスタインのことを『ヴォルデモート』『名前を言ってはいけないあの人』と呼んでいた」とファロー記者は書いている。

記事が掲載された翌日、伊藤は辞任し、MITの学長が独立した調査を求める事態となった。

ニューヨーク・タイムズがエプスタインと科学界との関係を調べていたころ、ウォール・ストリート・ジャーナルは別の切り口で進めていた。レス・ウェクスナー、レオン・ブラック、J・P・モルガンの経営トップだったジェス・ステーリー、ゼロ年代に入って急成長したヘッジファンド会社、ハイブリッジ・キャピタル・マネジメント社の共同創業者グレン・デュビンなど超富裕層とエプスタインの金銭的および個人的な関係を分析していたのだ。[10]

同紙は、J・P・モルガンが顧客の税金を最小限に抑える方策としてデュビンのファンドを活用し、ステーリーが「プライベートバンキングの顧客の資金をハイブリッジ社の成長中のファンドに直接流していた」と報じた。

その調査によると、エプスタインは1999年にハイブリッジ社に1000万ドルを投資している。同社はすばらしい成功を収めたので、2004年にJ・P・モルガンが10億ドル以上を支払って同社の経営権を獲得した。[11]

数日後、情報サービス会社のブルームバーグが、アポロ・グローバル・マネジメント社の「奥の院」と呼ばれる場所とエプスタインとの長い結びつきと、彼とレオン・ブラックとのかかわりについて報じた。エプスタインは2008年の有罪判決後しばらく経ってから、同社の幹部たちに税金対策を指南していたという。[12]

エプスタインはニューヨーク時代からウォール街の輝ける星たちを数多く知っていたが、記事は、エプスタインとレオン・ブラックとの関係は、アポロ社の人たちが思っている以上に長く「深い」ものであったと指摘している。

ブルームバーグのこの記事も追随記事も、世界一優秀な税理士を雇える大金持ちのブラックが、なぜエプスタインとこれほど深く結託してきたのかに疑問を投げかけた。

ブルームバーグの世界富豪ランキングによると65億ドルの資産をもつブラックは、世界屈指の未公開株式投資会社《プライベート・エクイティ・ファーム》を率い、多くの慈善団体を設立した慈善家でもある。アポロ社の内部調査では、会社としてはエプスタインとの取引はなかったと結論づけた。ブラックは、エプスタインが少女や女性を人身売買していることに気づいていたという疑惑を否定している。

エプスタインは、遅くとも２００１年からブラックのファミリー財団の理事を務めており、２０１２年までは政府の書類に名前が記されていた。だがブラックの広報担当者は、エプスタインには２００７年に辞めてもらったのでその情報はまちがっていると主張した。[13]

ブラックは、エプスタインが２０１２年に設立した慈善基金〈グラティテュード・アメリカ〉に１０００万ドルを寄付している。[14]

また、２０１２年から２０１７年にかけてエプスタインに１億５８００万ドル以上を支払っていたことが判明し、ブラックは２０２１年１月にアポロ社のＣＥＯを辞任した。ブラックがエプスタインの犯罪に関与していたという証拠は見つからなかったが、それでもエプスタインに以前から性売買の疑いがあったことを考えると、交際を断たなかったブラックの判断に疑問が生じる。[15]

ブラックは２０２０年10月、投資家向けに発表した声明のなかでこう述べた。「はっきり申しあげたい。私が不正行為に加担したとする主張は誰からもありません。なぜなら私は加担していないからです。また、エプスタインの非難されるべき行為に関連して私が脅迫されて従っていたとか、私もかかわりがあるとかの疑惑は断じて真実ではありません」[16]

エプスタインは2011年に出会った、マイクロソフトの共同創業者ビル・ゲイツからも資金確保しようとした。ゲイツは、エプスタインが関係した多くの人たちと同様に、エプスタインの逮捕後は彼と距離を置こうとした。2019年9月、エプスタインと著名な男性たちとの関係がメディアで取り沙汰されていたころ、ウォール・ストリート・ジャーナルに対し、自分はこのエキセントリックな性犯罪者とはビジネス上でもそれ以外でもまったく関係がないと言明した。[17]

だがニューヨーク・タイムズがさらに調査したところ、エプスタインのマンハッタンのタウンハウスをゲイツが少なくとも3回訪れ、1回は夜遅くまで滞在しており、〈ゲイツ財団〉の職員のなかにもエプスタイン邸を何度か訪れた者がいることがわかった。またエプスタインは、自身にかなりの手数料が入る可能性のある慈善基金についてビル・ゲイツとメリンダ・ゲイツの両氏に話をもちかけていた。[18]

エプスタインは、〈ゲイツ財団〉の資金で種を蒔《ま》き、富裕な友人たちから投資の一環として寄付を募り、それを世界の健康のために役立てようと考えていた。このプロジェクトから個人的に利益を得ることも織り込んであり、集めた資金の0・3%が自分に来るように提案した。つまり100億ドルを集めれば、3000万ドルの手数料が入るということだ。

ゲイツのチームとのある会合でエプスタインは、そこにいた人の大半にはホラ話と映ったようだが、顧客の何兆ドルもの資金を動かすことができると言ったとされる。タイムズの記事によると、ゲイツは２０１３年にエプスタインの自家用機でニュージャージー州のテターボロ空港からフロリダ州のパームビーチまで一緒に飛んだという。[19]

慈善活動についてのふたりの談義は続き、２０１４年10月、ゲイツはエプスタインの要請に応えてＭＩＴのメディアラボに２００万ドルを寄付した。[20]

ゲイツの広報担当ブリジット・アーノルドはタイムズに対し、「時間の経過とともに、ゲイツと彼のチームは、エプスタインの能力とアイデアが正当ではないと認識するに至り、エプスタインとのすべての接触を打ち切っています」と述べている。

「ビル・ゲイツはエプスタインと会ったことを後悔しており、交流をもったのは判断ミスだったと考えています。慈善活動に関するエプスタインのアイデアを受け入れたために、ゲイツの個人的価値観や〈ゲイツ財団〉のそれと相容《あいい》れない舞台を不当に彼に与えることになってしまいました[21]」

性的暴力に満ちたエプスタインの暮らしに資金を援助するかたちになった億万長者たちはいまも、自分たちが数十億ドルを託した男が見せた異常な行動については何も知らなかったと主張している。大学や研究機関、芸術協会、プライベート・エクイティ・ファーム、上場企業、産業界・政府機関の大物たちが、エプスタインとのかかわりがあったことを認め、場合によっては謝罪の声明も出している。ただし彼らは、こうした神妙な姿勢を見せるのと同時に、一流の法律事務所と契約し、特定の誰かが責任を負うことなく風評被害や経済的ダメージを軽減する道を模索する。

38　おおぜいが知っていた

２０１９年８月８日、アン・マリー・ビラファーニャはフロリダ州南部地区の連邦検察を退職した。約20年間、連邦検察官として働いてきた彼女は、医療詐欺を監視する組織内弁護士として保健福祉省に転じることを発表した。彼女とアレックス・アコスタを含む検察官たちがエプスタイン事件をどのように処理したかについて、連邦捜査がおこなわれるなかでのことだった。その２カ月後には、エプスタインの刑事事件を担当した州の主任検事補だったランナ・ベロフラーベクが、異動先だったフロリダ州フォートマイヤーズにある第20巡回区巡回裁判所の検事補のポストを追われた。のちに民間の法律事務所に入ることになる。

それぞれ連邦と州の主任検事補として事件にかかわった女性ふたりは、組織がしくじった事件の余波に直撃された。アコスタを除けば、ビラファーニャとベロフラーベクほどキャリアにダメージを受けた者はいないだろう。

ふたりはこの事件について話すとキャリアが台無しになると恐れて口をつぐんできたのかもしれないが、結果的にこうなったのを見ると皮肉を感じる。

パームビーチの元警察署長マイケル・ライターは言う。「ビラファーニャ連邦検事補は当初から、エプスタインが常習的な児童性愛者であり、法の及ぶかぎり厳しく罪に問うべきだと、われわれと同じように考えていたと思う。だが残念なことに、上司の意向を受け入れ、事件を小さくする道を選んでしまった」

ビラファーニャが退職した翌日の2019年8月9日、ギレーヌ・マクスウェルが民事上の名誉毀損訴訟の文書開示を阻止しようとした訴えは、ニューヨークの第2巡回区控訴裁判所によって却下された。早起きしてパジャマのまま仕事をしていたら、午前9時ごろに係争中の訴訟事件記録がヒットしはじめた。

この事件が始まって以来最も大量に閲覧できるようになった裁判記録のなかで、エプスタインとマクスウェルの不埒《ふらち》な行動の数々が公開された。エプスタインがパームビーチやニューヨーク、海外で10代の少女を売買する生々しい様子や、マクスウェルがエプスタインの犯行を手助けしていたこと、さらには有力者の名前も言及されていた。

これらはマイアミ・ヘラルドが公開を求めた文書の一部にすぎないが、それでもエプスタイン周辺の人たちにとって不利な情報だったことはたしかで、しかもエプスタインらに秘密の免責取引を与えるように権力者が連邦検察官に圧力をかけたのではないかという新たな疑問も提起した。

文書のあちこちに、バージニア・ジュフリーが性的虐待を告発した著名人の名前があった。MITの科学者で2016年に物故したマービン・ミンスキー、モデルスカウトのジャン・リュック・ブルネル、元ニューメキシコ州知事ビル・リチャードソン、ハイアットホテル・グループのオーナー、トム・プリツカー、1980年5月から1995年1月までメイン州選出の上院議員を務めた、民主党員のジョージ・ミッチェル。

ほかに、ヘッジファンド会社トップのグレン・デュビン、アラン・ダーショウィッツ弁護士、そしてアンドルー王子の名も。

ヘラルドの取材に対し、彼らは疑惑をきっぱりと否定した。ジュフリーに会ったことすらないと言う者も多かった。

これらの資料からは、マクスウェルがエプスタインの生活にどのような役割を果たしていたかについても新たな知見が得られた。封印が解かれた宣誓供述書のなかでマクスウェルは、自分のおもな職務はエプスタインの家の中の細々したことをさばき、アシスタントや清掃担当、料理人、男性従業員を採用することだと述べている。

「私の仕事のなかに、全体からすればごくわずかな部分ですが、必要に応じてジュフリー（エプスタイン）のために、大人でプロのマッサージセラピストを探す、というものがありました」とマクスウェルはある宣誓供述書で述べている。

バージニア・ジュフリーの代理人を務めるシグリッド・マコーレー弁護士は、エプスタインのためのマッサージセラピストをどこで探すのかを問いただしていた。

「プロが施術しているスパに私がときおり行ってマッサージを受けてみて、質がよければ、男性でも女性でもそのセラピストに出張のマッサージもおこなっているかどうかを尋ねます」

だが、エプスタインのまえに若い女性がいるのを見たことがあるかと質問されると、彼女はしだいに落ち着きをなくし、質問を避けるようになった。

マコーレー弁護士　ジェフリー・エプスタインの家で、あなたの友人の子どもやその友だち以外で、18際未満の女性を見たことがありますか？
マクスウェル　おっしゃっている意味がわかりません。
マコーレー弁護士　あなたは、ジェフリー・エプスタインの家で、あなたの友人の子どもではない、18際未満の女性を見たことがあるかどうかという私の質問の意味がわからない、のですね？
マクスウェル　彼の家にいる人が何歳かなんて、どうしてわかりますか？　あなたは私にそれをわかれと言っています。そんな証言、できません。私の知るかぎり、彼の家に来た人はみな、専門の技量をもった大人でした。

マクスウェルは、バージニア・ジュフリーを何度も嘘つきと呼び、エプスタインの家で働いていた10代の若者については誰であれ何も知らないと主張した。

マコーレーは、17歳のジュフリーがエプスタインのマッサージセラピストとして働いていたことをマクスウェルがすでに確認していたと指摘した。

マクスウェルは言った。「では彼女は17歳だったのでしょう。17歳でもプロのマッサージセラピストになることはできますし、私の理解では彼女はプロのマッサージセラピストでした。当時、彼女がマッサージのために訪問してきたことに、不適切な点やまちがった点はありません」

マコーレーはマクスウェルにジュフリーとの出会いを語らせようとしたが、マクスウェルは怒りはじめた。

「やめて！　ひどすぎる。あなたがたがつくった嘘っぱちの物語は、全部そこから始まってるのに」。マクスウェルはテーブルを拳で叩きながら叫んだ。

だがエプスタインとマクスウェルにとって最も打撃となった証言は、グレン・デュビンとその妻エバ・アンダーソン＝デュビンのもとで働いていた元シェフの宣誓供述書のなかにあった。

エバは20歳だった1991年にエプスタインと出会い、フロリダでの犯罪捜査の際にエプスタイン側弁護士が州検察に提出した経歴書によると、エプスタインとのあいだに「いまも続く友情を長く」育んできたとある。

エプスタインとエバは交際していた時期があり、ロマンチックな関係が終わったあとも、エプスタインはエバが通っていたスウェーデンの医科大学の学費や、その後、カリフォルニアに移って勉学を続けていたときの費用も援助している。

証言者のリナルド・リッツォとその妻は、おもにニューヨークに住んでいたデュビン夫妻の料理人として働いていた。

2004年終わりから2005年はじめごろのある日、リッツォ夫妻がデュビン邸のキッチンで夕食の支度をしていると、エバ・デュビンが年若い女の子を連れてきて座るように言い、自分はいったんキッチンを出ていったそうだ。

女の子は泣いているように見え、自分のした何かを恥じるかのようにうつむいていた。

「女の子は震えていた。文字どおり身体が震えていた」とリッツォは述べている。

リッツォは気まずかったが、いちおう自分と妻を紹介して挨拶した。だが女の子は顔を下に向けたままで、彼が大丈夫かと尋ねても反応しなかった。

しばらくしてリッツォは「学生？　働いているの？」と尋ねた。

「ジェフリー・エプスタインのエグゼクティブ・アシスタントです。個人的な」とエプスタインの名を出した。

若すぎると思ったリッツォは、どうやってその仕事に就いたのか、そもそも何歳なのかを尋ねた。『15歳です』と少女は素直に答えた。『15でそんな仕事を？』と言ったら、彼女はヒステリックに泣きはじめ、私は何かまずいことを言ってしまったらしいと思ったが、なすすべなく、彼女は泣き止まなかった」

リッツォの妻が水を渡して落ち着かせようとした。

「そのショック状態のまま、少女はしゃべりはじめた。信じられない話だった」とリックは述べている。

少女はエプスタインの島にギレーヌ・マクスウェルとリラ・ケレンと一緒にいたそうだ。女性ふたりからセックスを無理強いされたという。

「サラはわたしのパスポートと携帯電話を取りあげてギレーヌに渡したの。ギレーヌはわたしを脅した。このことを誰にも言っちゃいけないって」

エバ・デュビンが突然キッチンに戻ってきて、少女には自分のところでベビーシッターとして働いてもらうと言った。

1カ月ほど経って、デュビン一家が夏を過ごすスウェーデンに向かう飛行機にリッツォ夫妻も料理人として同行したところ、その少女がいた。

リッツォによると、飛行機は途中でどこかの空港に寄り、そこで少女は降りた。それ以来、彼女を見たことも噂を聞いたこともないという。

リッツォ夫妻は2005年10月にデュビン家の料理人の仕事をやめた。

「妻と私はこの出来事について話し合ったが、この最後の件は私たちには受け止めきれなかった」

デュビン側は広報担当をつうじて、リッツォの言うような出来事は起こっていないと完全に否定した（サラ・ケレンの代理人も彼の話は不正確だと反論している）。

「デュビン夫妻の家に15歳のスウェーデン人ベビーシッターがいたことはなく、デュビン家の飛行機でスウェーデンに行った際の乗客名簿にも家族以外の未成年者は含まれていない」と、ヘラルドに宛てた声明のなかで広報担当が述べている（デュビン夫妻も、その時期にスウェーデンに向かったときに途中でほかの空港に降りてはいないと証明するフライト記録があり、リッツォの話は否定できると言っている）。

以前、私のもとに、ある若い女性がエバ・デュビンとエプスタインの話をしたいと連絡してきた。こわいので身元を明かしたくないというこの女性はスウェーデンに住んでいて、21歳だった2003年、スウェーデンの地元紙に掲載されたオペア〔言語の習得を目的とし、住み込みで家事手伝いをする外国人〕募集の広告に応募したという。エバの面接を受け、その場で採用された。デュビン夫妻は彼女に飛行機のチケットを用意し、観光ビザを申請するように指示した。

「若かったから冒険をしてみたかったし、外国に旅してみたかった」とその女性は言った。

ニューヨークへ飛び、エプスタインが多くの若い女性を住まわせていたのと同じ、アッパー・イーストサイドのアパートメントで暮らすことになった。

「ある女の子はイスラエルから来ていて、すごくかわいかった。みんなモデルのようだったけれど、自己紹介は互いにしなかった。エプスタインのことを友だちって呼んで、彼がいろいろ助けてくれると言っていた。私も細かいことは尋ねなかった」

彼女はデュビン夫妻のもとでベビーシッターとして働きはじめた。そのあいだ、エプスタインはニューヨークのデュビン夫妻の家によく出入りしていたという。

「目のまえの光景に混乱した。彼にはデュビン家のキッチンで何度か会ったことがあり、そこにはほかのオペアもいた。彼は誰かの身体に腕を回すことがあった。タッチしたり。しかも、デュビン夫妻のまえで」と彼女は言った。

「夫妻の子どもたちはエプスタインのことを〝ジェフおじさん〟と呼んでいて、夫妻の話では家族ぐるみのつき合いとのことだった。私もそこにいた女性たちもみな、彼のことを雇い主の薄気味悪い友人だと思っていたと思う。若い女性をよく連れてきていて、毎回ちがう人だった。そのころってなんでも深く考えたりはしなかったけど、若い女の子が住むアパートメントをもっているなんてちょっとおかしいな、と感じたのを憶えている。プラトニックな間柄ではないのだろうと思ったけど、訊きはしなかった」

ある日、スウェーデンから新しい女の子がやってきて、デュビン家のアシスタントとして働くことになったと言った。「スウェーデンのホテルでオーディションみたいなものがあったのだと教えてくれた。面接相手のまえで自分をアピールしたのだと。でも彼女はどんな仕事なのかは知らないようだった」

その後まもなく、エバからやめてもらうと告げられた。エバがスウェーデンにいる彼女の両親に電話し、帰国の手配を進めた。

その女性は、まちがったことは何も起こらなかったと言った。雇われていたのは6カ月ほどしかなく、エプスタインからも誰からも性的な誘いを受けたことはないと。

エプスタインがまだ動向監視下に置かれていた2009年、デュビン夫妻はパームビーチのエプスタイン邸に感謝祭の夕食に招かれた。性犯罪の前科がついているエプスタインは子どものそばにいることは許されないため、エバはエプスタインの保護観察官に手紙を送り、自分の子どもたちを参加させる許可を得た。

「ジェフリー・エプスタインがわが子たちのそばにいても、私は100%安心していられます」とエバは書いている。資料によると、当時彼女の子どもたちは全員、未成年だった。

マウントサイナイ医科大学に設立された癌研究所内にデュビン乳腺センターを創設したエバと、現在はリタイアして個人投資に専念している夫グレンは、エプスタインの2019年の逮捕後に、その性売買疑惑に衝撃を受けたという声明を発表した。エプスタインの行為を「卑劣としか言いようがない」とし、もし知っていたら、わが子を彼に会わせたりはしなかったと述べている[1]。

だが、マクスウェルの訴訟で公開された文書のなかで、バージニア・ジュフリーはグレン・デュビンと思われる人物との性交渉に言及しており、17歳のときにマクスウェルとエプスタインに指示されて最初にセックスした相手が彼だったと述べている。

ジュフリーは検察官に対し、エバとグレンが滞在していたパームビーチのブレイカーズ・ホテルにエプスタインから派遣され、夫妻にマッサージをしたと述べた。エプスタインは2、3カ月前から「トレーニング中」だったジュフリーの「マッサージの腕前」を夫妻で試したかったのだ。当時、エバは妊娠後期で、妊婦にマッサージをするのは不安だったとジュフリーは振り返る。その後、エバの指示で別の部屋に移り、グレンにマッサージを施し、最後はオーラルセックスをしたとジュフリーは言う。

エプスタインは彼女にデュビン夫妻へのサービスの対価を支払い、腕前を褒めた（ただし、デュビン家の弁護士はこの出来事を否定しており、フライト記録やグレン・デュビンのクレジットカードの利用控えから、妻が妊娠中だったその時期にはグレンはパームビーチではなくニューヨークにいたと主張する。ジュフリーは、正確な日付の記憶が薄れていることは認めたが、出来事そのものがあったことに変わりはないとしている）。

ほかにも新しい資料が出てきた。証言のなかでジュフリーは、エプスタインの島でのディナーについて語っていて、そこにはビル・クリントンと、ニューヨークから島に飛んできたダークブラウンの髪の女性ふたりが同席していたという。「そのふたりは17歳より上ということはないと言える。とてもあどけない顔だった」とジュフリーは述べている。

「ジェフリー（エプスタイン）は、ふたりにビルを楽しませてほしいと考えたのでしょうが、ビルがふたりに関心を示した様子は見えなかった。ビルは、ジェフリーとギレーヌ（マクスウェル）と親しい仲のように見え、楽しそうだった。私も何度か笑わされた」

ジュフリーはまた、アル・ゴアとその妻ティッパー、ジョージ・ミッチェル元上院議員にも何度か会ったことがあり、彼らはニューヨークのエプスタイン邸をよく訪れていたと話す。

さらに、彼女の宣誓供述書には当時イスラエルの国防長官だったエフード・バラックの名も挙がっている（バラックは、ジュフリーに名指しされた他の男性たちと同様に、彼女との関係を否定し、エプスタインとの関係はすべてビジネス上のものだったと述べている)。

他の著名人の名前が公表されたあと、ジュフリーの弁護士デイビッド・ボイスは民事訴訟の早い段階で、陣営がエプスタインとマクスウェルに的をしぼって犯罪行為を明らかにすると決めたと説明している。彼の考えでは、性売買システムの首謀者はこのふたりだったからだ。

バージニア・ジュフリーは、エプスタインのそばにいた時期にザナックスを服用していたことや、その時期に自分に起こったことすべてを手記に書いたわけではないことを認めている。これまでのところ、性売買について同じような話をした被害者はほかにサラ・ランサムひとりだけだ。ジュフリーは性売買の場で複数の少女や女性と出会っていると証言しているにもかかわらず、その主張を裏づける他の被害者や目撃者は名乗り出ていない。

他の男性に対する性的不正行為の申し立ての多くは時効を過ぎているため、たとえ彼らの関与が証明されたとしても起訴にもち込むことはできないとボイス弁護士は言う。

それでも、こうした出来事が起こっていた時期に、ジュフリーと他の被害者がエプスタインやマクスウェルと一緒にいたことを指摘できる人はおおぜいいる。ボイスは言った。「ひとつ、ぜひとも考えるべき重要なポイントがある。どれだけ多くの人がこのことを知っていて何もしなかったか、どれだけ長いあいだ、あからさまにおこなわれてきたのか。みなの目のまえで何年も」。ジュフリーや他の被害者から告発されている人たちのために公平を期すなら、彼女たちの主張は法廷で検証されてはおらず、今後もされないであろうことを書き添えておく。

39 〝ジェフリー・エプスタインは自殺じゃない〟

メトロポリタン矯正センターはブルックリン・ブリッジから4ブロック、ロウアー・マンハッタンの金融街にある連邦裁判所の裏手に位置し、エプスタインが金融界でミステリアスなキャリアをスタートさせたウォール街にもほど近いところにある。

エプスタインが収容されたこの拘留施設は旧ソ連の強制労働収容所《グラーク》に似た非人道的な場所として有名で、人権団体から長年にわたって非難されている。かつて、出資金詐欺《ポンジ・スキーム》のバーニー・マドフ、ニューヨーク・マフィアのボス、ジョン・ゴッティ、マフィアの殺し屋サミー・〝雄牛《ザ・ブル》〟・グラバーノ、メキシコの麻薬王ホアキン・〝エル・チャポ〟・グスマンなど、悪名高い大物犯罪者たちがここに収容されてきた。

エプスタインが収容されたとくに制限の厳しい南9棟では、ひとつのユニットに2名が入る。エプスタインに許されたシャワーの時間は数日に一度だった。

2019年7月、エプスタインはまだ自殺監視下にあると言われていて、ほとんど何もない、ベッドシーツすらない房で孤独に直面していた。4人を殺害した罪に問われている巨体の男と同房ということよりも孤立感のほうがエプスタインにとってはつらい拷問だったかもしれない。

連邦刑務所の関係者はエプスタインの最初の自殺未遂事件の報告書を公表していなかったが、彼らはエプスタインが本当に死のうとしたのではなく、事件を担当している裁判官に特別な便宜を図ってもらうために偽装したのではないかと疑っているとの情報が漏れてきた。[1]

フロリダでの収監中もそうだったように、彼は弁護士チームに金を払って1日12時間も自身のお守《も》りに来させていた。何人かの受刑者の売店用口座に金を入れ、自分を保護させてもいた。子どもを虐待した金持ちの変態は、仮に殴られたり殺されたりしなかったとしても、地獄の毎日を送るはずだったが、彼は莫大な金をもっていたので身を護る策を買うことができた。

エプスタインの自殺監視措置は7月30日に解かれ、特別管理ユニットに戻った彼はブロンクスの麻薬ディーラー、エフレン・レイズと同房になった。[2]

2日後の8月1日、エプスタインは長年の知り合いであるアトランタの弁護士デイビッド・ショーンと面会した。ショーンは5時間をかけて、刑事告発に対抗してエプスタインの汚名を晴らす作戦を練った。ショーンはエプスタインから、事件の担当を引き継いで、ヘラルドのシリーズ記事も含めた世間の情報に反論するように依頼されたという。

「彼はメディアに殺されかけていると私は思ったし、可能なときには少なくとも釈明したり、意見を表明したりすべきだった。彼の陣営はこの点にひどく失敗しており、弁護団は機能不全に陥っていた」とショーンは述べた。[3]

ショーンが私に宛てた電子メールによると、エプスタインはショーンに、私のシリーズ記事への反論を意見記事のかたちで表明してほしいと頼んだそうだ。

「ジェフリー（エプスタイン）はあなたの記事に非常に傷ついたので、下書きを私に託し、新聞の署名入り論評ページに直接載せるように計らってほしいと頼んだ」とショーンは書いている。

エプスタインは犯した罪の代償をすでに払い、その結果、生涯にわたる性犯罪者登録や、数百万ドルにのぼる訴訟費用や被害者への和解金などで深刻なダメージを負っているとショーン弁護士は言う。

またエプスタインは被害者側弁護士の動機が正義よりも金だと考えていて、私の記事にしろ他のメディアの報道にしろ、その点の検証がなされていないのではないかと指摘していたそうだ。

「ある弁護士は、自分の依頼人はミスター・エプスタインと法廷で対決して、真実を明らかにしたいだけだと言った。本当にそうかな？　その弁護士からの書状が手元にあるが、ゆすりともとれる文面だ。はじめは刑事告発をすると脅し、次に、メディアと接触中だがエプスタインが２５００万ドル払えば報道を中止できると言ってきた。法廷で対決したいだけという話はどこへ行った？」

８月８日、エプスタインは新しい遺言書に署名し、生まれ年にちなんで「１９５３年信託」と名づけた信託財産を設けた。財産と所有物のすべてを管財人に託す内容になっているが、最終的な受益者が誰であるかは公開されていない。親族として名が挙がっているのは実弟のマークだけだ。

エプスタインの長年の弁護士ダレン・インダイクと会計士リチャード・カーンが遺言執行者に指定された。セント・トーマス島で提出された書類には、資産総額が５億７８００万ドルと記されている。エプスタインの署名に立ち会ったふたりの弁護士のひとり、マリエル・コロン・ミロは26歳の小柄な女性で、麻薬王ホアキン・〝エル・チャポ〟・グスマンの代理人でもある。エプスタインは一時的にグスマンの３つ隣の房に収容されていて、まもなくミロは、エプスタインとエル・チャポの両方から雇われていたマーク・フェルニッチをつうじてエプスタインにも引き合わされた。[4]

エプスタインは8月9日のほぼ終日を弁護団と過ごした。のちに弁護士が報告したところによると、この日は保釈請求について熱心に打ち合わせたそうだ。彼らは、エプスタインが2008年の司法取引で得た免責に包括性があること、つまり、彼が訴えられている行為の発生場所がニューヨークでも国内の他の場所でも、司法取引の免責によってカバーされるという主張に手応えを感じていた。

「当時、良識ある弁護人が誠意をもって検察と協議した結果の司法取引であり、将来、ニューヨークの検察がまったく同じ件で起訴しうるようなものであれば、取引に同意したはずがない」とエプスタイン側弁護士のリード・ワインガーテンはのちの法廷で述べている。

ワインガーテンとマーティン・ワインバーグは、弁護団と依頼人は依頼人に対するニューヨークでの新たな告発を却下させられることに自信をもっていると述べた。一方、保釈の再申請の期日は8月12日に決まった。

弁護士たちは最後に会ったときのエプスタインを、「絶望して気力をなくした自殺志願者の姿ではなかった」と表している。

同日、不可解なことに、エプスタインと同房のレイズはメトロポリタン矯正センターから、協力的な証人を収容するクイーンズ地区の民間運営施設に移された。[5]

夜になり、エプスタインの監視を任命された刑務官ふたりは、エプスタインの房で何かが起こっていることに気づかないまま、コンピューターでゲームをしたりショッピングをしたりして数時間を過ごした。そして眠ってしまったとされる。

同じ夜、私はマクスウェルの訴訟に関する2000ページ以上の資料に12時間かけて目を通したあと、朝起きたときのままのパジャマ姿でベッドに入った。

翌朝一番にマクスウェルの資料について、ナショナル・パブリック・ラジオ（NPR）の電話インタビューを受けることになっていた。

起床後、マクスウェルの事件について話そうとマイケル・ライター元署長に電話した。エプスタイン事件について私と同じくらいよく知っている数少ない人のひとりなので、頭のなかの考えをまとめたいときのよい相談相手なのだ。

話している途中、携帯電話が別の着信を知らせてきた。NPRのインタビューにしては時間が早いと思いつつ、電話に出た。

「ジュリー、聞いたか？　ジェフリー・エプスタインが死んだ」。NPRのプロデューサーだった。

「え？　まさか。また自殺未遂？」

「ちがう、死んだと聞いた」

「行かなきゃ」

電話を切り、すぐニューヨークの連邦検察にいる情報源に電話した。

「ジェフリー・エプスタインが今朝、遺体で発見されたことはたしかだ。いま言えるのはそれだけ」。しつこく食い下がった私に情報源は答えた。

次に、イェナ・リサ・ジョーンズ、ミシェル・リカータ、コートニー・ワイルド、バージニア・

ジュフリーに電話した。

最初につながったのはリカータだったと思う。そのころにはテレビでニュースが流れはじめていた。

「信じられない」とリカータは言った。「なんでそうなるの？　自殺しないように監視されてたはずじゃ？」

ジョーンズは静かに泣いていた。ワイルドとは連絡がつかなかったが、彼女の母親エバと話すことができた。「あんちくしょうめ、あいつらが殺したんだ」とエバは言った。

陰謀論がツイッターで一気に燃え広がった。

ウィリアム・バー司法長官は騒ぎを鎮めようと、調査が始まるまえに「明らかな自殺」と発表した。

エプスタインは2019年8月10日土曜日の午前6時30分ごろ、拘置所の特別収容ユニットで意識不明になっているところを発見された。救急隊員が蘇生《そせい》を試みたが失敗し、搬送された地元の病院で死亡が宣告された。

警備がきわめて厳重との評判を得ていた場所でエプスタインが死亡したことは、連邦刑務所局にとって衝撃であり恥でもあった。精神衛生の専門家によれば、エプスタインのような自殺のおそれのある者には、30分かそれより短い間隔での綿密な監視が必要だったという。

陰謀論は数日のうちにますます大きくなり、トランプ大統領はエプスタインが「クリントン夫妻の情報をもっていた」結果として「いまは死んでいる」と根拠のない噂をツイートし、火に油を注いだ。後日、このツイートについて質問された大統領は、ビル・クリントンがエプスタインの死に関係しているかどうかは「わからない」と答えた。

バー司法長官は、エプスタインの死に関する調査をＦＢＩと司法省の監察総監マイケル・ホロウィッツが担当すると発表した。

数日のうちに、刑務官ふたりがエプスタインの様子を約3時間にわたってチェックしていなかったことが明らかになった。〔6〕

刑務官たちは停職処分、所長は異動となった。この事件がトランプ政権の数あるスキャンダルのひとつに加わりそうになるなか、司法長官は捜査の行方を見守っていた。

エプスタインの死の翌日、ベン・サッセ上院議員は司法長官に書状を送った。「本部職員から夜勤の看守に至るまで司法省のすべての人間が、この人物に自殺の危険性があり、彼の暗い秘密を彼とともに死なせてはならないことを知っていました」

エプスタインの死から2日後の8月12日、ニューヨークの主席検死官バーバラ・サンプソンは、すべての兆候は自殺を示しているが捜査は継続中であると述べた。

検死には、エプスタインの弟マークが雇った民間の病理学者マイケル・バーデン博士も立ち会っている。

バーデン博士は世間の耳目を集める死を多く扱ってきており、私も以前から何度もインタビューをしてきた。彼は50年近く、ニューヨークの州立刑務所で発生した死亡事案を検証する州委員会のメンバーも務めてきた。カメラの映像がどのように改ざんされ、死の場面が鉄格子の向こうでどのように演出されるかを知っている。

博士はかつて、フロリダ州の刑務所で発生した、死因に事件性が疑われる事故の調査を無償で引き受けてくれたことが何度かあった。そのなかには、デイド矯正施設で熱いシャワー室に閉じ込められて死亡したダレン・レイニー受刑者の事故も含まれている。検死報告書とレイニーの遺体の写真を検討した博士は、死因は全身の熱傷であると結論づけ、レイニーの死は事故によるものとしたマイアミ・デイド郡検死局の結論を否定した。この事件だけでなく、フロリダ州の他の受刑者にまつわる事件でも、博士の発見が司法省の調査を呼ぶきっかけとなった。

ワシントン・ポストは8月15日、エプスタインの首には複数の骨折があり、損傷部位が自分で首を吊ったというより、絞殺を疑わせるパターンを示していると報じた。折れた骨の1本は舌骨で、これは高齢者の縊死《いし》体によく見られるが、一方で絞殺の兆候でもある[7]。

1日後、ニューヨークのサンプソン主席検死官が、エプスタインの死因は首を吊った自死であると発表した。エプスタイン側弁護士はこの判定をただちに非難し、政府を相手取って死亡時の房周辺の監視映像を入手する訴えを起こす用意があると言った。

まもなく、房の外の廊下を撮影した映像が破損しているとの情報が流れてきた。

バーデン博士は、エプスタインの傷は人の手で首を絞めたときのものとの付合性が高く、朝6時半に発見されたときの少なくとも45分以上前からその状態にあったと考えられると述べた。

エプスタイン側のマーティン・ワインバーグ弁護士は、「死後45分だろうと、2時間、4時間経っていようと、房のなかを発見されたときのままにしておくべきだった。彼を移動させようとする試みがあったために、その結果、現場を復元して彼が自殺したのか、ほかの原因で死亡したのかを見きわめることが困難になった」と述べている。

バーデン博士は私に、刑務所側がエプスタインは自分で首を吊ったのだと、つまり犯罪性はないと考えたのだとしても、エプスタインの身体を移すべきではなかったし、房はただちに犯罪現場として保存されるべきだったと言った。犯罪かもしれないと疑っていれば写真を撮っただろうし、エプスタインがどのように死んだのかを知る手がかりとなっただろうと。だが、エプスタインを発見したときの写真は撮られていない。

さらにバーデン博士は、実際に検死に立ち会った病理学者クリスティン・ローマン博士も、当初は首吊り自殺だと断定できなかったことを初めて明らかにした。

バーデン博士によると、首を吊って骨が折れることはまれであり、ましてや複数の骨が折れることは考えにくいという。

「このような骨折は自身による縊死では非常にめずらしく、第三者が手を下した絞殺ではるかに起こりやすい」と博士は述べ、眼球にあった出血も絞殺によく見られる現象だとつけ加えた。

エプスタインが使用したとされる首吊りの道具はオレンジ色のシーツで、房の床に落ちていた。発見した刑務官によると、エプスタインはシーツを首に巻き床に膝をついた状態だったそうだ。シーツの端は寝台の上段に結んであった。

バーデン博士は言った。「発見されたとき彼は完全に息絶えていた。死後硬直がすでに始まっていた」

のちに撮影された房の写真では、床と寝台の下段に散らばるシーツの量が異常に多いように見える。上段のマットレスは床にあり、上段には洗面用具などの小物類が並び、掻き回された感じはない。床には睡眠時無呼吸症候群の治療器らしい、ワイヤーやコードのついた器械が写っている。エプスタインが首を吊ろうと思ったら、シーツで結紮具を自作するよりも治療器のコードのほうが簡単だったのではないかとの指摘がある。

エプスタインは、看守によってシャワー室に1時間閉じ込められたとうったえる手書きのメモを残していた。黒焦げの食べ物を出されたとも書いている。

「巨大な虫が両腕を這《は》う　不快だ‼」とのボールペンの文字もあった。バーデン博士は、そもそも自殺監視対象者の手が届く場所にボールペンがあってはいけないと指摘した。

当局はその後、夜勤に就いていたトバ・ノエルとマイケル・トーマスの刑務官ふたりを、虚偽記録の作成と連邦政府を欺こうとした共謀の罪で告発した。当局によると、監視カメラの映像で確認したところ、ふたりは眠っていたそうだ。

バーデン博士は、刑務所での死亡事例を40年間調査してきたなかで、刑務官ふたりが同時に眠ったケースは初めてだという。彼が見た房の写真には、窓の格子や寝台に結ばれた複数の首吊り布が写っていた。博士は、あの寝台の高さでは首を吊るのに充分な力はかからなかっただろうと述べた。

さらに、シーツの傷はエプスタインの首の中央部にあり、自死の際によく見られる顎の骨の下ではなかった。

著名な法医学者シリル・ウェヒト博士もバーデン博士の所見に同意する。ふたりともサンプソン主席検死官の見立ては拙速だったのではないかと指摘したが、エプスタインの死因についてそれ以上の調査はおこなわれなかった。

「当局が自殺と判断すれば、不審死のときのような証拠集めはしない」とバーデン博士は言う。

バー司法長官は、自殺であることは明白としたうえで「不手際が次々に重なった」ことを認めた。

だがエプスタインの弟マークは、兄が自殺ではないとの確信をますます強めていた。「終身刑が決まったのだったら、自ら人生を終わりにしたこともありえると思う。だが、兄には保釈査問会が控えていたんだ」

彼は、2008年に逮捕されたあと兄は更生し、今回の逮捕は先走ったメディアがつくりあげた不当なものだと主張した。ご想像どおり、あの記事を書いた私は彼の気に入りの人物ではない。

詳細は明かさなかったが、彼は多くの人が兄の死を望んでいたと語った。

「兄ジェフリーはおおぜいの人についてたくさんのことを知っていたから」

尋問を受けなかった人のなかに、以前にエプスタインと同房だった元汚職警官のニコラス・タルタリオーネがいる。タルタリオーネの弁護士、ブルース・マーケットは私に、エプスタインの死になんら不審な点はなく、彼の死は自殺でまちがいないと言った。

事件にかかわりのあるどの弁護士よりもエプスタインのことをよく知っているであろうブラッド・エドワーズ弁護士も、エプスタインは自分で命を絶ったと考えている。

だが私には、法を超越した存在のようにふるまうことに人生のすべてを費やしてきたエプスタインが、まだ刑が確定したわけでもない初期の段階で簡単にあきらめてしまうとはちょっと考えにくい。彼はすでに刑務所のシステムを操り、受刑者に金を払って自分を護らせ、新しい弁護士を次々と雇っていたのだ。

誰かが真実にたどり着いてくれることを私は願っていた。

8月下旬、ローリング・ストーン誌がワシントン・ポストを批判する記事を掲載した。とくに、エプスタインが自殺ではないかもしれないと考える、アメリカの主流メディアのなかでは数少ない記者のひとり、ピューリッツァー賞受賞ジャーナリストのキャロル・レオニグを槍玉にあげている。[8]

ローリング・ストーン誌は、ワシントン・ポストとレオニグ記者が、エプスタインの死について陰謀論をけしかけていると非難した。たしかに、エプスタインに関する「一方的な決めつけ」や、不正確でただ世間を騒がせたいだけの噂話はたくさんあり、その多くは事件のことを何も知らない荒らしによって拡散された。

だがレオニグの報道は的確だった。質問すべきことを質問し、エプスタインの実弟らエプスタインに近い人たちが彼は殺されたのではないかと疑う背景を正当に報道していた。

レオニグは、あったとされるエプスタインの1回目の「自殺未遂」の状況をなぜ当局が解明しなかったのかなど、一連の疑問点をツイートしている。

ローリング・ストーン誌の記事は、「エプスタインが殺害されたかどうかを探りたいレオニグ記者の意思――少なくとも陰謀論にそのまま乗ることは控えようとする意識の欠如――が、ワシントン・ポストの報道ににじみ出ている」としてレオニグと同紙を批判した。彼女は自分の仕事をしているだけなのに、ローリング・ストーン誌は彼女が自分の仕事をしているというまさにそこを理由に挙げて、レオニグ記者がこの取材から外れるべきだという馬鹿げた考えを提示した。

事件のあったニューヨークに支局をもつポストや他のメディアとはちがって情報源のない私は、すべてのジャーナリストが問うべきタフな質問を放った彼女に静かに拍手を送っていた。

ジャーナリストとしての私たちの役割は、批判的な目で物事を検証することではないのか？ 政府のリーダーたちに、なぜその行動をとったのかと問うことではないのか？ 検察官、裁判官、保安官に責任を果たさせることでは？ 文書を精査し、目撃者に話を聞き、答えを追求することなく、なぜエプスタインが自殺したと信じなければならないのか。

たしかに、エプスタインの自死について批判的なジャーナリストの記事（おもにイギリスでの報道だった）が最小限の情報しか報じなかったために、突飛な陰謀論を煽《あお》ってしまった面はあるかもしれない。だがこれをレオニグ記者やほかのジャーナリストのせいにするのは酷だ。

私が見たかぎり、刑務所の内にも外にも明確な敵がいるエプスタインの死に際し、徹底的で透明性のある調査はおこなわれなかった。だからといって彼が殺されたと決まったわけではないが、今日に至るまで、当局が答えられない疑問があまりにも多いのだ。

監視カメラの映像はどうなったのか？　なぜエプスタインは房にひとりだったのか？　自殺監視はなぜ解かれたのか？　エプスタインは首を吊る方法をどうやって知ったのか？　なぜ彼の房には睡眠時無呼吸症候群の治療器があったのか？　彼を最後に見たのは誰で、いつのことだったのか？

使用人を雇って靴紐《くつひも》まで結ばせるほど、なんでも人任せにすることに慣れていた男が、首の骨を3本折るほどの暴力的な自殺をできるのだろうか。

エプスタインが虐待したすべての女性たちの痛みに終わりを告げるためにも、政府はエプスタインの死について完全な調査をする義務がある。

これまでのところFBIと司法省は、ジェフリー・エプスタインが自殺したのだと、私を――そして世間の大多数の人たちを納得させられていない。

ホワイトハウスに新政権が誕生すれば、ジェフリー・エプスタインの死がどうやってもたらされたのかの検証が進むかもしれない。

40 ブルース・スプリングスティーン（ザ・ボス）

エプスタインの死後、私は携帯電話やコンピューターに向けていた注意を息子に振り向け、長時間のドライブで息子を大学に送り届け、大学生活を早く落ち着かせられるよう心を配った。大学入学のときにはほとんどの子どもが緊張するものだ。息子のジェイクの場合、私がエプスタインのプロジェクトにずっとかかりきりだったので、タラハシーに早く行きたがっていた。

彼は自立した新しい生活にわくわくし、ひとり暮らしを楽しみにしていた。けれど私は、息子はブルース・スプリングスティーン《ザ・ボス》から解放されたかったのかなとちょっと思った。1年のあいだ、私がしじゅうスプリングスティーンを鳴らしていたので、この偉大なロックンロール・アーティストを息子が嫌いになってしまうのではないかと心配だった。スプリングスティーンの音楽、とくに彼の声は、私に慰めと安らぎを与えてくれる。彼の物語は、フィラデルフィア育ちの私がよく知る場所へ旅立たせ、ニュージャージー州の海岸地域で過ごした夏の日々を思い出させる。スプリングスティーンが歌う労働者階級の人たちの物語は、私の祖父母の物語でありシングルマザーの私の物語であり、私が子どものころに知っていた人たちの物語でもあった。記事を書きつづけた長い1日の終わりには、彼の歌と物語を聴きながら調理することがよくあった。夕食後も、ベッドに入るまでずっと聴きつづける。ジェイクは食卓に来るなり呆れた顔をし、彼の音楽を聴きながら食事を済ませると、ティーンエイジャーらしく母親の仕事やスプリングスティーンへのこだわりから逃れるためにビーチに出かけたり、部屋に引きこもったりする。これがわが家の毎晩の儀式だった。私はふつうの人たちの苦しみに彼が注ぐ共感を自分自身に重ね合わせ、私の困難な時期——とくに下の子を社会に送り出すというむずかしい時期を乗り越えることができた。

私はこれからひとりで暮らすことになるがけっして孤独ではないのは、子どもたちが本当に去っていくわけではないからだ。

ピックアップトラックを借りてきて、ジェイクと一緒に、高校時代のサッカー用品と釣り竿《ざお》以外、彼のいまを構成する荷物を全部積み込んだ。釣り竿と道具箱はもっていくように何度も言ったが（ねえジェイク、大学でも釣りはできるのよ）、女の子や自由な生活のことでいっぱいになった彼の頭のなかに釣りとサッカーが入る余地はなかった。

荷を積み終え、フロリダ州を横断する6時間のドライブに出発した。高速道路をいくらも走らないうちに大雨に見舞われ、陸橋の下にいったん駐めて嵐が過ぎるのを待つことにした。フロリダでは午後になると必ず雨が降るのに、なぜ雨に備えなかったのか不思議でしかたがない。荷台に覆いがなかったので荷物のすべてがびしょ濡《ぬ》れになった。

途中、天候がくるくる変わったため、8時間の旅となってしまった。息子とこれほど長い時間一緒にいたのは久しぶりだ。娘のアメリアが鍵をなくして犬用のドアから家に入ろうとして挟まったときのことなど、思い出話をしながらふたりで笑った。息子が新しい友だちと出会い、新しい大学生活を送ることについても話した。定期的に家に電話をかけ、酒を飲んだあとは必ずウーバーを利用すると約束してくれた。

その週末は、タラハシーの古着ショップや委託販売店《コンサインメントストア》をふたりで見て回った。5ドルのラグや古い抽象絵画などを見つけては、宝くじに当たったような気分で喜んだ。寝具や食器の荷解《にほど》きを手伝い、冷蔵庫と食品棚を満杯にした。

息子に別れの挨拶をする時間が来た。私は涙がこぼれたが、息子のほうは母親が泣いているところを誰にも見られないように私にさっさと帰ってほしがった。

宝物を手放したことをくよくよと悩まずにすんだのは仕事があったおかげだ。

同じ年の暮れ、アメリアがペンシルベニア大学の獣医学大学院に合格したといううれしい知らせが届いた。合否の連絡が来そうな日の朝、フィラデルフィアの彼女のアパートメントに予告なしで飛んでいった。合否どちらなのか、最高の日になるか最悪の日になるかその時点ではわからなかったが、どちらの結果だとしても娘と一緒にいてやりたいと思った。

子どもたちがふたりともいなくなったら、わが家は小ざれいに片づいていくだろう。シンクに汚れた皿はなく、洗面所に肌着が落ちていることもなくなる。「ママ、夕ごはん何?」と訊かれることもない。実際、夕食をつくる必要はなくなった。

息子と別れの挨拶をしたあと、借りたピックアップトラックに再び乗り込み、スプリングスティーンをかけて、南フロリダまでずっと聴いていた。

途中で携帯電話の電源を入れた。

もうひとりのボスからの電話が入っていた。

エディターのケイシーは、エプスタインについて書くべき記事の長いリストをもっていた。

41 失われた真実

パームビーチのリック・ブラッドショー保安官の敵であり、彼のことを公に語ろうとする数少ない人物のひとりが、2016年にロシアに亡命したパームビーチ郡保安官事務所（PBSO）の元保安官代理でいわゆる内部告発者のジョン・マーク・ドゥーガンだった。

ドゥーガンはアメリカを離れるまえに、〝PBSOtalk.org〟というインターネットのブログを立ちあげてブラッドショーを悩ませていた。このサイトの目的は所属していた保安官事務所の不正を暴き、とくにブラッドショーに恥をかかせることにあった。PBSOの職員がゴルフ場でトッププレスの女性とポーズをとっていた2012年の写真を公開したり、ブラッドショー保安官が選挙資金提供者とのランチに1000ドル近くを使っていたことを暴露したりするなど、ドゥーガンの内部告発には成功した面もあった。ただし、ダーティーな投稿のすべてが信用できるとは限らず、なかにはまったくの偽情報もあった。

激怒したブラッドショー保安官は、PBSOの保安官代理だったケネス・ルイスにドゥーガンを追跡させたとされる。

ドゥーガンは、ケネス・ルイスがブラッドショーの命令でこれまでも人を追い詰めてきたと話す場面を録画していた。ルイスは録画されていることを知らず、ドゥーガンに対しても身の回りに警戒しないといずれ死ぬことになると脅した[1]。

ドゥーガンはFBIに捜査を依頼したが不首尾に終わったため、アメリカの刑事司法制度に不信感を抱き、ロシアへの旅を繰り返すようになった。

このころドゥーガンはパームビーチ郡の資産データベースの欠陥を突いて、警察官や連邦捜査官、検察官、その他政府関係者の、本来は非公開なはずの自宅住所を入手する方法を見つけた。得た個人情報を自分のウェブサイトで公開している[2]。

ドゥーガンは、データ流出はロシアのハッカーのせいで、〝PBSOtalk.org〟はすでに彼らに売却済みだったと主張した。だがその1カ月後、FBIは捜査令状を携えてドゥーガンのパームビーチの自宅を急襲し、彼のコンピューターや電子機器をすべて押収した。

わが身の逮捕が間近に迫り、ブラッドショー保安官のいる郡刑務所に送られることを恐れた彼は、元妻と子どもを残してロシアに逃亡した。

フロリダ州選出のローレン・ブック上院議員がブラッドショーの犯罪捜査を要求したあとに連絡をとった人物のなかにドゥーガンがいた。ブック上院議員が脅迫を受けていたのと同じ日に彼が接触してきたのだ。

「気をつけてください」とドゥーガンは警告した。「ブラッドショーには上流層とのつながりがあります」

私がドゥーガンの連絡先をようやく突き止めたとき、彼はブラッドショーをマフィアのボスに例えた。

「あいつはギャングみたいなやつだ。FBIも手を出さないのは、パームビーチではみんなが裏で手を貸し合っているからだ」

ドゥーガンはエプスタイン事件の証拠を握っていると言ったが、私は疑わしく思っていた。現在は再婚してモスクワに住むドゥーガンは、ロシアで政治的亡命者の保護を受けてきたが、クレムリンとの関係はないという。技術系の会社を経営し、障碍のある子どもたちを助けるボランティア活動に従事しているそうだ。

一方、イギリスのタブロイド紙は、エプスタインとの関係においてアンドルー王子にとって不利な情報とビデオテープがロシアに渡ったかもしれないと、英情報機関が懸念していると報じた。タブロイド紙によれば、その情報はドゥーガンから提供されたものだ。[3]

ドゥーガンは、エプスタインの自宅にあった秘密のビデオテープのコピーを自分が、オリジナルをFBIが保持していると言った。彼は私に、若い女性が年配の男性とセックスしているモノクロの粗いビデオクリップを送ってくれた。男女が誰かはわからないが、ドゥーガンはほかにも映像はあると言い、それらのテープは事件の主任刑事だったジョー・リカレーから渡されたものだと言った。

映像は暗号化されていて、ドゥーガンの身によからぬことが起こった場合にしか解除できないようになっていた。テープに映っているものを観て嫌悪したので、公開するつもりはないとのことだった。

だがリカレー刑事がドゥーガンに何かのコピーを渡していたとは考えにくい。マイク・ライター元署長もありえないと言っていた。

ただし、誰かがエプスタインのセックステープをもっていると主張するのはこれが初めてではない。

ドゥーガンがテープの存在を主張していたころ、エプスタインのテープをもっているという別の人物が、デイビッド・ボイス弁護士と彼の長年の友人で仕事仲間のスタン・ポッティンジャーに接触してきた。

その男とは、2012年にエプスタインに雇われ、資産運用記録やセックスビデオなど10年分に相当するデータを保管するため、暗号化されたサーバーを海外に設置したと主張する、屈強で酒豪のばくち打ち、パトリック・ケスラーだ。ケスラーは、資産家の著名な男性が女性や少女と性行為をしているビデオの静止画像をもっているという。彼は男性たちを暴露したかったが、一方でわが身に危険が及ばないかも心配していた。パトリック・ケスラーという偽名を使っているのも、安全上の理由からだそうだ。

ケスラーの主張については聞いたことがあったので、私はエプスタインの秘密のビデオを触れ回るこの謎に包まれた人物の調査を始めた。

ポッティンジャー弁護士の仕事仲間のブラッド・エドワーズ弁護士は私に、ケスラーと会って即座に詐欺師だと判断したと話してくれた。だがポッティンジャーのほうはそこまで断定できず、ボイス弁護士に、ケスラーを信じていいか判断する手助けをしてほしいと頼んでいる。

当初、ボイス弁護士は、ケスラーは本当に何かを保持しているかもしれないと考えていた。

ケスラーは、大物弁護士のダーショウィッツがバージニア・ジュフリーとセックスしていると主張するビデオの静止画像をもってきた。ポッティンジャー弁護士がジュフリーに見せたぼやけた静止画像には、衣服の一部を着けていない若い女性が黒縁眼鏡をかけた上半身裸の年配男性の膝に座っている姿が写っていた。

ジュフリーは、自分がダーショウィッツといたときの写真だと確信した。

ケスラーはほかにもお宝画像がたくさんあると主張していた――イスラエルの元国防長官エフード・バラック、アンドルー王子、億万長者3人、某CEO。[4]

伝えられたところによると、ポッティンジャー弁護士は、セックスビデオを使って当事者の幾人かから和解金を引き出し、慈善団体に寄付する方法をケスラーと話し合ったという。だがケスラーのほうは、イスラエルの首相選でベンヤミン・ネタニヤフに挑戦していたエフード・バラックを皮切りに順次画像を公開したいと考えていた。バラックはエプスタインと15年来のつき合いがあり、エプスタイン邸によく出入りしていた。[5]

9月中旬、ニューヨーク・タイムズの記者2名がボイス弁護士の招きで、ケスラーとのオフレコの会合に出席した。ケスラーは、携帯電話に保存してあった粗い静止画像を見せた。この会合のあと、ケスラーはタイムズの記者たちと個別に会う約束をする。[6]

ケスラーは記者との面談で、被害者側の弁護士であるポッティンジャーとボイスが、ビデオに映っていたとされる有力者たちから和解金の支払いを受けようと考えていることを、記事の切り口としていいのではないかと提案した。

ケスラーは記者たちに、ケスラーの話とビデオの信憑性を受け入れつつあったポッティンジャー弁護士からの電子メールや携帯メールの束を提供した。

だが10月初旬に私がポッティンジャーに問い合わせたところ、彼もまた、ケスラーは嘘つきで、被害者側弁護士を罠に嵌めるために送り込まれた可能性が高いと結論づけていた。

ボイス弁護士が話してくれたところによると、ケスラーの主張の多くは虚偽であることが判明し、ケスラーは真正性を確認するためにビデオを提出することを拒否したという。ボイスは、ケスラーについてFBIと連邦検察に報告した。

ケスラーはダーショウィッツ弁護士にも接触していた。被害者側弁護士や記者たちに見せた画像を使ってダーショウィッツを脅迫しようとしていたのでなければ、説明のつかない行動だ。

ニューヨーク・タイムズの報道によると、ダーショウィッツは録音した会話のなかで、ボイスとポッティンジャーの両弁護士が自分を陥れようとしていると論じている[7]。

「あちらから私のことを訊かれたかな?」ダーショウィッツはケスラーに尋ねた。

「もちろん訊かれましたよ。あなたもご存じのとおり、サー」とケスラーは答えている。

「で、あなたは私について何ももってはいない、ということですね」とダーショウィッツ。

「ええ、ありません」。ケスラーが言った。

「なぜなら、私はああした性行為を誰とも、一度もしたことがないからだ」とテープのなかのダーショウィッツが言っている。

ニューヨーク・タイムズの記者は何カ月かかけて調査したが、ケスラーの主張のどの部分も裏づけをとることができなかった。

パトリック・ケスラーはそれ以来、音沙汰がない。

この1年間インターネット上のあちこちに、エプスタインがイスラエルの諜報機関モサドのために働いていたとか、遠い国々の児童性愛者組織とつながりがあったとかの「マル秘情報」をほのめかすポッドキャストが出現した。エプスタインは手術を受けて、じつは生きているというものまである。不幸なことに、エプスタインの被害者たちは、ソーシャルメディアで注目されるためならどんな嘘でも撒《ま》き散らす輩《やから》の餌食になっている。たとえば、ある女性は自分は霊媒師《シャーマン》で、開発業者に売却されて取り壊し予定のフロリダのエプスタイン邸で悪魔祓《ばら》いの儀式を計画していると言った。彼女は被害者の何人かに電話をかけて解体時に来るように招き、霊的な大ハンマーを振るって被害者の魂を「浄化」するとのたまった。

少なくとも被害者のひとりは州外から自費で飛んできた。だが大きな問題は、取り壊しの日程が決まっていないどころか、開発業者に物件の所有権が正式には移っていないことだった。

エプスタインにまつわる噂がソーシャルメディア上で反響を呼び、おそらくは今後も長く陰謀論者が騒ぎつづけるだろうと思われるのは、エプスタインの人生が——死に際しても——世間の常識を覆すものだったからだ。エプスタインとその周囲にいた者たちは、あらゆる手を使って司法制度を無視し、事実に基づかない代替現実を本物であるかのようにつくり出した。

大混乱の責任の一端は裁判官や検察官、法執行機関や刑務所の関係者にもあると思う。彼らは、エプスタインの犯罪に関する公文書の大規模な封印や塗りつぶしをやすやすと容認したことで、結果的に騒ぎを大きくした。

ＦＢＩのファイル、パームビーチの大陪審の記録、民事訴訟での証人の証言、国土安全保障省が管轄する飛行機の乗客名簿、さらにはエプスタインの死の間際に同房だった人物の供述書までもが封印されたり、大幅に塗りつぶされたりしているため、この事件の真実を国民が知ることはもうないのかもしれない。

このような措置は不信と疑念を生み、司法制度を弱体化させるだけだ。

エプスタインの被害者を護るために記録を封印することはあるだろう。だが、犯罪を隠蔽するために記録を隠すことはまったく別の話だ。

42 正義がかなった日

2019年8月27日、アメリカの刑事司法制度が性的暴行の被害者をどう扱うかを変えることになる歴史的な審問が開かれた。この日、30名近い女性がニューヨークに到着したとき、1カ月前にジェフリー・エプスタインが座っていた連邦裁判所の椅子は陰鬱な空気をまとって空《から》のままそこにあった。

女性たちはみな、外見もことば遣いも経験も驚くほど似ていた。色白でブロンド、小柄でモデルのような立ち居振る舞い、さらにトラウマや怒り、勇気で彩られた物語もよく似ていた。彼女たちは法廷の片側に弁護士と一緒に座り、もう片側には何時間も並んで待っていたメディアや記者の大群がいた。

この審問は、エプスタインに対する刑事告訴を正式に棄却するためにおこなわれたもので、通常ならばこのような派手なイベントとは結びつかないありふれた手続きのはずだった。だが判事と検察官は、ティーンエイジャーかそこから1歳か2歳過ぎたぐらいの若い女性が、エプスタインやマクスウェル、彼らの人身売買事業の推進に協力した人たちからいかに餌食にされ、虐待を受けたかを初めて語ってもらうために、できるだけ多くの被害者に声をかけてここに来てもらったと述べた。

それでも、コートニー・ワイルドのようにエプスタインを刑務所に入れることを求めて何年も闘ってきた人たちにとっては、この機会はほとんど慰めにはならなかった。

「ジェフリー・エプスタインは、私やほかのすべての被害者が法廷でひとりずつ彼と対決する機会を奪ってしまいました」とワイルドは発言した。

リチャード・バーマン判事も「事態は衝撃的な展開を迎えました」と認めた。

判事は、エプスタインの被害者が最後に発言できる場を設けるにあたって、犯罪被害者権利法との兼ね合いを熟慮したと述べている。

「本日のこの場は、法の問題であると同時に、この事案で名乗り出るというむずかしい決断を下した被害者へのわれわれの敬意の表れでもあります。本事案の被害者が公正かつ尊厳をもって遇されるようにすることは、裁判所の責任であり、明らかにその権限内にあると考える次第です」

モーリーン・コミー検察官は、エプスタインは死亡したが、彼の起訴が却下されても連邦政府の捜査が止まることはなく、今後は「共謀者たち」の追及に重点的に取り組んでいくと発表した。

エプスタイン側弁護士は判事に対し、この審問を機にエプスタインの死に関する司法調査を開始するよう求めた。

「裁判長、私が前回あなたの前に立ったときときょうとでは、世界の見え方や感じ方が変わったということばでは到底足りないほど変わってしまいました」と主任弁護士のリード・ワインガーテンが切り出した。

「私たちが世界をどう見て、そのなかでどこにいるのかということをお伝えしたいと思います。

司法長官の公式な声明から始めましょう。声明のなかで長官は、拘置所内できわめて重大な不適切行為があったと発言されています。申すまでもなく私たちは報道を読んでいます。刑務所長が解任されたことも知っています。そのとき勤務していた刑務官たちは謹慎中です。

刑務官たちが調査への協力を拒んでいることは承知しています。当方の依頼人を保護する責任を負っていた人たちが情報を改ざんしたという疑惑も聞き及んでいます。ジェフリー・エプスタインをひとりきりにしてはいけないという命令が出され、その命令を多くの職員が無視していたことを知っています」

ワインガーテン弁護士は続ける。「では、これらはどこにつながるのでしょうか。とてつもなく重要な問題が未解決のまま残っているということです。この問題に対する世間の関心の高さは、この法廷を見ても明らかです。陰謀論は次々に湧き出ています。私たちは真実の探求を全面的に支持します。そのためには当裁判所の果たす役割がきわめて重要であると考えます。

起訴が却下されようとされまいと、当裁判所は司法の監視下で何が起こったのかを解明する本質的権限を有すると当職は考える次第です」

被告側弁護士のマーティン・ワインバーグは、依頼人のエプスタインには「敗北主義的な態度」はなく、弁護団全員が無罪を勝ち取れることを確信していたと主張した。

だがコミー検察官は、エプスタインの死を調査するための特別大陪審を司法省がすでに招集しており、ニューヨーク南部地区連邦検察局の別個のチームがその調査を担当していると反論した。それ以上のことは、被害者に焦点を当てるべきこの場の目的に外れると。

バーマン判事が「もう充分に話はうかがったと思います」と引き取り、法廷にいる女性たちに目を向けた。

被害者側弁護士のブラッド・エドワーズが、「きょう、この法廷には、私が長年にわたって代理人を務めてきた15人の被害者がいます」と言った。「ほかに少なくとも20人以上の被害者がいますが、この場に来なかったのは、世間の目にさらされることへの恐怖心や、事件のこの終わり方では完全な正義は得られないとの失望など、複数の理由が組み合わさってきょうは話さないことを選択したからです」

エドワーズは、事件の結末はどうであれ、エプスタイン側のワインガーテンとワインバーグ両弁護士が懸念を表したことを称えた。

「この結末がミスター・エプスタインにとっても、完全な正義が再び被害者から奪われたという事実に照らしても、非常に嘆かわしいと感じている人たちがここにはおおぜいいます」

女性たちがひとりずつ壇上にのぼった。

「2004年、15歳のときに、ジェフリー・エプスタインの飛行機に乗ってゾロ牧場に行き、そこで何時間もエプスタインに性的虐待を受けました。自分は小さく無力なのだと感じました」とある女性が言った。「エプスタインは私を床に寝かせ、鏡台の上に飾ってある、彼が大金持ちや政治家と笑って写っている写真が目に入るようにしました。

自分を無力だと感じたのは、ひとりの男によって私の純真さが剝ぎ取られたからだけではなく、人間としての権利を奪われ、児童性愛者にいいようにされるシステムの犠牲者になってしまったからです」

すでに母親となった者も多い被害者たちは涙を流しながら、長く心に抱えてきた自己嫌悪、羞恥、自殺願望、怒りについて語った。

ニューメキシコ州との州境近くにあるテキサスの小さな町に住む15歳の少女は、11歳のときに母親を癌で亡くした。母親の夢であったバイオリンの演奏家になることを目指していた。地元のショッピングモールで、バイオリンケースに目を留めた「ある上品な女性」からあなたが弾くのと声をかけられ、ことばを交わすうちに少女の着ていたみすぼらしい服が話題にのぼった。

上品な女性は、自分は近くに住む裕福な人のところで働いていて、その人にバイオリンを弾いてくれたら演奏料が支払われると言った。迷った末に少女は承諾した。

「これが私の子ども時代の終わりの始まりでした」と大人になったそのときの少女は言った。

「その男の人はジェフとだけ名乗り、マッサージをしてくれないかと言い、4回の訪問を経て最後にはオーラルセックスを強要されました。彼からお金をもらったことで、自分の魂が奈落にねじ込まれる気がしました。自分がいやになり、彼のしたことも気持ちが悪く、彼の家へ行くのをやめました。テキサス州のレイプ危機センターに出向き、いまはジェフリー・エプスタインだとわかるその人物とのあいだに起こったことを記録してきました。彼の行動は少女だった私を負のスパイラルに陥れ、ついに私は銃を買って、苦しみを終わらせるために人里離れた場所へと車を走らせるところまで追い込まれました。

そのとき、母の声としか思えない声が聞こえてきたんです。『犠牲者なんかじゃない、わたしは勝利者、引き金なんか引くもんか』って。数日後、私は銃を返しました」

エプスタインの性的虐待とそれを知っていた人たちの共犯関係に踏みつけにされてきた正義が、その日、ついに大きな実を結んだ。法廷にいたエプスタインの被害者たちは、あのとき以来初めて孤独ではなかった。彼らには絆があり、女性同士の連帯感があることが実感できた。

「エプスタインにされたことを人に話せるようになるまでには何年もかかりました。私と同じような被害を受けた少女がほかにもいると知るまでは、ただ恥ずかしく、人になんと言われるか、どう思われるかが恐ろしくてたまらなかったからです」と言ったのは、15歳のときにエプスタインからレイプされたジェニファー・アラオスだ。

バージニア・ジュフリーは言った。「きょう、ひとつの正義がもたらされましたが、これで終わりではありません。続けなければいけません。彼ひとりだけの問題ではないことを、私たち被害者は知っています。政府が耳を傾け、ほかの人たちも裁かれる日が来てほしいと願っています」

聴聞会のあとはさらに涙の世界だった。その場に残った女性たちが、少女スカウト係だった者の名前や連れていかれた場所、互いによく似た出来事を比べ合いながら、それぞれの体験を細かく語る声が聞こえた。ソーシャルメディアをつうじた友人になり、いずれは互いに訪問したり、子どもたちの写真をシェアしたりすることになるのだろう。

彼らのなかには勧誘者や虐待者を独自に調査しようとする者もいる。

私は、バージニア・ジュフリー、ミシェル・リカータ、コートニー・ワイルド、イェナ・リサ・ジョーンズが親しい友人となり、性的虐待の被害者の強力な擁護者となるのを目撃した。

彼らとの初めての出会いから2年ほど経ったころ、エミリーと私は再びインタビューに臨んだ。彼らは、エミリーと私があのとき出会った女性たちではなかった。

戦士だ。

エピローグ

2020年7月2日、ニューハンプシャー州ウォーナーにある食料品店〈マーケットバスケット〉の駐車場に15台の覆面捜査車両が並んだ。州都コンコードの北西約30キロに位置するこの小さな村は夜が明ける直前だった。頭上をヘリが飛び、二十数名のFBI捜査官が集結したものものしい雰囲気は、メリマック川流域から丘をのぼったミンク・ヒルズ地域に何かが起こる前触れだった。

私がこの本を執筆していた午前8時30分ごろ、捜査官たちの乗った車が急勾配の砂利道を猛スピードで駆けあがり、頂上にある100万ドルのチューダー様式ロッジに到着した。1680人が住む飛び地集落ブラッドフォードの荒れ野の奥で、ロッジは金属ゲートで護られていた。

捜査官はボルトカッターでゲートを破り、令状をもって玄関まで行き、屋内にいる民間警備員に開けるよう要求した。窓越しに、ギレーヌ・マクスウェルが別の部屋に入ってドアを閉めるのが見えた。捜査官はドアを壊し、奥の部屋でうずくまっている彼女を確保した。彼女は手錠をかけられ、連行された。

エプスタインの逮捕から1年が経とうとしていた。

エプスタインの死後、FBIとニューヨークの連邦検察局は59歳になったイギリス社交界のこの有名女性を注視し、連邦管轄の性的人身売買事件として静かに捜査を進めていた。

エプスタインに未成年の少女をあてがった罪で起訴されるこの女性は、居場所を突き止めようとするメディアの目をかいくぐって、検察の発表によると、マサチューセッツ州の海辺の家と、2019年12月に現金で購入したニューハンプシャー州の六十数ヘクタールの敷地に建つ豪華なチューダー様式ロッジを行き来していた。

電話番号を変えたり、「G-Max」という別の名前でアカウントを登録したり、荷物の注文では複数の偽名を使い分けたりなど、身を隠しつづけるために努力を重ねた。

マクスウェルは、沿岸警備隊員からテック起業家に転身した15歳年下のスコット・ボルガーソンと結婚していた。ニューハンプシャー州に逃れるまえ、パーティー三昧《ざんまい》の生活を捨て、マサチューセッツ州マンチェスター・バイ・ザ・シーにある230万ドルの家で、ボルガーソンの子どもたちの継母の役割を担っていた。

彼女は18ページに及ぶ大陪審の起訴状のなかで、14歳の未成年者の性売買や偽証など6つの重罪に問われている。虐待は1994年から1997年にかけて、ニューヨーク、フロリダ、ニューメキシコ、さらにマクスウェルのロンドンの自宅でおこなわれた。

ニューヨーク州連邦次席検事のオードリー・ストラウスは、マクスウェルの逮捕を受けた記者会見で、「マクスウェルは、相手の警戒心を解いて信頼を得る〝グルーミング〟と呼ばれる手法をつうじて性的虐待をふつうのことだと思わせようとしました」と述べた。

「教養ある大人の女性の存在が、未成年の被害者を安心させるのにおおいに役立ちました。いくつかのケースでは、マクスウェルは自ら虐待に加担しています」

ＦＢＩニューヨーク支局のビル・スウィーニー副支局長によると、捜査官たちはマクスウェルが捜査の目をかいくぐろうとしていることを把握していたという。携帯電話を通して彼女を監視していた。

「最近、彼女がニューハンプシャー州の豪華なロッジに逃げ込んだこともつかんでいた」と副支局長は言った。

逮捕されるまでの数カ月間、マクスウェルはニューハンプシャー州のイースト・ワシントン・ロードにある4ベッドルームのロッジに住んでいた。〝ひっそりと佇《たたず》む〟という意味の愛称で呼ばれるこの豪華な住まいには、自然石で組んだ床から天井までの暖炉、石造りのパティオ、屋根つきポーチ、山々を見下ろす巨大な窓が備わっている。

有名なお尋ね者であるにもかかわらず、この小さな町では多くの人が彼女のことを知らなかった。連邦検察官のアリソン・モーによると、マクスウェルは2019年11月にロッジの見学に現れ、不動産業者にはジャネット・マーシャルと名乗り、職業はジャーナリストだと言っていたという。スコット・マーシャルと名乗る男性が一緒だった。検察によると、この物件はボストンを所在地とする匿名の有限責任会社《LLC》をつうじて購入された。

敷地内の民間警備員は当局に対し、マクスウェルの兄姉たちのひとりが元英国軍人を雇い、彼女を護らせていたと述べた。ここに越してきて以来、彼女は敷地から出ていないという。

コロナウィルスの世界的流行のなか、マクスウェルは逮捕の2日後に連邦判事のまえにビデオ会議形式で初出廷した。報道関係者には電話番号が伝えられ、そこに電話をして審問の様子を聞くことができるようになっていた。人数制限がかかると思ったので私は早めに電話をかけた。

黙って待っていたら、電話口から突然、イギリス訛りの女性のすすり泣きが聞こえてきた。不意を突かれて私は驚いた。

「どうしてこんなことに？」とその女性は泣きながら言っていた。「理解できない、何がなんだかわからない」

裁判所の職員が彼女を遮り、同席していた弁護士たちにマイクの音を切るように指示した。泣いていた女性がマクスウェルであることは明らかに思えたが、私の直感を彼女の弁護士は肯定しないだろう。審問が始まったときにはマクスウェルが落ち着いた声で話していたことから、泣いていたのは別の女性ではないかと推測するメディアもあった。

ブルックリンのメトロポリタン拘置所でマクスウェルにあてがわれた貸間は、ニューハンプシャーの広々としたロッジとはかけ離れていた。エプスタインが最期を迎えたロウアー・マンハッタンのメトロポリタン矯正センターから5キロほどのところにあるこの連邦刑務所の彼女の房は幅約2・5メートル、奥行き約3メートルしかない。

ウィリアム・バー司法長官は、エプスタインに対して犯した過ちを繰り返さないと宣言した。バー司法長官はABCニュースの取材に対し、次のように答えている。「拘置所が従うことになっている手順を具体的に報告するよう求めた。さらに、状況を監視する複数のシステムを設置している」

マクスウェルは、ニューヨークの元検察官で、麻薬王エル・チャポの有罪判決に貢献したクリスチャン・エバーデル弁護士と、ボナンノ一家のヒットマンとして100人以上を殺害したとされるトーマス・"トミー・カラテ"・ピテラを1992年に有罪にしたことで知られる元連邦検察官のマーク・S・コーエン弁護士を雇った。

さらに、コロラド州、ニューヨーク州、イギリス、米領ヴァージン諸島にも民事弁護士を抱えていた。

彼女の家族がその後、マイアミの刑事弁護士デイビッド・オスカー・マーカスを加えた。マーカス弁護士はアラン・ダーショウィッツの弟子で、私のシリーズ記事が出たあとにアレックス・アコスタを真っ先に擁護した人たちのひとりだ。マーカスはマイアミ・ヘラルドの署名入り論評ページに寄稿し、アコスタを献身的な公務員であり、厳格な検察官であると称賛している。

裁判所に提出された書類のなかで連邦検察当局は、マクスウェルのもつ資産と国際的な人脈を理由に、彼女の「逃亡リスクがきわめて高い」と判断している。彼女は過去3年間に15回、旅行などで国外に出て、20数個の銀行口座をもち、そこから2000万ドル以上を移していたとの記述もあった。

マクスウェルは、イギリス、フランス、アメリカの3つのパスポートをもっていた。アメリカとのつながりは、彼女は名前を明らかにしなかったが、夫だとされるボルガーソン以外にはないはずだった。アリソン・ネイサン連邦地裁判事は彼女の保釈申請を却下し、マクスウェルは拘置所の中で裁判を待つことになった。

マクスウェルの弁護団は、あまりにも無遠慮な房の探索や24時間態勢の監視、口腔《こうくう》検査など、コロナウィルスに感染する危険性すらある彼女の置かれた過酷な環境をうったえた。

2020年12月、弁護団は改めて保釈を申請し、今回は2850万ドルの保釈金を提示した。保釈金の大半は夫の保証によるものだったが、公開された裁判記録では夫の氏名は塗りつぶされたままだった。検察側はマクスウェルが離婚していると指摘し、弁護側は彼女が夫の評判を護るためにしかたなくとった策だと主張した。

ネイサン判事は、マクスウェルが自身の経済状況や婚姻について誤解を招くような情報を裁判所に提出していると批判し、結局、今回の保釈申請も却下した。

「被告は現在、新たに明らかになった配偶者との関係が、この国での深い感情の結びつきの表れだと主張しているが、逮捕された当時、被告はすでに配偶者とは生活をともにしておらず、離婚すると言っていた」と判事は書いている。

また、マクスウェルは逮捕時に資産は350万ドルだと言明したが、実際にはボルガーソンと彼女とで2250万ドルの資産があった。

判事は、マクスウェルには「身を隠すために莫大な費用を投じる能力がある」と指摘し、2度目の保釈申請を却下したのだ。

マクスウェルが逮捕されるまえの数日間、私はニューヨーク南部地区連邦検察局のジェフリー・バーマン連邦検事が解任されるという、もうひとつの劇的な出来事に注目していた。

エプスタイン逮捕の指揮をとったバーマン検事が、2020年6月20日にトランプ大統領によって急遽解任された。本人の知らないうちにバーマン辞任を発表したバー司法長官とバーマンとの対立が周知のこととなった。バーマンは辞任を拒否し、今回の事態が、同地区検察局の捜査を遅らせたり混乱させたりするために大統領が手を回したことを示唆した。

後任が上院で承認されるまで、バーマンの次席者であるオードリー・ストラウス連邦次席検事が代理を務めることに最終的に司法長官も同意した。トランプ大統領はすでに、米証券取引委員会の委員長だったジェイ・クレイトンを後任に指名する意向を表明していた。

バーマン連邦検事の在任中、検察局はトランプ大統領の元弁護士マイケル・コーエンの起訴を推進し、ほかにも複数のトランプ大統領関係者を調査していた。

バーマンがエプスタインとマクスウェルの事件に言及することはなかったが、バーマン解任の直後にマクスウェルが逮捕されたことは暗示的だ。トランプ大統領とバー司法長官はバーマンを追い出して、トランプだけでなくマクスウェルなど大統領の周辺にいて訴追に直面している人たちと政治的な友好関係を築ける検察官——アレックス・アコスタのような——としてジェイ・クレイトンを起用したかったのではないかという説がしきりにささやかれた。

その2週間後、トランプ大統領は拘置所の独房にいる元社交界の友人に優しいことばをかけている。

「率直に言って、彼女の幸運を願っている」。ホワイトハウスの記者会見のときに大統領は言った。その後のインタビューでは、エプスタインの死を自殺とした司法長官の結論に疑義を呈している。「国民は本当は何が起こったのかを知りたがっている。自殺だったのか？　殺されたのか？」

２０１９年11月、エプスタインとの関係についてイギリスのマスコミから執拗に追及されていたアンドルー王子は、ＢＢＣのインタビューに応じた。児童性愛者の資産運用家《フィナンシアー》との交友関係を世間から誤解されていると感じた王子がそれを解くためにとった策だったが、見事に裏目に出てしまった。王子は、悪名高い人身売買業者との交友関係を後悔していないと述べただけでなく、エプスタインから「非常に有益」な「機会」を与えられたと口にしたのだ。インタビューは大失敗だった。

王子はバージニア・ジュフリーとの不適切な関係を否定し、ロンドンのクラブで汗をかきながら踊っていたとするジュフリーの指摘はでっちあげであり、なぜなら自分には発汗が阻害される内科的疾患があるからだと述べた。のちに、王子が別の複数のイベントで汗をかいている姿がインターネット上に掲載された――。

エプスタインに虐待され搾取された若い女性たちへのいたわりを示さず、誠実さを欠いた受け答えをした王子に、すぐさま各方面からの攻撃が飛んだ。

王室がつねに美徳の模範だったわけではないが、このインタビューは批判の火を煽るだけの結果となり、インタビューの1週間後、当時59歳だったアンドルー王子は王室のすべての公務から退くと発表した。

その声明のなかで王子は、「軽率にもジェフリー・エプスタインとかかわったことを後悔しつづけている気持ちに偽りはありません。彼の自殺は、とくに被害者のかたがたに多くの未解決の問題を残しました。彼に影響を受け、それを終わらせたいと考えるかたがたに深い共感の意を表し、やがて人生を立て直していかれることを願うばかりです」と述べている。

ヨーロッパでもエプスタイン事件の余波は続いており、2020年12月、パリの当局はエプスタインの性的人身売買事業に関与しているとされてきたフランス人のモデルスカウト、ジャン・リュック・ブルネルを逮捕した。この逮捕は、ブルネルらがモデル業界とのつながりを利用し、エプスタインとその友人たちに未成年者を斡旋していたかどうかを地道に長く調査してきた成果だった。

そのとき75歳になっていたブルネルは、過去20年にわたって彼にレイプされ、薬物中毒にされ、性的に虐待されたとうったえるモデルたち——未成年者もいる——からの告発にさらされてきた。だがフランス政府は、エプスタインがニューヨークで逮捕されたあと、複数の被害者たちが声をあげるまで、これらの告発を無視してきた。今回は新たに8人の女性と4人の目撃者がフランスの検察局に証言している。

ブルネルは、セネガルの首都ダカールへ向けて飛行機に乗ろうとしていたところをシャルル・ド・ゴール空港で拘束された。フランス当局の発表によると、ブルネルは時効内の期間に発生した未成年者へのレイプの罪で正式に起訴された。

起訴状には、ブルネルが「ジェフリー・エプスタインのために若い女性の斡旋と輸送の業務を組織化した」とある。フランスは他国での訴追のために自国民の身柄を引き渡すことはしないが、アメリカの捜査機関がフランスに出向いて、エプスタインのほかの共犯者を探る調査の一環として彼を尋問することは考えられる。

2008年の司法取引の際に共犯者として名の挙がったサラ・ケレンとナディア・マルシンコワは、自分たちもエプスタインから性的虐待を受けたと主張している。

41歳のケレンはエホバの証人の家庭で育ち、13歳のときに性的虐待を受けた。15歳で学校をドロップアウトし、17歳で結婚してハワイに引っ越した。21歳で離婚したときにエホバの証人から追い出され、家族とも疎遠になる。その1年後にエプスタインと出会い、彼のもとでアシスタントとして働きはじめ、その生活が10年以上続いた。

ケレンの広報担当トレイシー・シュマラーは、彼女が経済的にも精神的にも苦しんでいた時期にエプスタインとマクスウェルに狙われたと語る。

「サラ（ケレン）は、エプスタインやマクスウェルのために誰かを勧誘したことはありません。彼女は経験したことのトラウマと闘いつづけており、いまは公には話さないという選択をしています」

だがエプスタインの被害者たちは、裁判資料のなかで、ケレンはエプスタインの副官のような立場にあり、エプスタインのセックス・スケジュールを管理し、新しい被害者の獲得を手伝ったと主張している。ただしケレンは誰からも刑法違反で告発されてはいない。

エプスタインは何人かの仲間に、34歳のマルシンコワ（マーシンコという名前を使うこともある）が15歳のときにスロバキアからアメリカに連れてこられて彼の性奴隷になったと話している。彼女は現在、飛行訓練士とパイロットの資格をもち、飛行機関連の会社の経営者となった。

エプスタインのサバイバーの複数名が、マルシンコワは未成年者への性的虐待に進んで参加し、エプスタインのために多くの少女たちとの乱交や3Pを進める手助けをしていたと裁判資料で述べている。

ケレンとマルシンコワは、エプスタインがパームビーチ郡の刑務所に入っていたときやワークリリース中に60回以上も彼を訪問した記録が残っている。

マルシンコワは本書へのコメントを拒否した。代理人のエリカ・T・デュブノ弁護士は次のような声明を発表した。「ナディア（マルシンコワ）は、自身の被害体験について語り、自分への誤解を正したいと思っています。ナディアは、エプスタインの指示によって性的な奴隷状態に落とされていたことを恐ろしく感じ、また恥じています。エプスタインのほかのサバイバーたちを助けたいという気持ちもあります。しかしながら、ナディアはまだ公にコメントすることができません。いずれ話を聞いてもらえる機会が与えられ、エプスタインのサバイバー全員に正義がもたらされることを望んでいます」

2008年の訴追免責時にやはり共犯者として名の挙がった、ポーランド出身の元モデルで、2002年にエプスタインのもとで働いていたアドリアナ・ロスは34歳になっていた。2019年に不動産開発業者のアリエル・サラザールと結婚し、現在はマイアミに住んでいる。彼女はエプスタインとの関係について公にコメントしておらず、本書へのコメントを依頼したが応答はなかった。

エプスタインがかつて「私の脳の延長」と表現したレスリー・グロフは54歳、かつてはニューヨークに住み、この資産運用家《フィナンシアー》のエグゼクティブ・アシスタントとして20年働いた。現在はコネチカット州に住むグロフは、エプスタインの犯罪について何も知らなかったと主張しているが、裁判資料のなかでサバイバーたちは、エプスタインの犯罪活動の拡大にグロフが重要な役割を果たしたと指摘している。

グロフの弁護士マイケル・バックナーは、エプスタインのもとで働いていただけであり、彼女は人身売買の犯罪についてはまったく知らなかったし、なんの関係もなかったと述べている。

「検察は私との何回かの対話のなかで、時間をかけた調査の過程で明らかになった証拠に照らし、レスリー・グロフを刑事告発するつもりはないとの考えを示しました」

82歳のアラン・ダーショウィッツは、エプスタインとの関係や、ダーショウィッツを名誉毀損で訴えているバージニア・ジュフリーとその弁護士デイビッド・ボイスとの法廷闘争によって負の影響を受けつづけている。本書の執筆時点では裁判の日程は決まっていないが、ダーショウィッツはジュフリーとはまったくかかわりがなかったことを証明すると決意を示している。だがダーショウィッツのこうした訴訟活動により、〈ヴィクトリアズ・シークレット〉のオーナー、レス・ウェクスナー、イスラエルの元首相エフード・バラックなど、他の著名人も再び注目を浴びることになった。今回の裁判で、彼らとエプスタインとの関係が明らかになるかもしれない。

ダーショウィッツは、50年間教鞭をとったハーバード大学ロースクールの名誉教授の職にいまもある。FOXニュースの番組に評論家として頻繁に出演し、ポッドキャストを配信し、自身に向けられた性的虐待の疑惑に対抗する著書も出した。

ギレーヌ・マクスウェルの弁護団にも本書へのコメントを依頼したが応答はなかった。

2020年12月、かつてクリントン元大統領の特別補佐官であり腹心の友であったダグ・バンドがヴァニティ・フェア誌のインタビューに応じ、クリントンはエプスタインの乱交パーティーの島を実際に訪れたことがあると述べた。[1] 元大統領は、そのリトル・セント・ジェームズ島には足を踏み入れたことがないと繰り返し主張しているのだが。

同じく2020年、米領ヴァージン諸島のデニス・ジョージ検事総長が、エプスタインの資産に対し、またエプスタインの弁護士を長く務めたダレン・インダイクと会計士だったリチャード・カーンに対し、複数の罪状での告発と、民事執行のための手続きをとった。

ジョージ総長は、8000万ドル以上の価値があるエプスタインの島々の返還を求めている。エプスタインが自分の島々を人身売買の拠点として利用していたこと、また、そこで築いた金融構造を違法行為の隠蔽に悪用していたことを理由に挙げた。集めた証拠のなかには、連邦政府との司法取引から丸10年が経過した2018年にも少女や若い女性への虐待を続けていたことを示唆するものがある。「インダイク弁護士とカーン会計士はエプスタインと共同で、少なくとも3つのケースにおいて、性的人身売買の被害者だった外国人女性に第三者との婚姻を強制して在留資格を取得させ、その後もエプスタインが虐待を続けられるように計らった疑いがある。被害者の意思と尊厳に対して二重の打撃を与えた」と、米領ヴァージン諸島の裁判記録に書かれている。ただし彼らはエプスタイン事件への関与を否定している。

ジョージ総長はまた、ヘッジファンド会社、ハイブリッジ・キャピタル・マネジメント社の共同創業者でヘッジファンド・マネジャーのグレン・デュビンとその妻エバにも召喚状を発行した。

2020年12月、司法省専門職倫理局は、2007年から2008年にかけてフロリダ州でエプスタインの刑事事件に関与した検察官たちへの調査を終了した。当時のアレックス・アコスタ連邦検事はエプスタインを起訴しなかった際に「賢明ではない判断」をしたものの、法律上、職業上、および倫理上の不正行為をおこなってはいないと結論づけた。

「倫理局の調査では、買収あるいは、エプスタインの富や地位、交友関係などを不適切に考慮したことによってアコスタが当該の決断を下したとの証拠は見つからなかった」と報告書にある。

ネブラスカ州選出のベン・サッセ上院議員は報告書を読んで、「人脈豊富な億万長者を未成年者のレイプや国際的な性売買の罪から逃がすのは、賢明ではない判断どころではなく、最低の大失態だ」と述べた。

倫理局は電子メール、手紙、メモ、捜査資料など数百件の記録を精読し、60人以上に聴き取り調査をおこなったそうだ。

報告書ではアコスタの直下にいた上席検察官たちをあからさまな表現で批判しているが、彼らの行動を不適切とまでは言っていない。司法省は、エプスタインが諜報員だったとか、彼を免責にするようにワシントンの誰かが糸を引いていたという指摘についても否定した。ただし350ページに及ぶ報告書には、事件を担当した連邦検察官のアン・マリー・ビラファーニャの決然とした職務遂行努力が、エプスタイン側弁護団と、連邦検察局の上席者たちから何度も阻まれたことが詳細に記されている。

ビラファーニャの代理人、タイ・ケリー弁護士は、倫理局の報告書が公開されたあと、次のような声明を発表した。「ミズ・ビラファーニャは、この事件の不正義はジェンダーと社会経済的ステータスに基づく暗黙的な先入観が引き起こしたと考えています。この先入観があるために、エプスタイン側弁護団が司法省の意思決定者に不自然なほど近づくことができた一方で、被害者やミズ・ビラファーニャや事件を担当したFBI捜査官の声は封じられることになりました」

ビラファーニャは、文書だけでなく、事件で果たした自分の役割の記憶を明確にもっていたが、アコスタはエプスタイン側弁護士のジェイ・レフコウィッツと朝食会議をともにしたことなど、多くの出来事を憶えていないと倫理局に伝えている。

この報告書のなかで最も興味深いのは、見落としそうな脚注かもしれない。司法取引の交渉中だった重要な時期に送受信されたアコスタの電子メールのうち、かなりの量が「技術的不具合」のために失われていたと、倫理局の調査官が小さく書いている。

フロリダ州の法執行局による、パームビーチのバリー・クリッシャー州検事とリック・ブラッドショー保安官がエプスタイン事件を適切に処理したかどうかの調査は現在も継続中だ。司法省の調査官は、12月に公開された倫理局の報告書のなかで、アコスタはエプスタイン事件をクリッシャーに戻すべきではなかったと指摘した――クリッシャーがエプスタインと弁護団から不当な影響を受けていたことはすでに明らかになっている。2007年に送信された電子メールによると、連邦検察局は、パームビーチ警察が集めたエプスタインに不利な証拠を、大陪審に渡らないようにクリッシャーが妨害したのではないかと疑っていた。だがフロリダ州法執行局の報告書には、クリッシャーが不適切な行動をとったとの証拠は見つかっていないと書いてある。州の調査官は大陪審のファイルを見ることができないため、州の検察官たちが何を知っていて何を知らなかったのかは判断できないと指摘した。

「州が大陪審を意図的に失敗させたので、うち（連邦検察）にもち込まれることになりました」とビラファーニャの上席者のひとりが電子メールに書いている。

一方、ブラッドショーは2020年年11月に再選され、パームビーチの保安官として5期目を迎えた。選挙前に受けたサウスフロリダ・サン・センティネル紙の編集委員会とのインタビューで保安官は、フロリダ州法執行局の刑事事件の調査が入ることで自分の不正行為の疑いが晴れると自信を見せていた。

本書のためにブラッドショー保安官にコメントを求めたところ、彼の広報担当テリ・バーベラから彼に対する疑惑は根拠のないものだとする主張が繰り返された。

　２０２０年4月、連邦控訴裁判所は、「エプスタインの司法取引は連邦犯罪被害者権利法に違反しており、検察官によって違法におこなわれた」とした連邦地方裁判所のケネス・A・マーラ判事の判決を2対１の票で覆した。

　また、アトランタの第11巡回区連邦控訴裁判所は、連邦検察がエプスタインを起訴しなかったため、エプスタインの被害者には犯罪被害者権利法に基づいて救済を求める権利がないと判断した。原告のコートニー・ワイルドは異議を唱え、２０２０年12月に第11巡回区連邦控訴裁判所での再審理を勝ち取った。本書の出版時点では、裁判所の判断はまだ出ていない。

　本書の執筆時点で、超党派による法案「コートニー・ワイルド犯罪被害者権利改革法」が議会で検討されている。この法案は、連邦法のもとで被害者の権利を侵害した検察官に厳しい罰則を与える内容だ。可決されれば、被害者支援プログラムへの資金援助や被害者への金銭的補償もおこなわれることになる。

「私たちは12年間闘ってきました。まえにも申したとおり、どれだけ障害が重なろうとも、正しいことのための闘いをけっしてあきらめません」とワイルドは表明した。

　エプスタインの死後、遺産の執行者は被害者補償基金を設立した。２０２1年3月現在、少なくとも１７５人の女性が請求をおこない、エプスタインの性的暴行のサバイバーたちに６７００万ドル以上が支払われている。

謝辞

このプロジェクトだけでなく、私がキャリアのなかで取り組んできたプロジェクトを支えてくださったかたがおおぜいいます。真っ先に感謝を捧《ささ》げたいのはマイアミ・ヘラルド紙（以下、ヘラルド）で調査報道部門のエディターを務めるケイシー・フランクです。彼がいなければ、エプスタイン事件の記事も、フロリダ州の刑事司法制度の残酷さや不正を暴く多くの記事も書くことはできなかったでしょう。彼のもつジャーナリズムへの尽きることのない情熱と、一般の人々への深い共感が、数えきれないほど多くの弱い立場の人を助け、職務に忠実でない腐敗したリーダーの責任を追及する記事を静かに支える力となっています。

　また、親会社のマクラッチー社の前ＣＥＯクレイグ・フォアマン、ヘラルドの前編集局長で発行人《パブリッシャー》のミンディ・マルケス・ゴンザレス、マクラッチー社のニュース担当バイス・プレジデント、クリスティン・ロバーツ、ヘラルドの編集主幹リック・ハーシュ、そしてヘラルドの弁護士、サンディ・ボーラー、スコット・ポンセ、スティーブ・バーンズのサポートがなければ、私はやはりこの本を書くことはできませんでした。マクラッチー社のジャンヌ・シーガルとメラニー・ジェンセンにも感謝します。

　ヘラルドでのエプスタインについてのシリーズ記事に協力してくれたグラフィック・アーティスト、

原稿整理編集者《コピーエディター》、ジャーナリズムの達人たちのすばらしいチームに感謝します——アーロン・オルブライト、エディー・アルバレス、メアリー・ベーネ、マルタ・オリバー＝クラビオット、ジェシカ・ギルバート、ノエル・ゴンザレス、モニカ・リール、ブリタニー・ピーターソン、ペドロ・ポータル、エイドリアン・ルーヒ。

私を励まし、泣く私に肩を貸し、私にはできると思わせてくれた、ヘラルドのかつての同僚たちに感謝します——マイケル・サラ、オードラ・D・S・バーチ、セルジオ・ブストス。

過去10年間にエプスタイン事件を取材してきた世界じゅうの優秀なジャーナリストたちにここで触れないわけにはいきません。とくに、パームビーチ・デイリーニュース紙のミシェル・ダーガン、調査ジャーナリストのビッキー・ウォード、ヘラルドのコラムで私にこの事件を見直すきっかけを与えてくれたフレッド・グリムの功績を称《たた》えます。

ヘラルドが過去2年間でこの事件を扱った報道には、ニック・ネハマス、サラ・ブラスキー、ジェイ・ウィーバー、リンダ・ロバートソン、そしてマクラッチー社のベン・ウィーダー、ケビン・G・ホールなど、粘り強い多くの記者の貢献がありました。

この事件に対する私の理解を深めるために、惜しみなく時間を割いてくださった方々のお名前は長いリストになります。それぞれがインタビューに応じたり、電話に答えたり、正しい方向性を示したりして、私を助けてくれました。一部のかたのお名前を記します——マイケル・ライター、シグリッド・マコーレー、ブラッド・エドワーズ、ジャック・スカローラ、ポール・カッセル、デイビッド・ボイス、マーシー・ハミルトン、ホセ・ランビエット、ケネス・ラニング、ジェシカ・アーバー、アダム・ホロウィッツ、スペンサー・クービン、ロバート・ヨーゼフスベルク、ビル・バーガー、ケビン・ダムール、マイケル・バーデン博士、スローン・ベシンスキー、ジェニファー・リカレー。

強い意志をもった検察官にしかできないことを成し遂げた、勇敢なジェフリー・バーマン、モーリーン・コミー、アレックス・ロスミラーに感謝します。

記者としての私を育ててくれたフィラデルフィア・デイリーニュース紙の元同僚たちすべてに感謝します。ずっと私を信じてくれたすばらしいエディターに恵まれました――パトリシア・アンドルーズ、マニー・ガルシア、ブライアン・トゥーラン、マイケル・デイズ、カート・ハイン、ジャック・モリソン、トニー・ローディン。

キャロル・マッケンナに特別な感謝を捧げます。家賃を払えなかったとき、子どもたちと私を家から追い出さずに待ってくれたことに。

表紙制作に関して、エイリーン・ソレルとリン・オキューゾに感謝します。

私の出版エージェントのローリー・リスに深く感謝します。本書を悪に打ち克《か》つ物語としてとらえ、執筆中に直面したあらゆる批判や攻撃から私を守ってくれました。コピーエディターのグレッグ・ビレピク、弁護士のジョージ・ショーンシャン、アシスタントのチャンドラー・プラント、会計士のイザベル・ラーゴ、そしてライフコーチであり親愛なる友、ロイス・カーンに感謝します。

ジェフリー・エプスタインの物語を伝えるには、私の友人であり協力者であり偉大なビジュアル・ジャーナリストであるエミリー・ミショットはなくてはならない存在でした。私に分別を保たせ、エプスタインの闇から私を救い、私がことばでは表現できなかったことを写真や映像に収めてくれました。

最後に、娘のアメリア、息子のジェイク、40年来の親友ナンシー・モーガンに感謝を伝えます。人生で最愛のこの3人がいなければ、私はこれまで直面してきた困難を乗り越えることはできなかったでしょう。

39 〝ジェフリー・エプスタインは自殺じゃない〟

［1］ Ali Watkins, Danielle Ivory, and Christina Goldbaum, "Inmate 76318-054: The Last Days of Jeffrey Epstein," *New York Times*, August 17, 2019.

［2］ Stephen Rex Brown, "AG Quizzed Celli, Barr 'Livid' After Perv's Suicide," *Daily News* (New York), January 5, 2021.

［3］ Dan Bates, "EXCLUSIVE: 'It Was a Homicide — but I Don't Know Who Killed Him,'" *Daily Mail*, May 26, 2020.

［4］ James D. Walsh, "The 26-Year-Old Defense Attorney Whose First Two Clients Were El Chapo and Jeffrey Epstein," *New York*, August 29, 2019.

［5］ Stephen Rex Brown, "AG Quizzed Celli, Barr 'Livid' after Perv's Suicide," *Daily News* (New York), January 5, 2021.

［6］ Andrea Salcedo, "What We Know About Jeffrey Epstein's Death," *New York Times*, August 15, 2019.

［7］ Carol D. Leonnig and Aaron C. Davis, "Autopsy Finds Broken Bones in Jeffrey Epstein's Neck, Deepening Questions Around His Death," *Washington Post*, August 15, 2019.

［8］ E. J. Dickson, "'*Washington Post*' Doubles Down amid Epstein Conspiracy Theory Controversy," *Rolling Stone*, August 21, 2019.

41 失われた真実

［1］ Lawrence Mower, "Deputy Who Said He Went After Bradshaw's Enemies Investigated by PBSO," *Palm Beach Post*, August 27, 2015.

［2］ Jess Swanson, "Hackers Post Confidential Records of 4,000 Palm Beach County Cops, Prosecutors, and Judges," *Broward-Palm Beach New Times*, February 16, 2016.

［3］ Paul Thompson, "Exclusive — Revealed: Ex-Cop Who MI6 Fears Has Leaked Files on Prince Andrew's Friendship with Jeffrey Epstein to Russia Breaks Silence to Say He's Got Hours of Footage Taken from Inside Paedophile's Florida Mansion," *Daily Mail*, September 24, 2019.

［4］ Jessica Silver-Greenberg, Emily Steel, Jacob Bernstein, and David Enrich, "Jeffrey Epstein, Blackmail and a Lucrative 'Hot List,'" *New York Times*, November 30, 2019.

［5］ Isabel Kershner, "Epstein's Ties to Former Israeli Leader Shake Up Election Campaign," *New York Times*, July 16, 2019.

［6］ David Folkenflik, "*The New York Times*, the Unreliable Source and the Exposé That Missed the Mark," NPR, March 12, 2020.

［7］ Jessica Silver-Greenberg, Emily Steel, Jacob Bernstein, and David Enrich, "Jeffrey Epstein, Blackmail and a Lucrative 'Hot List,'" *New York Times*, November 30, 2019.

エピローグ

［1］ Gabriel Sherman, "Confessions of a Clintonworld Exile," *Vanity Fair*, December 2, 2020.

37　ハーバード、MIT、億万長者クラブ

［1］ Tim Stewart, "Stephen Hawking Pictured on Jeffrey Epstein's 'Island of Sin,' " *Telegraph*, January 12, 2015.

［2］ Peter Aldhous, "How Jeffrey Epstein Bought His Way into an Exclusive Intellectual Boys Club," *BuzzFeed*, September 26, 2019.

［3］ James B. Stewart, Matthew Goldstein, and Jessica Silver-Greenberg, "Jeffrey Epstein Hoped to Seed Human Race with His DNA," *New York Times*, July 31, 2019.

［4］ 同前。

［5］ Diane E. Lopez, "Report Regarding Jeffrey Epstein's Connections to Harvard," Harvard University, May 1, 2020.

［6］ 同前。

［7］ 同前。

［8］ Sonali Basak, Heather Perlberg, and Sabrina Willmer, "Jeffrey Epstein Had a Door into Apollo: His Deep Ties with Leon Black," *Bloomberg*, July 31, 2019.

［9］ Ronan Farrow, "How an Élite University Research Center Concealed Its Relationship with Jeffrey Epstein," *The New Yorker*, September 6, 2019.

［10］ Khadeeja Safdar, Rebecca Davis O'Brien, Gregory Zuckerman, and Jenny Strasburg, "Jeffrey Epstein Burrowed into the Lives of the Rich and Made a Fortune," *Wall Street Journal*, July 25, 2019.

［11］ 同前。

［12］ Sonali Basak, Heather Perlberg, and Sabrina Willmer, "Jeffrey Epstein Had a Door into Apollo: His Deep Ties with Leon Black," *Bloomberg*, July 31, 2019.

［13］ 同前。

［14］ Kate Briquelet, "REVEALED: We Found Billionaire Pedophile Jeffrey Epstein's Secret Charity," *Daily Beast*, April 16, 2019.

［15］ Matthew Goldstein and Katherine Rosman, "Apollo CEO to Step Down After Firm Finds More Payments to Jeffrey Epstein," *New York Times*, January 25, 2021.

［16］ Matthew Goldstein, "Leon Black Calls Relationship with Jeffrey Epstein a 'Terrible Mistake,' " *New York Times*, October 29, 2020.

［17］ John Jurgensen, "In Bill Gates's Mind, a Life of Processing," *Wall Street Journal*, September 10, 2019.

［18］ Emily Flitter and James B. Stewart, "Bill Gates Met with Jeffrey Epstein Many Times, Despite His Past," *New York Times*, October 12, 2019.

［19］ 同前。

［20］ Ronan Farrow, "How an Élite University Research Center Concealed Its Relationship with Jeffrey Epstein," *The New Yorker*, September 6, 2019.

［21］ Emily Flitter and James B. Stewart, "Bill Gates Met with Jeffrey Epstein Many Times, Despite His Past," *New York Times*, October 12, 2019.

38　おおぜいが知っていた

［1］ William D. Cohan, "For Billionaire Glenn Dubin, the Epstein Saga Isn't Over," *Vanity Fair*, September 4, 2019.

〔5〕 Beth Reinhard, Rosalind S. Helderman, and Marc Fisher, "Donald Trump and Jeffrey Epstein Partied Together. Then an Oceanfront Palm Beach Mansion Came Between Them," *Washington Post*, July 31, 2019.
〔6〕 Ava Van de Water, "Palm Beach Estate Sells for $12 Million," *Palm Beach Post*, December 2, 1994.
〔7〕 Jeff Ostrowski, "Russian Fertilizer Mogul Scoops Up Trump Property," *Palm Beach Post*, June 24, 2008.
〔8〕 同前。
〔9〕 Michael Gross, "Inside Donald Trump's One-Stop Parties: Attendees Recall Cocaine and Very Young Models," *Daily Beast*, October 24, 2016.
〔10〕 Lisa Bloom, "Why the New Child Rape Case Filed Against Donald Trump Should Not Be Ignored," *Huffington Post*, June 29, 2016.
〔11〕 David Fahrenthold, "Trump Recorded Having Extremely Lewd Conversation About Women in 2005," *Washington Post*, October 8, 2016.

33 打ちあげ花火

〔1〕 Meghan Morris, "We Found Jeffrey Epstein's Social Media Accounts. On Spotify, His Tastes Ranged from Louis C.K. to Songs Like 'Before You Accuse Me' and 'Hot for Teacher,' " *Business Insider*, August 22, 2019.
〔2〕 Pervaiz Shallwani, Kate Briquelet, and Harry Siegel, "Jeffrey Epstein Arrested for Sex Trafficking of Minors," *Daily Beast*, July 6, 2019.

34 失職

〔1〕 Mimi Rocah, Jennifer Rodgers, and Berit Berger, "Acosta's Epstein Excuses Are Nonsensical and Self-Serving," *Daily Beast*, July 11, 2019.
〔2〕 Kate Bolduan, "Labor Secretary Acosta Resigns amid Furor over Epstein Case," CNN, July 12, 2019.

35 受刑者番号76318-054

〔1〕 "Hon. Richard M. Berman." Practising Law Institute.
〔2〕 Elizabeth Rosner, Tina Moore, Larry Celona, and Bruce Golding, "NYPD Let Convicted Pedophile Jeffrey Epstein Skip Judge-Ordered Check-ins," *New York Post*, July 10, 2019.
〔3〕 同前。

36 児童性愛の島

〔1〕 Holly Aguirre, " 'The Girls Were Just So Young': The Horrors of Jeffrey Epstein's Private Island," *Vanity Fair*, July 20, 2019.
〔2〕 Suzanne Carlson, "Contractor Recalls 6 Years on Epstein's Island," *Virgin Islands Daily News*, July 22, 2019.
〔3〕 Suzanne Carlson, "Maxwell Not Facing Criminal Charges in Virgin Islands, AG Says," *Virgin Islands Daily News,* July 3, 2020.
〔4〕 Allison Quinn, Harry Siegel, and Pervaiz Shallwani, "Jeffrey Epstein Found Injured in Manhattan Jail Cell," *Daily Beast*, July 24, 2019.
〔5〕 Hunter McFerrin, "Why Causes of Poverty in Virgin Islands Are Likely to Fester," *Borgen Magazine*, October 15, 2017.

[10] Nick Sommerlad, "Jeffrey Epstein: Sordid High Life of Paedo Billionaire Who Became Prince Andrew's Pal," *Daily Mirror,* January 5, 2015.
[11] Karen Rockett, "Andrew's 20,000-Pound Fling for Ghislaine," *Sunday Mirror*, December 10, 2000.
[12] Jon Clarke and Caroline Graham, "Prince Andrew, a Blonde Model Who Runs a Sex Aid Company and the Flights on Donald Trump," *Daily Mail*, January 7, 2001.
[13] Gita Mendis and John Sturgis, "Girls, Girls, Girls," *Evening Standard*, January 4, 2001.
[14] Emily Maitlis, "Prince Andrew and the Epstein Scandal," BBC Newsnight, November 16, 2019.
[15] Sharon Churcher, "Can Lynn Rescue Andrew's Image?," *Mail on Sunday*, May 6, 2001.
[16] "The Top Ten Naughty Heiresses," *Evening Standard*, March 5, 2004.
[17] George Gurley, "Vikram Chatwal, Turban Cowboy," *New York Observer*, November 18, 2002.
[18] Catherine Ostler, "Andrew, Young Girls, and the Very Unsavory Life of Captain Bob's Daughter," *Daily Mail*, March 5, 2011.

23 駆け引き

[1] Larry Keller, "Plea Deal Denied for Dad Accused of Killing Baby," *Palm Beach Post*, November 20, 2007.
[2] Nancy Othon, "Judge Rejects Plea Deal in Crash That Killed Two," *South Florida Sun-Sentinel*, October 13, 2007.
[3] Susan Spencer-Wendel, "Man Pleads Guilty in Crash," *Palm Beach Post*, March 31, 2007.

24 刑務所釈放カード

[1] Sarah Blaskey and Nicholas Nehamas, "Why Was Jeffrey Epstein Allowed to Purchase Small Women's Panties from the Palm Beach Jail?" *Miami Herald*, August 19, 2019.
[2] Michele Dargan, "PB Sex Offender in Work-Release," *Palm Beach Daily News*, December 11, 2008.

25 靴をすり減らす

[1] Francisco Alvarado, "Big-Name Founders of Miami's U.S. Century Bank in Big-Money Fight with Bank's Board," *Florida Bulldog*, December 12, 2018.
[2] Brian Bandell, "Former U.S. Century Bank Director Barreto Defends Loan Modification Targeted in Lawsuit," *South Florida Business Journal*, December 11, 2012.

28 余波

[1] Benjamin Weiser, Ben Protess, Matthew Goldstein, and William K. Rashbaum, "Preet Bharara Shunned Politics. His End Was Tinged by Them," *New York Times*, March 12, 2017.

32 ケイティ・ジョンソン

[1] Jacob Bernstein, "Whatever Happened to Ghislaine Maxwell's Plan to Save the Oceans?," *New York Times*, August 14, 2019.
[2] Michael Rothfeld and Joe Palazzolo, "Trump Lawyer Arranged $130,000 Payment for Adult-Film Star's Silence," *Wall Street Journal*, January 12, 2018.
[3] Michael Cohen, *Disloyal: A Memoir* (New York: Skyhorse Publishing, 2020), pp. 331–55.
[4] Lester Holt, "A Video 27 Years Ago That Offers a Glimpse into the Past Relationship Between Trump and Jeffrey Epstein," NBC News, July 17, 2019.

Book Guild Publishing, 2019), p. 38.
[14] Elisabeth Maxwell, *A Mind of My Own* (New York: HarperCollins, 1994), pp. 376–77.
[15] Tom Poster and Phil Roura, "N.Y. Overnight," *St. Louis Post-Dispatch*, May 17, 1989.
[16] Alessandra Stanley, "Daily News Becomes the Fief of an Often Imperious Master," *New York Times*, March 17, 1991.
[17] Craig R. Whitney, "The Media Business; Public Stock Offering Is Set by Maxwell," *New York Times*, May 1, 1991.
[18] Alex S. Jones, "The Media Business: Press Notes; Maxwell Fights Murdoch on a New Front: Coupons," *New York Times*, June 10, 1991.
[19] Martha M. Hamilton, "Robert Maxwell's Death at Sea Gives Birth to a Big Mystery," *Washington Post*, December 23, 1991.
[20] 同前。
[21] Richard Lorant, "Family Prepares to Leave Canary Islands with Maxwell's Body," Associated Press, November 7, 1991.
[22] Carolyn Davies, "The Murky Life and Death of Robert Maxwell," *Guardian*, August 22, 2019.
[23] "Shamir Describes Maxwell as Friend of Israel," Associated Press, November 6, 1991.
[24] 同前。
[25] Gordon Thomas and Martin Dillon, *The Assassination of Robert Maxwell: Israel's Superspy* (London: Chrysalis Books Group, 2003), p. 8.
[26] John Barry, Daniel Pedersen, Tony Clifton, Tom Morganthau, and Theodore Stanger, "One Man, Many Tales," *Newsweek*, November 3, 1991.
[27] 同前。
[28] Elisabeth Maxwell, *A Mind of My Own* (New York: HarperCollins, 1994), pp. 513–16.
[29] 同前、p. 521。
[30] 同前、p. 529。
[31] 同前。
[32] Michael Robotham, "The Mystery of Ghislaine Maxwell's Secret Love," *Daily Mail*, November 15, 1992.

21 王子様と勧誘者

[1] "Mirror Group Claims Ian and Kevin Maxwell Diverted Funds," Associated Press, December 19, 1991.
[2] Tony Maguire, "Life's Still Sweet for Maxwell Girls," *Evening Standard*, June 29, 1992.
[3] Nigel Rosser, "Andrew's Fixer: She's the Daughter of Robert Maxwell and She's Manipulating His Jetset Lifestyle," *Evening Standard*, January 22, 2001.
[4] Marcus Scriven, "The Return of Ghislaine," *Evening Standard*, April 24, 1997.
[5] Alan D. Abbey, "Isabel Maxwell Fights Back," *Jerusalem Post*, December 12, 2003.
[6] Louise Oswald, "Fury over High Flying Maxwell," *Herald Sun*, November 11, 1992.
[7] Michael Robotham, "The Mystery of Ghislaine Maxwell's Secret Love," *Daily Mail*, November 15, 1992.
[8] "Randy Andy's Hush-Hush Visit," *New York Post*, April 21, 1999.
[9] "Lawsuit Evolves over Woman's Dinner with Prince Andrew in Hawaii," Associated Press, August 6, 1999.

[6] Emily Steel, Steve Eder, Sapna Maheshwari, and Matthew Goldstein, "How Jeffrey Epstein Used the Billionaire Behind Victoria's Secret for Wealth and Women," *New York Times*, July 25, 2019.
[7] 同前。
[8] 同前。
[9] Vicky Ward, "The Talented Mr. Epstein," *Vanity Fair*, March 2003.
[10] Brian E. Crowley and Meg James, "Clinton Heads for Haiti to Watch U.N. Takeover," *Palm Beach Post*, March 31, 1995.
[11] Ben Davis, "The Artist Who Painted Jeffrey Epstein's Portrait of Bill Clinton in a Dress Tells Us Why She Made It, and What It Means," ArtNetNews, August 20, 2019, news.artnet.com/art-world/artist-epstein-clinton-painting-1628953.
[12] Associated Press, "Customs Agent Accompanying Clinton Dies of Boat Injuries," *Chicago Tribune*, January 7, 1998.

12 正義の味方

[1] Larry Keller, "Epstein Camp Calls Female Accusers Liars," *Palm Beach Post*, August 8, 2006.

13 うるう年(リープイヤー)作戦

[1] Susan Page and Kevin Johnson, "As Gonzales Exits, Battles Looming for White House," *USA Today*, August 28, 2007.

17 バージニア

[1] Elliot Kleinberg, "A Shadow in the Land," *Palm Beach Post*, August 19, 2017.

20 貴婦人ギレーヌ

[1] Martha M. Hamilton, "Robert Maxwell's Death at Sea Gives Birth to a Big Mystery," *Washington Post*, December 23, 1991.
[2] 同前。
[3] Nick Sommerlad, "Ghislaine Maxwell 'Ordered Shredding of Crooked Dad's Paperwork Hours After He Drowned,'" *Mirror*, August 2, 2020.
[4] "Board of Bankrupt *Daily News* Meets with Kevin Maxwell," United Press International, December 19, 1991.
[5] "What Robert Maxwell Left His Sons," *Financial Times*, June 18, 1992.
[6] Craig R. Whitney, "Robert Maxwell, 68: From Refugee to the Ruthless Builder of a Publishing Empire," *New York Times*, November 6, 1991.
[7] Elisabeth Maxwell, *A Mind of My Own* (New York: HarperCollins, 1994), pp. 256, 346–50.
[8] Craig R. Whitney, "Robert Maxwell, 68: From Refugee to the Ruthless Builder of a Publishing Empire," *New York Times*, November 6, 1991.
[9] Elisabeth Maxwell, *A Mind of My Own* (New York: HarperCollins, 1994), p. 379.
[10] Roger Cohen, "Maxwell's Empire: How It Grew, How It Fell, Charming the Big Bankers Out of Millions," *New York Times*, December 20, 1991.
[11] 同前。
[12] Elisabeth Maxwell, *A Mind of My Own* (New York: HarperCollins, 1994), p. 469.
[13] Eleanor Berry, *My Unique Relationship with Robert Maxwell: The Truth at Last* (East Sussex:

[14] Mike Baker and Amy Julia Harris, "Jeffrey Epstein Taught at Dalton. His Behavior Was Noticed," *New York Times*, July 12, 2019.

[15] 同前。

[16] Linda Robertson and Aaron Brezel, "Poor, Smart and Desperate to Be Rich: How Epstein Went from Teaching to Wall Street," *Miami Herald*, July 21, 2019.

[17] Gregory Zuckerman and Khadeeja Safdar, "Epstein Flourished as He Forged Bond with Retail Billionaire," *Wall Street Journal*, July 12, 2019.

[18] Hannah Gold, "Jeffrey Epstein Was Once *Cosmopolitan*'s 'Bachelor of the Month,' " *The Cut*, July 29, 2019.

[19] Sharon Churcher, "Epstein's Girl Friday 'Fixer': Dead Tycoon's Daughter Ghislaine Maxwell and the Girls She Hired for Paedophile's Stable," *Daily Mail*, March 7, 2011.

[20] Vicky Ward, "The Talented Mr. Epstein," *Vanity Fair*, March 2003.

[21] 同前。

[22] 同前。

[23] Matt Stieb, "Jeffrey Epstein Used a Bullet and a Dead Cat to Intimidate *Vanity Fair* Editor Graydon Carter: Report," *New York*, August 23, 2019.

[24] Vicky Ward, "I Tried to Warn You About Sleazy Billionaire Jeffrey Epstein in 2003," *Daily Beast*, January 6, 2015.

6 行き止まり

[1] Ronan Farrow, "The National Enquirer, a Trump Rumor, and Another Secret Payment to Buy Silence," *The New Yorker*, April 12, 2018.

7 最初の取引

[1] William Kelly, "Attack Ads Begin in Mayoral Campaign," *Palm Beach Daily News*, February 12, 2009.

[2] Randy Loftis, "Magic Words: Groucho Can Stay," *Miami Herald*, July 7, 1983.

8 ミュージック・シティ

[1] Jose Lambiet, "Exclusive: 'She Suffered Tremendously —and It Started with Jeffrey Epstein,' " *Daily Mail*, July 15, 2019.

[2] 同前。

11 金はどこから

[1] Adam Davidson, host, "In the Shadow of the Towers," *Broken: Jeffrey Epstein* (podcast), September 26, 2019.

[2] 同前。

[3] 同前。

[4] Marc Fisher and Jonathan O'Connell, "Final Evasion: For 30 Years, Prosecutors and Victims Tried to Hold Jeffrey Epstein to Account. At Every Turn, He Slipped Away," *Washington Post*, August 10, 2019.

[5] Associated Press, "The Forbes 400: Walton Tops List of Richest Americans," *Los Angeles Times*, October 15, 1985.

原注

1 ジョー・リカレー

[1] Mike Clary, "Royal Palm Beach High Mourns Again; School Copes with 4th Death in Four Years," *South Florida Sun-Sentinel*, November 14, 2004.

2 ジェーン・ドウはどこに

[1] Amy Driscoll, "Cuban American from Miami Leads U.S. Attack on Slavery," *Miami Herald*, June 14, 2004.
[2] 同前。
[3] 同前。
[4] Charlie Savage, "For White House, Hiring Is Political," *New York Times*, July 31, 2008.
[5] Adam Serwer, "The Scandal That May Haunt the New Nominee for Labor Secretary," *The Atlantic*, February 16, 2017.
[6] Josh Gerstein, "Trump's Labor Nominee Oversaw 'Sweetheart Plea Deal' in Billionaire's Underage Sex Case," *Politico*, February 16, 2017.

4 エピイ

[1] Landon Thomas Jr., "Jeffrey Epstein: International Moneyman of Mystery," *New York*, October 28, 2002.
[2] "Bill, Stars Enjoy African Trek," *New York Post*, September 25, 2002.
[3] Landon Thomas Jr., "Jeffrey Epstein: International Moneyman of Mystery," *New York*, October 28, 2002.
[4] 同前。
[5] Landon Thomas Jr., "Financier Starts Sentence in Prostitution Case," *New York Times*, July 1, 2008.
[6] 同前。
[7] David Folkenflik, "The *New York Times*, the Unreliable Source and the Exposé That Missed the Mark," NPR, March 12, 2020.
[8] "Investigation and Study of the Works Progress Administration," Hearings of the Subcommittee of the Committee on Appropriations, House of Representatives, 76th Congress, First Session, 1939.
[9] 同前。
[10] James Patterson, John Connolly, and Tim Malloy, *Filthy Rich: A Powerful Billionaire, the Sex Scandal That Undid Him, and All the Justice That Money Can Buy: The Shocking True Story of Jeffrey Epstein* (New York: Grand Central Publishing, 2016), p. 86.
[11] Thomas Volscho, "Jeffrey Epstein Dodged Questions About Sex with His Dalton Prep-School Students," *Daily Beast*, July 12, 2019.
[12] Elisabeth Bumiller, "Headmaster at Dalton Resigns Under Pressure," *New York Times*, March 13, 1997.
[13] Donald Barr, *Space Relations* (New York: Fawcett/Crest, 1974).

❖著者

ジュリー・K・ブラウン *Julie K. Brown*

マイアミ・ヘラルド紙の調査報道記者。30年のキャリアのなかで、犯罪、司法、人権問題を中心に精力的に執筆し、数々の受賞歴を誇る。エプスタイン事件を追った２０１８年のシリーズ記事、〝*Perversion of Justice*（倒錯した正義）〟は大きな反響を呼び、米国ペンクラブ賞、ヒルマン賞、ジョージ・ポルク賞ほかを受賞。未成年を含む１００人以上の女性に性的虐待を行ったとされるエプスタインが、どのようにして有利な司法取引を検察から引き出し、終身刑を免れたかを検証したその記事は、トランプ政権のアコスタ労働長官辞任、ＮＹでの連邦政府による再捜査、性犯罪被害者に対する検察の対応改善のきっかけとなった。また、フロリダ州刑務所の虐待・汚職に関するシリーズ記事でも高い評価を受け、当局上層部の辞任、汚職刑務官らの解雇、心身に障がいのある受刑者の待遇改善をもたらし、ジョージ・ポルク賞を受賞している。フィラデルフィア出身、テンプル大学卒。

❖訳者

依田光江 *Mitsue Yoda*

お茶の水女子大学卒。外資系ＩＴ企業勤務を経て翻訳の道へ。主な訳書に、デイヴィス『エクストリーム・エコノミー　大変革の時代に生きる経済、死ぬ経済』、クリステンセン『ジョブ理論　イノベーションを予測可能にする消費のメカニズム』（以上、ハーパーコリンズ・ジャパン）、ジャクソン『ヒューマン・ネットワーク　人づきあいの経済学』（早川書房）、ジェリッシュ『スマートマシンはこうして思考する』（みすず書房）など。

ジェフリー・エプスタイン
億万長者《おくまんちょうじゃ》の顔《かお》をした怪物《かいぶつ》

２０２２年３月10日　第１刷

著　者　ジュリー・K・ブラウン
訳　者　依田光江
発行人　鈴木幸辰
発行所　株式会社ハーパーコリンズ・ジャパン
東京都千代田区大手町１-５-１
電話　０３-６２６９-２８８３［営業］
０５７０-００８０９１［読者サービス係］

装　丁　木庭貴信＋角倉織音（オクターヴ）
印刷・製本　中央精版印刷株式会社

ISBN978-4-596-33355-1